The Raven Prince
by Elizabeth Hoyt

あなたという仮面の下は

エリザベス・ホイト
古川奈々子［訳］

ライムブックス

あなたという仮面の下は

主要登場人物

アンナ・レン……スウォーティンガム伯爵の秘書
スウォーティンガム伯爵エドワード・デラーフ……レイヴンヒル・アビーに住む貴族
マザー・レン……アンナの死んだ夫ピーターの母親
フェリックス・ホップル……レイヴンヒル・アビーの家令
レベッカ・フェアチャイルド……アンナの親友
ファニー……アンナの家に住むメイド兼料理人
フェリシティ・クリアウォーター……地方の名士の妻
ジョック……スウォーティンガム伯爵の飼い犬
パール・スミス……アンナの村で行き倒れになっていた娼婦
コーラル・スミス……パールの妹
イズリー子爵サイモン……エドワードの親友
ハリー・パイ……エドワードの友人
シルヴィア・ジェラード……エドワードの婚約者
デイヴィス……エドワードに仕える近侍
チルトン（チリー）・リリピン……フェリシティの知人

1

むかしむかし、遠い国に貧乏な公爵と三人の娘が住んでいました……。

——『カラスの王子』より

イングランド、リトル・バトルフォード
一七六〇年三月

疾走する馬、ぬかるんだ曲がり角、そして淑女の歩行者が組み合わされれば、よいことはまず起こらない。最良の状況に恵まれたとしても、よい結果になる確率はきわめて低い。しかし、それに犬が一頭、しかも大きな犬が加わったならば、惨事に至らないはずがない——とアンナ・レンは考えた。

問題の馬は、路上にアンナの姿を認めて、いきなり横方向に飛びのいた。馬のかたわらを走っていたマスチフがそれに驚いて馬の目の前を横切ったため、馬は前脚を高く上げて、後ろ脚で立った。当然のごとく、その背にまたがっていた大柄の乗り手は振り落とされてしまった。大空を飛んでいるところを撃ち落とされた鷹のように、騎手はアンナの足元にどさりと落ちてきた。鷹よりもややぶざまな姿ではあったが。むちや三角帽はどこかに飛んでいき、男は両手両足を広げて泥水の水たまりの中にものの見事に落下した。ばっしゃーんと泥水がはね、アンナはもろにそれをかぶってしまった。

犬を含め、そこにいた者すべてが静止した。

「このばか」とアンナは心の中で思ったが、もちろん口には出さない。それなりの年齢――正確には、あと二カ月で三一歳――の上品な未亡人は、紳士を口汚くののしったりはしないものだ。それが当然の場面であっても、そういうことは、ぜったいにしてはならない。「落馬でお怪我はなさいませんでしたか?」代わりに、アンナはこう言った。「手をお貸ししましょうか?」歯を食いしばったまま、なんとか笑みを浮かべてずぶ濡れの男に問いかけた。

男はその儀礼的な言葉は無視して、「愚かな女め、いったいぜんたい道の真ん中で何をしていたんだ」と言った。

男は水たまりから立ち上がると、威嚇するようにアンナを見下ろした。間抜けなことをしでかしてしまった紳士が、威厳を示すためによくする、しゃくにさわるしぐさだ。天然痘の痕のある青白い顔に、泥水のしぶきがかかっている姿はじつに恐ろしげだった。黒曜石のような目を縁取る濃いまつ毛が水に濡れて数本ずつくっついている。しかしその美しい目よりも、大きな鼻や顎、そして血の気のない薄い唇のいかめしさのほうが際立っていた。

「申し訳ありません」アンナはほほえみを浮かべたまま言った。「歩いて家に帰るところだったのです。もちろん、あなたが道幅全部を必要とお考えだと知っておりましたら――」

しかし、男は本気で彼女に尋ねたわけではなかった。答えを聞こうともせず、アンナから離れると、帽子やむちには目もくれず、馬にそっと近づいて、低い単調な声で馬をののしりはじめた。その声には不思議にも心を落ち着かせる効果があるようだった。

犬は座って、状況を見つめている。

その骨ばった鹿毛《かげ》の馬にはめずらしい明るい色のぶちがあるため、残念なことにまだら馬のような印象を与えた。馬は目をくるりとまわして男を見ると、数歩あとずさりした。

「そうだ、そうやって初めて乳をもまれた生娘のように跳ねまわっていろ、このろくでなしの駄馬め」男は馬にやさしい声で語りかける。「できそこないのへっぽこ馬、おまえをつかまえたら、その首を絞めてやるからな」

馬は男の心地よいバリトンの声をもっとよく聞こうと、両耳を別々に動かし、おそるおそる一歩前に踏みだした。アンナは馬が気の毒になった。この醜い男の声を聞いていると、足の裏をすっと羽根の先でなでられたような気になる。いらいらさせられると同時に、なんとなくそそられるところもあった。女を抱くときもこの人はこんな声で語りかけるのだろうか。でも、言葉は換えてほしいものだけど。

馬が魔法にかけられたようにおとなしくなってから、男は馬勒《ばろく》に手が届くくらいの距離まで近づいた。さらに一分ほど、下品な言葉をささやきかけながらじっと立っていたが、次の瞬間、ひらりと敏捷な動きで馬に乗った。両脚で馬の胴体をはさみ、馬の頭の向きを変えた。濡れた鹿皮のズボンを通して、くっきりとたくましい腿の筋肉が見えた。

彼は帽子をかぶっていない頭をアンナに向けて下げた。「マダム、ごきげんよう」そして、振り返りもせず、ゆるい駆け足で馬を走らせて行ってしまった。犬はその横を駆けていく。あっという間に、男の姿は道のかなたに消えた。すぐにひづめの音も聞こえなくなった。

アンナは足元を見下ろした。

バスケットは水たまりに落ちていて、中に入っていた朝の買い物は道にぶちまけられていた。迫りくる馬をよけたときに落としてしまったに違いない。半ダースばかりの卵は割れて黄身が泥水の中に流れ出しており、ぶざまに投げ出されたのはあんたのせいだといわんばかりに一匹のニシンが執念深い目でこちらをにらみつけていた。アンナは魚を拾い上げ、泥を払い落とした。まあ、これはなんとか食べられそうだ。しかし、着ていたグレイのドレスはぐっしょり濡れて、ぺたりと体にはりついている。とはいえ、ついた泥水の色は、もともとの布地の色とほとんど同じなのだが。アンナはスカートをつまみ上げて、脚から引きはがし、ほうっとため息をついてから裾を下ろした。道の両方向に目をやる。頭上にかかっている葉を落とした木々の枝が、風に揺れてかさかさと音をたてている。小道に人影はなかった。

アンナはすっと息を吸いこみ、神とおのれの良心の前で、禁じられている言葉を声に出して言った。「くそったれめ！」息を止めて稲妻が落ちるのを、というよりは罪の意識にさいなまれるのを待った。だがどちらも起こらなかった。落ち着かない気分になってしかるべきだった。淑女は、どんなにいらいらさせられても、紳士をののしってはならない。

そして、わたしは上品な淑女なのだ。そうよね？

ようやく家にたどりつき、玄関に向かって小道をとぼとぼ歩いていくころには、泥水で汚れたスカートは乾いてばりばりになっていた。夏ならば小さな前庭には花が咲き乱れていて明るい気分にさせてくれるが、この時期の庭は泥ばかりだ。玄関に着く前に、ドアが開いた。こめかみにグレイの巻き毛が躍っている小柄な女が、ドアの脇柱の横から顔を出した。

「ああ、やっと帰ってきたのね」肉汁がついた木の匙を振りまわしながら話すものだから、頬に肉汁が数滴かかってしまった。「ファニーといっしょにマトンのシチューをつくっていたの。あの子のルーもだいぶましになったみたい。だまがほとんどなくなったのよ」それから顔を寄せてささやいた。「でも、ダンプリングのほうはまだまだね。舌ざわりがいまひとつだわ」

アンナは義母のマザー・レンに弱々しくほほえみかけた。「シチューはきっとおいしくできていると思いますわ」狭苦しい玄関広間に入り、バスケットを置いた。

年上の女はにっこりと笑ったが、アンナが目の前を通りすぎようとすると鼻にしわを寄せた。「なんだかおかしなにおいが……」彼女は途中で言葉を切って、アンナの頭のてっぺんを見つめた。「どうして帽子に濡れた葉っぱがついているの？」

アンナは顔をしかめて、帽子に手をやった。「大通りでちょっとした事故に遭ったんです」

「事故ですって？」マザー・レンは青ざめて匙を取り落とした。「怪我は？　そういえば、あなたのドレスは豚小屋の中で転げ回ったみたいにひどいわ」

「怪我はありませんけど、ちょっと濡れてしまって」

「すぐに乾いた服に着替えないと。それに、その髪――ファニー！」マザー・レンは話を途中でやめて、キッチンに向かって声を張り上げた。「髪を洗わなくちゃ。さあ、わたしもいっしょに行くから二階に上がりましょう。ファニー！」

肘まで袖をまくりあげ、手を真っ赤にしたニンジンのような赤毛の少女がおずおずと玄関広間に入ってきた。「何です？」

アンナの後ろから階段を上っていたマザー・レンは立ち止まり、手すりから身を乗り出して言った。「何度言ったらわかるの。『はい、何の御用でございましょう、奥様』とおっしゃい。ちゃんとした言葉づかいができないと大きなお屋敷に奉公することはできませんよ」

ファニーはまばたきしながら、ふたりの女を見上げた。その口はわずかに開いている。

マザー・レンはため息をついた。「お湯を沸かしなさい。ミス・アンナが髪を洗うから」

少女はあわててキッチンに駆け込み、それから頭だけ戸口からのぞかせて「はい、奥様」と言った。

急な階段を上ると狭い床があり、左手はマザー・レンの、右手はアンナの部屋につづいていた。アンナは小さな自分の部屋に入り、ドレッサーの上にかかっている鏡のほうにまっすぐ歩いていった。

「近ごろの町ときたら、いったいどうなってしまったんでしょう」アンナの背後で義母がはあはあ息を切らしながら言った。「馬車にはねられかけたの？　最近の郵便馬車の御者はまったくいいかげんだから。通りを全部自分たちのものだと思っているのよ」

「まったくそのとおりですわ」アンナは鏡をのぞきながら答えた。色褪せた林檎の花のドライフラワーのリースが鏡の縁にかかっていた。結婚式の記念品だ。「でも、今回は馬に乗っていた男の人のせいなんです」髪はぼさぼさで、額には泥はねの跡がいくつもついている。

「馬上の紳士は、もっとたちが悪いわ」とマザー・レンはつぶやいた。「馬の扱い方がわかっていないのですよ。全員とは言いませんけどね。危ないったらありゃしない。女や子どもの敵よ」

「うーん」アンナはショールをとり、歩いていく途中で椅子に向こうずねをぶつけた。小さな部屋を見まわす。ここはピーターと四年間の結婚生活をすごした部屋だ。かつてピーターの上着がかかっていたフックに、ショールと帽子をかけた。彼の分厚い法律書が何冊も積まれていた椅子は、いまではベッドサイドテーブル代わりに使われている。赤い毛髪が数本絡まっていたヘアブラシも、ずいぶん前にしまいこまれていた。

「でも、ニシンだけは助かったのね」とマザー・レンはまだぐずぐず文句を言っている。「泥水に浸けたら味がよくなるってものじゃないけど」

「まったくですわ」アンナは上の空で答えた。視線をリースに戻す。ぼろぼろで、いまにも崩れてしまいそうだ。そりゃあそうでしょうとも、未亡人になってもう六年にもなるのだから。なんだかみすぼらしい。庭の生ゴミ入れに捨てたほうがいいわ。アンナはリースを鏡からはずすと、あとで捨てようと脇に置いた。

「さあ、手伝ってあげるわ」マザー・レンは下のほうからドレスのフックをはずしはじめた。

「すぐに汚れを海綿で落とさなくては。裾のまわりにたくさん泥がついてしまったわ。きっと縁取りしなおせば……」かがみこんだせいで、声が聞こえにくくなった。「縁取りといえば、わたしのレースを帽子屋に売ってきてくれた？」

アンナはドレスを押し下げ、またいでドレスから出た。「ええ、とてもすばらしいレースだと店主は喜んでいました。ここしばらくのあいだに見た中で、一番見事だと」

「そりゃあね。わたしは四〇年近くもレースをつくってきたんですもの」マザー・レンは自慢げに聞こえないよう気をつけて言った。それからえへんと咳払いして尋ねた。「で、いくらで買ってくれたの？」

アンナは一瞬たじろいでから答えた。「一シリングと六ペンスでしたわ」着古した部屋着に手を伸ばす。

「でも、あれに五カ月もかけたのよ」マザー・レンは驚いて息を詰まらせた。

「ええ、わかってますわ」アンナはため息をついて、髪を下ろした。「それに、さっきも言いましたけど、店主もあれはとびきり上等の品だと思っているんです。ただ、ああいうものにはあまり高い値段がつかないのですわ」

「帽子やドレスに縫いつけたら、高値で売れるのに」マザー・レンはつぶやいた。

アンナは思いやるように眉をひそめた。ひさしのように突き出た横木の下のフックから浴用布をとり、義母とともに黙って階段を下りた。

キッチンでは、ファニーが火にかけたやかんを見張っていた。黒い梁に吊り下げられた乾燥ハーブのにおいが室内に漂っている。古い煉瓦造りの暖炉がひとつの壁全体を占領していた。その向かい側の壁にはカーテンに縁取られた窓があり、裏庭をながめることができた。小さな家庭菜園には薄黄緑色のレタスの畝が延び、ラディッシュやカブも一週間ほど前から収穫されるのを待っている。

マザー・レンは縁が欠けたたらいをキッチンテーブルの上に置いた。部屋の真ん中を陣取るそのテーブルは、長年にわたって毎日磨きこまれてきたため表面は滑らかにすり減っており、レン家の自慢の品だった。夜になれば、暖炉の前にメイドのファニーがわら布団を広げられるように、テーブルは壁際に押しやられる。

ファニーがやかんを運んできた。アンナがたらいに向かって頭を下げると、マザー・レンが上から湯を注ぎかけた。湯は生ぬるかった。

アンナは髪に石鹸をつけて洗い、深いため息をもらした。「わが家の家計をなんとかしなければなりませんわ」

「ああ、もっと倹約するなんて言わないでちょうだい」マザー・レンはうめいた。「お肉もあきらめているのよ。火曜と木曜のマトンを除いて。それに、もう何年もわたしたちはドレスを新調していないわ」

お義母さんは、ファニーを養っている費用については言わないようにしている、とアンナは思った。この娘は名目上はメイド兼料理人ということになっているが、本当のところは、自分と義母の思いやりで家に置いているのだった。ファニーのたったひとりの身寄りであった祖母は、ファニーが一〇歳のときに亡くなった。当時、村人たちは彼女を救貧院に送ろうとしていたので、アンナは黙っていられなかった。それ以来、彼女はレン家で暮らしている。マザー・レンはファニーを大きなお屋敷で雇ってもらえるようにしつけたいと望んでいたけれど、進歩ははかばかしくない。

「倹約については、お義母さんにはよく耐えていただいていると思いますわ」アンナは頭皮を薄い石鹸液で洗いながら言った。「でも、ピーターが残してくれた投資からの上がりが、前よりよくないんです。あの人が亡くなってから、うちの収入は徐々に減っているのです」

「あの子がほんの少ししか遺産を残してくれなかったのがいけないのよ」

アンナはため息をついた。「しかたありませんわ。熱病にかかったとき、あの人はまだ若かったんですもの。もっと長く生きてさえいれば、たくさんの蓄えをつくったと思いますわ」

ふたりが結婚する少し前にピーターの父は亡くなっており、結婚当時からレン家の経済状態はよくなかったのだが、ピーターはそれを改善しつつあった。弁護士だった義父は、投資に失敗し、たくさんの借金を抱えこんでいた。結婚後、ピーターは生まれ育った家を売り払って借金を返し、新妻と母親とともにもっと小さな家に引っ越した。彼も弁護士として働いていたが、熱病にかかって二週間もたたないうちに亡くなってしまった。

そういうわけで、その小さな所帯を切り盛りする役目はアンナの肩にかかることになった。

「すすぎをお願いします」

冷たい水がうなじと頭の上に注がれた。石鹸の泡が残っていないのを確かめてから、髪に含まれている水気をしぼった。頭に布を巻きつけ、顔を上げる。「わたし、仕事を見つけようと思いますの」

「まあ、そんなのだめですよ」マザー・レンは椅子にすとんと座りこんだ。「淑女は働くものではありません」

アンナは自分の口元がねじ曲がるのを感じた。「では、わたしが淑女のままでいて、みんなが飢え死にするほうがいいと？」

マザー・レンは答えに詰まった。自問自答しているようだ。

「お答えにならないで」とアンナは言った。「飢え死にすることはないでしょう。でも、わが家に収入をもたらす方法を考えなければなりませんわ」

「わたしがもっとたくさんレースをつくったらどうかしら。それに、肉なんて全部断ったってかまいやしませんよ」義母は少し興奮気味に言った。

「そんなことをお義母さんにさせたくありません。それに、父はわたしに教養を身につけさせてくれました」

マザー・レンの顔がぱっと明るくなった。「あなたのお父様は、このリトル・バトルフォードの歴代の牧師の中で、一番立派な方でした。いまは安らかな眠りについていらっしゃるけれど。牧師様は、子どもたちの教育がいかに大切かを、みんなに説いていらっしゃいました」

「ええ」アンナは頭に巻いていた布をとって、濡れた髪をすきはじめた。「父はわたしに読み書きと計算を習わせてくれました。ラテン語とギリシャ語も少しできます。明日、家庭教師か年配のご婦人の話し相手の仕事がないかさがしてみます」

「お年を召したミセス・レスターはほとんど目が見えないわ。あの人の義理の息子が、本を読み聞かせる係としてあなたを雇ってくれるかも……」マザー・レンは急に言葉を切った。アンナも同時に、焦げ臭いにおいに気づいた。「ファニー！」

少女のメイドは、主人たちのやりとりをじっと見つめていたが、きゃっと叫ぶと火にかけていたシチュー鍋のほうに走っていった。アンナはうめいた。今日の食事も焦げてしまったようだ。

家令のフェリックス・ホップルは、スウォーティンガム伯爵の書斎の前で立ち止まり、服装を点検した。二列にぴっちり巻いた、ソーセージのようなカールが両側についているかつらには、気品のあるラベンダー色のパウダーをふりかけたばかりだ。彼は年齢のわりにほっそりした体型で、黄色いツタの葉を縁にあしらった暗褐色のベストが目立っている。靴下はグリーンとオレンジの縞模様。派手すぎるということもなく、なかなかおしゃれだ。身じたくは完璧そのものだった。だから、ドアの前に立って、中に入るのをためらう理由など本当はひとつもないのだ。

ホップルはふっとため息をひとつついた。伯爵にはがみがみ怒鳴る癖があり、そのせいでいつもおろおろしてしまうのだ。レイヴンヒル・アビーの領地の管理をまかされている彼は、この二週間ばかり不機嫌な怒鳴り声をさんざん聞かされてきた。以前に、いまにも噴火しそうな不気味な大火山の近くで暮らす、不運な人々の話を旅行記で読んだことがあったが、いまの自分もそれと同じ立場にいるような気がした。長いあいだ不在だったスウォーティンガム卿が——ああ、なんと平和な日々だったことか——なぜ突然、このアビーに住むことに決めたのかはわからなかったが、どうやら伯爵はこの先もずっとここに住みつづけるつもりらしく、ホップルは気が重くてならなかった。

ホップルはベストの前をなで下ろした。たしかに、これから伯爵の耳に入れようとしている話は愉快なものとはいえない。だが、おまえのせいだと責められることはぜったいにありえないと自分に言い聞かせた。そう心の準備をして、彼はうなずき、書斎のドアをノックした。

一瞬、間があり、それから低い自信たっぷりのしわがれた声が聞こえてきた。「入れ」

書斎は邸宅の西側に位置していて、外壁の全面をほとんど占めるくらい大きな窓から、西日が差しこんでいた。と聞けば日差しに満ちた明るい雰囲気の部屋を想像するだろう。ところが実際は、太陽の光は窓から入ったとたんに物にさえぎられ、部屋のほとんどは影に覆われていた。二階分の高さがある天井は薄暗く、陰鬱だった。

伯爵は巨大なバロック様式の机の後ろに腰かけていた。彼がもっと小柄だったら、小人が机に向かっているように見えたことだろう。近くの暖炉で燃えている火は明るさを醸しだすどころか、かえって陰気なムードを高めていた。暖炉の前には、巨大なぶちの犬がまるで死んでいるかのように寝そべっていた。ホップルは顔をしかめた。その雑種犬はマスチフの血が濃いように見えるが、いくらかウルフハウンドも混ざっているようだった。その結果生まれた醜く恐ろしげな犬を、ホップルはなるべく避けるようにしていた。

ホップルは咳払いをした。「旦那様、少しお時間をいただけますでしょうか?」

スウォーティンガム卿は手にしていた書類から目を上げた。「何の用だ、ホップル。さあ、入って、これがすむまで座っていろ。すぐに終わる」

ホップルはマホガニーの机の前にある肘掛椅子のひとつに腰を下ろした。視線は犬に据えられたままだ。ホップルはその間を利用して主人のようすをうかがい、ごきげんはどうだろうかと考えた。伯爵は顔をしかめて書類をにらみつけている。天然痘の痕がその気難しい表情をさらにいかめしく見せている。とはいえ、これが不機嫌のしるしというわけではない。伯爵の渋面はいつものことだ。

スウォーティンガム卿は書類を脇に置いた。半月形の読書用眼鏡をはずし、重い体をどさりと椅子の背にもたせかけた。椅子はきーっと耳障りな音を立てた。ホップルは縮み上がった。

「で、用事は何だ、ホップル?」

「じつはあまりよいとは申せませぬお知らせがございます。お気を悪くなさらないといいのですが」ホップルはおずおずと笑みを浮かべた。

伯爵は何も言わず、自分の大きな鼻先でも見るような傲慢な表情をした。

ホップルはシャツの袖口を引っ張った。「新しい秘書のミスター・トゥートゥラムのことでございますが、家族に何やら緊急な事態が生じたとの知らせを受け、あわただしく職を辞してロンドンに帰りました」

伯爵の表情は変わらぬままだったが、指で椅子の腕をこつこつたたきはじめた。

ホップルはますます早口になって言った。「どうやらロンドンにおりますミスター・トゥートゥラムの両親が熱病にかかって床に伏せってしまったため、息子の助けが必要になったようでございます。ひどく汗をかいて下痢を起こす、たちの悪い病気で、しかも、た、たいへん感染しやすく」

伯爵は片方の黒い眉を吊り上げた。

「それに、ミスター・トゥートゥラムには兄弟がふたり、姉妹が三人、年老いた祖母、おばがひとりに飼い猫が一匹おりまして、全員が感染してしまい、自分たちだけではもうお手上げという状態になってしまったのです」ホップルは言葉を切って、伯爵を見た。

沈黙。

ホップルはよけいなおしゃべりをしないよう必死に言葉を控えた。

「猫だと？」スウォーティンガム卿はつっけんどんに言った。

ホップルはもごもごと返事をしようとしたが、汚い怒鳴り声を浴びせられ、言葉を飲みこんだ。そして最近習い覚えた動作で、さっと首をひっこめた。その直後、伯爵がドアに向かって投げつけた壺が頭上をかすめて飛んでいった。すさまじい音をたてて壺が割れ、かけらがばらばらとあたりに飛び散った。犬はどうやら伯爵が激怒したときの奇妙な行動には慣れっこになっているらしく、ただため息をついただけだった。

伯爵は息を荒らげ、漆黒の瞳でホップルをにらみつけた。「代わりを見つけてあるんだろうな」

首に巻いたスカーフが急にきつく感じられるようになった。ホップルはスカーフの上端を指でなぞる。「ええと、その、つまり、もちろん、いろいろとあたってはみたのです。実際、近隣のすべての村をさがしまわりました。ですが――」彼は息をぐっと吸いこみ、勇敢にも主人と目を合わせた。「まだ新しい秘書は見つかっていないのでございます」

スウォーティンガム卿はぴくりとも体を動かさずに言った。「四週間後に開かれる農業協会主催の一連の講演のために、原稿を秘書に清書させなければならないのだ」ひとつひとつの言葉が威圧的に響く。「二日以上もつ秘書が好ましい。さがせ」伯爵は別の紙をひっつかむとまた読みはじめた。

謁見は終了したのだった。

「かしこまりました」ホップルはあわてて椅子からぴょんと立ち上がると、ドアのほうにそそくさと向かった。「ただちにはじめます」

もうすぐドアに届くというところで、ホップルは伯爵の低いどら声に呼び止められた。

「ホップル」

あと少しで逃げ出せるところだったのに！　ホップルはばつが悪そうにドアノブに伸ばした手をひっこめた。「何でございましょうか？」

「期限はあさっての朝だ」

ホップルは、下に向けたままの主人の頭を見つめ、ごくりと唾を飲みこんだ。ヘラクレスがアウゲイアスの牛小屋を初めて見たときもきっとこのような気分だったのだろう（ギリシャ神話で、ヘラクレスは一二の難業のひとつとして、三〇年間掃除したことがなかったアウゲイアスの牛小屋の糞の始末を命じられた）。

第五代スウォーティンガム伯爵エドワード・デラーフは、ノースヨークシャーの領地からの報告書を読み終え、積み重ねられた書類の山の上に、それを眼鏡とともにぽんと置いた。窓から差しこむ光は急速に弱まりつつあり、まもなく暗くなるだろう。椅子から立ち上がって窓の外をながめる。犬も立ち上がって伸びをし、歩いて主人のそばに立つと、そっと頭で主人の手を小突いた。エドワードは気のないようすで犬の耳をなでてやった。

この数カ月のあいだに、夜中に姿をくらました秘書はこれでふたり目だった。怒りっぽい主人と思われているのだろう。どいつもこいつも一人前の男というよりは、ハツカネズミのような臆病者だった。ちょっと癇癪を起こして、ほんのわずかに声を荒らげただけで、すたこら逃げ出した。あいつらのうちのだれかひとりに、昨日馬で跳ね飛ばしそうになったあの女の度胸の半分でもあれば……エドワードは唇をねじ曲げた。道の真ん中に突っ立って何をしていた、と怒鳴りつけたときの、女の答えにひそんでいた皮肉を見逃しはしなかった。そうだ、あの女は、わたしが激怒しているのを見ても少しもひるんでいなかった。やめていった秘書たちにあの気概がなかったのが残念でならない。

エドワードは暗い窓の外をにらみつけた。そして、もうひとつ気にかかってしかたがないことがあった……落ち着かない気分にさせられることが。少年時代をすごしたこの屋敷は、昔とはすっかり変わってしまっていたのだった。

もっとも、自分もいまではいい年になっている。このレイヴンヒル・アビーを最後に見たときは、家族の死を悼む少年にすぎなかった。あれから二〇年、北方の領地とロンドンのタウンハウスを行き来して暮らしてきたが、それだけ時を経ても、どちらの場所も自分の家とは感じられなかった。このアビーに近づかないようにしていたのは、家族といっしょに住んでいたときと同じではないことがわかっていたからだ。もちろん、いくばくかの変化は予想していた。しかしこれほど寂しいものだとは覚悟していなかった。そして、このはりさけそうな孤独感も。どの部屋も空っぽで、その空虚さは彼を打ちのめし、かつてこの家に満ちていた笑いと光を思い出さずにいられない彼をあざ笑うのだった。

家族の思い出。

この屋敷にふたたび住もうと考えた理由はただひとつ。ここへ新婦を連れてきたいと考えたからだった。現在、結婚の条件について交渉中の未来の妻を。短期間で終わった最初の結婚のときと同じ、どこか別の場所に住むという過ちはおかすまい。当時彼は、若い妻の生まれ故郷であるヨークシャーに近いところに住んで妻を喜ばせたいと考えた。だが、それは失敗だった。若くして妻が亡くなってから年月が経つうちに、彼はこう思うようになった。どこに居を構えようと、妻はけっして幸福にはなれなかったのだと。

エドワードは窓から離れて、書斎のドアに向かって大股で歩きはじめた。今度は自分で決めたとおりにはじめよう。アビーに住み着いて、ここをもう一度わが家にするのだ。ここは伯爵家の領地であり、ここにわたしの家族の樹の種をまくのだ。そしてこの結婚に果実が実り、廊下に子どもたちの笑い声が鳴り響くようになれば、きっとこのレイヴンヒル・アビーも生気を取り戻すだろう。

2

さて、公爵の三人の娘たちはみんなたいそう美しかった。一番上の娘は蒼黒く光る見事な黒髪だった。二番目は燃えるような赤毛で、乳のように肌が白かった。末娘は顔も髪もなにもかもが金色で、日の光を全身に浴びているかのように見えた。しかし、父親から思いやりに満ちた心を受け継いだのは、この末娘だけだった。彼女の名をオーリアという……。

――『カラスの王子』より

リトル・バトルフォードには、良家の淑女がつける職はほとんどないと知って、アンナは愕然とした。今朝家を出るときも、そう簡単に職は見つからないだろうとは覚悟していたものの、多少の望みはあると思っていた。子どもに読み書きを習わせるために家庭教師をさがしている家か、話し相手をほしがっている高齢の貴婦人が見つかりさえすればいいのだ。そんなに難しいことじゃないわよね？

ところが、その読みは甘かった。

もう午後も半ばをすぎていた。泥の坂道を登ったり下ったりしつづけたせいで足が痛むが、働き口はまだ見つかっていなかった。年老いたミセス・レスターには文学趣味はなく、本を読んでもらいたいなどと思ってもいなかった。いずれにせよ、娘婿はたいそうけちで、義母に話し相手を雇うつもりはさらさらなかった。アンナはほかにも何人か婦人を訪ねて、職を求めていることをそれとなくほのめかしてみたが、雇う金がないか、雇う気がない人ばかりだった。

それでアンナはとうとうフェリシティ・クリアウォーターの家にやってきたのだった。フェリシティは土地の資産家クリアウォーターの三番目の妻で、夫よりも三〇歳も年下だった。クリアウォーターはこの地方ではスウォーティンガム伯爵に次ぐ大地主だった。名士の妻という自負をもつフェリシティは、自分をリトル・バトルフォードの重要人物と考えており、貧しいレン家を見下していた。しかし、フェリシティには家庭教師をつけるにはちょうどいい年ごろの娘がふたりいたので、アンナは彼女を訪ねてみることにした。アンナは角ばった小石の上を歩く猫のように、拷問さながらの半時間を耐えた。ようやくアンナの訪問の意図をくみとったフェリシティは、労働をしない滑らかな手で、完璧に結い上げられた髪をなでつけ、猫なで声で音楽はおできになるの、と尋ねた。

アンナの家族が住んでいたころの牧師館にはハープシコードを買う余裕はなかった。フェリシティはそれをよく知っているはずだった。少女のころ何度か牧師館に来たことがあったのだから。

アンナは深く息を吸いこんだ。「残念ながら、楽器は弾けませんの。でも、ラテン語とギリシャ語なら少しできますわ」

フェリシティはぱっと扇を開き、その陰でくすくす笑った。「あら、ごめんなさい」笑いを鎮めてから彼女は言った。「でも、うちの娘たちにラテン語やギリシャ語などといった紳士の教養みたいなことを習わせるつもりはありませんのよ。淑女にはふさわしくありませんでしょう？」

アンナは歯を食いしばりながら、なんとか笑顔をつくった。だがその辛抱も、フェリシティが、新しい皿洗いメイドが必要かどうか厨房にきいてあげましょうかと言いだすまでだった。話の流れは悪くなる一方だった。

アンナはため息をついた。結局、皿洗いメイドかそれ以下の仕事しか見つからないかもしれない。でも、それならばフェリシティの家で雇われるのだけはごめんだわ。家に帰ろう。

金物屋の角をまわったところで、こちらに向かって急いで歩いてきたフェリックス・ホップルとアンナはあやうくぶつかりそうになった。レイヴンヒルの家令の胸まであと一〇センチというところで、彼女ははっとして立ち止まった。マザー・レンのために買った針の包み、黄色い刺繍糸、そして小さな紅茶の袋がバスケットから地面にこぼれおちた。

「おお、失礼いたしました、ミセス・レン」小柄なホップルは、落ちたものを拾い集めながら息を切らして言った。「ぼんやりと前をよく見ずに歩いていたものですから」

「ご心配なく、大丈夫ですから」アンナは彼のスミレ色と深紅のストライプのベストに目をやってから、まばたきした。あら、まあ。「伯爵様がとうとうレイヴンヒルに腰を落ち着けられたと聞きましたわ。あなたはさぞかしお忙しいことでしょうね」

村は、長いこと不在だった謎めいた伯爵がふたたびこの地方にあらわれたという話でもちきりだった。もちろんアンナも、人に負けないくらい伯爵に好奇心を抱いていた。じつを言うと、先日の馬の事件の当事者である、あの無礼な紳士はもしかすると、と思いはじめていたのだ……。

ホップルはふうっと長いため息をついた。「まあそんなところです」ハンカチを引っ張り出して、眉をぬぐう。「旦那様の新しい秘書をさがしにいくところなのです。ところがこれが、そう簡単にはいかないのですよ。最後に面接した男性は紙にしょっちゅうインクのしみをつけているし、綴りのほうも怪しいようなのです」

「それじゃあ秘書失格ですわね」とアンナはつぶやいた。

「まことに」

「きょう、見つからなかったとしたら、日曜に教会にいらしたらどうかしら。たくさんの紳士が集まりますわ」アンナは言った。「きっといい人が見つかります」

「ところがそれではだめなのです。旦那様は明日の朝までに新しい秘書を連れて来いとおっしゃっていましてね」

「そんなに急に？」アンナは目を見開いた。「期限が厳しすぎますわね」ふとある考えが浮かんだ。

家令は針の包みの泥を拭き取ろうとしているが、うまくいかないようだ。

「ミスター・ホップル」アンナはゆっくりと言った。「伯爵様は男性の秘書でなければならないとおっしゃいました？」

「あ、いいえ」ホップルは包みを拭くのに一所懸命で、上の空で答えた。「ただ、新しい秘書を雇えとおっしゃっただけで、ほかには――」彼は急に口をつぐんだ。

アンナは平たい麦わら帽子をまっすぐに直して、意味ありげににっこり笑った。「じつはですね、このごろ考えておりましたのよ。自分は暇をもてあましていると。ご存じないかもしれませんが、わたし、たいへん読みやすい字を書きますの。それに綴りにも自信があります」

「まさか、あなたが……？」ホップルは度肝を抜かれた顔をした。まるで釣竿にひっかけられたオヒョウという大きな魚がラベンダー色のかつらをつけているみたいだった。

「ええ、そうです」アンナはうなずいた。「わたしではいかがかしらと思いまして。明日、九時か一〇時にレイヴンヒルにうかがえばよろしいかしら？」

「で、では、九時に。伯爵様は早起きでいらっしゃるので。で、ですが、本気なのですか、ミセス・レン――」ホップルは言葉を詰まらせた。

「もちろん、本気ですとも、ミスター・ホップル。さあ、これですべて決まりですわね。では、明日の九時にお目にかかります」アンナはあっけにとられている家令の袖をぽんぽんと軽くたたいた。彼は狼狽しきっているように見えた。アンナは背中を向けて歩きだそうとしたが、ひとつとても重要なことを思い出して立ち止まった。「あとひとつ。お手当はいかほどでしょうか？」

「手当？」ホップルは目をぱちくりさせている。「それは、ええと、旦那様は、このあいだ辞めた秘書には月に三ポンドを支払うおつもりでした。それでよろしいでしょうか？」

「三ポンド」アンナは声を出さずに唇だけ動かしてそうつぶやいた。いきなり、今日がすばらしい日に思えてきた。「それでけっこうでございますわ」


「それから、二階の部屋の多くは風を通さなければならないし、おそらく塗装もしなおさなければならないだろう。わかったか、ホップル？」エドワードはレイヴンヒル・アビー正面階段の最後の三段をひとっ飛びで下り、厩に向かった。背中にあたる夕方の日差しが暖かい。いつものように、犬が主人のあとをついていく。

　返事がなかった。

「ホップル！」エドワードはブーツでざざっと砂利を鳴らしながら体をまわし、後ろを振り返った。

「少し、お待ちくださいませ」家令は正面階段を下りはじめたところだった。息を切らしているようだ。「すぐにまいります……いま……すぐに」

　エドワードは足でこつこつと地面をたたきながら、ホップルが追いついてくるのを待ち、それからくるりと背中を向けた。中庭に入ると砂利は玉石に変わる。「二階の部屋のことはわかったな？」

きりにめくる。


「二階の部屋のことと申されますと？」小柄な家令は、ぜいぜいしながら手にした帳面をし
「家政婦に命じて、部屋に風を入れさせるのだ」エドワードはゆっくり繰り返した。「塗り替えが必要かどうか調べろ。ほら、しっかりついてこい」

「はい、旦那様」ホップルは帳面に書きつけながら言った。

「ところで、秘書は見つかったんだろうな」

「ええ、まあ……」ホップルはじっとメモを見つめたままだ。

「明日の朝までと言ってあったな」

「はい、たしかに。じつは、ひ、ひとり心当たりがありまして、その人物がよいのではないかと――」

　エドワードは厩につづく巨大な両開きのドアの前で立ち止まった。「ホップル、つまり秘書は見つかったのか、見つからなかったのか？」

　家令は動揺を隠せない。「はい、見つかったと申し上げてもさしつかえないかと存じます」

「ではどうして見つかったと言わなかったのだ？」伯爵は険しい顔になった。「その男に何か問題でも？」

「い、いいえ」ホップルは趣味の悪い紫色のベストをなでた。「その秘書は、ひ、秘書としては申し分ありません」視線は厩の屋根のてっぺんについている馬の形の風向計に据えられている。

エドワードも風向計を見上げた。きーきーと音を立てながらゆっくりと回転している。視線をひきはがし、下を見ると、横にいる犬も頭を上に向けて風向計を見つめていた。

エドワードは首を振った。「よろしい。その男がやってくる明日の朝は、わたしは不在だ」彼らは夕日に照らされている庭から厩の薄暗がりへと進んだ。犬が先に走って中に入り、隅のほうをかぎまわった。「だからおまえが、その男にわたしの原稿を見せ、だいたいの仕事の内容を説明しておきなさい」エドワードは振り向いた。なんだかホップルのやつ、ほっとしたような顔に見えるが、思いすごしか?

「はい、旦那様」と家令は返事をした。

「明日の早朝、ロンドンに発ち、今週いっぱいは向こうだ。わたしが帰るときには、置いていった原稿をすべて清書させておくように」

「かしこまりました」ホップルは明らかに顔を輝かせて言った。

エドワードは家令をじろじろながめてから鼻を鳴らした。「帰ってから、新しい秘書に会うのが楽しみだ」

ホップルのほほえみは消えた。


レイヴンヒル・アビーって、なんだか威圧的な場所だわ――翌朝、アンナは屋敷につづく道をてくてく歩きながら思った。村から屋敷までは四キロ以上あり、ふくらはぎが痛みはじめていた。運のいいことに、太陽は明るく輝いていた。リトル・バトルフォードからここまでの小道はまわりが開けた草地だったが、ここからはがらりと風景が変わり、道の両側には古いオークの木立が並んでいる。樹齢を重ねた木々のあいだは広く空いていて、二頭の馬を並べて走らせることができるほどだった。

アンナは角を曲がるとはっと息を飲み、立ち止まった。木々の下の柔らかい緑の草地には点々と黄色の水仙がちらばっている。その上に張り出している木々の枝には新芽が吹きはじめたばかりで、ほとんどさえぎられることなくさんさんと日光が降り注いでいる。どの花も黄色く透明な光を放ち、まるで触れたら消えてしまいそうな美しい夢の世界を見ているようだった。

こんな場所から二〇年近くも離れて暮らせるなんて、いったい伯爵はどんな人なのだろう。アンナは子どものころ、両親といっしょにこの村の牧師館に引っ越してきた。その数年前に、天然痘の大流行が村を襲ったという話を聞いたことがある。村人の多くが命を落としたという。いまの伯爵の家族も天然痘で全員が亡くなったと聞いていた。でも、ときどきは訪れるくらいのことはしてもよかったのではないかしら？

アンナは首を振りながら歩きつづけた。水仙の野原をすぎると、雑木林が終わり、はっきりとレイヴンヒルが見えてきた。灰色の石でできた古典的な様式の四階建ての屋敷だった。一階から二階正面の中央玄関がひときわ目立つ。玄関の両側には彫刻をほどこした階段があり、一階につづいていた。開けた広い土地の真ん中に立つ屋敷《アビー》は、大海に浮かぶ島のように、孤独で傲慢に見えた。

アンナはアビーへの長い小道を歩きだした。近づけば近づくほど自信がしぼんでいく。正面玄関はあまりにも威圧的だった。アビーに近づくとアンナは一瞬躊躇して、道の角を曲がった。ちょうど曲がりきったところで使用人用の入り口が見えた。このドアも背が高く、両開きだったが、少なくとも御影石の階段を上らなくてもすむ。深く息を吸いこんでから、大きな真鍮のノブをぐいっと引いて、広いキッチンに足を踏み入れた。

銀髪の大柄な女性が巨大な中央テーブルのところに立っていた。やかんほどの大きさの陶器のボウルに腕を肘のあたりまでつっこんでパン生地をこねていた。髪は頭のてっぺんでまとめられていたが、幾筋かほつれだして、赤く染まった頰に汗でくっついていた。彼女のほかに部屋にいるのは皿洗いメイドと靴磨きの少年だけだった。三人はいっせいにアンナのほうを見た。

銀髪の女――おそらく、料理人？――が粉だらけの腕をボウルから上げた。「なにか？」

アンナは顎先を上げた。「おはようございます。わたしは伯爵様の新しい秘書のミセス・レンです。ミスター・ホップルがどこにいらっしゃるかご存じですか？」

料理人はアンナに視線を据えたまま、少年に向かって叫んだ。「ちょっと、ダニー。ミスター・ホップルのところへ行って、ミセス・レンがキッチンに来ていると伝えておいで。ほら、急いで」

ダニーはキッチンを飛び出していき、料理人はまたパン生地を練りはじめた。

アンナは立ったまま待った。

大きな暖炉のそばにいた皿洗いメイドは、ぼんやりと腕をかきながらこちらを見つめていた。アンナはメイドに笑いかけた。すると少女はさっと目をそらした。

「淑女が秘書をするなんて話は聞いたことがありませんよ」生地のほうに顔を向けたまま、すばやく手を動かしながら料理人は言った。種をぽんと上手にテーブルにのせると、今度はまわしながらこねて、丸くまとめていく。前腕の筋肉が収縮するのが見えた。「もう、旦那様にお会いになったんですか？」

「いいえ、まだ正式に紹介されたことはありません」とアンナは答えた。「ミスター・ホップルと話し合って決まりましたの。あの方は、わたしが伯爵様の秘書になることに、まったく不安を感じていらっしゃいませんでしたわ」少なくとも、ミスター・ホップルはそれを口に出しはしなかった、とアンナは心の中でつけ加えた。

料理人は顔を上げずに、うなるように言った。「ま、そのほうがよかったですよ」パン生地をくるみ大にちぎっては、それを丸めて球にしていく。パンの球の山ができあがった。

「バーサ、トレイをとっておくれ」

皿洗いメイドは鋳鉄製のトレイを持ってきて、球をその上に並べていった。「旦那様に怒鳴りつけられると、恐ろしくて震え上がってしまいます」とメイドは小声で言った。

料理人は皮肉たっぷりの視線をメイドに投げかけた。「あんたはフクロウの声にだって震え上がるじゃないか。伯爵様は立派な紳士でいらっしゃる。十分なお給金を払ってくださり、ちゃんと定期的にお休みもとらせてくれるんだから」

バーサは唇を噛んで、慎重に球を並べていく。「でも旦那様は、きつい言い方をなさいます。だからミスター・トゥートゥラムは出ていって——」メイドは料理人ににらまれていることに気づき、突然口をつぐんだ。

気まずい沈黙はホップルの登場によって破られた。今日のベストはどぎついスミレ色で、全体に深紅のサクランボの模様が刺繍されていた。

「ごきげんよう、ごきげんよう、ミセス・レン」こちらを見ている料理人とメイドをちらりと見て、声を落とす。「本当によろしいんですな、つまり、仕事のことですが」

「もちろんです、ミスター・ホップル」アンナは自信たっぷりに見えるよう家令にほほえみかけた。「伯爵様にお会いできるのを楽しみにしておりますの」

背後で料理人がふんと言ったのが聞こえた。

「ああ、そのことですが」ホップルは咳払いをした。「旦那様は用事があってロンドンへお出かけになりました。あちらですごされることもよくあるのですよ」それから、秘密を打ち明けるかのように声をひそめた。「教養ある紳士たちとお会いになるのです。伯爵閣下は農業に関しては権威でいらっしゃるので」

アンナは落胆した。「では、お帰りになるまで待たねばなりませんの?」

「いいえ、その必要はございません」とホップルは言った。「旦那様は原稿を置いていかれましたから、それを清書してください。書斎にご案内いたしましょうか?」

アンナはうなずき、家令のあとをついてキッチンを出た。裏の階段を上ると大廊下に出た。

床はピンクと黒の大理石が寄木のように美しくはめこまれていたが、薄暗くてよく見えなかった。大玄関広間に着き、アンナは大階段を見上げた。まあ、なんて大きい。階段は彼女の家のキッチンほどの広さがある踊り場につづいており、さらにそこから二股に分かれ、アーチを描いて暗い上の階へとつながっていた。たったひとりでこんなだだっ広い家に住むなんて。いくらたくさんの召使がいるとはいえ。

アンナはホップルが話しかけているのに気づいた。

「前の秘書、そしてもちろんその前の秘書も、階段の下の自分の部屋で仕事をしておりました」小柄な家令は言った。「ですが、その部屋は暗く寒々としておりましてね。ご婦人には向かないかと。そこで、旦那様がお仕事をなさる書斎で仕事をしていただくのが一番だろうと考えました。ただし」ホップルは息を切らしながら尋ねた。「あなたがご自分の部屋がほしいとおっしゃらなければ、ですが？」

ホップルは書斎のほうを向いて、アンナのためにドアを開けた。部屋に入ったアンナが突然立ち止まったので、彼はぶつかりそうになって横によけた。

「いいえ、とんでもない。ここで十分です」アンナは自分の声がとても落ち着いて聞こえることに内心驚いた。なんてたくさんの本！　三方の壁はすべて本棚になっていて、暖炉を取り囲み、アーチ型の天井近くまで届いていた。部屋の隅に、がたつきそうな車輪つきの梯子が置かれていた。上の棚の本を取るためのものだろう。この本が全部自分のもので、好きなときに読めたら。それを想像するだけで胸が躍る。

ホップルは彼女を洞穴のような部屋の隅に導いた。そこには巨大なマホガニーの机があり、一メートルばかり離れた向かい側に、それよりも小さい紫檀《したん》の机が置かれていた。

「ここでございますよ、ミセス・レン」ホップルは興奮気味に言った。「必要と思われるものはすべて用意しておきました。紙、羽根ペン、インク、ふきん、吸い取り紙、それから砂。これが、旦那様が清書してほしいとおっしゃっていた原稿です」乱雑に積み重ねられた一〇センチほどの厚みの紙束を彼は指さした。「呼び鈴の引き紐はあちらの隅に。よろしければ、料理人が喜んでお茶や軽い食事を用意いたします。ほかに何かお入り用なものは？」

「いいえ、ありませんわ。何から何までありがとうございます」アンナは体の前で手を組み、圧倒されているようすを見せまいとした。

「そうですか？　では、もっと紙が必要になったり、ほかに何かありましたら、お知らせください」ホップルはにっこりほほえむと、書斎を出てドアを閉めた。

アンナはエレガントな小さな机に向かって座り、磨きこまれた象嵌《ぞうがん》細工の上にそっと指を滑らせた。なんて美しい机だろう。ため息をついて、原稿の最初のページを手に取る。右にひどく傾いた、太い筆跡がページを埋めていた。あちこちの文章が線で消され、入れる箇所を矢印で示した訂正文がいくつもページの余白に書きこまれていた。

アンナは書写をはじめた。彼女の字は小さく、形が整っていた。ときどき手を止めて、読みにくい単語を判読しようとする。伯爵はたいへんな悪筆だった。しかし、少しすると、字の癖にも慣れてきた。

お昼を少しまわったころ、アンナは羽根ペンを置いて、指先についたインクを拭いた。それからおずおずと、部屋の隅の呼び鈴の紐を引いた。何の音もしなかったが、きっと、ベルはどこか遠くで鳴っているはず。だれかがお茶を運んできてくれるだろう。呼び鈴の近くの本の列をながめる。浮き出し模様がほどこされた、ラテン語のタイトルの分厚い本ばかりだ。好奇心にかられて、一冊抜き出してみる。その拍子に、別の薄い本がどさりと床に落ちた。すぐに腰をかがめて拾い上げ、だれかに見られたかしらとドアをちらりと見る。しかし、呼び鈴に応えてやってくる者はいないようだ。

拾い上げた本に目を向ける。それはバターのように柔らかい手触りの赤いモロッコ革で装丁されており、タイトルはなかった。たったひとつの装飾は、表紙の右下に浮き出し加工でつけられた金色の羽根だけだった。アンナは眉をひそめて、最初に選んだ本を書棚に戻し、それから慎重に赤い革の本を開いた。見返しには、子どもらしい字で、「エリザベス・ジェイン・デラーフの本」と書かれていた。

「何かご用でしょうか?」

若いメイドの声に驚き、アンナはあやうく赤い本を取り落としそうになった。あわてて本を棚に戻し、メイドにほほえみかけた。「お茶をいただけますか?」

「かしこまりました」メイドはさっとお辞儀をすると、それ以上何も言わずに立ち去った。アンナはふたたびエリザベスの本をちらりと見たが、慎み深くふるまうのが大事と思いなおし、机に戻ってお茶を待つことにした。

五時になると、ホップルが書斎に急いでやってきた。「第一日目はいかがでした？　それほど骨が折れることはありませんでしたでしょう？」彼は清書し終わった原稿を手に取り、最初の数ページに目を通した。「たいへんよくできています。これならば旦那様も満足なさって、印刷屋に出されることでしょう」どうやらほっとした口調だ。

この人は、わたしがちゃんとやれるかどうか一日中心配していたのかしら、とアンナは思った。持ち物を集め、もう一度すべてきちんと片づいているのを確かめてから、ホップルに挨拶をして、アンナは家に向かった。

マザー・レンは、アンナが帰宅するなりやってきて、質問攻めにした。ファニーですら、伯爵のもとで働くのはすごいことだと思っているのか、アンナをあこがれの目で見つめている。

「でも、伯爵にはお目にかかれもしなかったんです」といくら言ってもだめだった。

それから数日間はすみやかにすぎていき、清書した原稿の束はどんどん厚くなっていった。日曜日はうれしい休息の日となった。

月曜にアビーに着くと、屋敷は活気づいていた。伯爵がとうとうロンドンから戻ったのだ。アンナがキッチンに入っていっても、料理人はスープから顔を上げようともせず、熱心にかきまわしていた。いつもなら出迎えてくれるホップルの姿も今日は見かけない。アンナはひとりで書斎に上がっていき、とうとう雇い主に会えるのだと期待に胸を膨らませた。

ところが、部屋は空っぽだった。

まあ、いいでしょう。アンナはがっかりして、息を吐き、紫檀の机の上にランチバスケットを置いて、仕事をはじめた。時間はどんどんすぎていき、聞こえるのは紙をこする羽根ペンの音だけだ。しかし、しばらくすると、だれかが部屋にいる気配を感じた。顔を上げ、思わずはっと息を飲んだ。

大きな犬が机の横に立っていた。手を伸ばせば届くほどの近さだ。犬はまったく音を立てずに部屋に入ってきたのだ。

アンナはじっと動かず、冷静に考えようと努めた。犬は怖くなかった。子どものころには、かわいい小さなテリアを飼っていた。しかし、この犬ほど大きな犬に出会ったことがなかった。しかも、どこかで見たことがある気がする。そうだ、一週間ほど前、この犬はあの不快な男性の横を走っていた。大通りで馬から落ちたあの人の。ということは……まあ、なんてこと。アンナが立ち上がると、犬が一歩近づいてきたので、書斎から逃げ出そうかと思った。しかし考えなおして、ふうっと息を吐き、ゆっくりとまた座った。犬とじっと見つめあう。手のひらを下に向けて、犬のほうに差し出した。犬ににおいをかがせるためだ。犬はその動きを目で追ったが、そんな手には乗るものかと知らん顔だ。

「いいわ」アンナは静かに言った。「あなたが動こうとしないなら、少なくとも仕事の邪魔はされないわね」

ふたたび羽根ペンを握り、すぐ近くの巨大な犬の存在を無視しようと努める。しばらくすると犬は座ったが、まだ彼女を見つめたままだ。マントルピースの上にかかっている時計が一二時を知らせたので、アンナはペンを置き、指先を拭いた。用心深く、ゆっくりと両腕を頭上に伸ばす。

「あなたもランチはいかが?」とアンナは犬に話しかけた。毎朝持ってくるバスケットにかかっている小さな布をとり払った。呼び鈴を鳴らしてお茶を頼もうかとも考えたが、下手に動いて犬を刺激するのはどうかとためらう。

「もしだれもわたしのようすを見に来てくれなかったら」犬に向かってぶつぶつ文句を言う。「わたしはあなたのせいで、午後中、この椅子に釘づけよ」

バスケットにはバターつきのパンとりんごと楔形に切ったチーズが布に包まれて入っていた。パンの皮を犬に差し出してみたが、においをかごうとすらしない。

「好き嫌いが激しいのね」アンナはそのパンを自分の口にほうりこんだ。「きっと、キジ料理とシャンペンの食事に慣れているんだわ」

犬は相変わらず何を考えているのかわからない。

アンナはパンを食べ終わり、犬にじっと監視されながらりんごに移った。でも、本当に危険な動物だったら、屋敷内で放し飼いにはしないわよね? 最後に残ったのはチーズだった。包みを開きながら息を吸いこみ、チーズの独特な香りを味わった。チーズはいまのレン家にとってはぜいたく品だ。アンナは舌なめずりした。

犬はその瞬間をとらえて、首を伸ばし、チーズのにおいをかいだ。

アンナはチーズを口に入れる手前で、動きを止めた。最初にチーズを見てから、視線を犬に向けた。犬は茶色の瞳をうるませて、重い前足をアンナのひざにのせてきた。アンナはため息をついた。「チーズをご所望ですか？」少しちぎって、手のひらにのせて犬に差し出す。

チーズのかけらは一飲みで消え、チーズのあった場所に唾液のあとが残った。左右に振れる犬のしっぽが絨毯をなでる。犬はもっとくれといわんばかりの目で見つめてくる。アンナは厳しく眉を吊り上げた。「なんたる恥知らず」

残りのチーズもこの獰猛そうな相手にやってしまうと、ようやく犬はアンナに頭をなでさせた。広い頭をなでながら、あなたはなんて立派で誇り高い犬なのかしらと話しかける。すると、廊下を歩くブーツの音が聞こえてきた。顔を上げると、スウォーティンガム伯爵が戸口に立って、熱く焼けた黒曜石のような目で彼女を見つめていた。

3

公爵の領地の東の土地を治めていたのは、神も人も恐れぬ強大な王子だった。残酷で、しかも強欲な男で、公爵が豊かな土地をもち、領地の民が幸せに暮らしていることが妬ましくてならなかった。ある日、王子は大軍を率いて公爵領に攻め入り、土地を略奪し、人々を襲った。そしてついに城壁の前まで軍を進めた。年老いた公爵は銃眼つきの胸壁のてっぺんに登り、敵兵の海をながめた。眼下の石壁から地平線まで人の海はつづいていた。このような大軍をどうやって倒せるというのだ？　公爵は自分の民と、おそらく拉致されて辱められるであろう娘たちのことを思い涙した。絶望にうちひしがれてたたずんでいると、カラスの鳴き声に似た声が聞こえてきた。「公爵よ、泣くな。まだ完全に負けたわけではない……」

——『カラスの王子』より

エドワードは自分の書斎に入ろうとして、はっと立ち止まった。わが目を疑うかのように、まばたきをする。秘書の机に女が座っている。

一歩下がって、本当にここが自分の書斎なのか、確かめたい衝動にかられたが、ぐっとこらえた。代わりに目を細め、侵入者を観察した。茶色のドレスを着た小柄な女で、髪はやぼったいフリルの帽子ですっかり隠されている。背筋をまっすぐに伸ばして座っているので、背中は椅子の背もたれに触れてもいない。いわゆる、経済的に恵まれていない良家の婦人という感じだ。ただし、この女は——あろうことか、犬をなでている。あの巨大な猛犬を。犬はだらしなく頭を下げ、間抜け面の酔っぱらいさながらに顎の脇から舌をだらりと垂らして、うれしそうに半分瞼を閉じている。

エドワードは犬をにらみつけながら、「だれだ?」と女に尋ねる。思わず声が荒々しくなってしまった。

女は唇を引き結んだ。その唇にエドワードの視線は引きつけられた。こんなに官能的な口を見たのは初めてだった。口幅が広く、上唇は下唇よりもふっくらとしており、一方の端がやや下がっていた。「アンナ・レンと申します。犬の名前は何といいますの?」

「知らん」彼は急ぎすぎないように、わざとゆったりとした足取りで部屋に入った。

「でも」彼女は眉をひそめた。「飼っていらっしゃるんですよね?」

エドワードは犬をちらりと見る。一瞬、魔法にかかったように、犬の毛皮に通された彼女の優美な指に見とれてしまう。

「そいつはいつもわたしにつきまとって、わたしのベッドの横で眠っている」エドワードは肩をすくめた。「だが、わたしの知るかぎりでは、名前はない」

エドワードは紫檀の机の前で立ち止まった。彼女が部屋から逃げ出すには、彼の横を通り抜けなければならない。

アンナ・レンは不満そうに眉を下ろした。「でも、名前がなくては。呼ぶときはどうするのですか？」

「呼ぶことはほとんどない」

女はとりたてて美人というわけではなかった。細く高い鼻、茶色の目、それからちらりと見えるかぎりでは茶色の髪。すべてが平凡。ただし、唇だけは別だ。

彼女は舌先で唇の端をなめた。

エドワードは、自身がぴくんと硬く立つのを感じた。彼女がそれに気づいて、慎み深い淑女らしくショックを受けたりしなければいいがと願った。まったく何ということだ。見ず知らずのぱっとしない女に欲情するとは。

犬は会話に退屈したらしく、アンナの手から離れ、ため息をついて暖炉のそばに寝そべった。

「必要なら、勝手につければいい」エドワードはふたたび肩をすくめ、右手の指で机に触れた。

吟味するような視線を向けてくる女の顔に見覚えがあった。エドワードは目を細めた。

「あなたは先日、大通りでわたしの馬を驚かせた人だな？」

「そうです」彼女はうわべだけ申し訳なさそうな顔で答えた。「あなたを落馬させてしまい、本当にすみませんでした」

無礼な。「落馬したのではない。鞍から下りたのだ」

「そうでしたかしら？」

むかっとして言い返そうとしたとき、彼女が紙の束を差し出した。「今日清書した分をご覧になりますか？」

「ふむ」彼はうなるように言った。

ポケットから眼鏡を取り出し、鼻にのせた。手にしたページに心を集中させるのにちょっと時間がかかったが、じっくり見てみると、この新しい秘書の筆跡には見覚えがあった。昨夜、不在中に清書された原稿を読んだ際、字のきれいさは認めるものの、なんだか女みたいな筆跡だと思ったのだった。

エドワードは眼鏡の縁の上から、小柄なアンナ・レンを見つめ、ふんと鼻を鳴らした。女みたいじゃない。女だったのだ。どうりでホップルがなんとなく言葉をにごしていたわけだ。

さらに数行読み進むうちに、ふと思いついたことがあった。ちらりと女の手を見ると、指輪をはめていない。なるほど、このあたり一帯の男たちは、彼女に恐れをなして、求婚しようとはしないのだろう。

「結婚していないのか？」

彼女は驚いたようだった。「夫は亡くなりました」

「そうか」ということは、求婚されて、結婚もしたが、いまは独身というわけだ。守ってくれる男はいない。

それにしても、こんなさえない女に欲望を感じるとは。あの唇以外、魅力などひとつもないじゃないか……ぎこちなく姿勢を変え、また原稿を読むのに専念しようとした。インクのしみも、綴りの間違いも見つからなかった。いかにもこの小柄な茶色っぽい未亡人の筆跡だ。心の中で渋面をつくった。

お、あったぞ、間違いが。エドワードは眼鏡の縁の上から未亡人をにらみつけた。「綴りが間違っている。ここはeではなく、tだ。わたしの字が読めないのか?」

ミセス・レンはここはじっと我慢だとでもいうように、深く息を吸いこんだ。すると豊かな胸がさらに膨らんだ。「じつは、おっしゃるとおりでございます。読めないところもあります」

「ふーむ」エドワードはうなった。彼女が言い返してこなかったので少しがっかりする。憤慨すれば、何度も深く息を吸いこんだだろうに。

エドワードは原稿を読み終えて、机の上に投げた。すると紙束はすっと机の上を滑った。アンナは眉をひそめてばらばらになった紙の山を見つめ、腰をかがめて床に落ちた一枚を拾った。

「十分だろう」と彼は言って、アンナの背後に歩み寄った。「わたしは午後、ここで仕事をするが、あなたは清書を仕上げてしまいなさい」

彼はアンナの後ろから手を伸ばして、机の上の綿ぼこりを払った。一瞬、彼女のぬくもりと、温かい体から立ち昇るかすかな薔薇の香りが感じられた。彼女が体をこわばらせたのがないな？」

わかった。

エドワードは背筋を伸ばした。「明日は、領地に関係する仕事を手伝ってほしい。異存はないな？」

「はい、もちろんでございます」

彼女が体をねじって自分を見ているのを感じたが、彼はすでにドアに向かって歩きだしていた。「よろしい。ここで仕事をはじめる前に片づけておかなければならないことがある」

エドワードはドアのそばで立ち止まった。「そうだ、ミセス・レン」

アンナは眉を上げた。「何でございましょう？」

「わたしが戻るまで、アビーから出てはならない」エドワードは廊下へ出て決然と歩きだした。ホップルのやつ、さがし出してとっちめてやる。

アンナは目を細めて書斎を出ていく伯爵の背中を見つめた。なんて高圧的な人かしら。後ろ姿にすら、高慢さがぷんぷんにおう。幅広い肩、そして傲然と傾けた頭。

あの最後の言葉はいったいどういう意味だろう。アンナは眉を寄せて、火の前で寝そべっている犬に問いかけるような視線を送った。「どうしてわたしがここから出ると？」

マスチフは片目を開けたが、答えを求められていないと感じたのか、また閉じてしまった。

アンナはため息をついて首を振り、紙の山から新しい紙を取った。わたしは伯爵の秘書なのだ。だから、高圧的な態度にも慣れなくちゃ。そしてそんなことを考えていることをおくびにも出さないようにしなくては。

三時間後、原稿はほとんど仕上がり、根を詰めて仕事していたので肩が凝りはじめた。伯爵はあんなことを言っておきながら、まだ戻ってこない。ため息をついて右腕を曲げたり伸ばしたりしてから、立ち上がった。部屋の中をちょっと歩きまわるといいだろう。犬は彼女を見上げ、立ってあとをついてきた。ぼんやりと、指を棚の本につたわせる。大部の書ばかりだ。背表紙のタイトルから察するに地理学関連の書物のようだ。この本たちは、先週見つけた赤い表紙の本よりもずっと大きい。アンナは立ち止まった。あのときメイドがやってきたのであわててあの本を棚に戻し、それ以来、もう一度見てみる勇気がもてなかった。しかしいま、彼女は好奇心にかられて、呼び鈴の紐のそばの書棚に近づいた。

あった。このあいだ、わたしが入れたまま、背の高い書物に隠れている。その赤い表紙の薄い本は手招きしているように見えた。アンナは本を引き抜き、タイトルのページを開いた。凝りに凝った飾り文字で書かれているので読みにくいが、どうやら『カラスの王子』と書かれているらしい。著者の名はなかった。彼女は眉を吊り上げ、数ページめくってみた。すると巨大な黒いカラスの挿絵があった。ふつうの鳥よりもずっとずっと大きい。カラスは石の壁の上に留まっており、その横には長い白ひげの男が疲れた表情で立っている。カラスは、老人の知らないことを知っているとでもいうように、頭を少し傾げていて、そのくちばしはいまにも――。

「何を持っている?」

伯爵の低い声にびっくりして、アンナは本を取り落としてしまった。あんなに大きな人が、どうしてまったく音を立てずに動けるのか。彼は靴についた泥で絨毯が汚れるのも頓着せず、部屋を横切って、彼女の足元に落ちていた本を拾い上げた。表紙を見た伯爵の顔から表情が消えた。アンナには彼が何を考えているのかわからなかった。

それから伯爵は顔を上げた。「茶の用意をするように言いつけたはずだが」ぼそりとつぶやき、呼び鈴の紐を引いた。

大きな犬は主人の空いているほうの手に鼻づらを押しつけた。彼は犬の頭をかいてやり、それから体をまわして、机の引き出しに本をしまった。

アンナは咳払いをした。「ちょっと見ていただけです。お気にさわったのでないといいのですが――」

メイドがやってきたので、伯爵は手を振ってアンナを黙らせた。メイドに命じる。「ビッツィー、料理人にお茶と、パンか何か適当なものを用意させろ」それからアンナをちらりと見て、思いついたようにつけ加えた。「ケーキかビスケットがあるかどうかも聞け。わかったな」

わたしに甘いものは好きかと聞きもしないのね、とアンナは思った。まあ、甘いものは大好物だけれど。メイドはぴょこんと頭を下げ、急いで部屋から出ていった。

アンナは口を結んだ。「お気にさわったのならお許し――」

「別にかまわん」と伯爵はさえぎって、机に向かい、インクやら羽根ペンやらをがたがたと取り出しはじめた。「好きなだけ見るがいい。本が何かの役に立てば幸いだ。だが、あなたの興味を引くような本があるかどうかは疑問だが。わたしの記憶が確かなら、ほとんどが退屈な歴史書だ。おまけにかび臭い」

伯爵は立ち止まって、机の上にあった紙をじっくり読みはじめた。アンナは口を開いて何か言おうとしたが、彼が原稿を読みながら羽根ペンをなでるようすに見とれてしまい、言葉が出なくなった。その手は、紳士の手にしては、いやに大きくて日に焼けていた。手の甲には黒い毛が生えている。きっと胸にも毛が生えているんだわ、という考えがふと浮かんだ。彼女は背筋を伸ばし、えへんと咳払いした。

伯爵は顔を上げた。

「公爵《デューク》という名前はいかがでしょう？」

一瞬、彼はぽかんとした顔をしたが、すぐに何の話か気づいたようだった。考えこむように犬を見る。「それはまずい。こいつのほうが、階級が上になってしまう」

三人のメイドが食べ物や食器をどっさりのせたトレイを持ってやってきたので、アンナは答えずにすんだ。メイドたちは窓際のテーブルにお茶の用意をすると下がっていった。伯爵はアンナに手ぶりで長椅子を勧め、自分はテーブルの反対側に置かれていた椅子に腰かけた。

「お入れしましょうか？」

「頼む」と伯爵はうなずいた。

アンナはお茶をカップに注いだ。伯爵に一挙一動を見られているような気がしたが、目を上げると、彼は自分のカップを見つめていた。食べ物の量は半端でなかった。バターつきパン、味の違う三種類のゼリー、冷たいスライスハム、鳩肉のパイ、チーズ、二種類のプディング、糖衣をかけた小さなケーキ、そしてドライフルーツ。伯爵の皿にはそれぞれを少しずつとった。運動のあと男の人はとてもお腹を空かせているものなのだわと思い出す。それから自分の皿にケーキをひとつとフルーツを何切れかのせた。伯爵には、食べながら会話する習慣はないらしく、皿の上の食べ物をつぎつぎに平らげていった。

アンナはレモンケーキを少しずつかじりながら彼を観察した。

伯爵はゆったりと椅子に座り、片脚は直角に曲げ、もう一方はテーブルの下に伸ばしていた。アンナはその姿を下から上へと目で追った。泥はねがついたひざまである長いブーツ、筋肉質の腿、引き締まった腰、平たい腹、そして胸から幅広い肩へと。これほどすらりとした体つきにしては、肩幅はとても広かった。視線をすばやく彼の顔に走らせると、黒い瞳がぎらりと彼女を見返した。

アンナは赤面して咳払いした。「あなたの犬はとても——」彼女はとりたててほめるところのない犬をちらりと見た。「めずらしいですわね。こんな犬を見たことがありませんわ。どこで手に入れられたのですか？」

伯爵は鼻を鳴らした。「というより、どこであいつがわたしを見つけたかときくべきだな」

「え？」

伯爵はため息をついて、椅子の上で姿勢を変えた。「あいつはちょうど一年ほど前、わたしのノースヨークシャーの屋敷の庭にあらわれた。小道を歩いているときに見つけたのだ。痩せこけて、ノミだらけ。首と前脚には縄が巻きついていた。縄を切ってやると、あのくそ犬は屋敷の中までついてきた」彼は椅子の横にいる犬に向かって顔をしかめた。

犬はうれしそうに尾を振った。伯爵がパイの皮を放ってやると、ぱくんと口で受け取った。

「それ以後、こいつはわたしにつきまとって離れない」

アンナはほほえまないように、唇を引き締めた。目を上げると、伯爵に口元を見つめられているような気がした。ま、いやだ。糖衣のかけらが口についていたかしら？　あわてて指で唇をぬぐう。「お助けになってから、犬はあなたにとても忠実なのでしょうね」

伯爵はうなった。「というより、ここでもらう食べ残しに忠実なのだな」伯爵はいきなり立ち上がり、食器を下げさせるために呼び鈴を鳴らしにいった。犬はそのあとを追う。どうやらお茶の時間はおしまいのようだ。

あとは穏やかに時がすぎていった。

伯爵は黙って静かに書きものをするタイプではなかった。

ぶつぶつひとりごとを言ったり、後ろでひとつにまとめている髪に指をつっこんでかきむしったりするので、ほつれ出た髪の房が頬にかかる。ときには、唐突に立ち上がり部屋中を歩きまわってから、また机に向かって一心不乱に書きはじめることもあった。犬は、執筆中の主人の落ち着かないようすには慣れているようで、平然と暖炉の前に寝そべっていびきをかいていた。

廊下の掛け時計が五時を打った。アンナは荷物を集めてバスケットに入れ、帰り支度をはじめた。

伯爵は眉をひそめた。「もう帰るのか？」

アンナは手を止めた。「五時になりましたから」

彼は驚いたようすで、暗くなりはじめた窓に目をやった。「そのようだな」

伯爵は立ち上がって、アンナが荷物をまとめるのを待ち、玄関まで送っていった。廊下を歩きながらアンナは背後にいる男性の存在をひどく意識した。彼女の頭は彼の肩にも届かないくらいだ。あらためて伯爵の背の高さを感じた。

屋敷の前の道に馬車が停まっていないのを見て、伯爵は顔をしかめた。「馬車はどこだ？」

「馬車はありません」アンナはきっぱりと言った。「村から歩いてきました」

「ああ、そうだったのか。ここで待ちなさい。わたしの馬車をまわさせよう」

アンナは辞退しようとしたが、伯爵はすでに階段を駆け下り、厩のほうにすたすたと歩いていってしまっていた。彼女のもとに残った犬は、うなって座った。アンナは犬の耳をなでてやった。アンナと犬は、木のてっぺんを鳴らして吹き抜けていく風の音を聞きながら、静かに待った。突然、犬が耳をぴくんと動かして、立ち上がった。

馬車ががたがた音を立てながら角を曲がってやってきて、正面階段の前に停車した。伯爵は馬車から降りてくると、アンナのために扉を押さえた。犬は興奮気味にアンナより先に階段を駆け下りた。

伯爵は眉を寄せて犬をにらみつけた。「おまえは乗らないのだ」

犬は頭を垂れて、すごすごと主人の横に立った。アンナは手袋をはめた手を伯爵の手に置き、馬車に乗りこんだ。一瞬、力強く男らしい手が彼女の手をぎゅっと握り、それからその手は離され、彼女は赤い革張りの座席に腰かけた。

伯爵は体をかがめて馬車の中をのぞきこんだ。「明日は昼食は持ってこなくていい。いっしょに食事をとろう」

アンナが礼を言う前に伯爵は御者に合図を出し、馬車はがくんと一度揺れて走りだした。首をまわして後ろを見ると、伯爵はまだ大きな犬といっしょに階段の前に立っていた。なぜか、そのもの悲しく孤独な光景は、彼女の胸をいっぱいにした。アンナは頭を振り、まっすぐ前を向いて、自分をしかりつけた。伯爵様はあなたの同情など必要としていないのよ。

エドワードは馬車が角を曲がって見えなくなるまで見つめていた。あの小柄な未亡人を自分の目の届かないところにやってはいけなかったような気がして、妙に落ち着かない。彼女と書斎ですごした今日の午後は、不思議に心癒される時間だった。彼は顔をしかめた。アンナ・レンはわたしにふさわしい女性ではない。階級が違う。それに彼女は、村に住む良家の婦人だ。浮気を気軽に楽しむような都会の洗練されたレディではないのだ。

「来い」と彼は腿をたたいた。

犬は書斎へ向かう主人についていった。書斎はふたたび寒々としたわびしい場所に戻っていた。ミセス・レンがいたときにはもう少し暖かかったような気がした。彼女が座っていた紫檀の机の後ろに歩いていくと、ハンカチが床に落ちていた。白い布地のひと隅に花の模様が刺繡されていた。スミレの花か？　少しゆがんでいるので、はっきりとはわからない。エドワードはハンカチを顔に近づけ、においをかいだ。薔薇の香りがした。

指でハンカチをいじりながら、暗くなった窓に近づく。ロンドンでの用事は万事うまくいった。リチャード・ジェラード卿は娘とエドワードとの結婚を承諾した。ジェラードは準男爵にすぎないが、家柄は古くしっかりしていた。母親は七人の子を産み、そのうち五人は立派に育ち成人している。しかも、ジェラードはノースヨークシャーのエドワードの領地の隣に相続人が限定されていない土地を所有していた。長女の持参金にこの土地をつけることはしぶっていたけれど、エドワードはそのうち説得できるだろうという手ごたえを感じていた。なにせ、娘婿に伯爵を迎えるのだ。自らの家柄に箔が付くことは疑いがない。ところで、娘のほうだが……。

エドワードの思考は止まった。なかなか彼女の名前が思い出せない。しばらくしてやっと思い出した。シルヴィアだ。そう、シルヴィア。彼女とはあまり長い時間をすごしてはいなかったが、この結婚に対し、本人に異存がないことはちゃんと確かめてあった。彼女自身に、天然痘の痕がいやではないかと率直に尋ねてみたのだ。彼女は、いいえ、そんなことはありませんと答えた。エドワードは手をぐっと握り締めた。彼女は正直に答えたのだろうか？　彼女も、嘘をついた女は過去に何人もいた。そして彼はそれにころりとだまされてしまった。彼女も、彼が聞きたがっていることを言っているだけかもしれない。そしてじつは彼を嫌悪していたことを知るのは結婚したあとかもしれない。しかし、ほかに道はあるのか？　嘘をつかれている可能性を恐れて、一生独身ですごし、子孫を残さないほうがいいのか？　いや、そんな運命に甘んじるのはいやだ。

頬を人差し指でなでると、肌に柔らかい布地の感触があった。まだあのハンカチを握っていたのだ。しばらくそれをじっと見つめ、親指で布地をなでてみた。それから丁寧にたたみ、机の上に置いた。

彼は大股で部屋を出た。犬が影のように主人のあとを追った。

大きな馬車に乗ってアンナが帰宅したので、レン家のふたりはびっくりした。御者が家の外に馬を停めるのを居間からカーテン越しにのぞいているファニーの白い顔が見えた。従僕が昇降用の階段を下ろしてくれるのを待って、アンナは気恥ずかしく感じながら馬車を降りた。

「ありがとう」とアンナは若い従僕に礼を言った。「それから、御者さんにもお手数をかけてしまって、すみません」

「とんでもございません、奥様」御者のジョンはかぶっている丸い帽子のつばに指先で触れて言った。「無事お家までお送りできて光栄でした」

従僕が馬車の後ろにぴょんと飛び乗り、アンナに会釈をすると、御者は舌を鳴らして馬に合図した。馬車が出発するやいなや、マザー・レンとファニーが家からいまにも転びそうな勢いで飛び出してきて、アンナを質問攻めにした。

「伯爵様のお計らいで、馬車で送っていただいたの」アンナは家に向かって歩きながら説明した。

「おやまあ、なんてご親切な方でしょう」マザー・レンは感嘆の声をあげた。

アンナは、伯爵が自分の馬車を使いなさいと命じたときのようすを思い出した。「ええ、本当に」ショールとボンネットを脱ぐ。

「では、伯爵様ご本人にお会いになったんですね?」ファニーが聞いた。

アンナは少女にほほえみかけて、うなずいた。

「あたしは、伯爵様になんて一度もお目にかかったことがありません。どんなお方なんです?」

「ふつうの男の人と変わらないわ」とアンナは答えた。

そうは言ったものの、本当かどうか自信がなかった。もし伯爵がほかの男性と同じだとしたら、彼に議論を吹っかけたくてたまらなくなるのはなぜだろう? 知り合いの中には、彼女をそんな気持ちにさせる男性はひとりもいなかった。

「顔にひどい天然痘の痕があるって聞きましたけど」

「ファニー」マザー・レンが声をあげた。「外見よりも内面のほうがはるかに大切なのですよ」

三人はこの高潔な言葉をしばらくじっくりと考えた。ファニーは眉間にしわを寄せて考えこんでいる。

マザー・レンは咳払いをした。「天然痘の痕は、伯爵様のお顔の上半分全体にあるという話だわ」

アンナは思わずにやりとしそうになるのをこらえた。「たしかに痕はありますけど、それほど目立ちませんわ。それに、たっぷりとした黒髪とすてきな黒い目をお持ちです。それに声がとても魅力的なの。美しいといってもいいくらい。とくに静かに話されるときには。非常に背が高くて、肩幅が広く筋肉質で」彼女は唐突に言葉を切った。

マザー・レンが妙な目つきでアンナを見ていた。

アンナは手をひねって手袋を脱いだ。「夕食は？」

「夕食？　ああ、そうだったわね、もうじき用意ができますよ」マザー・レンはファニーをキッチンに追い立てた。「今夜はプディングとてもおいしそうなロースト・チキン。ファニーがね、鶏をファーマー・ブラウンの店でずいぶんよい値段で手に入れてきたの。このごろだいぶ値切るのがうまくなったわ。あなたが仕事を見つけたお祝いにと思って」

「まあ、すてき」アンナは階段を上りはじめた。「顔を洗ってきますわ」

マザー・レンはアンナの腕に手を置き、「ねえ、本当に大丈夫？」と低い声で言った。「ある程度の年齢がいった女性でも、ときどき、男性に夢を抱いてしまうことがあるのよ」いったん言葉を止めてから、急いで言い切る。「伯爵様は身分が違う。傷つくだけだわ」

アンナは自分の腕に置かれた、年老いたか弱い手を見下ろした。それからわざと明るい笑みを浮かべて顔を上げた。「大丈夫ですわ。わたしとスウォーティンガム卿のあいだに何か個人的な感情がはさまるのは不適切だということくらい心得ています。ご心配にはおよびません」

マザー・レンはもう一度アンナの目をのぞきこんでから、彼女の腕をぽんぽんとたたいた。

「急いでね。今夜はまだ夕食が焦げてないのよ」

4

公爵が振り返ると、城壁の上に巨大なカラスが留まっていた。鳥はぴょんぴょんと近づいてきて、頭を傾げた。「おまえの娘のひとりをわたしの嫁として差し出すなら、王子を打ち負かす手伝いをしてやろう」「不埒者め！」年老いた公爵は怒りでぶるぶると身を震わせた。「娘をうす汚い鳥に嫁がせるだと！　そんなことをほのめかすだけでも無礼千万」「友よ、言うことだけは立派だな」カラスはくわっくわっと笑った。「だが、短気を起こさぬことだ。それはじきに、娘たちの命も自分の命も失うことになる」公爵はカラスをじっと見つめた。それはふつうのカラスではなかった。金の鎖を首に巻いており、そこには王冠の形をしたルビーのペンダントが下がっていた。公爵は振り返って、城門まで押し寄せている恐ろしい敵軍を見やった。失うものはほとんどないと悟った公爵は、このいかがわしい取引に応じた……。

——『カラスの王子』より

「スウィーティという名前はいかがかしら？」アンナは煮林檎をスプーンですくいながら尋ねた。

アンナと伯爵は巨大なダイニングテーブルの片端に座っていた。マホガニーのテーブルの反対側の表面がうっすらとほこりに覆われているところから見て、この部屋はあまり使われていないらしい。伯爵がここで夕食をとることすらないのかもしれない。しかし、先週は毎日このダイニングルームでふたりは昼食をとった。その一週間で、アンナは伯爵がおしゃべりではないことを知った。何日も、うなり声やそっけない簡単な返事しか返ってこなかったので、雇い主から長い答えを引き出すのが一種のゲームのようになっていた。

ステーキとキドニーパイを切っていたスウォーティンガム卿は、その手を休めて言った。

「スウィーティ?」

彼の視線が自分の口元に注がれていることにアンナは気づき、唇を舌でなめた。「ええ、スウィーティってかわいらしい名前じゃありません?」

ふたりは同時に、伯爵の椅子のかたわらにいる犬を見下ろした。犬は牙を輝かせて、スープのだしをとった骨をかじっていた。

「その名前は、やつの性格にまったく似つかわしくないように思えるが」と伯爵は言って、パイを自分の皿にのせた。

「まあ、そうかもしれませんわね」アンナは食物を噛みながら、考えこむように言った。「でも、伯爵様はちっともいい名前を考えてくださいませんのね」

伯爵は肉のかたまりをじっと見つめた。「それはつまり、この犬に名前がなくてもわたしはちっともかまわないからだ」

「子どものころに犬をお飼いになったことはありませんの？」

「わたしが？」子どものころには頭がふたつあったのかときかれたかのように面食らった顔で伯爵は言った。「いや」

「ペットはいませんでしたの？」

彼はパイをにらみつけた。「そうだな、母が抱き犬を飼っていた――」

「ほら、やっぱり」

「しかし、あれはパグで、とてつもなく怒りっぽい犬だった」

「それでも――」

「母以外の人間には、うなったり咬みついたりしたものだった」伯爵は思いにふけりながら、ひとりごとのようにつづけた。「みんながあいつを嫌っていた。従僕を咬んだこともあった。父はしかたなくその哀れな従僕に一シリングやっていたっけ」

「そのパグに名前は？」

「フィドルズ」伯爵はうなずくと、パイを一口ほおばった。「しかし、サミーはやつのことをおしっこ《ピドル》と呼んでいた。それから、サミーがわざとゼリー菓子を食べさせたこともあったな。犬の口蓋にゼリーをくっつかせて、困らせてやろうとしたのだ」

アンナはほほえんだ。「サミーというのは弟さんですか？」

スウォーティンガム卿は口元にワイングラスを持っていき、一瞬間をおいてからワインをあおった。「そうだ」グラスをきちんと皿の横に置く。「今日の午後は、領地のことでいろいろと片づけなければならないことがある」

アンナのほほえみは消えた。言葉のゲームは終わったようだ。

伯爵はつづけた。「明日、ホップルが、排水に問題がある土地を見てほしいと言っているので、あなたにも馬でいっしょに来てもらいたい。わたしたちが解決法を話し合っているあいだ、そばでメモをとってほしいのだ」彼は目を上げた。「乗馬服は持っているだろうな」

アンナは指でティーカップの縁をたたいた。「じつは、馬に乗ったことがありません」

「一度もか？」彼は眉を吊り上げた。

「わが家には馬がいませんので」

「そうか、そうだったな」伯爵は、アンナが乗馬用の服を持っていないのはおまえのせいだとでもいうように皿の上のパイをにらみつけた。「乗馬に使えそうなドレスは持っているか？」

アンナは頭の中でわずかばかりの服のレパートリーを吟味した。「古いドレスを直せば使えると思います」

「よろしい。では、明日それを着てきなさい。わたしが乗り方を初歩から手ほどきしよう。それほど難しいことはない。たいして遠くへ行くわけではないから」

「まあ、でも」アンナは反対した。「伯爵様のお手を煩わすのは気が引けます。馬番のだれかに教えてもらいますわ」

「いや」伯爵はアンナをぎろりと見た。「わたしが教える」

高圧的な人だこと。アンナは口を引き結んで、言い返すのを抑え、代わりにお茶を少し飲んだ。

伯爵は二口でパイを食べ終わり、椅子を後ろに押した。「ミセス・レン、夕方あなたが帰宅する前に、書斎に寄る」彼は、つぶやくように来いと犬に声をかけて、すたすたと部屋を出ていった。そのあとを、いまだに名前のない犬がついていった。

アンナは主人と犬の背中を目で追った。心がざわめくのは、犬と同じように命令されるのがいやだから？　それとも、伯爵自ら乗馬のレッスンをすると言い張ったことに、感激してしまったから？　アンナは肩をすくめて、残った紅茶を飲みほした。

書斎に入り、机に向かって清書をはじめた。少しして、新しい紙に手を伸ばすと、紙が切れていた。あら、困ったわ。立ち上がって呼び鈴を鳴らし、紙を持ってきてもらおうと思ったが、伯爵の机の横の引き出しに入っていたことを思い出した。机の前に体を滑りこませ、引き出しを開けた。新しい紙の束の上にあの赤い革表紙の本がのっていた。アンナは本をどけて、紙を数枚引き抜いた。すると、一枚の紙がふわりと床に落ちた。拾い上げてみるとそれは手紙か請求書のようだった。奇妙な絵が一番上に印刷されている。どうやらふたりの男とひとりの女が描かれているようだが、その小さな人たちが何をしているのかわからない。アンナは手紙をいろいろな方向に傾けて、じっくり調べた。

部屋の隅で、暖炉の火がはじけた。

突然、アンナはそれが何の絵なのかを理解し、あやうく紙を取り落としそうになった。ひとりのニンフと二頭の半人半獣の怪物サテュロスが、とても可能とは思えないようなかっこうで絡み合っているのだった。頭を横に傾げてみる。ええ、たしかに可能ではある。そのみだらな絵の下には飾り文字で「アフロディーテの洞窟」と書かれてあった。これは、そこですごした二晩に対する請求書だったのだ。ページ上方のこの卑猥な小さな絵を見れば、アフロディーテの洞窟がどんな場所かは容易に想像がついた。娼館が仕立て屋みたいに毎月請求書を送ってくるとは思ってもみなかったが。

むかむかして胃がひっくり返りそうになった。こんな請求書が机の引き出しに入っているところを見ると、スウォーティンガム卿はこういう場所にしょっちゅう通っているということだ。アンナはどすんと椅子に腰を下ろし、手で口を押さえた。彼に男の生々しい欲望がひそんでいることを知って、どうしてこんなにうろたえるのだろう？　伯爵は成熟した男性で、何年も前に妻を失っている。彼が生涯禁欲生活をつづけると思う人がいるとしたら、よほど世俗のことにうとい人だけだろう。アンナはひざの上の忌まわしい紙のしわを手で伸ばした。しかし、伯爵がどこかの美女とそうした時間をすごしていると考えるだけで、自分の胸に不思議な感情がこみあげてきたという事実は消えなかった。

怒り。そう、怒りを感じたのだ。世間は伯爵に禁欲を求めたりはしないが、彼女にはそれを求める。男である伯爵は、評判の悪い場所に出かけて、魅力的で洗練された娼婦たちと一晩中遊んでいても評判は落ちない。しかし、女である自分は貞節を守るのがあたりまえとされる。黒い瞳や胸毛に覆われた胸を思い描くことさえ許されざる行為だ。そんなの不公平だ。

まったくもって不公平だわ。

　アンナはもうしばらくのあいだ、その胸くその悪い請求書について考えてから、それを注意深く新しい紙の下に入れた。引き出しを閉めようとしたが、ふと、カラスの本に目が吸い寄せられた。彼女は口を引き結び、衝動的に本をさっと取り上げた。自分の机の中央の引き出しに本をしまい、仕事を再開した。そのあとは時間が経つのがひどく遅く感じられた。伯爵は約束したにもかかわらず、野外から戻ってくることはなかった。

　数時間後、アンナは家に向かう馬車に揺られていた。窓ガラスを指の節でこつこつとたたきながら、景色が野原から村の泥道へと変わるのをながめる。革張りのシートが湿気を含んでかび臭いにおいを放っていた。角を曲がると、見なれた道に出た。アンナは急に立ち上がって馬車の屋根をたたいた。御者のジョンが馬に声をかけ、馬車はがくんと揺れて停止した。ここは、アンナの家よりも少し立派な新しい家が立ち並ぶ地区だった。道から三軒目に、窓枠の白い赤煉瓦の家があった。アンナはその家のドアをノックした。

　すぐにメイドが顔をのぞかせた。

　アンナは少女にほほえみかけた。「こんにちは、メグ。ミセス・フェアチャイルドはいらっしゃる？」

「ごきげんよう、ミセス・レン」黒髪のメイドは朗らかにほほえんだ。「訪ねてきてくださって、奥様はお喜びになりますわ。居間でお待ちください。いま、奥様にお知らせしてきます」

メグはアンナを明るい黄色の壁の居間へ案内した。マーマレード色の猫が絨毯の上に寝そべり、窓から斜めに差し込む夕方の日差しを浴びていた。長椅子には裁縫道具の入ったバスケットが置かれ、糸がだらしなく外に垂れ下がっていた。アンナは腰をかがめて猫をなでながら待った。

ぱたぱたと階段を下りてくる足音がして、レベッカ・フェアチャイルドが戸口に姿をあらわした。「ひどいわ！　ずいぶんご無沙汰じゃないの。あなたの助けが必要なのに、見捨てられてしまったのかと思いはじめていたところよ」

しかし、彼女はその言葉とは裏腹に急いで駆け寄ってきて、アンナを抱きしめた。丸く膨らんだお腹が邪魔になる。風をいっぱいにはらんだ船の帆のようだ。

アンナも心をこめて友を抱きしめた。「ごめんなさい、あなたの言うとおりよ。会いに来ないなんてわたしの怠慢だわ。お元気だった？」

「太ったわ。いいえ、本当のことよ」レベッカは否定しようとするアンナの言葉をさえぎった。「あのやさしい旦那様のジェームズでさえ、もうわたしを抱えて階段を上ろうとはしなくなったの」彼女はいきなりどすんと長椅子に腰を下ろしたので、あやうく裁縫バスケットをお尻でつぶしそうになった。「騎士道精神はとうの昔になくなったのよ。それはともかく、レイヴンヒル・アビーでのお仕事のことを聞かせてちょうだい」

「知っていたの？」アンナは友の向かい側にある椅子に腰かけた。

「知っていた、ですって？　このあたりでは、その噂でもちきりよ」レベッカは芝居がかったようすで声をひそめた。「暗く謎めいたスウォーティンガム伯爵は若い未亡人を雇った。その意図はだれにもわからないが、毎日伯爵は彼女とふたりきりで書斎にこもり、邪悪な目的を達しようと……」

アンナは顔をしかめた。「わたしは伯爵の書いた原稿を清書しているだけよ」

レベッカはそのありふれた説明を手で振り払った。ちょうどそのとき、メグがお茶のトレイを持ってやってきた。「身も蓋もないことを言わないで。あなた、伯爵本人に実際に会ったことのある数少ない人間のひとりだという自覚はあるの？　村の噂話によれば、伯爵は人に自分の姿を見られるのがいやで、あの不吉なお屋敷に閉じこもっているというじゃないの。評判どおり、近寄りたくないようなお方なの？」

「まあ、違うわ！」アンナの胸に怒りがこみあげてきた。まさか、スウォーティンガム卿の顔に天然痘の痕があるからと言いたいわけじゃないわよね。「たしかに、ハンサムではないけれど、魅力的でないわけでもないわ」少なくとも、わたしにはかなり魅力的に見えるのよ、と小さな声が心の中でささやく。アンナは眉をひそめて自分の手を見つめた。わたしはいつから天然痘の痕を見なくなり、その代わりにあの人の内面に目を向けるようになったのだろう？

「あら残念」レベッカは伯爵が恐ろしい人食い鬼のような人物でないと聞いてがっかりしたようだった。「伯爵様の暗い秘密を知りたかったわ。それから、あなたを誘惑しようとする話とか」

メグは静かに部屋を出ていった。

アンナは笑った。「暗い秘密のひとつやふたつお持ちでしょうけどね」あの請求書のことを思い出し、声がひっかかる。「でも、あの方がわたしに迫ったり、誘惑しようとしたりすることはないと思うわ」

「そりゃそうよ。あなたがそのみっともない帽子をかぶっているうちはね」レベッカはティーポットでアンナがかぶっている不細工な帽子を指し示した。「どうしてそんなものをかぶっているのか、理由がわからないわ。そんな年じゃないのに」

「未亡人は帽子をかぶることになっているのよ」アンナは気にするように帽子に手をやった。

「それに、誘惑されたくないし」

「まあ、いったいどうして?」

「それは――」アンナは黙りこんだ。

いまいましいことに、何も考えが浮かばない。伯爵に誘惑されたくない理由をひとつも思いつくことができないのだった。しかたないので、ビスケットを口に放りこみ、ゆっくりと嚙んだ。幸いレベッカはアンナが急に口をつぐんだことに気づいていないようで、あなたにはこんなヘアスタイルが似合うのよと別の話題に移っていた。

「レベッカ」アンナはそのおしゃべりをさえぎった。「ねえ、男の人はだれでもひとりの女性だけでは我慢できないのかしら?」

お茶のおかわりを注いでいたレベッカは、同情に満ちた目でアンナを見上げた。

アンナは顔が赤らむのを感じた。「つまり――」

「いいの、わかっているから」レベッカはゆっくりとティーポットをテーブルに置いた。「わたしには男性全般の話をすることはできないけど、ジェームズが妻を裏切るような人ではないことだけはかなりの自信をもって言えるの。それに、浮気をするような男性なら、もうとっくにそうしていると思うわ」と彼女は言ってお腹をぽんと軽くたたき、ビスケットに手を伸ばした。

アンナはじっと座っていられなくなった。ぱっと立ち上がって、マントルピースの上の置物をいじりはじめた。「ごめんなさい。ジェームズがそんな人でないことはわかっているの――」

「ありがとう」レベッカはふっと笑った。「このあいだフェリシティ・クリアウォーターが、子どもができたときに、夫がどんなふうにふるまうか話してくれたの。あなたにも聞かせたかったわ。フェリシティが言うには、どんな夫もこのときとばかり――」

アンナは瀬戸物の女羊飼いを手にとり、金色のボンネットに触れた。目がぼやけてよく見えない。

「今度はわたしが謝る番だわ」とレベッカが言った。

アンナは顔を上げなかった。これまでずっとレベッカは気づいていたのだろうかと考えてきた。彼女はやっぱり知っていた。アンナは目を閉じた。

「結婚の誓いを軽く考えるような男性は」レベッカが言っているのが聞こえた。「恥を知るべきよ」

アンナは羊飼いの人形をマントルピースの上に戻した。「では、その妻は？　夫が外に楽しみを求めたら、その罪の一部は妻にあるのではないの？」

「いいえ」とレベッカは答えた。「妻が責められることはけっしてないと思うわ」

アンナは急に心が軽くなった。ほほえもうとしたが、顔がこわばっている気がする。「あなたは最高の友だちだわ、レベッカ」

「そりゃそうよ」レベッカは自己満足した臨月間近の猫のように笑った。「その証拠に、メグを呼んで、クリームケーキを持ってこさせるわ。ね、ぜいたくしちゃいましょう！」

アンナは翌朝、古い青のウーステッドのドレスを着てアビーに行った。昨夜は真夜中すぎまでかかってスカートの裾を広げた。これで上品に馬に乗れるといいのだけれど。伯爵はすでに屋敷の玄関前でうろうろと歩きまわっていた。彼女を待っていたようだ。鹿皮のズボンに、腿の真ん中あたりまである茶色のブーツをはいていた。そのブーツはすり切れて形が崩れていて、アンナは、伯爵には身のまわりの世話をする従者はいないのかしらと考えた。そんな考えが浮かんだのはこれが初めてではなかった。

「ああ、ミセス・レン」伯爵は彼女のスカートに目をやった。「よろしい、それならば大丈夫だ」返事も待たず、屋敷をまわって厩に向かう。

アンナは小走りにあとを追った。

鹿毛の去勢馬にはすでに鞍がつけられ、馬番の少年に向かって歯をむいていた。少年は用心深い顔つきで腕をいっぱいに伸ばし、馬勒をつかんでいる。それとは対照的に、肉づきのいい栗色の雌馬はおとなしく石の踏み台の横に立っていた。犬が厩の後方からあらわれ、とび跳ねながらアンナのところへやってきた。横滑りして彼女の前で止まり、遅ればせながら威厳を保つふりをした。

「みーつけた」とアンナは犬にささやきかけ、耳をなでてやった。

「犬とたわむれるのはすんだか、ミセス・レン?」スウォーティンガム卿は犬を険しい顔でにらみつけながら言った。

アンナは背筋を伸ばした。「はい」

伯爵が踏み台を手で示したので、アンナはおそるおそる近づいた。横乗りのやり方は理屈の上では知っていた。しかし実際にやるとなるとそう簡単にはいかない。片足をあぶみにかけることはできたが、体を引き上げて反対側の脚を鞍頭にひっかけるのは難しかった。

「よろしいかな?」伯爵が背後から言った。腰を少しかがめて体をかぶせるようにしている彼の温かい息が頬に感じられる。かすかにコーヒーのにおいがした。

アンナは黙ってうなずいた。

伯爵は大きな手を彼女のウエストにかけて、軽々と抱え上げた。そっと鞍に乗せ、あぶみを押さえて足を入れやすいようにしてくれた。アンナはうつむいている彼の後頭部を見つめながら、頬が赤らんでくるのを感じた。彼は先ほど帽子を脱いで馬番にわたしていた。ひとつに束ねた髪にはいく筋か白いものが混ざっている。彼の髪は柔らかいのかしら、それとも硬いのかしら? 手袋をはめた手が、まるで自分の意思をもつかのように動き、軽く彼の髪に触れた。アンナはさっと手をひっこめたが、伯爵は何か感じたらしかった。顔を上げて、彼女の目を見つめた。それは永遠にも思われる瞬間だった。彼のまぶたが下がり、頬骨のあたりにうっすらと赤みがさすのが見えた。

それから彼は背筋をしゃんと伸ばし、馬勒をつかんだ。「この馬は非常におとなしい。ネズミでも出てこないかぎり、まったく問題なく乗りこなせると思う」

アンナは狐につままれたような顔で伯爵を見下ろした。「ネズミ?」

伯爵はうなずいた。「この馬はネズミを怖がるのだ」

「気持ちはわかりますわ」アンナはつぶやいた。ためらいがちに雌馬のたてがみをなでてみると、硬い毛の感触があった。

「名前はデイジーだ」と伯爵が言った。「わたしが庭で少しばかり引いてやろう。そうすればこの馬に慣れるだろう」

アンナはうなずいた。

伯爵が舌を鳴らすと、雌馬は体を揺すって歩きだした。アンナはたてがみを手でぎゅっと握った。体中が緊張する。地面から離れたこんなに高い場所で揺られながら移動するのは初めてだった。雌馬は頭を振った。

伯爵はアンナの手をちらりと見た。「この馬は乗り手の恐怖心を感じ取る。なあ、わたしのかわいい子よ？」

伯爵の最後の言葉で、ふっと気が楽になったアンナは、馬のたてがみを放した。

「それでいい。体の力を抜くのだ」彼の声が彼女を取り囲み、ぬくもりですっぽりくるんだ。「この馬はやさしく触れてやるほうがいい。なでてもらったり、かわいがってもらったりするのが好きなのだ。そうだろう、わたしの美しい子？」

彼らは厩の囲い地をぐるりと歩いた。伯爵の低い声が魔法のように馬を魅了する。その声を聞いているうちに、アンナ自身も魅了されて、熱く溶けていくような気がした。伯爵は簡単に手綱の持ち方と座り方を教えた。三〇分もすると、鞍の上でもかなり落ち着いていられるようになった。

スウォーティンガム卿は自分の馬に乗り、並足で小道を進んでいった。犬は早足で主人の横に従い、ときどき道の横の背の高い草むらに姿を消したかと思うと、数分後にはまた姿をあらわした。大きな道に出ると、伯爵は鹿毛馬を速歩で駆けさせ、またすぐに戻ってきて馬のエネルギーを発散させた。小さな雌馬は、自分も走ろうという気はないらしく、雄馬のこっけいなようすを見つめていた。アンナは顔を上に向けて太陽の光を浴びた。長い冬のあいだ、この日差しの暖かさがどんなに恋しかったことか。道の両側の生垣の下に、青白いサフランの花がきらりと輝くのが目に入った。

「ご覧になって。サクラソウですわ。今年初めてではありませんこと？」

伯爵はアンナが指さしたほうをちらりと見た。「あの黄色の花か？　いままで見たことがいたのを覚えているが、わたしは長いこと庭を見に行ったことがない……」

伯爵はその質問に少し驚いたようだった。「庭にはまだあるかもしれない。母が植えていた水仙が咲いているのを見ました。チューリップも植えていらっしゃいますの？」

「うちの庭で育てようと試みたことがあるんですが、どうも移植を嫌うみたいです。でも、アビーの雑木林に美しい水仙が咲いているのを見ました。チューリップなら少しありますわ。アビーの雑木林に美しい水仙が咲いているのを見ました。

なかった」

アンナは次の言葉を待ったが、伯爵はそれ以上何も言わなかった。「みんながみんな、庭いじりが好きというわけではありませんものね」と彼女は儀礼的に言った。

「母は庭仕事が好きだった」彼は道のかなたを見つめながら言った。「あなたが見た水仙は母が植えたものだ。母は、屋敷の後ろの広い塀で囲まれた庭も改修した。母が亡くなったとき……」彼は顔をゆがめた。「家族がみんな亡くなったとき、ほかにもっとやるべきことが、もっと重要なことがたくさんあった。だから、長いこと庭はうち捨てられたままだ。全部取り壊してしまえばいいんだが」

「まあ、そんなこと、ぜったいにだめです！」伯爵が眉を吊り上げたのを見て、アンナは声を落とした。「つまり、よい庭園はいつでも修復できると申し上げたいのです」

伯爵は渋面をつくった。「どの程度まで？」

アンナは冷静に言った。「庭自身が知っています」

伯爵は疑わしそうに眉をアーチ型に上げた。

「牧師館で育ったころ、わたしの母も美しい庭を持っていました」アンナは言った。「春にはクロッカスや水仙やチューリップ、それからナデシコ、ジギタリス、フロックス。スミレもあちこちに咲いていていました」

アンナがしゃべっているあいだ、スウォーティンガム卿はじっと彼女の顔を見つめていた。

「いま住んでいる小さな家には、もちろんタチアオイもありますし、母が育てていた花の多くも咲きますわ。もう少し場所があれば、薔薇も植えたいところです」と彼女はつぶやいた。「薔薇はかわいらしいですけど、かなり場所をとりますでしょ。野菜畑をつぶすわけにもいきませんから」

「もう少し暖かくなったら、アビーの庭園について助言してもらおうか」伯爵はそう言うと、鹿毛の頭をまわして、もっと細い泥道へ入っていった。

アンナは雌馬の向きを変えることに心を集中させた。顔を上げると水浸しの畑が広がっていた。ホップルはすでに到着していて、毛織物の上っ張りと麦わら帽子をかぶった農夫と話をしていた。農夫は、ホップルが着ている派手なピンクのベストが気になってしかたがないらしく、そちらにばかり目がいって、ホップルの顔をまともに見ることができないようだ。黒っぽい刺繍がベストの縁にほどこされている。近づくと、刺繍の模様はずらりと並んだ小豚のようだった。

「おはよう、ホップル、ミスター・グランドル」伯爵は家令と農夫に会釈した。ちらりとベストを見て、「ずいぶん面白い服だな、ホップル。そんな服はいままで見たことがない」と重々しい声で言った。

ホップルはにかっと笑って、片手でベストをなでた。「ありがとうございます、旦那様。この前ロンドンに行ったときに、小さな仕立て屋でつくらせたのでございます」

伯爵は長い脚をひらりとまわして馬を降りた。手綱をホップルにわたすと、アンナの馬のほうに歩いてきた。そっと彼女のウエストに手をかけて、馬から下ろす。ほんの一瞬、胸の先が彼の上着をこすると、ウエストを支えていた大きな手に力が入った。伯爵は彼女から手を離し、くるりと方向を変えて家令と農夫のほうを向いた。

彼らは畑を歩きまわり、排水の問題を調べるのに午前中を費やした。ある場所で、伯爵はひざまで泥水につかり、洪水の原因と思われる場所をさぐった。アンナは伯爵に手わたされた小さな帳面にメモをとった。古いスカートをはいてきてよかったと思った。あっという間に裾は泥だらけだ。

「どうやって畑の水を抜くおつもりですか？」馬でアビーに帰る途中、アンナは尋ねた。

「北側の境界あたりに排水溝を掘らなければならないだろう」スウォーティンガム卿は考えこむように目を細めた。「だが、問題が起こるかもしれん。そこから向こうは、クリアウォーターの土地だ。ホップルを使いにやって、許可をもらわなければならない。農夫はすでにエンドウの収穫をのがしている。もしすぐに土地から水が引かなければ、小麦も植えられなくなる——」伯爵は言葉を止めて顔をしかめ、アンナを見た。「すまん。こんな話はつまらんだろう」

「いいえ、とても興味がありますわ」アンナは鞍の上で姿勢を正し、デイジーが脇にそれそうになったのであわててたてがみをつかんだ。「土地管理についての原稿を清書していると、つい引きこまれてしまいます。わたしがご説明を正しく理解しているとすれば、農地には小麦のあとには豆を、それから飼料用のビートを植えるべきなのですね。でもだとすると、あの農夫は、次には小麦ではなく飼料用ビートを植えるべきなのでは?」

「一般には、あなたの言うとおりだが、この場合は……」

アンナは野菜や穀物について語る伯爵の低い声に聞き入った。農業ってこんなに面白いものだったのかしら? それなのにいままでちっとも気づかなかったなんて。なぜか、いままでは面白いと思ったことがなかったのだ。

一時間後の昼食の時間、エドワードは夢中になってミセス・レンに農地の排水についてのあらゆる方法を語っていた。もちろん、この話題は興味深いものだが、このような問題を女性に向かって話したことは一度もなかった。実際、少なくとも母と姉が死んでからは、女性と話をしたことなどほとんどないと言ってよかった。若いころには女性との軽いつきあいもあり、社交のための軽妙な会話も学んだ。しかし、男どうしのように、女性とまじめに意見を交換し合うというのは初めての経験だった。しかも、この小柄なミセス・レンと話をするのは楽しかった。彼女は小首を傾げて話を聞いている。ダイニングルームの窓を通して日光が差しこみ、彼女の頰をやさしく照らしていた。こんなふうに熱心に耳を傾けられていると、心が惑わされそうになる。

ときどき、彼が言ったことに対して、彼女が口元をゆがめてほほえむことがあった。その少し曲がったほほえみは魅力的だった。薔薇色の唇の片端はいつも反対側の端よりもやや上を向いていた。ふと気づくと、エドワードは彼女の唇を見つめていた。もう一度あのほほえみを見てみたい、その唇はいったいどんな味がするのだろう。彼はぷいと顔を横に向けて目を閉じた。股間の高まりがズボンの前あてを突き上げ、ひどく窮屈だった。新しい秘書といると、しょっちゅうこの問題に悩まされるのだった。

くそっ。もう三〇歳をすぎているのだぞ。女のほほえみにうっとりする若造ではない。股間が痛いほどいきり立ってさえいなければ、笑い飛ばせる状況なのだが。

ミセス・レンが何か尋ねている。エドワードははっとした。「何だ？」

「おかげんでも悪いのですか、伯爵様？」アンナは心配そうな顔で聞いた。

「大丈夫だ。なんでもない」深く息を吸いこみ、いらいらしながら、名前で呼んでくれたらいいのにと思った。彼女の口からエドワードと発せられるのを聞いてみたい。しかし、だめだ。秘書が主人を名前で呼ぶなどということは、礼儀に反する行為だ。

乱れた思考をなんとかまとめて彼は言った。「仕事に戻ろう」立ち上がって、大股で部屋を出る。平凡で小柄な未亡人からではなく、火を噴く怪物から逃れようとしているような気分だった。

時計が五時を打つと、アンナは午後に清書を終えた原稿をきちんと重ねて、伯爵をちらりと見た。彼は厳しい顔で目の前の書類をにらみつけていた。アンナは咳払いをした。

伯爵は目を上げた。「もう時間か?」

アンナはうなずいた。

彼は立ち上がり、アンナが荷物をまとめるのを待った。犬はふたりのあとから書斎を出たが、先に階段を駆け下りて、家の前の道に向かった。土の上に何かいいものでも落ちているのか、犬は熱心ににおいをかいでからごろりと横になり、うれしそうに頭や首をそれにこすりつけた。

スウォーティンガム卿はため息をついた。「馬番の少年にあいつを洗わせてからでないと、屋敷には入れられないな」

「うーん」アンナは考えながらつぶやいた。「アドニスはいかがかしら?」

伯爵がぎょっとしたような顔でこちらを見たので、アンナは笑いを抑えるのに苦労した。

「だめだわ。似合いませんわよね」とぼそぼそと言う。

犬は満足して立ち上がり、ぶるっと体を震わせた。片方の耳が裏返っている。それから小走りに彼らのもとにやってきたが、まだ耳は裏返ったままだ。

「ちゃんとしろ」伯爵は言って、耳を直してやった。

これを見てアンナはくすくす笑った。伯爵は横目で彼女を見たが、笑いを浮かべるかのように口元がぴくっと動いたのをアンナは見逃さなかった。そのとき馬車がやってきたので、アンナは伯爵の手を借りて馬車に乗りこんだ。犬は乗せてもらえないことを承知しており、ただ物ほしそうな目つきで見ていた。

アンナはゆったりと座席にもたれ、見なれた景色がすぎていくのをながめた。馬車が町のはずれにさしかかったとき、道の横の溝に服の塊のようなものがあるのが目に入った。不思議に思って、もっとよく見ようと窓から顔を出す。布の山が動き、淡い茶色の髪が持ち上がって、馬車の音がするほうに顔が向けられた。

「止めて！　ジョン、すぐに馬車を止めて！」アンナは拳で馬車の屋根をたたいた。

馬車は速度をゆるめ、がったんと大きく揺れてから停止した。彼女はぱっとドアを開けた。

「奥様、どうなさったんです？」

目をまん丸くしている従僕のトムを横目で見ながら、アンナはスカートを片手でつまんで、馬車の後方に走っていった。服の塊を見た場所に行き、下をのぞきこんだ。

溝の中に若い女が倒れていた。

5

公爵が取引に同意すると、カラスはばさっと力強く羽ばたいて空中に舞い上がった。時を同じくして、城の本丸から魔法の兵隊が湧き出してきた。最初にあらわれたのは盾と剣で武装した一万の兵士。そのあとには、長い弓とたくさんの矢が入った矢筒をかついだ一万の兵士。最後に出てきたのは一万の騎馬隊だった。馬たちは歯をむき、闘志をみなぎらせて速歩で駆けてくる。カラスは兵隊たちの頭上に飛んでいって、稲妻のように王子の兵に襲いかからせた。両軍の上にもうもうと土煙が上がり、何も見えなくなった。戦う男たちの叫びだけが響いた。ついに土煙がおさまったとき、王子の軍隊は消え失せていた。残っているのは、地面のそこここに落ちている鉄製の馬蹄のみ……。

――『カラスの王子』より

溝の中に横向きに倒れている女は、ぬくもりを求めるかのように両ひざを抱えこんでいた。汚らしいショールを哀れなほど痩せた肩に巻きつけている。ショールの下のドレスは、もとは淡いピンク色だったものが、いまはすっかり薄汚れている。目を閉じた彼女の顔は黄色みを帯びて、いかにも具合が悪そうだった。

アンナは片手でスカートをたくしあげ、もう一方の手を溝の縁にかけて底まで下りていった。倒れている女に近づくと悪臭がただよってきた。

「お怪我なさったの？」アンナは女の青ざめた顔に触れた。

女がうめいて、大きな目をぱっと開けたので、アンナはたじろいだ。背後で、御者と従僕がざざっと音を立てながら土手を滑り下りてくるのが聞こえた。

御者のジョンはうんざりしたような声で言った。「ミセス・レン、近づいちゃいけません。あなたのような方には用のない相手です」

アンナは驚いて、御者に目を向けた。彼は顔をそむけ、馬のほうを見ている。トムはどうかというと、足元の石を観察するふりをしている。

「このお嬢さんは怪我か、病気で苦しんでいるのですよ、ジョン」アンナは眉根を寄せた。

「助けを呼ばなくては」

「わかりました。あとでだれかを差し向けて、面倒を見させましょう」とジョンは言った。

「さあ、ミセス・レン、馬車にお戻りください。家までお送りします」

「でも、このお嬢さんをここに置いていくわけにはいきません」

「こいつはお嬢さんなんかじゃありませんや。奥様にはおわかりにならないかもしれませんが」ジョンは横に唾をぺっと吐いた。「そんな女とかかわっちゃいけません」

アンナは、両腕で抱き寄せている女を見下ろした。それまで気づかなかったことがわかってきた。ドレスの襟元は大きく開いていて肌がみだらに露出し、生地は安っぽく下品だった。アンナは顔をしかめて考えこんだ。娼婦に会ったことはあるかしら？　いいえ、ないと思う。そういうたぐいの人間は、貧しい田舎の未亡人とは住む世界が違う。彼女が属する社会は、そういう世界の人間と交わることを禁じている。ジョンが言うとおりにすべきなのだろう。そしてこのかわいそうな娘を置き去りにする。結局、世間はわたしがそうすることを期待しているのだ。

ジョンは手を差し伸べて、アンナを立ち上がらせようとした。アンナは御者をじっと見つめた。わたしの人生はいつもこんなふうに束縛されてきた。生きる道はとても狭く、ときには綱渡りのロープの上を歩いているような気がしたのではない？　わたしは自分の社会的地位以外には何もない人間なの？

いいえ、そんなことはない。アンナはぐっと歯を嚙みしめた。「でも、ジョン、わたしはこの人を助けたいの。トムに手伝ってもらって、彼女を馬車に運んでいただける？　うちに連れて帰って、ドクター・ビリングズに診てもらわなくては」

ふたりの男たちは不満げだったが、アンナに決然と見つめられてしかたなく、両側からきゃしゃな女を支えて馬車まで運んだ。先にアンナが馬車に乗りこんだ。それから体をくるりとまわして、女を中にやさしく引き入れ、座席に座らせた。両腕で彼女を抱え、家に向かう途中彼女が座席から落ちないように支えた。馬車が停止すると、慎重に女を横たわらせ、自分は先に馬車から降りた。ジョンは高い御者台に座ったまま、眉間にしわを寄せている。

アンナは両手を腰にあてて言った。「ジョン、降りてきて、トムといっしょに、彼女を家に入れてちょうだい」

ジョンはぶつぶつ文句を言いながらも降りてきた。

「どうしたの、アンナ？」マザー・レンが玄関から顔を出した。

「不運なお嬢さんを道端で見つけたのです」アンナは、ジョンたちが女を馬車から降ろしているのを見つめた。「家の中に入れてちょうだい」

男たちが難儀そうに意識不明の女を家の中に運びこむ邪魔にならないように、マザー・レンは戸口から体を退いた。

「どこに連れていきますか？」トムは息を切らしながらきいた。

「二階のわたしの部屋へお願いします」

それを聞いてジョンは賛成しかねるという顔をしたが、アンナは無視した。彼らは女を二階に運び上げた。

「あのお嬢さんはいったいどうしたの？」マザー・レンが聞いた。

「わかりません。病気なのだと思いますわ」とアンナ。「うちに連れてくるのが一番と思ったものですから」

男たちはどすんどすんと足音を立てて狭い階段を下り、外へ出ていった。

「ドクター・ビリングズのところに寄るのを忘れないでちょうだい」アンナは声をかけた。

ジョンは聞こえたというしるしに、肩のあたりでいらだたしげに手を振った。すぐに馬車はかたかた音を立てて走り去った。ファニーが目をまん丸くして廊下に立っていた。

「やかんを火にかけてお茶のしたくをしてちょうだいな、ファニー」とアンナは命じた。ファニーがキッチンに向かうとすぐに、アンナはマザー・レンを脇に引き寄せた。「ジョンとトムは、あのかわいそうな娘さんのことを、かかわってはいけない種類の女性だと言うのです。もし、いやだとおっしゃるなら、どこか別の場所に行ってもらいます」アンナは心配そうな顔で義母を見つめた。

マザー・レンは眉を吊り上げた。「あの人は娼婦だというの?」アンナのびっくりしたまなざしを見て、マザー・レンはにっこり笑い、アンナの手を軽くたたいた。「この年になると、一度や二度はその言葉を耳にしたことがあるものなのよ」

「そうですわね」とアンナは答えた。「ジョンとトムも彼女をそう呼んでいました」

マザー・レンはため息をついた。「彼女をどこかへやるのが一番いいとあなたもわかっているのね」

「ええ、わかっています」アンナは顎の先を上げた。

「でも」マザー・レンは手のひらを上に向けて両手を上げた。「あなたがあの人をここで介抱したいというなら、わたしは止めませんよ」

アンナは安堵してふうっと息を吐き、病人のようすを見るために階段を駆け上がった。

一五分後、鋭くドアをたたく音がした。アンナが階段を下りていくと、ちょうどマザー・レンがスカートのしわを伸ばして、ドアを開けようとしているところだった。

白い断髪のかつらをつけたドクター・ビリングズが表に立っていた。「ごきげんよう、ミセス・レン、そしてお若いほうのミセス・レン」

「ごきげんよう、ドクター・ビリングズ」マザー・レンがふたり分の挨拶を返した。

アンナは医師を部屋に案内した。

ドクター・ビリングズはひょいと頭をひっこめて戸口をくぐり、寝室に入った。ドクターは痩せていてとても背が高く、少々猫背だった。骨ばった鼻の先は、夏でもいつもピンク色をしていた。「で、患者さんは?」

「お困りのところをわたしが見つけた娘さんですわ、ドクター・ビリングズ。病気か怪我がないか診ていただけますか?」

医師はえへんと咳払いをした。「患者さんとふたりきりにさせていただけるかな、ミセス・レン。診察をいたしますので」ジョンからすでに女の素性については聞いているらしかった。

「先生にご異存がなければ、ここにいてあげたいのですけど」とアンナは言った。

医師には明らかに異存がありそうだったが、アンナを部屋から締め出す口実は思いつかないようだった。患者に対する偏見はあったにせよ、ドクター・ビリングズは丁寧にやさしく診察を行った。医師は患者ののど元を見てから、病人の胸を診るのでこちらを見ないようにしてください、と言った。

診察が終わると医師は上掛けをまっすぐに直し、ため息をついた。「階下でお話ししましょう」

「わかりました」アンナは部屋を出て階段を下り、立ち止まってファニーに居間へお茶を持ってくるようにと言いつけた。それから部屋にたったひとつしかない肘掛椅子を医師に勧め、自分はその向かい側の小さな長椅子の端にちょこんと腰かけた。両手を組んでひざに置く。あの娘は死にかけているのだろうか？

「彼女の病はかなり重い」ドクター・ビリングズは話しはじめた。

アンナは身を乗り出した。「というと？」

医師はアンナの視線を避けた。「熱があり、それはおそらく肺の感染症のせいだと思われます。回復するまでベッドに寝かせておかなければなりません」

医師は先をつづけるのをためらっていたが、そのとき、アンナの顔に浮かんだ恐れに気づいたようだった。「いや、重病ではありませんよ、それは保証します、ミセス・レン。よくなりますよ。ただ時間がかかるということです」

「安心しましたわ」アンナはほほえんだ。「お口ぶりから死の病なのかと思いました」

「まったく心配はいりません」

「よかった」

ドクター・ビリングズは細い鼻の横を指でこすった。「家に帰ったら、すぐにだれかを寄こしましょう。救貧院に入れなくてはなりません」

アンナは眉をひそめた。「でも、先生、ご理解いただいているものとばかり思っていましたわ。わたしたちはあの方をこの家で看病しようと思っているのです」

医師の顔に赤みがさした。「なにをばかなことをおっしゃる。あなたやご年配のミセス・レンが、あのような女を看病するなど、もってのほかですぞ」

アンナは顎を引き締めた。「義母とはもう話し合いました。そしてわたしたちは、わが家であのお嬢さんを介抱することに決めたんです」

ドクターの顔はいまや真っ赤になっていた。「そんなのは言語道断です」

「先生――」

しかしドクター・ビリングズはアンナの言葉をさえぎった。「あの女は娼婦なのですぞ！」

アンナは何を言おうとしていたのかを忘れて口を閉じた。医師の顔を見て、その表情から真実を読み取った。リトル・バトルフォードの人々のほとんどが、こんな反応をするのだ。

アンナは深く息を吸いこんだ。「わたしたちはあの人を看病することに決めました。彼女の職業が何であれ」

「分別をお持ちなさい、ミセス・レン」医師は不快そうにぶつぶつ言った。「あんな女の世話など、あなたがたにはできません」

「伝染しやすい病気ではないのですね？」

「ええ、それはもう心配いりません」と医師は認めた。

「では、わたしたちにあの方の看病ができないという理由はひとつもありませんわ」アンナは苦笑いを浮かべた。

ファニーがうまいタイミングでお茶を運んできた。アンナはなんとか冷静さを保ちながら、自分と医師にお茶を注いだ。紳士と言い争うことには慣れていなかったし、意志を固くして、つい謝ったりしないようにするのがどれほど骨が折れるかを悟った。医師が自分のふるまいに反対していること、それどころか、非難さえしていることがわかっているだけに、気持ちが落ち着かなかった。だが同時に、心の中にわくわくするような喜びが湧き上がってくるのを抑えることができなかった。男性にどう思われるか気にせず、率直に自分の意見を言うのは、なんて気持ちのいいものかしら！　本当は、そんなふうに考えることを恥と思わなくてはならないのだろうが、後悔する気にはならなかった。ええ、まったく。

ふたりは緊張した沈黙に包まれてお茶を飲んだ。善良な医師は、どうやら彼女の気持ちを変えることはできないとあきらめたようだった。お茶を飲み終わると、ドクター・ビリングズは鞄の中をさぐって小さい茶色の小瓶を取り出し、それをアンナに手わたして、服用の仕方を指示した。それから帽子をぎゅっと頭にかぶせ、ラベンダー色のマフラーを首に何回か巻きつけた。

アンナが玄関まで送ると、医師はドアの前で立ち止まった。「気が変わったらいつでも、わたしを訪ねてきてください、ミセス・レン。あの娘に適当な場所をさがしてさしあげましょう」

「ありがとうございます」とアンナはつぶやいた。医師が出ていったあとドアを閉め、肩を落としてドアにもたれた。

マザー・レンが玄関広間にやってきて、アンナのようすをうかがった。「娘さんの病気は?」

「熱と肺の感染症ですって」アンナは義母を疲れた表情で見た。「お義母さまとファニーは、しばらくお友だちのところに身を寄せたほうがいいですわ」

マザー・レンは眉を上げた。「あなたがレイヴンヒルに行っている昼のあいだ、だれがあの人の世話をするの?」

アンナは急に恐ろしくなって目を見開いた。「忘れていたわ」

マザー・レンは首を振った。「こんな面倒なことをする必要が本当にあるの?」

「ごめんなさい」アンナは頭を垂れた。スカートに草のしみがついているのに気づく。いやだ、これは落ちないわ。草のしみはしつこいもの。「お義母様を巻きこむつもりはないんです」

「ではどうしてお医者様に助けていただかなかったの? みんなの期待どおりに行動するほうがずっと簡単なのよ、アンナ」

「たしかにそのほうが簡単かもしれません。でも、だからといってそれが必ずしも正しいとは言えませんわ、お義母様。おわかりになるでしょう?」アンナはうまく説得する言葉をさがしながら、懇願するように義母を見た。溝の中にうずくまっていた娘の青ざめた顔を見ていたときには、自分の行動は完璧に正しいと思われた。しかし、辛抱強く説明を待っているマザー・レンの顔を見ていると、理屈を述べるのは難しい。「わたしはこれまでずっと人の期待どおりにふるまってきましたわね？　それが正しいことであろうとなかろうと」

マザー・レンは眉をひそめた。「でも、あなたは悪いことなどひとつも――」

「そういうことを言っているんじゃないんです」アンナは唇を噛んだ。恐ろしいことに涙があふれそうになっている。「生まれてから一度も、与えられた役割からはずれたことはありませんでした。でももし、そこから一歩も踏み出すことがなかったら、わたしは自分を試すことができません。わたしはいつも他人の意見を恐れすぎていたのだと思います。あの娘さんがわたしを必要としているなら、どうして助けちゃいけないんですか？　あの人のためというよりは……わたしのために」

「わたしに言えるのは、こういうことをすると、あなたはたくさんいやな目に遭うということだけ」マザー・レンはもう一度頭を振り、ため息をついた。

アンナたちはキッチンに入り、ふたりで薄い牛肉のスープを用意した。アンナはスープと茶色の薬瓶を持って二階の自分の部屋に上がった。静かにドアを開け、中をのぞく。娘は弱々しく体を動かし、起き上がろうとした。

アンナは持っていたものを置いて、さっと彼女に近づいた。「動いてはだめ」

アンナの声を聞いて、彼女はぱっと目を開け、あたりをきょろきょろと見まわした。「あ、あなたは、だ、だれ？」

「わたしの名前はアンナ・レン。ここはわたしの家よ」

アンナは急いでスープを娘のもとへ運んだ。腕を病人の体にまわして、そっと起き上がらせた。娘は温かいスープを少し口に入れたが、飲みこむのがつらそうだった。カップ半分ほど飲むと、ふたたびまぶたが閉じはじめた。アンナはまた彼女をベッドに寝かせて、カップとスプーンを片づけた。

アンナが背中を向けると、娘は震える手で彼女をつかみ、「妹を」とか細い声で言った。

アンナは眉をひそめた。「妹さんに知らせたいのですか？」

彼女はうなずいた。

「待って」とアンナは言った。「紙と鉛筆をとってきます。住所を書きとめるわ」アンナは急いで小さなドレッサーのところに行って、一番下の引き出しを開けた。古い下着の下に、クルミ材でできた文具箱が入っていた。亡くなったピーターのものだ。アンナはその文具箱をひざにのせて、ベッドのそばの椅子に腰かけた。「妹さん宛の手紙はどこに出せばいいのです？」

娘はあえぎながら妹の名前とロンドンの住所を言った。アンナは鉛筆で紙切れにそれを書き取った。娘は言い終わると疲れきって、また枕に頭を沈めた。

アンナはためらいがちに娘の手に触れた。「あなたの名前を教えてくれる？」

「パール」彼女は目を閉じたまま、小さな声で言った。

アンナは文具箱を持って部屋を出、ドアをそっと閉めた。階段を駆け下り、居間でパールの妹のミス・コーラル・スミス宛の手紙を書きはじめた。

ピーターの文具箱は平らな長方形の箱だった。手紙などを書くときはひざにのせて使えば、携帯用の机代わりになる。上部の半分は蝶番つきの蓋になっており、それを開けると中にもう少し小さい箱が入っていて、羽根ペンやそのとなりにぴたりとはまるインクの瓶、便箋など手紙を書くのに必要なものがいろいろと入っている。アンナはためらった。その文具箱は美しい品だったが、ピーターが亡くなって以来一度も触れたことがなかった。ピーターが生きていたときには、それは彼の個人的な所持品だった。それを勝手に使うことには、他人の領分に不法侵入しているような後ろめたさがある。彼が死ぬ間際には、ふたりの仲がうまくいっていなかったからなおさらだった。アンナは頭を振り、箱を開けた。

アンナは慎重に筆を進めたが、何回か書きなおさなければならなかった。ようやく満足できる手紙が書き上がり、明日リトル・バトルフォードの郵便馬車が来る宿屋に持っていこうと脇に置いた。羽根ペンの箱をクルミ材の文具箱にしまおうとしたとき、奥に何かがひっかかっていることに気づいた。羽根ペンの箱がぴたりと収まらない。蓋を全開にし、薄い箱を振ってみた。それから手をつっこんで奥のほうをさぐった。何か丸くてひんやりとしたものが手に触れた。引っ張るとその丸いものははずれて出てきた。小さな金のロケットだった。蓋の部分には渦巻き模様が美しく浮き彫りにされ、裏側にはピンがついていて、女性がブローチとして身につけられるようになっていた。合わせ目の薄い金の板を押してみると、ロケットはぱっと開いた。

中は空っぽだった。

アンナは蓋をぱちんと閉めた。考えこみながら蓋の彫刻を親指でなでる。このロケットは自分のものではなかった。それどころか、いっぺんも見たことがない。いきなりそれを壁に向かって投げつけたい衝動にかられた。なんて人なの。死んだあとまでも、こんなふうにわたしを苦しめるなんて。彼が生きているあいだ、十分に苦しんだはずではなかった？　それなのに、こんなに年月が経ってから、この不愉快なものを見つけるはめになるなんて。

アンナはロケットを握りしめ、手を振り上げた。涙で視界がぼやけた。

すうっと息を吸いこむ。ピーターは六年以上も墓の中で眠っている。わたしはまだ生きていて、彼はとうの昔に土に帰ってしまったのだ。もう一度息を吸いこみ、手のひらを開いた。手のひらの上でロケットは無垢な光を放っていた。

アンナはそっとロケットをポケットに入れた。

翌日は日曜だった。

リトル・バトルフォード教会は、中世に建てられた灰色の石造りの小さな建物で、少し傾いた尖塔がついていた。冬のあいだは風が吹きこんでひどく寒かった。冬場は教会に行くときには、家から温めた煉瓦を持っていく。アンナは、その熱がすっかり冷めてつま先が完全に凍ってしまう前にお説教が終わってほしいといつも願うのだった。

レン家の母娘が中に入ると、急に教会は静まり返った。何人かがさっと目をそらしたので、やはり自分が噂の種になっているのだと確信したが、アンナは気づかぬふりで近所の人々に挨拶した。前方の座席からレベッカが手招きをした。彼女は夫のジェームズの隣に座っていた。ジェームズは大男で、お腹のまわりにかなり肉がついている。マザー・レンとアンナは彼らの横のベンチに体を寄せ合って座った。

「あなたときたら、このごろ話題をふりまくことばかりしてるじゃないの」レベッカはささやいた。

「そう？」アンナはそそくさと手袋を脱いで聖書を用意した。

「そうよ」レベッカはつぶやいた。「あなたが世界最古の職業につこうと考えているとは、思いもしなかったわ」

アンナはその言葉に興味を引かれた。「え？」

「まだ、実際にあなたをそのことで非難している人はいないけど、それに近いことを言っている人もいるわよ」レベッカは前に乗り出してきた後ろの席の女性にほほえみかけた。

女性はさっと体を引き、ふんと鼻を鳴らした。

レベッカはつづけた。「村がこんなに噂話で浮き立ったのは、粉屋の奥さんが、旦那が一〇カ月以上前に亡くなっているのに子どもを産んで以来だわ」

牧師が入ってきて礼拝がはじまったので、人々は静かになった。予期したとおり、説教は古代イスラエル王アハブの放埒な妻、王妃イゼベルの罪に関するものだった。とはいえ、哀れなジョーンズ牧師が自ら進んでその話をしたがっているようには見えなかった。前の列に背筋をぴんと伸ばして座っているミセス・ジョーンズをちらりと見ただけで、だれが今日の説教のテーマを選んだのかはすぐにぴんときた。ようやく説教が陰鬱な調子で終わると、一同は立ちあがって出口に向かった。

「なんで彼女の手のひらと足だけ残ったのか、ぼくには納得がいかないな」人々が立ち上がる中、ジェームズが言った。

レベッカは困った人ねという顔で夫を見上げた。「あなた、いったい何の話をしているの？」

「イゼベルさ」ジェームズはぶつぶつ言った。「犬たちは彼女の手のひらと足の裏を食べ残した。なぜだい？　ぼくの経験じゃあ、猟犬は、獲物の肉のより好みなどしないぞ」

レベッカは目をくるりとまわし、夫の腕を軽くたたいた。「そんなことで悩まないで、あなた。きっと昔は、犬の種類が違ったんだと思うわ」

ジェームズはその説明に不満なようだったが、妻にやさしく押されて出口に向かった。アンナは、マザー・レンとレベッカが自分の両側を、そして後方をジェームズが守ってくれているのに気づいて心を打たれた。

しかし、忠実な友人や義母にそんなふうに守ってもらう必要はなかったのだ。たしかに何人かは厳しい視線を送ってきたし、ひとりには顔をそむけられた。しかし、リトル・バトルフォードに住む女性全員が、アンナを非難しているわけではなかった。それどころか、若い婦人たちの中には、スウォーティンガム卿の秘書として雇われたことをとてもうらやましがっている者もいて、彼女たちの目には、娼婦を家で介抱しているという問題行動くらい大目に見ようという雰囲気があった。

ようやく教会の外に立っている村人たちの列を抜けてほっと一息というところで、アンナは肩越しに妙に甘ったるい声をかけられた。「ミセス・レン、あなたはなんて勇気のある方かしら。わたし、それをお伝えしたかったんですのよ」

フェリシティ・クリアウォーターは、おしゃれなドレスをみせびらかすために、小さなケープを片手に抱えていた。淡黄色の地にオレンジとブルーの花束が散っている柄のドレスだった。スカートは前で割れて、ブルーのブロケードのアンダースカートがのぞき、スカート全体はパニエ（昔女性のスカートを広げるために腰につけた鯨骨などの枠）で大きく膨らんでいた。

一瞬、アンナはそんなドレスを着ることができるフェリシティをうらやましく思った。すると、アンナの横で、マザー・レンがつんと頭を上げて身をそらした。「あのかわいそうな娘さんを家に連れてきたとき、アンナはこれっぽっちも自分のことなど考えていなかったのですよ」

フェリシティは目を大きく見開いた。「ええ、そうでしょうとも。いま聞いたばかりの牧師様のお説教も含めて、村中の人々の不興を買うことに耐えねばならないのですもの。アンナはそのときまったく何も考えていなかったのでしょうよ」

「わたし、イゼベルの教訓をそれほど深刻にとらえるつもりはありませんの」アンナは軽い調子で言った。「結局、そういう教訓はこの村のほかの女性たちにも向けられているのかもしれませんものね」

なぜか、このあまり説得力のない返答に、フェリシティは身をこわばらせた。「わたしにはまったく関係ないことだけど」と言って彼女はクモのように指を広げて髪にあてた。「あなたの場合とは違って、わたしの友人に文句をつける人などひとりもいませんもの」アンナがうまい返し言葉を思いつく前に、フェリシティはこわばった笑みを浮かべてすっと離れていった。

「雌猫め」レベッカは、自分こそ猫のように目を細めて言った。

家に帰ったアンナは残りの日曜を、靴下をつくろってすごした。必要にかられて、彼女はつくろいものの名人になっていた。夕食がすんでから、パールのようすを見に二階へ行くと、病人はだいぶ元気になっていた。アンナは彼女を起き上がらせて、ミルクで薄めた粥を食べさせた。パールは、憔悴しきった表情をしているものの、かなりの美人だった。

パールは数分間、自分の明るい色の髪をいじってから、ようやく口を開いた。「あのとき、どうしてあたしをここに連れてきてくれたんですか？」

アンナはびっくりした。「あなたは道の脇に倒れていたの。そこに置き去りにすることはできなかったわ」

「あなたは、あたしがどんな種類の女かご存じなんでしょう？」

「ええ、まあ――」

「あたしは売春婦なんですよ」パールは口元を反抗的にねじ曲げて言った。

「そうかもしれないと思っていたわ」とアンナは答えた。

「これで、はっきりしたでしょう」

「でも、だからと言って何かが変わるわけではないわ」

パールは唖然としたようだった。アンナはそのすきに、彼女の開いた口にもうひとさじ薄い粥を流し込んだ。

「ということは、あなたは、敬虔なキリスト教信者というわけじゃないんですね」

アンナはスプーンを空中に止めて聞き返した。「何ですって?」

パールはもどかしそうにひざにかかっているシーツをねじった。「あたしみたいな女をつかまえて更生させようとする信心深い連中とは違うってこと。ああいう連中は、パンと水しかくれなくて、指から血を流し、懺悔するまで針仕事をさせると聞いています」

アンナはボウルの中の乳白色の粥を見た。「これはパンと水じゃないわよね?」

パールはさっと顔を赤らめた。「いいえ、奥さん、ち、違います」

「もう少し回復したら、もっとたくさん食べさせてあげますからね」

パールがまだ不安を抱いているように見えたので、アンナはこうつけ加えた。「いつでも好きなときに出ていっていいのよ。妹さんには手紙を書きました。きっとすぐに来てくださるわ」

「そうでした」パールはほっとしたようだった。「あなたに妹の住所を教えたんでした」

アンナは立ち上がった。「心配しないで、ぐっすりお休みなさい」

「はい」パールはまだ眉をひそめている。

アンナはため息をついた。「おやすみなさい」

「おやすみなさい、奥さん」

アンナは粥のボウルとスプーンを持って階段を下り、食器を水ですすいだ。もうかなり暗くなっていたので、義母の部屋に小さなわら布団を敷いて休むことにした。

夢も見ずにぐっすり眠り、マザー・レンに肩を揺すられて目覚めた。「アンナ、起きなさい。今日もレイヴンヒルに行くつもりなら」

このときまでアンナは、自分が抱えこんだ病人のことを伯爵がどう思うかを考えもしなかった。


月曜の朝、アンナは不安な気持ちでアビーの書斎に入った。家から歩いてくるあいだずっと、スウォーティンガム卿と会うのが憂鬱でたまらなかった。伯爵がお医者様よりも道理のわかる方だといいのだけれど。ところが、伯爵はいつもどおりに見える。神経質に頭をかきむしり、首に巻いたタイは曲がっている。挨拶も抜きで、土曜にアンナが清書した原稿に間違いがあったとがみがみ文句を言った。アンナはやれやれ助かったと安堵のため息をつき、仕事に取りかかった。

しかし幸運も、昼食時までだった。

スウォーティンガム卿は、教会のアプス（礼拝堂壁面に設けられた半円形にくぼんだ部分）改修工事の費用を援助する件について牧師と話し合うために村へ出かけた。戻ってくると、正面玄関のドアを壁にたたきつけるような勢いで開けて屋敷に入ってきた。

「ミセス・レン！」

その怒鳴り声とドアをばたんと閉める音に、アンナは顔をしかめた。暖炉の前に寝そべっていた犬が頭を上げた。

「くそっ！　あの女はどこだ！」

アンナはあきれて目をくるりとまわした。いつだって書斎で仕事をしているじゃないの。ほかのどこにいるというの？

重いブーツの足音が廊下に響き、戸口に背の高い黒い影がぬっとあらわれた。「あなたの家にたちの悪い客がいると聞いたが、いったいどういうことだ、ミセス・レン？　医師があなたの愚行に困り果てて、わたしに泣きついてきたぞ」伯爵はすたすたと紫檀の机の前にやってくると、両手をアンナの前についた。

アンナは顎を上げて、傲然と、自分の鼻先を見るような目つきで伯爵を見た。しかし、伯爵のほうも上背を利用してのしかかるように見下ろしてくるので、なかなかその虚勢も通用しない。「難儀をしている不幸な人を見つけたので、助けただけです。病気が治るまで家で看病するつもりですわ」

伯爵はにらみつけた。「というより、不幸な売春婦と言うべきだろう。頭がおかしくなったのか？」

彼は予想していた以上に怒り狂っていた。「彼女の名前はパールといいます」

「ふん、そうか」伯爵は、ぱっと手で机を押して、机から離れた。「名前を呼び合うほど、そいつと親しくなったというわけか」

「そいつなどという言い方はやめていただきたいですわ」

「言葉なんぞどうでもいい」手を振って、彼女をさえぎった。「自分の評判を汚すことになると思わないのか？」

「評判など関係ありません」

「関係ないだと？」伯爵は体を乱暴に回転させて、机の前を行ったり来たりしはじめた。犬は頭に耳をぺたりとつけて、頭を下げ、目で主人の動きを追っている。

「わたしの言ったことをオウムのように繰り返さないでいただきたいですわ」とアンナはつぶやいた。頬がだんだん紅潮していくのがわかり、なんとかそれを抑えたいと願った。彼の前で弱みを見せたくなかった。

ちょうど一番離れたところを歩いていた伯爵には、どうやら彼女の返答が聞こえなかったらしい。「評判がもっとも大事なのだ。尊敬すべき女性と見なされなければならない。このような過失のせいで、カラスよりも黒いという烙印を押されかねないのだぞ」

あら、そうですか！ アンナは机に向かったまま背筋をぴんと伸ばした。「あなたはわたしの評判を疑っていらっしゃるのですか、スウォーティンガム卿？」

伯爵はぴたりと立ち止まり、恐ろしい形相で彼女を見た。「ばかげたことを。もちろん、わたしはあなたの評判を疑ったりはしていない」

「そうでしょうか？」

「ふん！　わたしは――」

しかし、アンナはさらに追い打ちをかけた。「もしわたしが尊敬すべき女性であるなら、あなたは当然わたしの分別を信じてくださいますよね」アンナは怒りが湧き上がってくるのを感じた。その怒りの激しさで頭が破裂しそうだった。「尊敬すべき淑女として、わたしは自分よりも不運な女性を助けることを自らの責任と考えます」

「詭弁を弄するな」伯爵は部屋の端から彼女に向かって人さし指を突きだした。「こんなことをつづけたら、村でのあなたの立場は失われてしまう」

「なんらかの非難は受けるかもしれません」彼女は腕組みをした。「でも、キリスト教の慈善の精神からしたことで、堕落した女と言われることはまずないと思います」

伯爵は粗野な声をもらした。「まっさきにあなたを攻撃するのは、村のキリスト教徒の連中だ」

「わたしは――」

「あなたは非常に傷つきやすい。若く、魅力的な未亡人で――」

「独身男性のもとで働いている」アンナは穏やかに言った。「明らかに、わたしの美徳は危機にさらされていますわね」

「わたしはそんなことは言っていない」

「ええ、たしかに。でも、ほかの人はそう言っています」

「わたしが言っているのはまさにそういうことなのだ」と彼は大声で言った。どうやら声を張り上げれば自分の主張が通るとでも思っているらしい。「その女とかかわってはならない！」

いくらなんでも言いすぎだわ。アンナは目を細めた。「あの人とかかわってはならないですって？」

伯爵は胸の前で腕を組んだ。「そういうことだ」

「あの人とかかわってはならないですって？」アンナは、先ほどより大きな声で繰り返した。スウォーティンガム卿はその声色にひるんだようだった。ひるんでもらわなければ困るわ。「客としてあの人にかかわっている男の人たちはどうなんです？　殿方は、売春宿に出かけていっても、だれひとり自分の評判を気にしたりしませんわ」

「そういうことを口に出すとは、信じられん」彼は怒って早口で言った。

アンナの頭を締めつけていた緊張が解け、めまいがするほどの解放感が訪れた。「ええ、わたしはそういうことを言う女なのです。それに、男の人たちが口にするだけでなく、実際にそういうことをしていることも知っています。そうよ、男の人は売春婦のところに足しげく通っても――そう、毎日通ったって――まったく問題なく尊敬すべき人物のままでいられるのです。ところが、哀れな女性が男の人と同じことをしたら、汚れた女と言われてしまうのですわ」

伯爵は話す気力を失ってしまったようだった。何度も何度も不満そうに鼻を鳴らした。

アンナはとめどなく川の流れのように言葉が口からあふれ出るのを抑えることができなか

った。「それに、そのような女性のもとを訪れるのは、下層の人々だけではないようですわね。男の人たちは、もちろん紳士の方々も含めて、頻繁に評判の悪い場所に出かけているのだと思います」アンナは唇の震えを止めることができなかった。「実際、都合のいいときだけ娼婦を使って、そういう女性が困っているときには助けてやらないというのは、偽善に思われますけど」彼女は言葉を切って、ぱちぱちとまばたきをした。泣くものか。

鼻を鳴らす音と、うなり声が混じりあった。「くそ、いまいましい女め！」

「帰らせていただきます」アンナはなんとかそう言うと、部屋を飛び出した。

ああ、なんてことをしてしまったの？　男の人の前で冷静さを失ってしまった。そして雇い主に口答えしてしまった。間違いなく、秘書の仕事をつづけるチャンスを失ってしまったのだ。

6

城の人々は踊り、歓声をあげた。敵は打ち負かされ、もはや恐れるものは何もない。しかし、祝いの宴のさなか、カラスが戻ってきて、公爵の前に舞い降りた。「わたしは言ったとおり、王子の軍を撃退した。さあ、褒美をもらおうか」しかし、どの娘を嫁にやったらよいのだ？長女はこの美しき姿を醜いカラスなどにはやれないと泣き叫んだ。二番目の娘は、邪悪な王子はもういなくなったのだから、約束を果たす必要などありませんわと言った。ただひとり、末娘のオーリアだけは父の名誉のために身を捧げると言った。その晩、だれも見たことがないような奇妙な結婚式が執り行われ、オーリアはカラスと結婚した。そして結婚の誓いがすむとすぐに、カラスは自分の背中に乗れとオーリアに命じ、妻を背中にしがみつかせて飛び去った。

――『カラスの王子』より

エドワードは憤慨して部屋を出ていくアンナの後ろ姿を見つめた。いったい何が起こったのだ？

　エドワードはマントルピースの上に置かれていた陶製の人形を二つとかぎ煙草入れをつかんで、つづけざまに壁に投げつけた。がしゃん、がしゃんと音を立てて割れても、気持ちはすっきりしなかった。いったい彼女は何を怒っていたのだ？　わたしは単に、あのような者を自分の家に置けばどれほど評判を傷つけるかを、はっきりと指摘しただけだ。そうしたら、彼女は目の前で癇癪を起こしたのだった。

　いったいどういうことなのだ？

　玄関広間に歩いていくと、従僕が目を丸くして玄関のドアから外をのぞいていた。

「そんなところに突っ立っているんじゃない」従僕は怒鳴り声にはっとしてくるりと体をこちらに向けた。「さっさと御者のジョンのところへ行って、馬車でミセス・レンを追いかけるように言え。あの愚かな女は、わたしを怒らせるために、村まで歩いて帰るつもりだ」

「かしこまりました」従僕はお辞儀をして、あわてて走り去った。

　エドワードは両手を髪につっこんだ。あまりに強く引っ張ったので、束ねた髪が乱れるのがわかった。あの女！　横で犬が哀れっぽい声で鳴いた。

　ホップルが、巣穴から頭を出すネズミのように、角からぴょこりと顔を出して嵐が去ったかどうかをうかがった。えへんと咳払いすると、「女性というものは、ときにたいへん不可解なふるまいをするものでございますね」と言った。

「くそっ、黙れ、ホップル」エドワードは足を踏み鳴らして広間を出ていった。

翌朝、鳥たちが明るくさえずりはじめたころ、玄関の扉をたたく音が聞こえてきた。初めアンナは、夢のつづきなのかと思ったが、ぼんやりと目を開けると夢はすっと消えた。しかし、ノックの音はまだつづいていた。

アンナはわら布団から這い出し、スカイブルーの部屋着を手に取った。それを体に巻きつけ、裸足でつまずきそうになりながらひんやりした階段を下りていく。あんまり大きな口を開けてあくびをしたので顎がきしんだ。訪問者はいまやいらいらの頂点に達しているようだった。それがだれであれ、非常に気が短いことはたしかだ。これほどの短気な人物といえば、知り合いの中にはひとりしかいない。「スウォーティンガム卿！」

ドアを開けると、伯爵は頭上の鴨居にたくましい腕をつき、もう一方の手を振り上げてノックしようとしていた。彼はあわてて拳を下ろした。横にいた犬はしっぽを振っている。

「ミセス・レン」伯爵はアンナをにらみつけた。「まだ着替えていなかったのか？」

アンナはしわくちゃの部屋着と靴をはいていない足を見下ろした。「そのようですわね、伯爵様」

犬は伯爵の足元からするりと前に出て、アンナの手に鼻をすりつけた。

「どうしてだ？」

「まだ朝早いからでは？」なでてやると犬はアンナに寄りかかってきた。

スウォーティンガム卿は主人をすぐ忘れる犬をにらみつけた。「このばか」

「まあ、なんてことを！」

スウォーティンガム卿は渋面を彼女に向けた。「あなたではない。犬に言ったのだ」

「どなたなの、アンナ？」マザー・レンが階段から心配そうに下をのぞきこんでいる。ファニーは玄関広間をうろうろしていた。

「スウォーティンガム卿ですわ、お義母さま」朝食前に貴族が訪ねてくるのはあたりまえというような調子でアンナは答えた。彼女はふたたび伯爵のほうを向き、もっとかしこまった口調で言った。「ご紹介いたします。義母のミセス・レンです。お義母さま、こちらはスウォーティンガム伯爵、エドワード・デラーフ様でいらっしゃいます」

薄いピンクの部屋着姿のマザー・レンは階段でぺこりとお辞儀をした。「はじめまして」

「お会いできて、光栄です」伯爵は玄関口で言った。

「もう朝食はお召し上がりになったのかしら」マザー・レンはアンナに尋ねた。

「さあ」アンナがくるりと振り返ると、スウォーティンガム卿の天然痘の痕のある頬が赤らんだ。「朝食はおすみになりました？」

「あ……」彼らしからぬことだが、どうやら言葉に詰まってしまったらしい。渋面がますます厳しくなった。

「入っていただいたら、アンナ、さあ」マザー・レンがうながした。

「わたしたちといっしょに朝食をいかがですか？」アンナはやさしく聞いた。

伯爵はうなずいた。まだ顔をしかめたまま、首をひょいとさげて鴨居をくぐり、家の中に入ってきた。

マザー・レンは赤紫色のリボンをひらひらさせながら階段をするりと下りてきた。「お会いできて本当にうれしゅうございますわ、伯爵様。ファニー、急いでやかんを火にかけて」ファニーはきゃっと声をあげて、あわててキッチンに駆けこんだ。マザー・レンは客を小さな居間へ案内した。伯爵が入ると居間はいつもより小さくなったように思えた。伯爵はゆっくり慎重に、たったひとつしかない肘掛椅子に腰掛け、女たちは長椅子に座った。犬はうれしそうに部屋の中を歩きまわり、部屋の隅に鼻をつっこんだりしていたので、しまいには伯爵にしかられて座りこんだ。

マザー・レンは明るくほほえんだ。「アンナの誤解だったのですね。アンナは解雇されたと言っていたのですけれど」

「何ですと？」伯爵は椅子の肘を握った。

「伯爵様はもう秘書を必要としていらっしゃらないとアンナは思ったようですわ」

「お義母様」アンナはひそひそ声で言った。

「だって、そう言ったじゃないの」

伯爵の視線はじっとアンナに注がれた。「誤解ですな。彼女をクビにした覚えはない」

「まあ、よかった！」マザー・レンはぱっと顔を輝かせた。「昨晩、解雇されたと勘違いして、アンナはすっかり落ちこんでおりましたのよ」

「お義母様――」

マザー・レンは内緒話をするときのように身を乗り出した。まるでアンナが部屋から消えてしまったかのように。「馬車から降りてきたとき、アンナの目は真っ赤でしたわ。泣いていたのだろうと思いますの」

「お義母様!」

マザー・レンは無邪気な顔を嫁に向けた。「だって、そうだったじゃないの」

「そうだったのか?」と伯爵はつぶやいた。黒い瞳がかすかにきらめいた。

そのとき、救いの神があらわれた。ファニーが朝食をのせたトレイを運んできたので、アンナは返事をせずにすんだ。ほっとしてトレイを見ると、ファニーはいつものポリッジのほかに、気を利かせてゆで卵とトーストもつけてきた。ハムも少々のせてある。アンナはうなずき、上出来よと目でメイドに合図を送った。ファニーはにっと笑い返した。

伯爵はものすごい量のゆで卵をたいらげたあと——ファニーがつい昨日市場に出かけていたのは幸運だった——立ち上がってマザー・レンに朝食の礼を述べた。マザー・レンはなれなれしく伯爵にほほえみかけた。わたしたちが部屋着のままスウォーティンガム卿をもてなしたという話が村中に知れわたるのも時間の問題だわとアンナは考えた。

「ミセス・レン、乗馬用の身支度をしてもらえるか?」伯爵はアンナに尋ねた。「わたしの馬とデイジーを表に待たせてある」

「はい、かしこまりました」アンナは居間を出て、着替えをしに自分の部屋へ行った。

数分後、階段を駆け下りていくと、伯爵は前庭で待っていた。玄関横の湿った地面をじっと見つめている。そこには青いムスカリと黄色の水仙が朗らかに咲いていた。アンナがあらわれると、伯爵は顔を上げた。ほんの一瞬、彼の目に宿った表情にアンナははっと息を止めた。頬が熱くなるのを感じ、それを隠すためにうつむいて手袋を引っ張った。

「そろそろ出発しよう」と伯爵は言った。「予定よりも遅くなった」

アンナはその無愛想な言い方は無視して、雌馬の横に立ち、彼が馬に乗せてくれるのを待った。伯爵は近づいてきて、大きな手をウエストにまわすと彼女を抱え上げ、鞍に乗せた。伯爵はしばらく彼女の下に立っていた。風がからかうように彼の黒い髪をなびかせ、それから彼女の頬をなでていった。アンナは彼を見つめ返した。彼女の心からすべての思考が消えた。その一瞬はすぎ去り、伯爵は背を向けて自分の馬に乗った。

　空は晴れわたっていた。アンナは気づかなかったが、夜のあいだに雨が降ったらしく、あちらこちらに雨の跡が見られた。道には水たまりができていて、道端の木々や塀からは水滴がしたたっていた。伯爵は馬を歩かせて村を出て、農場地帯に向かった。

「どこへ行くのですか？」アンナが聞いた。

「ダービンの羊の出産がはじまった。雌羊のようすを見たい」伯爵は咳払いをした。「今日出かけることを、話しておくべきだったようだな」

　アンナは視線をまっすぐ前に向けたまま、あいまいな返事をした。

　伯爵はこほんと咳をした。「昨日の午後、あなたがあれほど急に帰ってしまわなければ、話すつもりだったのだが」

　アンナは眉を吊り上げたが何も言わなかった。

長い沈黙があったが、犬がわんわん鳴いて、道端の植えこみからウサギを追い出した。それをきっかけに伯爵はまた話しはじめた。「ときどき言われることだが、どうもわたしは……」彼は言葉を切った。どうやらうまい言葉をさがしているようだ。

アンナが助け船を出した。「激しやすい？」

彼は目を細めて横目づかいに彼女を見た。

「厳しすぎる？」

彼は顔をしかめて、口を開いた。

だが彼が話すより先にアンナが言った。「猛々しい？」

さらにアンナがリストを増やす前に、伯爵はさえぎった。「わかった。単純に、一部の人を縮み上がらせると言っておこう」それから言いにくそうにつけ加えた。「わたしはあなたを怖がらせたいとは思っていないのだ、ミセス・レン」

「怖がってはいませんわ」

伯爵はさっとアンナを見た。それ以上何も言わなかったが、彼の表情は和らいだ。少し間をおいてから、彼は鹿毛を走らせ、泥をはね上げて先に行ってしまった。犬は口の横から舌をたらして、主人のあとを追った。

アンナはなんとなくほほえみ、顔を上げてやさしい朝の風を受けた。

さらに道をゆくと、小川が境界になっている牧草地に着いた。伯爵は馬上から手を伸ばして門の掛け金をはずし、中に入った。牧草地をどんどん奥へ進んでいくと、小川の近くに五人の男が集まっており、近くを何頭かの牧羊犬が走りまわっていた。近づいていくと、ごま塩頭の老人が顔を上げた。「旦那様！　見てくだせえ。たいへんなことになった」

「ダービン」伯爵は農夫に会釈して、馬を降りた。それから雌馬に近づき、アンナを降ろした。「どうしたんだ？」と彼は肩越しに振り返って尋ねた。

「雌羊が川に落ちてしまいました」ダービンはぺっと横に唾を吐いた。「ばかなやつらだ。土手を歩いているうちに落ちて、上がれなくなったんでしょう。三頭は腹に子がいるんでさあ」

「うーむ」伯爵は川に近づき、アンナもあとにつづいた。五頭の雌羊が増水した川にはまっているのが見えた。哀れな羊たちは渦の近くにたまっている漂流物に足をとられている。土手の高いところは一メートル以上あり、濡れた泥で滑りやすくなっている。

スウォーティンガム卿は頭を振った。「これは力まかせにやるしかないな」

「わしもそう思っとりました」農夫は自分の考えに賛成してもらって、満足そうにうなずいた。

ふたりの男と伯爵は土手に腹ばいになって腕を伸ばし、羊の毛皮を引っ張った。さらに牧羊犬たちも羊たちの後ろにまわって追い立てたので、四頭は滑りやすい土手を這いのぼりはじめた。羊たちは荒っぽい扱いにすっかり混乱してめーめー鳴きながら、よろよろと土手を登った。しかし、五頭目には土手からでは手が届かなかった。足を深くとられてしまったせいか、臆病のせいかはわからないが、自力で土手を登ることができないようだった。水の中で横倒しになって、哀れっぽい鳴き声をあげている。

「ありゃあ、まったく身動きできなくなっちまったぞ」ダービンはため息をつき、上着の袖口で汗にまみれた眉を拭いた。

「ベスに追い立てさせたらどうだい、父さん」農夫の長男は白と黒のぶちの犬の耳をなでながら言った。

「だめだ。ベスを溺れさせたくねえ。こいつの頭より深いぞ。おれたちのだれかが行かなければなるまい」

「ダービン、わたしが行こう」伯爵は土手から離れて上着を脱ぎ、それをアンナに投げた。アンナは地面に落ちる寸前になんとか上着を受け止めた。次にベストを、それから上等のローンのシャツを頭から脱いだ。土手に座りこみ、長いブーツを脱ぎはじめる。

　アンナはそちらを見ないようにした。半裸の男性を見ることはめったになかった。実際、公衆の面前でシャツを脱いでいる男性など見た覚えがなかった。彼の胴体にはへこんだ天然痘の痕があちこちにあったが、もっと興味をそそられたのは別のところだった。予想は当たっていた。やはり胸毛が生えていた。しかもふさふさと。黒い巻き毛が胸全体を覆い、引き締まった腹へと漏斗状につづいていた。ちょうど臍のあたりで細いリボン状になってズボンの中へと消える。

　伯爵は靴下だけになって立ち上がり、半分滑るようにして急な土手を下り、水の中に入った。泥水が腰のあたりで渦を巻く。彼は水をかきながら、ぬかるみの中を進んでいき、おびえた羊の横にたどりついた。かがみこんで、羊の脚にひっかかっている枝をどけてやった。広い背中が汗と泥水で光っている。

土手で見守っていた男たちから歓声があがった。雌羊は自由になったが、あわてて川から逃げ出そうとしたため、伯爵を突き飛ばした。伯爵は濁流の中に後ろ向きに倒れこんだ。アンナはあっと息をのんで前に踏み出した。スウォーティンガム卿の犬は興奮して吠えながら、土手の上を行きつ戻りつしている。伯爵は少々みすぼらしくなった海神ポセイドンのように流れからざばんと姿をあらわした。全身から水がしたたり落ちる。髪を束ねていたリボンが流されてしまったらしく、髪がぺたりと頭にはりついていたが、歯を見せてにっこり笑った。

犬は主人が心配らしくまだ吠えつづけていた。一方、農夫の一家は、ひざをたたきながら、息も絶え絶えに笑い転げている。しまいには、地面に転がって笑いこけるしまつだ。アンナはため息をついた。どうやら、貴族が羊に突き飛ばされて水の中に倒れこむ姿を見るのは、この男たちにとってこれまでで一番愉快な出来事だったらしい。男というのは、まったく困った生き物だ。

「おおい、旦那様！　いつも女に手こずっていなさるんで？」男たちのひとりが叫んだ。

「いいや、息子よ。あの雌羊は、ケツに触られたのがお気に召さなかったのさ」農夫が大げさなジェスチャーをしてみせたので、男たちはまたげらげら笑いはじめた。

伯爵も笑っていたが、アンナのほうに顎をしゃくってみせた。それで男たちは彼女がそばにいるのを思い出し、下品な冗談を慎んだ。それでも忍び笑いは止まらない。伯爵は両手で顔についた水を拭った。

アンナはその光景に息を止めた。伯爵は手を頭の後ろにまわして、髪から水をしぼっていた。腕の筋肉がくっきりと浮き上がって見える。太陽が、曲げた腕や胸、そして濡れた黒いわき毛をきらきらと輝かせている。泥水と雌羊の血が混じった細い流れが、胸や腕を伝って流れ落ちていった。腰に低くひっかかっているズボンは、尻や腿にぴたりとはりつき、男性自身の膨らみをくっきりと見せている。まるで未開人のような姿だ。

アンナはぶるっと身震いした。

伯爵はぬかるみを歩いて岸辺に着き、農夫の息子の手を借りて土手をよじ登った。アンナははっとして、急いで伯爵の上着を取りにいった。

伯爵は薄いローンのシャツをタオル代わりに使い、裸の体に直接上着を着た。「では、ダービン、また雌羊がおまえの手を焼かせるようなことがあったら知らせるように」

「はい、旦那様」農夫はスウォーティンガム卿の背中を平手でたたいた。「本当に助かりました。わしが大きな水しぶきがあがるところを見たってことは忘れてくだせえ」

またしても男たちは大笑いをはじめたので、伯爵とアンナはなかなか出発できなかった。ようやく馬に乗ったころには、伯爵の体は寒さで震えていたが、彼はまったく急ぐようすを見せなかった。

「風邪をひきますわ」とアンナが言った。「どうぞ先にアビーにお帰りください。デイジーとわたしに合わせていたら日が暮れてしまいますから」

「ミセス・レン、心配は無用だ」伯爵はかたかた鳴りださないように食いしばった歯のあいだから答えた。「それにあなたとすごす快い時間を一瞬たりとも奪われたくはない」

アンナは皮肉に気づいて、彼をにらみつけた。「悪寒を我慢してまで、男らしさを証明する必要はございませんのよ」

「では、あなたはわたしを男らしいと思ったのだな、ミセス・レン？」彼は少年のように、にこっと笑った。「あのばかな雌羊を助けたのもあながち無駄ではなかったということだ」

アンナは笑いをこらえきれず、唇をぴくぴくさせた。「地主が小作人に手を貸すことがあるなんて、知りませんでした。めったにあることじゃありませんわよね？」

「そう、めったにあることではない」と伯爵は答えた。「わたしのような身分の者のほとんどはロンドンの屋敷にどっかり座って、領地の管理は家令にまかせきりだ」

「だとしたら、なぜあなたは羊を助けるために、泥の川にお入りになったの？」

伯爵は濡れた肩をすくめた。「よい地主は自分の小作人や彼らの仕事についてよく知っているものだと父に教えられた。それに、わたし自身が農業の研究をしているということも関係している」ふたたび肩をすくめると、苦笑いを彼女に向けた。「雌羊と格闘するのも好きなのでね」

アンナは笑顔を返した。「お父様も雌羊と格闘なさったのですか？」

沈黙。アンナは個人的なことに踏みこみすぎてしまったのではないかと不安になった。

「いや、父が泥まみれになったのは見た覚えがない」伯爵はまっすぐ道の先を見つめて言った。「しかし春先に水が氾濫した野原を歩きまわるのは厭わなかったし、秋には収穫を監督しに行ったものだった。いつもわたしを連れていって、農民や土地に関心をもつように仕向けてくれた」

「すばらしいお父様でしたのね」アンナはつぶやいた。このように立派な息子を育てたのだもの、と心の中でつけ加える。

「そうだ。わが父の半分でもいい父親になれるのなら、わたしはそれで満足だ」伯爵は興味ありげにアンナを見た。「あなたは亡きご主人とのあいだに子どもをもうけなかったのか？」

アンナは顔を下げて、手元を見つめた。その手はぎゅっと手綱を握り締めている。「ええ。四年いっしょに暮らしましたが、子どもは授かりませんでした」

「残念なことだ」伯爵の目には心からの同情がこもっていた。

「ええ、本当に」ええ、毎日、そう思うのです、とアンナは心の中で言った。

それからふたりはレイヴンヒル・アビーが見えてくるまで黙って馬を進めた。

その晩、アンナが家に帰ると、パールはベッドで起き上がり、ファニーに助けられてスープを飲んでいた。まだ痩せていたが、髪を後ろでまとめてリボンで束ね、ファニーの古いドレスを着ていた。アンナがあとを引き継ぎ、ファニーは階下へ行かせて夕食の支度をつづけさせた。

「奥さん、あたし、お礼を言うのを忘れていました」パールは恥ずかしそうに言った。

「気にしなくていいのよ」アンナはほほえんだ。「早くよくなってほしいと思っているだけだから」

パールはため息をついた。「もう少し休ませていただくだけでいいんです」

「あなたはこのあたりに住んでいるの？　それとも、旅の途中で具合が悪くなったのかしら」アンナは少量の牛肉をパールの口に入れてやった。

パールはゆっくり嚙んで飲みこんだ。「いいえ、自分の家があるロンドンに帰ろうとしていたんです。ロンドンで会った紳士に、よくしてやるからと言われて、立派な馬車でここまで連れてこられたんです」

アンナは眉を上げげた。

「きっと小さな家にでも住まわせてくれるんだろうと思ったんです」パールはシーツをなでてしわを伸ばした。「あたしももう若くないから、そう長くは仕事をつづけられないし」

アンナは黙って聞いている。

「だけど、だまされたんです」とパールは言った。「あいつは友だちとパーティを開くのに、女がほしかっただけだったんです」

アンナは何かうまい慰めの言葉はないかとさがした。「パーティのためだけだなんて、ひどいわ」

「ええ。しかも、さらにその先があったんです。あいつはあたしに、自分とふたりの友人の相手をしろと要求してきました」パールは口をへの字に曲げた。

ふたり？ 「つまり、そのう、いっぺんに三人と？」アンナは気が遠くなりそうになりながら尋ねた。

パールは口を引き結んでうなずいた。「三人いっしょ、またはひとりずつ」彼女はアンナのショックを見てとった。「立派な紳士の中には、仲間といっしょにやって、互いに見せ合うのを好む人もいるんですよ。でも、女のほうは傷つくことが多いですが」

ああ、なんという。アンナは驚愕の目をパールに向けた。

「でも、そっちは実際には心配なかったんです。その前に、逃げ出しましたから」

アンナはうなずくしかなかった。

「そうしたら、帰りの乗合馬車の中で気分が悪くなって、どうやらうつらうつらしてしまったらしいんです。目が覚めたときには、バッグがなくなっていました。お金がなくなってしまったので、馬車から降ろされてしまい、しかたなく歩いて帰ろうとしたんです」パールは頭を振った。「あのとき、あなたに見つけてもらえなかったら、きっと死んでいました」

アンナは目を落として、手のひらを見た。「ひとつ聞いてもいい、パール？」

「ええ、なんなりと」パールはウエストのあたりで手を組んでうなずいた。「遠慮なく何でも聞いてください」

「アフロディーテの洞窟という場所を知ってる？」

パールは頭を後ろに引いて枕につけ、不思議そうにアンナを見た。「あなたのような淑女がそんな場所をご存じだなんて、意外だわ」

アンナはパールの視線を避けた。「紳士たちが話しているのを聞いてしまったの。聞かれていたとは思ってもいないでしょうけど」

「そうでしょうねえ」とパールも同意した。「アフロディーテの洞窟っていうのは、ものすごく高い娼館なんですよ。あそこで働いている娼婦たちはもちろんいい思いをしてます。それに、身分の高いレディも、マスクで顔を隠して、娼婦のふりをすることがあるって聞いてます」

アンナは目を見開いた。「つまり……?」

「つまり下の部屋で気に入った紳士に会ったら、その人と一晩すごすんですよ」パールはわけ知り顔でうなずいた。「ま、もっと長くなることもあるけれど。それから、先に部屋をとっておいて、マダムに自分の好みのタイプを告げておくという手もあります。たとえば、小柄な金髪の紳士がいいとか、背が高い赤毛がいいとか」

「まるで馬を選ぶみたいね」アンナは鼻にしわを寄せた。

パールは初めてほほえみを浮かべた。「いいこといいますねえ。そう、種馬選びみたいなもんです」と笑う。「あたしもいっぺんくらいは選ぶ側にまわってみたいもんだわ。いつも男に選ばれるばかりじゃねえ」

アンナはパールの職業の現実を思い出し、少々居心地悪くほほえんだ。「でも、どうして紳士のほうはそんな段取りを受け入れるのかしら?」

「紳士の側は、その晩を本物のレディとすごせると知っているからですよ」パールは肩をすくめた。「そういう女の人をレディと呼ぶべきかは疑問ですけどね」

アンナは目をぱちくりさせてから、ぶるっと身震いした。「あなたはもう休んだほうがいいわ。わたしも夕食を食べにいくわね」

「わかりました」パールはあくびをした。「本当にありがとうございます」

その晩、夕食のあいだずっと、アンナは気もそぞろだった。ぼんやりとミートパイをつつく。一度くらい選ぶ側にまわってみたいというパールの言葉が頭から離れなかった。アンナの属する社会でも、選ぶのはほとんどが男性だ。たしかに彼女の言うとおりなのだ。若い娘は男性が交際を申し込んでくれるのを待つことしかできないが、男性のほうはどの娘とつきあうか決めることができる。いったん結婚したら、良家の婦人は、ベッドでひたすら夫を待つだけだ。ところが男性は平気で浮気をする。もちろん、そうではない夫婦もある。だが、アンナの結婚はそうだった。自分にだってこうしてほしいということはあったし、夜の営みに心から満足してはいなかったということを、ピーターにはぜったいに知られないようにしていた。

その夜遅く、寝るころになっても、スウォーティンガム卿が、アフロディーテの洞窟でパールが話してくれたようにすごすようすを想像せずにはいられなかった。大胆な貴族の女が、伯爵の姿を見て、彼を選ぶ。そして彼はマスクをつけたレディの腕の中で夜をすごすのだ。そんな想像をするだけで、眠っているあいだも、彼女の胸は締めつけられた。

そして夢の中で、アンナはアフロディーテの洞窟にいた。

マスクをつけ、伯爵をさがしている。さまざまな年齢、さまざまな容姿の何百人もの男たちが広間からはみださんばかりに集まっている。彼女は必死に人ごみをかきわけ、黒く輝く瞳をさがそうとする。あせればあせるほど、見つからない。ついに部屋の向こう側に彼を見つけて、そちらに走っていこうとした。ところが、悪夢ではよくあるように、速く走ろうとすればするほど、速度は鈍くなる。次の一歩が出るまでに、永遠にも思える時間がかかる。そうしてもがいているあいだに、別のマスクをつけた女が彼に手招きをするのが見える。こちらを見ることすらなく、彼は背中を向けてその女と部屋を出ていく。

アンナは暗闇の中で目覚めた。心臓はばくばく鳴っていて、肌は冷えきっていた。じっと動かず横たわったまま、いまの夢を思い出し、自分の荒い呼吸を聞く。

自分がすすり泣いているのに気づいたのはそれからしばらく経ってからだった。

7

巨大なカラスは背中に新婦を乗せて二日二晩飛びつづけ、とうとう三日目に、たわわに実った金色の穀物畑に着いた。「この畑はだれのものなのですか?」カラスの背中から地上を見下ろしてオーリアは聞いた。「おまえの夫のものだ」とカラスは答えた。それから、無限に広がる牧草地にさしかかった。太った牛たちが、日差しを浴びて毛皮を輝かせている。「この牛たちはだれのものなのですか?」オーリアが聞いた。「おまえの夫のものだ」とカラスは答えた。それから眼下に、エメラルドグリーンの森が広がった。山々を越えて、森ははるかかなたまでつづいている。「この森はだれのものですか?」とオーリアが聞いた。「おまえの夫のものだ!」とカラスは鳴いた……。

――『カラスの王子』より

翌日アンナは、昨夜よく眠れなかったせいで、ぐったりと落ちこんだ気分でレイヴンヒルに向かって歩いていた。立ち止まって、道沿いの木々の下に咲き乱れるブルーベルの美しさに見とれる。小さな水色の花たちが、太陽の光を受けて鋳造したてのコインのように輝いている。ふつうなら、花を見れば心がぱっと晴れるものなのに、今日はそうではなかった。ため息をついてまた歩きはじめたが、角をまわったところではっと立ち止まった。スウォーティンガム卿がいつものように泥がはねたブーツをはいて大股できびきびと歩いていた。厩からこちらに向かっているけれど、まだアンナに気づいてはいなかった。

彼はとどろくような大声で怒鳴った。「犬！」

その日初めて、アンナはほほえんだ。どうやらいつもそばにいる飼い犬が見つからないため、しかたなく「犬」と叫んだらしい。

アンナはゆっくり彼に近づいていった。「そんなふうにただ犬と呼んで来るほうが不思議ですわ」

スウォーティンガム卿はその声を聞いて振り返った。「ミセス・レン、名前をつける役目はあなたにまかせたはずだったが？」

アンナは目を大きく見開いた。「三つも候補をあげましたわ」

「だが、どれも、話にならん名前だったじゃないか、そうだろう？」伯爵はにやりとした。「考える時間は十分与えたと思う。さあ、いますぐ言ってみなさい」

わたしをやりこめようとしているんだわ。アンナはおもしろがった。「ストライプ？」

「子どもっぽい」

「ティベリウス？」

「皇帝じゃあるまいし」

「オセロ?」

「人殺しのようだ」スウォーティンガム卿は胸の前で腕を組んだ。「さあ、ミセス・レン。あなたほど頭のいい女性なら、もっといいのを思いつくだろう」

「では、ジョックはいかがですか?」

「だめだな」

「なぜです?」アンナは生意気にも言い返した。「ジョックという名前、わたしは好きですわ」

「ジョック」伯爵は舌の上でその名前を転がすようにつぶやいた。

「その名前で呼んだら、あの犬がやってくると賭けてもいいです」

「ふん」彼は、愚かな女どもと対するときに世界中の男がする高慢な態度で、まじまじと彼女を見下ろした。「では、やってみたらいかがかな?」

「いいですわ。やってみます」アンナは顎を上げた。「もし、あの犬がやってきたら、アビーの庭園を案内してください」

スウォーティンガム卿は眉を吊り上げた。「では、もし来なかったら?」

「さあ、どうしましょう」アンナはそこまで考えていなかった。「あなたが決めてください」

伯爵は口を結んで足元の地面を見つめた。「男と女のあいだの賭けでは、伝統的に紳士はレディの好意を受けることになっている」

アンナは息を吸いこんだが、うまく吐き出すことができない。

眉の下からアンナを見つめる伯爵の黒い瞳が輝いた。「たとえば、キスとか」

まあ、どうしましょう。無謀なことを言いすぎたんだわ。アンナはふっと息を吐き、背筋を伸ばして肩をいからせた。「けっこうですわ」

伯爵はけだるげに手を振った。「では、どうぞ」

アンナは咳払いをひとつした。「ジョック！」

しーん。

「ジョック！」

スウォーティンガム卿はにたにた笑いはじめた。

アンナは深く息を吸いこんで、淑女とは思えぬ金切り声をあげた。「ジョーック！」

ふたりは犬の足音がしないか、耳をそばだてた。しーん。

伯爵はゆっくりと体をまわして、彼女の顔を見た。静けさの中、回転する足の下で砂利が鳴る音が響きわたる。ふたりはほんの一メートルほどしか離れていない。彼が一歩前に踏み出した。濃いまつ毛に縁取られた黒い瞳がじっと彼女を見つめる。

アンナはどくんどくんと心臓から血液が押し出されるのを感じた。舌で唇を濡らす。

伯爵の視線はその唇に落ち、鼻孔が広がった。さらにもう一歩前に進む。いまや、ふたりの距離は三〇センチほどしかない。彼の手があがり、アンナの腕をつかむ。彼女は夢を見ているように、その動きを見つめた。大きな手の圧力がマントとドレス越しに感じられる。

アンナは震えはじめた。

伯爵は黒い頭を下ろして顔を近づけてきた。温かい息が唇にかかり、彼女は目を閉じた。そのとき、犬が庭を駆けてくる足音が聞こえた。

アンナは目を開いた。スウォーティンガム卿は凍りついた。まだ彼女から一〇センチほどの距離を保ったまま、ゆっくりと頭をまわし、犬のほうを見る。犬はうれしそうに、口から舌を垂らして、はあはあ息を吐きながら、主人を見つめ返した。

「くそっ」と伯爵は息を吐きながら言った。

ほんとに、とアンナも思った。

彼はいきなりアンナを離すと、数歩退いて背中を向けた。両手を髪に通し、肩を揺すった。深呼吸をするのが聞こえたけれど、話しはじめたときにはまだ声がかすれていた。「どうやら賭けはあなたの勝ちらしい」

「そうですわね」なにげないふうに聞こえるようにと彼女は願った。屋敷の前の小道で紳士にキスされそうになることなど日常茶飯事だといわんばかりに。呼吸を整えるのに苦労してなどいないかのように。あの犬がずっとずっと遠くにいてくれたらよかったのにと切に願ったりなどしなかったかのように。

「喜んで、庭を案内しよう」と伯爵はつぶやいた。「昼食後はどうだろう。それまであなたは書斎で仕事をしていればいい」

「伯爵様は書斎にはいらっしゃいませんの?」アンナは失望の色をなんとか隠して聞いた。

彼はまだ顔をそむけたままだった。「領地のことでいろいろ見てまわらなければならないの胸を見ているのではないかしら、とアンナは思った。「では、昼食のときに」
ようやく彼は彼女に顔を向けた。しかし、まだまぶたを下げたままで、もしかしてわたし
「わかりました」アンナは小さくささやくように言った。
ことがある」

アンナはうなずき、伯爵は犬に向かってぱちんと指を鳴らした。伯爵が通りすぎていくときに、アンナは彼が何か犬にぼそぼそと言っているのを聞いた。それは「ジョック」というよりも「ばかものめ」に聞こえた。

なんてことだ、いったいわたしは何を考えている？　エドワードはいらいらと大股でアビーのまわりを歩きまわった。

自分はわざとミセス・レンをのっぴきならない状況に追いこんだのだ。彼女には、彼の不作法な誘惑を拒否する道はなかった。あのように立派な分別のある女性が、自分みたいな天然痘の痕のある男のキスを歓迎するわけがない。しかし、彼女を自分の腕の中に引き寄せたときには、天然痘の痕のことは頭から消えていた。何も考えていなかったのだ。ただ純粋に本能だけで行動していた。あの美しくもなまめかしい唇に触れたくてたまらなかった。彼の男性自身は、それを考えた瞬間に、いきり立ち、痛いほど硬くなった。犬が姿をあらわしたとき、ミセス・レンから離れるのは至難の業だった。彼女に見られないためには背中を向けるしかなかった。いまだに体中が緊張している。

「それでおまえは何をしていたんだ、ジョック?」エドワードは、何も知らずごきげんな犬にがみがみ言った。「これからもアビーのキッチンでうまいものを食べさせてもらおうと思うなら、タイミングというものをわきまえるんだぞ」

ジョックは犬らしいかわいらしい表情で主人を見上げた。片耳が裏返っていたので、エドワードは上の空でそれを直してやった。「とび跳ねながらやってくるなら、一分早く、いや、あと一分遅いほうが好ましかったぞ」

エドワードはため息をついた。この激しい欲望をこのまま燃えつづけさせてるわけにはいかない。困ったことに、彼女のことが好きだった。彼女は機知に富み、わたしの癇癪も恐れない。農業の研究について熱心に質問する。馬で泥道を通って農地の見まわりに出かけるときにも文句も言わずについてくる。遠出を喜んでいるようにすら見受けられる。そしてたまにこちらを見つめるときには、首をちょっと傾げて、じっとわたしにだけ注意を向ける。そのしぐさに、どきっとさせられるのだった。

エドワードは顔をしかめて、道の小石を蹴った。

ミセス・レンを欲望の対象にするのは、倫理に欠ける恥ずべき行為だ。彼女の柔らかな胸を想像するなど、もってのほかだ。乳首は淡いピンクだろうか、それとも濃い薔薇色だろうか。親指でなでたらすぐにその乳首はぴんと立つのだろうか、それとも彼の舌を感じるまで恥じらい深く待つのだろうか。そんなみだらな想像をしてはならないのだ。

くそっ。

彼は笑いともうなりともつかない声を発した。彼のものはふたたび屹立し、彼女のことを思うだけでどくんどくんと脈打ちはじめた。こんなふうに自分を抑えることができなくなったのは、声変わりしはじめた思春期以来だった。

もうひとつ小石を蹴ってから立ち止まり、両手を腰にあてて空を見上げた。

だめだ。そこでエドワードは、緊張をゆるめるために頭をぐるぐる回した。近いうちにロンドンへ出かけて、一晩か二晩、アフロディーテの洞窟ですごさなければならない。そうすれば、秘書といっしょにいても、あさましい欲望に悩まされることはなくなるだろう。

蹴っていた石を足で土の中にぐいぐいと押しこみ、きびすを返すと、厩に向かった。彼にとってロンドン行きは仕事のようなものだった。もはや売春婦のベッドで夜をすごすのを楽しみに思う気持ちは消え失せていた。むしろ疲れた気分だった。手に入れることのできない女を渇望することに疲れ果てていた。

その日の午後遅く、アンナが『カラスの王子』を読んでいると、ドアをたたく音が聞こえてきた。まだたった三ページしか読み進んでおらず、ちょうど邪悪な王子と巨大なカラスの不思議な戦いの場面だった。短く古いおとぎ話にすぎないが、とても惹きつけられて読みふけっていたので、アビーの正面玄関のノッカーをたたく音に気づくまで一分ほどかかった。ノッカーの音を聞くのは初めてだった。というのもアビーを訪ねてくる人のほとんどが、使用人の入り口から入ってくるからだ。

アンナは本を机の引き出しに滑りこませ、羽根ペンを握って、小走りの足音に聞き耳を立てた。おそらくは従僕が広間で客を迎えているのだろう。かすかな話し声。ひとりは女性だ。それから書斎に向かってくる女性の足音が聞こえてきた。従僕がぱっとドアを開け、フェリシティ・クリアウォーターが入ってきた。

アンナは立ち上がった。「何かご用ですか？」

「あら、立たないでいいのよ。お仕事の邪魔はしたくないから」フェリシティは部屋の隅にあったがたつく鉄の梯子をじっと見つめながら、アンナのほうに向かって手をさっと振った。「ただ、スウォーティンガム卿に春の夜会の招待状をお持ちしただけ」彼女は鉄のレールに手袋をはめた指先を滑らせ、鉄錆色のほこりがつくと鼻にしわを寄せた。

「いまはいらっしゃいませんわ」とアンナが言った。

「そう？　ではあなたに預けるわ」フェリシティはぶらぶらとアンナの机のほうに歩いてきて、浮き出し模様がたくさんついた封筒をポケットから取り出した。「これを伯爵に……」彼女は封筒を差し出したが、途中で言葉を切って、じっとアンナを見つめた。

「何か？」アンナはどこか変なのかしらと気になって手で髪をなでつけた。顔に汚れでもついているのかしら。それとも歯のあいだに何かはさまっている？　フェリシティは大理石にでもなったかのように凍りついている。汚れくらいでは、こんなショックを彼女に与えるはずがない。

フェリシティの手の中の封筒が震えだし、机の上に落ちた。彼女はすっと顔をそむけ、その奇妙な瞬間は去った。

アンナは目をしばたたいた。きっとわたしの見間違いだわと思う。

「必ずスウォーティンガム卿に招待状をわたしてくださるわね？」とフェリシティがしゃべっている。「この地区で一番重要な催しを逃がしたら伯爵様は悔やまれると思うわ」彼女はこわばった笑いをアンナに向けて、ドアから出ていった。

アンナはぼんやりと手をのど元にあてた。するとひんやりとした金属の感触があった。彼女は思い出して眉をひそめた。今朝、着替えをするときに、首に巻いた三角形の肩掛けだけでは寂しい感じがした。そこで数少ないアクセサリー類を入れている小さな箱をかきまわしてみたが、たったひとつ持っているピンでは大きすぎた。そのとき、ピーターの文具箱で見つけたロケットが指先に触れた。今朝このロケットを見たときは、かすかに胸がきゅんと痛んだだけだった。おそらく、もうこれにはわたしを傷つける力はないのだろう。では、いいじゃない？　そこで大胆にも、そのロケットを胸元につけたのだった。

アンナは胸元の小さな装身具に指をあてた。冷たくて、硬い。今朝の衝動的な行動に屈したくないと彼女は願った。


ちくしょう！　ちくしょう！　フェリシティはレイヴンヒル・アビーをあとにして、がたがたと揺れながら走る馬車の窓から、景色をながめるともなく外を見ていた。一一年間も、祖父といってもいいほどの老人に体をまさぐられ、ベッドをともにするのに耐えてきたというのに、それがいまになってすべて水の泡になろうとしているなんて。

レジナルド・クリアウォーターはふたりの前妻とのあいだに、すでに成人している四人の息子と六人の娘をもうけているので、これ以上子どもを望んではいないと考えるのがふつうだった。なにしろ、フェリシティの前の妻は、男の赤ん坊を産み、そのせいで命を落としているのだ。しかし、レジナルドは自分の男としての精力に執拗なこだわりをもち、自分の妻をはらませたがった。週に二回、夜のお勤めがあるたびにフェリシティは思うのだった。こんなことをして何になるのだろう。この人は三人も妻をもったというのに、ベッドでの技巧をまったく身につけていない。

フェリシティはふんと鼻を鳴らした。

しかし、そうしたいやな面もあったにせよ、地方の大地主の妻でいることには心から満足していた。クリアウォーター・ホールはこの郡では、レイヴンヒル・アビーに次ぐ大邸宅だった。十分な衣装代を与えられ、自分の馬車も持っていた。毎年誕生日には、とても美しい——そしてたいへん高価な——宝石をプレゼントされた。そして地元の店主たちは彼女が訪れるとぺこぺこ頭を下げるのだ。とにかく、この生活はどうしても手放したくない。

そして思考はまたアンナ・レンの問題に戻った。

フェリシティは髪に手をあてて、ほつれ毛がないかとそっとなでた。アンナはいつから知っていたのだろう？　あのロケットをたまたまつけていたなんてことはありえない。こんなびっくりするような偶然が起こるはずがないから、あの哀れな女はずっと前からわたしを責めていたのだろう。フェリシティからピーターにあてた手紙は欲望の熱に浮かされて書いたもので、あれが見つかったらとても不利な立場になる。その手紙は、ピーターがくれたロケットに入れて彼にわたしたのだが、そんなばかげた物を彼が保管しておくなんて思いもしなかった。それから彼が死んでしまったので、フェリシティはやきもきしながらアンナが証拠をつきつけに来るのを待っていた。しかし、ピーターの死後二年ほど経ってもロケットはあらわれなかったので、きっとピーターは死ぬ前に、あのロケットを売ってしまったか、手紙を入れたまま埋めてしまったのだろうと考えるようになった。

男ときたら！　なんて役立たずな生き物だろう――いまさら言うまでもないことだけれど。

フェリシティは指で窓の下枠をたたいた。アンナがいまになってロケットを見せた理由は復讐か恐喝のどちらかだ。顔をしかめて舌先で前歯の先端をなぞった。優美で滑らかで、鋭い。あのちっぽけな未亡人がこのフェリシティ・クリアウォーターを脅かすことができると思っているなら、それがどんなに間違っているか思い知らせてやろうじゃないの。

「ミセス・レン、わたしはあなたに借りがあったな」伯爵は午後遅くに書斎に大股で入ってくるなり言った。窓から差しこむ日光が、スウォーティンガム卿の黒髪に混ざる白髪をきらめかせた。ブーツはまたもや泥だらけだ。

アンナは羽根ペンを置いて、主人とともに部屋に入ってきたジョックに手を差し出した。

「今朝の約束をお忘れになったのかと思いはじめていたところです」

伯爵は傲慢な表情で眉を吊り上げた。「わたしの高潔さを疑っているのか？」

「もしそうだとしたら、決闘を申しこまれます？」

伯爵は不快な声をもらした。「いや、決闘したら、きっとあなたが勝つだろう。わたしは剣の名手ではないし、最近はすっかり稽古をさぼっているのでね」

アンナは顎先を高く上げた。「では、わたしに何かおっしゃるときにはお気をつけになったほうがよいですわね」

伯爵は口の片端をひねり上げた。「庭園に行くつもりはあるのか、それともここでわたしと口論をつづけたいかね？」

「両方いっぺんにやることもできますけど」とアンナはつぶやきながら、ショールを手に取った。

アンナは伯爵の腕に手をかけ、ふたりは書斎を出た。ジョックは散歩できるのがうれしくて、耳をぴんと立ててあとをついてきた。伯爵は正面玄関を出て、アビーの角を曲がって厩を通りすぎた。このあたりにくると丸石の小道は刈りこまれた草地に変わる。使用人用の出入り口の横には菜園があり、それを囲む低い生垣にそって歩いていく。すでにポロネギが植えられていて、うねに沿って細い緑の葉がずらりと並んでいる。やがて生長するにつれ豊かに葉が茂るのだろう。菜園の向こうは芝生に覆われた斜面になっていて、坂の下には壁で囲まれた大きな庭園があった。ふたりは灰色の敷石の小道を通って坂を下りていった。近づいてみると、赤い煉瓦の壁はほとんどツタで覆い尽くされていた。壁には木製の扉がついていたが、茶色のツタが覆いかぶさっていてよく見えなかった。

スウォーティンガム卿は錆びついた鉄のハンドルを握った。扉はきしって数センチほど開き、そこで止まってしまった。彼は何かもごもごとつぶやいて彼女を見た。

アンナは励ますようにほほえんだ。

彼は両手でハンドルをつかみ、足を踏ん張ってぐいっと引いた。一瞬間をおいてから、扉はうなるような音を立てて、開いた。ジョックがするりと隙間から庭に入っていく。伯爵はドアの横によけて、アンナに向かって、先にどうぞと手で示した。

アンナは頭を突き出して、中をのぞいた。

うっそうと草木が茂っていた。大きな長方形の庭園のようだった。少なくともかつてはそのような外形だったと思われる。草や枯れ枝に隠されてほとんど見えないが、庭園をとり囲むように煉瓦の小道がついている。その小道は十字形に交わる中央の道につながっていて、庭はその十字の道で四つの区画に分けられていた。向こう側の壁にはもうひとつ扉があったが、枯れたつる植物によってほとんど隠されている。おそらくあの向こうに、そしてそのまた向こうにも庭園がつづいているのだろう。

「この花壇の原形を考えたのはわたしの祖母だ」と伯爵が背後から言った。いつの間にかふたりは庭園の中に入っていた。アンナは自分が歩いたことすら覚えていなかったが。「そして母は庭園をさらに広げて、立派なものにしたのだ」

「かつてはとても美しかったのでしょうね？」アンナは小道の煉瓦がはずれて飛び出してい

る箇所をまたいで通った。あの隅にあるのは梨の木だろうか？

「母が丹精した面影はほとんど残っていないだろう？」スウォーティンガム卿が何かを蹴る音が後ろから聞こえてきた。「壁を壊して更地にしてしまうのが一番だ」

アンナはさっと振り向いた。「まあ、伯爵様、そんなことをなさってはいけませんわ」

反対されて彼は顔をしかめた。「なぜだ？」

「救う価値のあるものがたくさん残っていますもの」

伯爵はうっそうと生い茂った庭や見る影もない小道を疑わしげな目でながめた。「そんなものはひとつも見当たらないが」

アンナは必死な目を彼に向けた。「ほら、あの壁際の垣根仕立ての木を見てくださいませ」

伯爵はアンナが指さす方向に体をまわした。

アンナは壁のほうに近づいていった。ところが雑草の中に隠れていた石につまずいてよろけ、姿勢を正そうとしたがふたたび足をとられて転びそうになった。伯爵は力強い腕で背後から彼女をつかみ、軽々と抱き上げて、たった二歩で壁際に運んだ。

彼はそこで彼女を下ろした。「見たかったのはこれか？」

「はい」アンナは息を詰まらせて、横目で彼を見た。

伯爵は険しい表情で生垣を凝視した。

「ありがとうございます」アンナは壁ぎわのその痛ましい木のほうを向いた。するとすぐに気持ちがそちらに引きつけられた。「これは林檎か、あるいは梨の木ではないかと思います。

壁際にぐるりと並んで植えられているのがおわかりでしょう？　そしてここには蕾がついていますわ」

伯爵は言われるままにアンナが示した枝を見つめ、うーんとうなった。

「ちゃんと剪定さえすれば」彼女はしゃべりつづける。「自家製の林檎酒がつくれますわ」

「林檎酒はあまり好きではない」

アンナは眉を下げて彼を見つめた。「では料理人に林檎ゼリーをつくらせたらいかがですか」

伯爵はアーチ形に眉を上げた。

彼女はさらに林檎ゼリーがいかにすばらしいかを並べたてようとしたが、ふと足元の雑草のあいだに隠れている花を見つけた。「あら、これはスミレかしら、それともツルニチニチソウ？」

その花は花壇の縁から五〇センチばかり離れたところに咲いていた。アンナは腰を折って顔を近づけ、よろけないように片手を地面についた。

「ワスレナグサかもしれませんわ。群生するのがふつうですけど」注意深く花を摘み取る。

「あら、いやだ。葉っぱが違うわ」

スウォーティンガム卿はじっと動かずに彼女の後ろに立っていた。

「これはたぶんヒヤシンスの仲間だと思います」アンナは体を起こして、問いかけるように彼を振り返った。

「そうか？」かすれたバリトンの声が聞こえた。

アンナはその声に目をしばたたいた。「そうです。そしてもちろん、ひとつ見つかれば、ほかの場所にもあるものですわ」

「何が？」

アンナは疑うように目を細めた。「話を聞いていらっしゃらなかったのね？」

伯爵は首を振った。「ああ」

彼にじっと見つめられ、アンナの呼吸は速くなった。顔が火照ってくるのがわかる。静けさの中、いたずらなそよ風が細いひと房の髪を彼女の口元に吹きつけた。彼はゆっくり手を伸ばして、指先でそれをそっと払った。彼の手の硬く肥厚した皮膚が、敏感な唇をなでた。彼女は切望のあまり目を閉じた。彼は注意深く毛束を結い上げた髪に戻した。その手はこめかみのあたりで漂っている。

彼の息が唇にかかるのを感じた。ああ、お願い。

けれども、彼はその手を下ろしてしまった。

アンナが目を開けると、黒曜石の瞳がこちらを見つめていた。彼女は押しのけるかのように手を伸ばした。いや、彼の顔に触れたかったのかもしれない。彼女自身どちらなのかよくわからなかった。だが、それはどちらでもよかった。彼はすでに背を向けて数歩離れていたのだから。途中でやめた自分のしぐさを、彼は気づいてさえいなかったのだと彼女は思った。

彼は頭をまわして、横顔だけアンナのほうに向けた。「すまなかった」

「なぜ？」アンナはなんとかほほえもうとした。「わたしは――」

彼は手刀で空を切った。「明日、ロンドンへ発つ。緊急な用事があるのだ」

アンナは手を握りしめた。

「あなたは好きなだけ庭園をながめていてかまわない。わたしは執筆に戻らなければ」スウォーティンガム卿は崩れた煉瓦の上でざっざっとブーツを鳴らして、速やかに歩み去った。

アンナが拳を開くと、握りつぶされた花が指のあいだから落ちた。

荒れ果てた庭を見まわす。手を入れれば、きっとよくなるわ。壁際の雑草を刈って、この花壇に花を植えれば。腕のいい庭師がきちんと手をかけてやれば、どんな庭だってよみがえる。そうよ、ちょっとした心配りと、少しばかりの愛情があれば……。

涙の幕で視界が曇った。震える手でもどかしげに涙をぬぐい取る。ハンカチは屋敷に置いてきてしまったんだわ。涙が目からあふれて、頬を伝った。袖で拭かなくちゃ。ハンカチを持っていないレディなんて、いったいどんなレディよ。みじめなレディであることはたしかね。紳士がキスしようという気にもならないレディ。前腕の内側で顔をこすったが、涙はあとからあとからあふれてくる。ロンドンで用事があるですって！　そんな嘘にごまかされたりはしないわ。だってわたしは大人の女なんですもの。伯爵がどこで用事を足すのか、わかっている。そうよ、あの薄汚い売春宿よ。

彼女はむせび泣いた。あの人はほかの女と寝るためにロンドンへ行くのだ。

8

カラスはもう一日と一晩、オーリアを背中に乗せて飛んだ。そしてそのあいだ彼女が目にしたものはすべて彼のものだった。オーリアはそのような莫大な富と強大な力を理解しようとしたが、とても無理だった。父が所有する土地と統治する人々は、このカラスがもっているものに比べたらごくわずかだった。ついに、四日目の夕方、白い大理石と黄金でできた城が見えてきた。沈みかけた夕日が城を照らし、まぶしくて目を開けていられないほどだ。「だれの城ですか？」とオーリアはささやく。名状しがたい不安で胸がいっぱいになる。カラスは巨大な頭をまわして、きらきら輝く黒い目で彼女を見た。「おまえの夫のものだ！」と鳴いた……。

――『カラスの王子』より

その日の夕方、アンナはとぼとぼと歩いて家に帰った。あのあと荒れ果てた庭園で気持ちを落ち着かせてから、仕事をしようと書斎へ戻った。しかし、案ずる必要はなかったのだ。スウォーティンガム卿はそれから一度も姿を見せず、帰る時間になったのでしたくをしていると、若い従僕が折りたたんだ小さなカードを持ってきた。伯爵のメッセージは、短く簡潔だった。明日の朝、早くに出かけるので、明日は顔を合わせることがないだろう、と書かれていた。

伯爵がいれば反対しただろうが、当人がその場にいなかったので、アンナは馬車に乗らずに歩いて帰ることにした。伯爵に反抗したいという気持ちもいくぶんあったが、じっくり考えて、心を落ち着かせる時間も必要だった。こんなしょげかえった顔で目を赤くしたまま家に帰ったら、マザー・レンは寝るまで、いったいどうしたの、としつこく聞いてくるだろう。

町のはずれにたどりついたころには足が痛みだしていた。すっかり馬車に乗るぜいたくに慣れてしまったのだ。それでも歩きつづけ、自分の家に向かう小道へと曲がって、はっと立ち止まった。金の縁取りのある深紅と黒の馬車が家の前に停まっていた。真っ赤なパイピングと金色のモール飾りがついたそろいの黒いお仕着せを着た御者とふたりの従僕が馬車にもたれていた。馬車の横には何人かの少年たちがとび跳ねながら群がっていて、従僕を質問攻めにしている。アンナには子どもたちの気持ちがわかった。まるで小国の王室がわが家を訪問してきたみたいだもの。彼女は馬車の後ろをまわって家に入った。

居間でマザー・レンとパールが、見知らぬ女性とお茶を飲んでいた。その女性はとても若く、二〇歳そこそこといったところだった。白い霜のようなパウダーをふりかけた髪は一見シンプルに見えるが、じつは凝った髪型に結い上げられて、明るいグリーンの瞳を際立たせていた。そして黒いドレスを着ていた。ふつう黒は喪に服していることを意味するが、アンナはこんな喪服を見たことがなかった。艶やかに輝く生地が腰から足元へと滝のように流れ落ち、オーバースカートがたくしあげられて、その下から深紅の刺繍をほどこしたペチコートがのぞいている。胸元が広く開いた四角いネックラインには鮮やかなステッチが幾筋もついていて、半袖の口からは三段のレースが垂れていた。まるで鶏小屋に迷いこんだ孔雀のように、アンナの家の小さな居間にはまったくそぐわない女性だった。

マザー・レンはアンナが入ってきたのに気づいてにこやかに顔を上げた。「アンナ、こちらパールの妹さんのコーラル・スミスさんよ。いま、ちょうどお茶をいただいていたところなの」マザー・レンはお茶が入ったカップを手に持ったまま、大げさなしぐさをしたので、あやうくパールのひざにお茶がこぼれるところだった。「こちらはうちの嫁のアンナ・レンですわ」

「はじめまして、ミセス・レン」コーラルは低いハスキーな声で挨拶した。エキゾチックな若い女性というより、男性の声のようだった。

「お会いできてうれしいわ」アンナはカップを受け取りながらつぶやくように言った。

「夜明けまでにロンドンに着くためには、じきに出かけなくては」とパールが言った。

「姉さん、旅に耐えられるくらい回復しているの?」コーラルはほとんど表情を顔に出さなかったが、それでもじっとパールを見つめている。

「泊まっていかれたらいかが、ミス・スミス?」マザー・レンが言った。「そうすれば、パールは明日の朝、さっぱりとした気分で出かけられますわ」

コーラルは唇を少し曲げて、かすかにほほえんだ。「ミセス・レン、迷惑をおかけしたくありません」

「あら、迷惑だなんて。外はそろそろ暗くなりますし、若い娘さんがこれから出かけるのは安全とは思えませんね」マザー・レンは顎を窓のほうにしゃくった。外は本当に真っ暗になりかけていた。

「ありがとうございます」コーラルは頭だけでお辞儀をした。

お茶がすんでから、アンナはコーラルをパールが使っている部屋に案内した。食事の前に手や顔を洗えるようにとの配慮だった。リネンや洗面器に入れる水を運んでから部屋を出ようとすると、コーラルに呼び止められた。

「ミセス・レン、お礼を申します」コーラルはアンナを底知れないグリーンの瞳でじっと見つめた。感謝とは違う謎めいた表情だった。

「礼にはおよびません、ミス・スミス」とアンナは返した。「あなたがたを宿屋に泊まらせるわけにはいきませんわ」

「本当は、それでよかったのですよ」コーラルは唇をひねって皮肉な表情を浮かべた。「でも、わたしがお礼を言いたいのは、パールを助けてくださったことに対してです。姉は、どんなに具合が悪かったか話してくれました。あなたがここへ連れてきて看病してくださらなかったら、死んでいたでしょう」

アンナは困って肩をすくめた。「わたしが助けなくても、すぐにほかの人が来て――」

「そして、そのまま姉を置き去りにした」コーラルはアンナの言葉をさえぎった。「ほかの人もあなたと同じことをしたなんて言わないでください。だれもそんなことはしやしません」

アンナはなんと言っていいかわからず途方に暮れた。人間に対するコーラルの皮肉な見方に反駁したいのはやまやまだったが、彼女が言っていることは正しいともわかっていた。

「わたしが子どものころ、姉はわたしを養うために客をとっていました」コーラルはつづけた。「姉が一五になるかならないかのときに親が死にました。姉は良家でメイドの見習いをしていたのですが、そのすぐあとに解雇されてしまいました。姉はわたしを孤児院に入れればよかったんです。わたしがいなければ、別のまともな職を見つけることができたでしょうし、結婚して家庭も持てたでしょう」コーラルは口を引き結んだ。「でも代わりに、姉は売春婦になったんです」

アンナは眉をひそめて考えた。そんな悲惨な人生を歩まなければならなかったなんて。ほかにはどんな選択肢もなかったなんて。

「いま、そのお返しに面倒を見させてほしいと姉に頼んでいるんですが」コーラルは顔をそむけた。「そんな内輪の話、聞きたくありませんよね。とにかく、この世の中でわたしが心から愛する人は姉しかいないということです」

アンナは黙っていた。

「ミセス・レン、もしわたしに何かできることがあったら」コーラルは不思議な目つきでじっとアンナを見つめた。「どんなことでも言ってください」

「お気持ちだけで十分よ」とアンナはやっと答えた。「お姉さんをお助けできてわたしもうれしいの」

「口先だけと思っていらっしゃるみたいですわね。でも、覚えておいてください。わたしの力がおよぶことなら、あなたのためにどんなことでもします。どんなことでも」

アンナはうなずいて、部屋を出ようとした。どんなことでも……。彼女は敷居のところで立ち止まると衝動的に振り返り、よく考える前にしゃべっていた。「アフロディーテの洞窟という場所をご存じ？」

「ええ」コーラルはあいまいな表情で言った。「ええ、経営者のアフロディーテ本人を知っていますわ。あなたがお望みなら、一晩、あるいは一週間でも、アフロディーテの洞窟ですごせるように手配できます」

　コーラルはアンナに近づいた。

「一晩のお相手に、熟練した男娼でも、童貞の学生でもご用意できますわよ」コーラルの目は大きく見開かれた。中で炎が燃えているようだった。「有名な放蕩者だろうと、町のごろつきだろうと。たったひとりの特別な男性でも、あるいは一〇人の見知らぬ男たちでも。いかなる肌や髪の色の男でも。まっ暗な闇に包まれ、ひとり寝のベッドの中でシーツにくるまれて夢見る男でも。あなたのあこがれや欲望をかなえますわ。どんな男か、わたしに言ってくださるだけでいいのです」

美しい蛇に魅入られて動けなくなったネズミのように、アンナはコーラルを見つめた。アンナは言葉をつかえさせながら、違うんですと言おうとしたが、コーラルは働いたことのない手を振った。「一晩よくお考えになって、ミセス・レン。ね、そうなさって。そして明日、お返事をくださいさい。さあ、よろしければ、失礼させていただきます」

気がついたときにはアンナは自分の部屋の外の廊下に立っていた。頭を左右に振る。もしかして悪魔が女のなりをしてあらわれたのかしら?

だって突然、誘惑が目の前にぶら下がってきたのですもの。

アンナはゆっくりと階段を下りた。コーラルの甘い誘い言葉が頭から離れない。それを振り払おうとするが、恐ろしいことに、どうしてもできないのだった。そしてアフロディーテの洞窟のことを考えれば考えるほど、それもいいのではないかと思えてくるのだった。

一晩中、アンナは何度も何度もコーラルの途方もない申し出を否定してはまた肯定するのを繰り返した。かすみがかかったような陰鬱な夢から目覚めては、じっと横たわったままあだこうだと自問自答し、またしてもまどろんで悪夢へ迷いこむ。夢の中でスウォーティンガム卿はいつも背中を向けて歩いていて、それを甲斐もなくアンナは追いかけていく。夜明け近くなって、アンナは眠るのをあきらめ、仰向けに横たわって暗い天井を見つめた。少女のように顎の下で手を組み合わせ、ああ神様、どうかこの恐ろしい計画にあらがうことができますようにと祈った。高潔な淑女ならばこんな誘惑に屈することはないだろう。善良な女性は、ロンドンの悪の巣窟に忍び入って、すげない態度の男性を誘惑しようなどとはけっして考えたりしない。

ふたたび目を開けたときには夜が明けていた。さっと起き上がって洗面器の冷たい水で顔を洗ってうがいをし、着替えをして義母を起こさないよう静かに部屋をあとにした。

外に出て自分の庭に向かった。クロッカスはほとんど終わってしまったが、まだ水仙がいくつか残っていた。体をかがめて、花が枯れた水仙を摘み取った。チューリップの蕾がつかのま心の平和を呼び戻してくれたが、今日伯爵はロンドンへ行くのだということをまた思い出してしまった。その考えを追い出そうと、彼女はぎゅっと目をつぶった。

そのとき、背後で足音がした。「決心はつきましたか、ミセス・レン？」

振り返ると、薄いグリーンの瞳の美しい悪魔が立っていた。コーラルはアンナにほほえみかけた。

首を横に振ろうとしたとき、アンナは自分が話している声を聞いた。「あなたの申し出を受けることにします」

コーラルは口の端をゆっくりと引いて、にやりと陰気な笑みを浮かべた。「よかった。では、わたしとパールといっしょに馬車でロンドンにいらっしゃいましな」コーラルは低い声で笑った。「面白いことになりそうですわ」

彼女はアンナが答える前に、家の中に入ってしまった。

「どうどう」エドワードは鹿毛に静かに声をかけた。馬の頭を押さえて、足踏みがおさまるのを辛抱強く待ち、馬銜《はみ》を咬ませた。この馬は、朝、機嫌が悪いことが多かった。しかも今朝はいつもより早く鞍をつけたからなおさらだ。まだ東の空がようやく明るみはじめたばかりだった。

「どうどう、この老いぼれめ」とエドワードはささやいた。そういえばこの馬にも名前をつけていなかったな、と彼はそのとき初めて気づいた。こいつに乗るようになってからどれくらいになる？　少なくとも六年は経っている。それなのに名前をつけようとさえ思わなかった。アンナ・レンが知ったら怒るだろう。

エドワードは顔をしかめながら鞍にまたがった。どうしてロンドンくんだりまで行くことに決めたのだ？　あの未亡人のことを考えないようにするためではなかったか？　馬をロンドンまで走らせれば、心と体をむしばむこのいらいらを少しは晴らせると考えたのだ。荷物と従者はあとから馬車でついてくることになっていた。しかし、その計画をあざ笑うかのように、新たにジョックと名づけられた犬が、鹿毛が厩から走り出ようとした瞬間、ぴょんと跳ねるように姿をあらわし、主人より先に外に駆けだした。犬はこの半時間ばかり姿を見せなかったのだが、いまやその尻や後ろ脚は悪臭を放つ泥にまみれている。

エドワードは手綱を引いて馬の方向を変え、ため息をついた。今回の旅で、彼は婚約者の家であるジェラード家を訪問し、婚約の条件を最終的に決めるつもりだった。このばかでかくて、ひどく臭う雑種犬は、今回の目的にはそぐわない。

「ジョック、待て」

犬は座って、かすかに充血した大きな茶色い目で主人を見つめた。しっぽが左右に振られ、丸石をなでている。

「悪いが」エドワードは馬の上から体をかがめて犬の耳をなでた。気が立っている雄馬が数歩下がったため、手は犬から離れた。「今回はおまえを連れていけない」

犬は首を傾げた。

なんだかもの悲しい気分になってエドワードはむしゃくしゃした。こいつも、あの女も、わたしの生活には必要のないものなんだ。

「いいか、ジョック。わたしの代わりに彼女を頼むぞ」エドワードは自分のこっけいな命令に苦笑いした。ジョックは訓練された護衛犬ではないし、また、アンナ・レンも守ってやらなければならない自分の女ではないのだ。

彼はその考えを振り払い、鹿毛の向きを変えると、ゆっくりと馬を走らせて屋敷をあとにした。

アンナはしばらく考えて、マザー・レンには、新しいドレスの生地を買うためにパールとコーラルといっしょにロンドンへ行ってくると告げることにした。

「生地が買えるようになったのはとてもうれしいけれど、本当に大丈夫なの？」とマザー・レンは答えた。頬をローズピンクに染めて、低い声でつづけた。「とてもいい人たちですよ、もちろん。でも、結局のところ、あの人たちは高級売春婦なのだし」

アンナは義母と目を合わせるのがつらかった。「コーラルは、わたしたちがパールの看病をしたことにとても感謝してくれているんです。あの姉妹は強い絆で結ばれているのですわ」

「ええ、でも——」

「それで、ロンドンへの行き帰りに自分の馬車を使ってもいいと言ってくれているのです」

マザー・レンは不安そうに眉をひそめた。

「とても気前のいい申し出ですわ」アンナはやさしく言った。「乗合馬車のお金を節約できますし、乗り心地だってずっといいし。旅費が浮いた分、余分に生地を買えます」

マザー・レンの心が揺れているのは、はたから見てもよくわかった。

「新しいドレスがほしくありません？」アンナはうまく説き伏せようとする。

「でもね、わたしはあなたのことが心配なのよ」マザー・レンはついに折れた。「あなたがそうすると言うなら、わたしは反対しませんよ」

「ありがとうございます」アンナは義母の頰にキスをして、荷造りをすませるために二階に駆け上がった。

ふたたび下りてきたときには、すでに馬は足踏みをして待っていた。急いで「いってきます」と声をかけ、馬車に乗りこむ。すでにスミス姉妹は座って待っていた。馬車が走りだすと、アンナが窓から顔を出して手を振ったので、コーラルはとても面白がった。頭をひっこめようとしたそのとき、アンナはフェリシティ・クリアウォーターが道の脇に立っているのに気づいた。フェリシティと目が合ってしまい、アンナはとまどった。馬車はさっとその場を通りすぎた。アンナは座席に腰をおろし、下唇を噛んだ。フェリシティに、わたしがロンドンに行くわけを知られるはずがない。それでも、彼女を見かけたことで、アンナの心はざわめいた。

向かいに座っているコーラルが眉を上げた。

馬車が角を曲がって大きく揺れたので、三人は座席から跳ね上がった。アンナは頭上の吊革につかまって顎先を上げ、毅然とした表情を浮かべた。

コーラルはかすかにほほえんで、うなずいた。

馬車はレイヴンヒル・アビーで停車した。数日仕事を休むとホップルに告げるためだ。馬車を屋敷から離れた見えない場所に待たせて、アンナは歩いてアビーに行き、また歩いて戻った。もうすぐ馬車が見えるというころになって、ようやくアンナはジョックが影のようについてきていることに気づいた。

アンナは犬のほうを振り向いた。「屋敷にお帰りなさい、ジョック」

ジョックは道の真ん中に座り、おとなしく彼女を見つめている。

「さあ、家へお帰り、ジョック！」アンナはアビーのほうを指さした。

ジョックは首をまわして、アンナが指し示しているほうを見たが、動こうとしない。

「それならいいわ」犬と口論するなんてばかばかしいと思いながら、アンナはふくれっつらをして言った。「あなたなんか知らないから」

アンナはついてくる大きな犬のほうをぜったいに見まいと決心して馬車に向かって歩いていった。しかし、アビーのゲートをまわって馬車が見えてくると、ひとつ問題があることに気づいた。従僕がアンナの姿を認めて、馬車の扉を開けて待っていたのだ。何かがさっと通り抜け、敷石をひっかく爪の音がしたと思ったら、ジョックがさっさと彼女を追い越して馬車に乗りこんでいた。

「ジョック！」アンナはびっくり仰天した。

馬車の中から悲鳴があがり、がたがたと車体が横に揺れたが、すぐに静かになった。従僕が中をのぞきこんだ。アンナもその横からおそるおそる中を見る。

ジョックはフラシ天張りの座席のひとつに座っていた。その向かい側にはおそれおののいて犬を見つめるパール。そして予想どおり、まったく動じず、かすかに笑みさえ浮かべているコーラル。

ジョックは見かけがひどく恐ろしい。アンナはそのことを忘れていた。「ごめんなさい。この犬はまったくおとなしいの」

パールは目をぐるりとまわして横目でアンナを見た。おとなしいと言われても納得していないようすだ。

「いま、降ろしますから」とアンナは言った。

ところが一筋縄ではいかなかった。ジョックが一声うなると、従僕は、自分の仕事には危険な動物を扱うことは含まれておりませんと言い張った。アンナは馬車に乗りこみ、犬にやさしい言葉をかけて馬車から降ろそうとした。それがだめとわかると、今度は首のあたりの毛皮を引っ張って引きずり出そうと奮闘した。しかしジョックは涼しい顔で足を踏ん張るだけ。

コーラルは笑いだした。「どうやら、あなたの犬はいっしょにロンドンに来たがっているみたいね、ミセス・レン。そのままにしておいたら。わたしは乗客が増えてもかまわないわ」

「まあ、そんなことできません」アンナはあえぎながら言った。

「いいじゃない。口論はやめましょう。さあ乗って、わたしとパールを野獣から守ってくださいな」

アンナが座るとジョックは満足したようだった。追い出されないことがわかると、寝そべって眠ってしまった。パールはしばらくじっと犬を見ていたが、犬が動かなくなると彼女も船をこぎはじめた。アンナはフラシ天の立派なクッションにもたれて、半分夢の中をさまよいながら、この馬車は、スウォーティンガム卿の馬車より立派なくらいだわなどと考えていた。しばらくすると、自分も眠りこんでしまった。昨晩よく眠れなかったせいで疲れていたのだ。

馬車は、午後になって遅い昼食をとるために街道沿いの宿屋で一度停車した。馬丁が叫びながら宿屋から走り出てきて足踏みしている馬の頭を押さえているあいだに、女たちはこわばった体を伸ばして馬車を降りた。宿屋は驚くほど清潔で、おいしいボイルド・ビーフと林檎酒の昼食をとった。アンナは忘れずに肉を少し馬車に持ち帰ってジョックに食べさせた。それから出発する前に、裏庭で犬を少し走らせたので、馬番の少年たちをおびえさせてしまった。

ロンドンのしゃれた棟続きの家の前に馬車が着いたときには、すでに日は暮れていた。アンナは家の豪華さに目を丸くしたが、乗ってきた馬車のことを考えれば当然なのだと思いなおした。

コーラルは、アンナが家の正面をぽかんと口を開けて見ているのに気づいたらしく、謎めいたほほえみを浮かべた。「すべて侯爵様のご厚意のおかげよ」さあご覧くださいとばかりに手ではらりと指し示し、それから冷笑するように言った。「大切なお友だちなの」

アンナはコーラルにつづいて正面の階段を上り、薄暗い玄関に入った。輝く白い大理石の床に足音が鳴り響いた。白い大理石の板を張った壁は、漆喰の天井につづき、天井からはきらきら光るクリスタルのシャンデリアが下がっていた。とても美しいが、空虚な感じのする玄関広間だった。現在の住人の趣味なのか、それとも所有者の趣味なのか、とアンナは考えた。

コーラルはパールのほうを見た。長旅で疲れが出たと見えて、すっかり元気をなくしている。「姉さん、ここに泊まっていってちょうだい」

「侯爵様はあたしがここに長居するのを不快に思われるわ。わかっているでしょう」パールは心配そうに言った。

くださるわ。それにこれから二週間は外国にいる予定なのよ」コーラルはかすかに温かさを宿した表情でほほえんだ。「さあ、部屋に案内するわ」

アンナが案内されたのは暗めの青と白で装飾された小さな美しい部屋だった。コーラルとパールが夜の挨拶をしてから出ていったので、アンナは寝るしたくをした。ジョックは深くため息をついて、暖炉の前に寝そべった。アンナは髪にブラシをかけて犬に話しかけた。明日のことは考えまいと固く心に決めていた。しかし横になると、頭から追い出そうとしていた考えが、わっと押し寄せてきた。わたしは重大な罪を犯そうとしているのだろうか？　明日が終わったあと、良心に恥じることなく生きていけるのだろうか？　わたしは伯爵を満足させることができるのだろうか？

くやしいことに、もっとも気がかりなのは一番最後の問題だった。

フェリシティは枝つき燭台のろうそくに火を灯し、机の端に注意深く置いた。今夜のレジナルドはとりわけ激しかった。あの年になったらいいかげん衰えてもいいものを。

フェリシティはふんと鼻を鳴らした。まったくもう、衰えたところといえば、なかなかいかなくなったことだけだった。夫が自分の上で汗をかきながら息を切らしているあいだに、五幕の芝居が書けそうだった。芝居を書く代わりに、フェリシティは考えた。田舎者の未亡人アンナ・レンはどうやらロンドンに出かけたらしいが、いったいどうしてだろう。年かさのほうのミセス・レンに聞きただしたところ、新しいドレスの生地を買いに行ったということだった。たしかに、ありえそうな理由だが、ロンドンにはそのほかにも、夫のいない女の気を引く誘惑はあまたある。そう、ものすごくたくさん。そうだわ、アンナがロンドンで何をするのか調べておけば、あとで役に立つかもしれない。

フェリシティは夫の机から紙を一枚取り出し、インク壺の蓋を開けた。羽根ペンにインクをつけ、それから手を止めた。ロンドンの知り合いの中で、この役目に一番適するのはだれかしら。ヴェロニカは好奇心が強すぎる。ティモシーは、ベッドの中では競走馬のようだけれど、ベッドの外でも知能は馬と変わらない。そうだ……彼がいた！

フェリシティは自己満足してにんまりしながら、手紙の最初の文字をつづった。書き送る相手はあまり正直とは言えない男だった。そう、紳士とは。

というより、かなりのワルだった。

9

カラスは輝く白い城のまわりを旋回した。すると壁から何十羽もの鳥が飛び立った。ツグミ、シジュウカラ、スズメ、ムクドリ、コマドリ、ミソサザイ。オーリアが知っているあらゆる小鳥たち、そしてあまり歓迎できない恐ろしげな鳥たちもたくさんいた。カラスは地上に降りて、鳥たちを自分の忠実な家臣と召使だと紹介した。しかし、カラスは人間の言葉をしゃべることができたが、小鳥たちは話すことはできなかった。その夜、召使の鳥たちはオーリアを荘厳なダイニングルームに案内した。長いテーブルの上には夢のようなご馳走が並んでいた。カラスもいっしょに食べるものと思っていたが、彼はあらわれず、オーリアはひとりで食事をした。食事のあと、彼女は美しい部屋に連れていかれた。薄地のシルクのナイトドレスが用意され、大きなベッドの上に広げられていた。彼女はそれに着替え、ベッドによじのぼった。あっという間に、夢を見ることもなく、深い眠りに落ちていった。

――『カラスの王子』より

くそっ、かつらがかゆくてたまらん。

エドワードはメレンゲ菓子がのった皿をうまくバランスをとってひざの上にのせた。パウダーをふりかけたかつらの中に指をつっこんでかゆいところをかきたくてたまらない。このやっかいな代物を投げ捨ててしまえたらどんなにせいせいすることか。しかし、かつらは上流社会のしきたりに欠かせないものであり、将来の花嫁とその家族を訪問する際には必需品だった。彼は昨日、一日中馬を走らせてロンドンに着き、今朝はいつものように早起きをした。ふつう上流の人間は早起きなどしないものだから、訪問にふさわしい時間になるまで、何時間も待たなければならなかった。社交などくそくらえ、その堅苦しい規則もくそくらえだ。

真向かいに座っている未来の義母は、だれともなくおしゃべりをつづけている。おしゃべりというよりも、講演といったほうがいいかもしれない。レディ・ジェラードは広い額と薄いブルーの瞳を持つ美しい婦人だった。彼女はいま流行りの帽子のスタイルについてとくとくとしゃべりつづけている。エドワード本人はぜったいに選ばない話題だ。ジェラード卿の頭がこっくりこっくりしているところを見ると、どうやら未来の義父にとっても好ましい話題ではないらしい。しかし、いったんレディ・ジェラードが話しはじめたら、神の力でも借りなければ終わらせることはできない。たとえば稲妻を走らせるとか。エドワードは目を細めた。いや、それでもだめかもしれない。

婚約者のシルヴィアは、彼の斜め前の椅子に優雅に座っていた。彼女の目も母親同様ブルーで、ぱっちりとしていた。イギリス美人の典型だ。健康的な桃色とクリーム色の肌、たっぷりとした金髪。思い出の中の自分の母親に重なるところが少なからずあった。

エドワードは紅茶をひとくち飲み、ああ、これがウィスキーだったらよかったのにと思った。シルヴィアの横の小さなテーブルには、ポピーが花瓶に活けられていた。その華やかな深紅の花は、黄色とオレンジで統一された部屋の中でひときわ目立った。その花と、隣に座っている濃紺のドレスを着た娘は、名画のモデルにでもなりそうだった。母親がそのようなポーズを娘にとらせたのだろうか？　レディ・ジェラードは、薄織の布地について熱弁をふるいながら、如才なくブルーの瞳をきらめかせた。

やはり、間違いない。

しかし、ポピーは三月には咲かない。この造花をつくらせるのに大枚をはたいたに違いない。近くでじっくりながめなければ、これが蠟とシルクでつくられた偽物とはわからないほど精巧にできていた。

エドワードは皿を脇に置いた。「ミス・ジェラード、庭を案内していただけませんか？」

レディ・ジェラードは一瞬言葉を止めて、満足げなほほえみを浮かべ、娘に許可を与えた。

シルヴィアは立ち上がり、エドワードの先に立ってフレンチドアを抜け、こぢんまりしたタウンハウスの庭園へと導いた。スカートがさらさらと衣擦れの音を立てる。シルヴィアは手を軽く彼の袖にかけ、ふたりは黙って小道を歩いていった。エドワードはあたりさわりのない会話でもしようとしたが、話題がさっぱり頭に浮かんでこない。淑女に作物の輪作の話は禁物だし、畑の水はけを改善する方法や、たい肥づくりの最新技術の話もだめだ。実際、若いレディとそつなく話せるような話題には、さっぱり興味がもてないのだった。

足元を見ると、小さな黄色い花が目に入った。タンポポでもないし、サクラソウでもない。エドワードは前かがみになって花に触れ、ミセス・レンはこんな花を自分の庭に咲かせているだろうかと考えた。

「何という花かご存じですか？」とシルヴィアに尋ねた。

シルヴィアは腰をかがめて花を見た。「いいえ、存じませんわ」と滑らかな眉をひそめる。「庭師に聞いてみましょうか？」

「それにはおよびません」彼は体を起こし、指先の泥を払った。「ただ、何という花かと思っただけですから」

ふたりは道の行き止まりに着いた。小さな石のベンチが壁際に置かれていた。

エドワードは上着から大きな白いハンカチを取り出してベンチに敷き、片手でベンチを示す。

「どうぞ」

シルヴィアは優雅に腰かけ、ひざの上に手を置いた。

彼は後ろに手を組んで、ぼんやりと先ほどの小さな黄色い花をながめた。「この結婚話にあなたは満足していますか、ミス・ジェラード？」

「心から」シルヴィアは、エドワードの無遠慮な問いにまったく動じるようすもなく答えた。

「では、わたしの妻になっていただけますか？」

「はい、伯爵様」

「よかった」エドワードはかがんで、礼儀作法どおり差し出された頬にキスした。かつらがいつにもましてかゆかった。

「ここにいらしたのね」コーラルの声で書斎の静けさが破られた。「何か興味を引かれるものが見つかってよかったわ」

アンナは挿絵つきの本を取り落としそうになった。振り向くと、面白がるような表情を浮かべてコーラルが立っていた。

「ごめんなさい。早起きの癖が抜けなくて。朝食室に下りてきたら、まだ用意ができていないので、ここで本でも読んで待ったらどうかと、メイドに勧められたのです」アンナは証拠を示すように、開いたままの本を差し上げた。それから、卑猥な挿絵のことを思い出してあわてて本を下ろした。

コーラルはちらりと本を見た。「それはとてもいい本だけど、こちらのほうが今夜のあなたの計画の参考になるかも」と言って、別の本棚の前に歩いていき、薄いグリーンの本を抜きだした。それをアンナの手に押しつける。

「まあ。ええと……ありがとう」アンナは自分が真っ赤になっているのを感じた。生まれてからこんなに恥ずかしい思いをしたのは初めてだった。

黄色い小枝模様の化粧着姿のコーラルは一六歳くらいにしか見えない。女友だちの家をこれから訪問しようとしている良家の娘という風情だ。ただ、彼女の目だけはそうした幻想を打ち消している。

「さあ、いっしょに朝食をいただきましょう」コーラルに導かれて朝食室に行くと、すでにパールが座っていた。

サイドボードには、温かい料理がずらりと並んでいたが、アンナは食欲がわかなかった。トーストを皿にのせ、コーラルの向かい側の椅子に座った。

食後、パールが部屋を出ていくと、コーラルは深く椅子の背にもたれた。アンナの背中に緊張が走った。

「では」と女主人は言った。「今夜の計画を立てましょうか」

「どうすればいいと？」アンナが尋ねた。

「何着かドレスをお見せするわ。そのうちのどれでも、あなたに合わせて直してさしあげる。それから、海綿のことも話しておかなくては」

「海綿？」アンナは目をぱちくりさせた。風呂で使う海綿が何の役に立つというのだろうか。

「ご存じないかもしれないけれど」コーラルは静かに紅茶を飲んだ。「海綿を女性の体に入れると、子どもができるのを防げるのです」

アンナはそれを聞いて凍りついた。そんなことはいままで聞いたこともなかった。「わたし……た、たぶん必要ないと思います。四年間結婚していましたけれど、いっぺんも妊娠しませんでしたから」

「ではその話はなしにしましょう」

アンナは自分のカップに指を触れた。

コーラルはつづけた。「アフロディーテの洞窟の下の階で開かれるパーティに参加して、気に入った男性を選ぶおつもりなのかしら？　それとも」彼女は心を見透かすようにアンナを見た。「ある特定の殿方とお会いになりたいの？」

アンナは答えるのをためらい、お茶を一口飲んだ。コーラルをどこまで信用していいのか。ここまでは、導かれるまま、彼女が提案することをほとんどすべて受け入れてきた。しかし、わたしはこの人のことをほとんど知らないのだ。彼女を信じて、自分が求めていることを打ち明けてもいいのだろうか。スウォーティンガム卿の名前を出しても大丈夫なのだろうか？

コーラルはアンナの沈黙の意味を理解しているようだった。「わたしは娼婦よ。そのうえ、性格もいいとは言えませんわ。でも、わたしの言葉に嘘はない」彼女はアンナをじっと見つめた。アンナが自分を信じることがとても重要だというように。「信用して。わたしは、あなたを、そしてあなたが慕っている人を、わざと傷つけたり、裏切ったりするようなことはしないと誓うわ」

「ありがとう」

コーラルは唇をねじ曲げた。「お礼を言うのはわたしのほうです。娼婦の言葉をまじめに受けとってくれる人などあまりいませんもの」

アンナはそれを無視して言った。「ええ、あなたが思っていらっしゃるように、わたしは特定の紳士と会いたいのです」アンナは深く息を吸いこんだ。「相手は、スウォーティンガム卿です」

コーラルの目はこれ以上できないと思われるほど大きく見開かれた。「アフロディーテの洞窟でスウォーティンガム卿と密会する約束をなさったの？」

「いいえ。あの方はまったく知りません」アンナはきっぱりと言った。「そして知られたくもありません」

コーラルはくすっと笑った。「ごめんなさい、よくわからないの。あなたは伯爵と一夜をすごしたい――でもそれを彼に知られたくないと言うの？　薬でも盛るおつもり？」

「いいえ、違います。誤解なさっているわ」アンナは顔を真っ赤に染めたまま、なんとか先をつづけた。「わたしは伯爵と一夜をともにしたいと願っています。ただ、あの方には相手がわたしだと知られたくないのです」

コーラルはほほえんで、いぶかるように首を傾げた。「どうやって？」

「説明がわかりにくかったですね」アンナはふうっと息を吐き、考えをまとめようとした。「伯爵様は用事があってロンドンに滞在中です。彼がおそらく今夜、アフロディーテの洞窟に行くという確信がわたしにはあるのです」アンナは唇を嚙んだ。「でも、何時ごろになるのかはわからないのですが」

「それは確かめられるわ」とコーラルが言った。「でも、あなただとわからないようにするための案はおあり？」

「パールから聞いた話では、レディや高級娼婦の方の多くが、アフロディーテの洞窟を訪れるときにはマスクをつけているそうですね。それで、わたしもマスクをつけたらどうかと考えたのです」

「ふーん」

「うまくいかないと思います？」アンナは神経質にカップの横をたたいた。

「あなたは伯爵に雇われているのですよね？」

「秘書をしています」

「それなら、あなたの正体がばれる可能性は非常に高いと思っておかなくては」コーラルは警告した。

「でも、もしマスクをつけていれば――」

「声や、髪や、指を見ればわかってしまう」コーラルはそれぞれを指さしながら言った。

「彼があなたに近づいたことがあるのなら、香りでもばれてしまう」

「まったく、そのとおりですわ」アンナは泣きだしたくなった。

「でも、不可能だと言っているのではないの」コーラルは冷静に言って、アンナを安心させた。「ただ……あなたはこれがどんなに危険なことかわかってらっしゃる？」

アンナは考えようと努めた。そうした現実的な側面を直視するのは難しかった。「ええ、ええ。わかっているつもりです」

コーラルはもう一度じっくりアンナを見つめた。それから手をぽんと一度だけたたいた。

やってみましょう。まずは衣装の件から片づけましょう。あなたの顔がほとんど隠れるマスクが要るわね。メイドのジゼルに相談してみましょう。彼女はとても針仕事が得意なの」

「でも、今夜、スウォーティンガム卿がアフロディーテの洞窟にあらわれるかどうかをどうやって調べたらいいのです？」アンナはあわてて聞いた。

「忘れるところだったわ」コーラルは呼び鈴を鳴らして手紙の道具を持ってこさせ、朝食室のテーブルで一通の手紙を書きはじめた。彼女は話をしながらつづけた。「アフロディーテの洞窟のオーナーのひとりで、あそこをとりしきっている女性を知っているの。彼女は以前には、ミセス・ラヴェンダーと呼ばれていたのだけど、現在はアフロディーテと名乗っているわ。がめつい年増の魔女だけど、彼女にわたし、貸しがあるの。それもかなり大きな。きっとわたしがそのことを忘れていると思っているでしょうから、この手紙を受け取ったら、あの人、すごくうろたえるわ、きっと」コーラルは口の端を吊り上げて猫のようにほほえんだ。「貸しはちゃんと返してもらう主義なので、ある意味、あなたはわたしにいいことをしてくれているんだわ」

コーラルはインクに息を吹きかけて乾かした。便箋を折りたたんで封をし、呼び鈴で従僕を呼んだ。「アフロディーテの洞窟をひいきにしている紳士のお客は、その晩の部屋と女を押さえるために、前もって予約を入れておくことが多いの」コーラルは説明した。「あなたの伯爵もそうしているかどうか、ミセス・ラヴェンダーが教えてくれるわ」

「そしてもしそうなら？」アンナは心配そうに聞いた。

「そうしたら計画を立てなくちゃ」コーラルはふたりのカップにお茶を注いだ。「あなたが部屋をとって、その部屋にスウォーティンガム卿をよこしてくれるようミセス・ラヴェンダーに手配してもらったらいいわ」コーラルは考えこむように目を細めた。「そうね、それが一番いいわ。部屋には数本のろうそくを灯すだけにして、あなたの姿がよく見えないようにしましょう」

「すばらしいわ」アンナはにっこり笑った。

コーラルは一瞬驚いたようだったが、すぐにアンナにほほえみ返した。その笑顔はいままで一番心のこもった笑顔に見えた。

その計画ならうまくいくかもしれない。

ここは豪華な見せかけの城なのだわ。その夜アンナは、馬車の窓からアフロディーテの洞窟をのぞきながらそう思った。白い大理石の柱と金箔で飾られた四階建ての館は、見かけは堂々と立派に見える。だがよくよく見れば、白い大理石に見えた柱は塗装されたものであり、「金箔」は光沢を失った真鍮だった。馬車は建物の裏手の路地に入り、そこで停まった。

アンナの向かい側の陰になっている席に座っていたコーラルは、身を乗り出した。「準備はよくて、ミセス・レン？」

アンナは深く息を吸いこみ、マスクの紐がしっかり結わえつけてあるかどうか確かめた。

「ええ」

　震える脚で立ち上がり、コーラルのあとから馬車を降りた。裏口のそばにかかっているランタンの弱い光が路地を照らしている。路地を歩いて館に近づくと、髪をヘンナで染めた背の高い女がドアを開けた。

「あら、ミセス・ラヴェンダー」コーラルはゆっくりものうげに言った。

「アフロディーテと呼んでちょうだい」女はぴしゃりと言った。

　コーラルは皮肉っぽいしぐさで頭を傾げた。

　明るく照らされた広間でアフロディーテをよく見ると、彼女は古代ローマ人が着ていたトーガのようなスミレ色のドレスを着ていた。片手に金色のマスクを下げている。マダムは抜け目ないまなざしをアンナに向けた。「そしてあなたは……？」

「友人よ」アンナが口を開く前に、コーラルが答えた。

　アンナは目で礼を言った。コーラルがタウンハウスを出る前にマスクをつけておいたほうがいいとしつこく勧めてくれたことに感謝した。マダムに自分の正体を見せないほうが賢明だろう。

　アフロディーテはコーラルを意地悪くにらみつけ、先に立って階段を上って廊下を進み、ある部屋の前で立ち止まった。マダムはドアを開けて、さあどうぞと身振りで示した。「夜明けまで部屋をお使いなさいな。伯爵が見えたら、あなたが待っているとお伝えするわ」そう言うとマダムはさらさらと衣擦れの音を立てて行ってしまった。

　コーラルは口元に秘密めいた笑みを浮かべた。「幸運を祈るわ、ミセス・レン」そして彼女も去っていった。

アンナは用心深くドアを閉め、呼吸を整えてから部屋を見まわした。その部屋は意外なほど趣味がよかった。まあ、売春宿にしては、という意味だけれど。両腕をこすって暖を取ろうとした。窓にはベルベットのカーテンがかかっており、美しい白い大理石の暖炉で埋み火が輝いていた。炉端に布張りの椅子が二脚置かれていた。ベッドカバーをめくってみると、リネン類は清潔だった――とりあえず、清潔そうには見えた。

マントを脱ぎ、椅子にかけた。マントの下には、コーラルに借りた透ける布地でできたドレスを着ていた。たぶんナイトドレスなのだろうけれど、上半身はほとんどがレースでできていて、実用にはまったく向かない代物だった。とにかくコーラルは、これは誘惑にはもってこいの衣装なのだと保証した。顔につけているサテンのマスクは蝶の形だった。上は額と髪の生え際、下は頬の大部分を隠してくれる。のぞき穴は楕円形で少し吊り上がっていて、少々異国調のまなざしに見える。髪は肩の上を流れており、毛先は丁寧にカールされている。スウォーティンガム卿は髪を下ろした彼女の姿を見たことがない。

すべての準備が整った。アンナは軽やかにマントルピースのところへ行き、ろうそくをいじった。わたしはここで何をしているんだろう。こんな愚かな計画がうまくいくはずがない。いったいわたしは何を考えていたのかしら。まだ取り返しはつく。この部屋を出て、馬車を拾えば――。

そのとき、ドアが開いた。

アンナは振り返って、凍りついた。戸口に大きな男の姿がぬっとあらわれた。廊下の光を背に受けて、顔は暗く陰になっている。ほんの一瞬、アンナは恐怖を感じ、おののいて後ろに下がった。男がスウォーティンガム卿なのかどうかもわからない。男は部屋に入ってきた。その頭のかっこう、歩き方、上着を脱ぐしぐさで、伯爵であることがわかった。

伯爵は上着を椅子に置いて、シャツとズボンとベストというかっこうで近づいてきた。アンナはどうしたらいいのか、何を言ったらいいのかわからなかった。顔にかかっていた髪をどけて、小指でひっかけて耳にかける。ろうそくの弱い光だけの薄暗い部屋の中では、伯爵がアンナをよく見ることができないのと同様に、彼女も彼をよく見ることができなかった。

彼は手を伸ばして、アンナを引き寄せた。アンナは体の力を抜き、キスを期待して顔を上げた。しかし彼は唇にはキスをせず、顔を素通りして、開いた口を首すじにつけた。

アンナは震えた。長いあいだ、彼に触れられるのを待ち望んでいたのだ。するといきなり、濡れた舌が首の腱に沿って肩へと滑り下りていった。それは衝撃的で、すばらしい感触だった。アンナは彼の二の腕をつかんだ。彼の舌は鎖骨の上を行きつ戻りつし、熱い息がかかったアンナの肌に鳥肌が立った。乳首がぴんと立って、ドレスの粗いレースを突き上げた。

彼はゆっくりとゆるいナイトドレスの襟を下げて片方の肩を露出させた。レースが痛いほど乳首をこすり、胸があらわになった。彼は呼吸を深くして、まめのできた手のひらを肩から滑らせて、乳首を包みこんだ。アンナははっと息を飲み、震えながら息を吐きだした。最後に胸を触られてからほとんど六年近くが経っていたし、しかも夫以外の男性に触れられたことはなかった。彼の手のひらの熱で、ひんやりとした乳房が焼け焦げそうだった。彼は指で胸をもみほぐすかのように、ゆっくりと大きな手で乳房を愛撫した。それから親指と人差し指を丸く輪にして乳首をしぼり、同時にそっと彼女の肩に歯を立てた。

強烈な歓喜が電流のようにアンナの体を駆け抜け、秘密の丘に達した。興奮で腹部が引き締まる。服の層に覆われた彼の皮膚に直接触れたくてたまらず、彼女は指を彼の腕に滑らせ、握ったりなでまわしたりした。

彼の髪は外の霧のせいで少し湿っている。息を吸いこむと彼のにおいがした。汗とブランデーと、麝香《じゃこう》に似た独特な男らしい香り。アンナは彼のほうに顔を向けたが、彼は頭を遠ざけてしまった。アンナはキスを求めて、顔をふたたび彼の顔に近づけようとした。しかし、彼はいきなり反対の肩にかかっていたドレスを引き下ろした。胸のひっかかりを失ったドレスはするりと足元へ落ちた。アンナの裸身が彼の前にさらされた。一瞬、恥ずかしくなって、アンナはまばたきをしたが、すぐに彼は乳首を口に含んで、吸いはじめた。

アンナはびくんとした。低くかすれた声がのどの奥からしぼり出された。

彼は口を反対の乳首に移し、猫のようになめている。そのけだるい舌の動きが彼女の神経を刺激する。彼は猫がのどを鳴らすような声をもらした。ああ、まるで巨大な肉食獣に自分の肌を味わわれているみたい。

脚が震えだし、立っていられなくなった。こんなことが起こるなんて信じられない。わたしの体を支配してしまったこの感覚はいったい何なのだろう？　こんな経験は一度もなかった。あまりに時間が経ってしまったために、愛の行為がどんなものだったかを、もう思い出せなくなっているのかしら？　体も、感情も、自分のものとは思えない。

しかし、立っていられないくらい脚の力が抜けてしまっても、いまは彼に支えられている。彼は乳房から口を離さずに彼女を抱き上げてベッドに寝かせた。アンナの思考ははじけて消えた。彼は両手を体の横に滑らせて、腿をつかむと大きく開かせた。そして当然の権利といわんばかりに、股間を彼女の腰に押しつけた。男の象徴をアンナの秘部にあて、小さく輪を描くように動かして内なる唇を押し広げた。アンナは、彼のものが、大きく太いそれが、そこにあるのを感じた。

震えが全身に広がっていく。

彼はうなり声をもらした。それは満足した猫がのどを鳴らす声と怒りに満ちたうなりの中間のような声だった。彼は自分が優位に立ち、彼女を従わせていることを楽しんでいるようだった。体をゆすりつづけながら、熱い唇で乳首を吸う。乳首を強く引っ張られて、アンナはたまらず体を弓なりにそらし、あやうく彼を振り落としそうになった。彼はうなり声をあげて、口をもう一方の胸に移した。同時に腰をかすかに上向きに動かし、彼女を押さえつけた。彼女はすすり泣くような声をもらしながらふたたび体をそらそうとしたが、今度は彼のほうには構えができているのでそう簡単には動かされない。彼は感じやすい部分に股間をさらに強く押しつけ、体の重みと力でねじ伏せるように、彼女の体をマットの上に押さえこんだ。

アンナは身動きできなくなった。彼は容赦なく喜びを与える。勢いを弱めることなく、硬くいきりたったもので冷酷に突き上げ、濡れた乳首を吸いつづけた。

彼女はなすすべもなく体を震わせた。歓喜の波が体の芯からつま先まで広がっていく。さらにさざ波のような快感がそのあとにつづき、アンナはあえいだ。体が粉々に砕けてしまいそうな気がした。この恍惚の瞬間、喜びは不安を飲みこんだ。彼は休みなく体を押しつけてくるが、いまはやさしくゆっくりとした動きに変わっていた。彼女の体があまりにも敏感になっていて、これ以上激しい接触に耐えられないことを知っているかのようだった。体の脇を上から下まで両手でなでで、痛いほど感じやすくなっている乳首に、開いた口で羽のような軽いキスを浴びせた。

この夢うつつの時間にどれほど浸っていたのかはわからないが、彼にぎゅっと体をつかまれてアンナははっとした。彼の手がふたりの体のあいだに滑りこんで、ズボンのボタンをはずしはじめた。手が動くたびに、指の関節が濡れた女体をこする。彼女はみだらにも彼の手に自分の体を押しつけて身もだえた。もっと彼がほしかった、いますぐに。彼は低く暗い声で笑い、硬くなった自身をズボンから出して、谷間にあてがった。彼のものが自分の柔らかな肉体をこするのを感じて、アンナの頭はかっと熱くなった。

彼は大きかった――とても大きかった。もちろん、そうであるはずだった。とても大柄な人なのだから。ただ、これほど大きいとは思っていなかった。アンナは少し不安になって震えだしたが、彼はためらうすきを与えなかった。巨大な男の象徴で突いて、突いて、突きまくってくる。彼女はそれに従うしかなかった。服従するしか。

硬い高まりの先の丸く滑らかな頭部が、内なる筋肉の輪を押し広げる。うなり声とともに彼の胸が震えだした。彼は両腕を突っ張って体をそらせ、ずぶりと根元まで中に入ってきた。彼女はその驚くべき衝撃にうめいた。彼の男らしい肉体が——温かく、硬い彼自身が、いま、わたしの中にある。ああ、この極上の感触。アンナは脚を彼の腰に巻きつけた。内腿の素肌にズボンの布地がこすれて、びくんとする。

彼はいったん自身をほとんど全部引き抜くと、またぐいっと突き入れてきた。ズボンの布地の違和感は彼女の頭から抜けてしまった。

彼は何度も何度も突いてきた。激しく確実に。闇の中で彼は体を弓なりにそらしていたので、その胸や頭はアンナから遠ざかっていたが、腰だけは彼女の腰から片時も離れず喜びを与えつづけた。彼女は両手を差し出して、彼の顔に触れようとしたが、彼はその手を軽く顔で払いのけ、頭を下ろしてきて彼女の耳に軽くこすりつけた。彼の呼吸が速まっているのがわかった。荒くリズムも乱れている。アンナは指を彼の髪に絡め、両腿で彼の体を締めつけて、少しでも長くこの時を長引かせようとした。彼はアンナの耳元でうなり声をあげると、腰をぐっとそらし、痙攣しながら彼女の中で自らを解き放った。

アンナは体をのけぞらせ、彼が与えてくれるものをすべて受け取ろうとした。これが永久につづいてくれさえしたら……。

しかし、その願いはかなわず、彼は果てた。息も体も使いきって、がくんと崩れ落ちた。

アンナはその体をぎゅっと抱きしめ、この瞬間を記憶に焼きつけるために目を閉じた。彼の呼吸に合わせて、ズボンの粗い布地が彼女の脚をこする。あらゆる筋肉のさざ波のような動きがひしと感じられた。彼の不規則な息遣いに耳を澄ます。それはすばらしく親密な音だった。目に涙がじわっと浮かんでくる。

なぜか彼女は奇妙なほど感傷的な気分になっていた。その感情は彼女を驚かせた。これは自分にとって、人生でもっとも輝かしい経験だった。と、同時に、まったく予想外な経験でもあった。今回のことは、単なる肉体的欲望の解放にすぎないと思っていたが、じつはそうではなかった。すべてを超越したすばらしい体験だった。そんなのはおかしいと思う。でもいまは、それをじっくり考えるほど頭がはっきりしていなかった。

あとにしようと彼女はその考えを頭の外へ押しやった。いま、脚はみだらに開かれ、彼が動きをやめたときのまま、左右に大きく投げ出されている。彼はまだ彼女の中にあり、恍惚の余波でときどきぴくぴくと動いている。アンナは目を閉じ、熱い男の体の重みを味わった。温かな精液が流れ落ちるのを感じ、彼の汗とつんとくる体のにおいをかいだ。このにおいが好きだなんて、なんだか不思議、とほほえむ。心からゆったりした気分になって、彼の髪に口づけをしようと顔をまわした。

彼は体を浮かせて、彼女の体から自らを引き抜いた。彼の動きはのろかった。その動作のひとつひとつが空虚感を広げていくようだった。その虚ろさは、彼がベッドから起き上がり、ズボンの前あてのボタンをかけるあいだ、さらに大きくなっていった。あまりにもあっけなく、彼は上着をとってドアに向かって歩きはじめた。

彼はドアを開け、そこで立ち止まった。頭のシルエットが廊下からの光で浮かび上がった。

「明日の晩、またここで」そう言い残して彼は出ていき、ドアが静かに閉じた。

そのときアンナは気づいた。この部屋にいたあいだ、彼が話したのはそのひとことだけだったことに。

10

すべてが闇に包まれた真夜中、オーリアは情熱的なキスで起こされた。彼女はうとうとしていたし、闇の中ゆえに何も見えなかったが、それはやさしいキスだった。彼女は体をまわして、人間の男の形をした相手を両腕で抱きしめた。巧みに愛撫され、いつの間にかナイトドレスを脱がされていた。ふたりは静寂の中で愛を交わし、聞こえるのは歓喜にむせぶオーリアの声だけだった。一晩中彼は彼女のそばを離れず、自らの肉体で彼女の肉体を賛美した。夜明けが近づき、彼女は愛の行為にすっかり満足して、また眠りこんでしまった。朝目覚めると、昨夜の恋人は姿を消していた。オーリアは広い孤独なベッドの上で起き上がり、彼がいたことを示す証拠をさがした。見つけたのは一本のカラスの羽根だけだった。あれはすべて夢だったのかしら……。

——『カラスの王子』より

エドワードは羽根ペンを投げ出し、眼鏡を額に押し上げて目をこすった。くそっ。言葉が浮かんでこない。

ロンドンのタウンハウスはそれほど上流の地区にあるわけではなかった。配達の荷車が往来を行き来しはじめる音が外から聞こえてきた。正面玄関のドアをたたく音や、階段を掃くメイドの鼻歌が窓から入ってくる。朝起きてから、部屋にはろうそくが灯されていた。彼はかがみこんで、机の上に溶けた蠟を垂らしているろうそくの火を吹き消した。

昨晩はほとんど眠れず、ついに明け方、眠る努力をあきらめた。奇妙なことだった。昨夜、生涯最高のセックスを経験し、当然疲れきっているはずだった。ところが、一晩中、アンナ・レンのことと、アフロディーテの洞窟で寝た小柄な娼婦のことを考えずにはいられなかった。

あの女は本当に娼婦だったのか？　そこが問題だった。その疑問は夜通し彼の頭から離れなかった。

昨晩、アフロディーテの洞窟に到着すると、マダムに「部屋であなたのお越しを待っている方がいますわ」と言われた。マダムはその女が娼婦なのか、一夜の禁じられた楽しみのためにやってきた貴婦人なのかは言わなかった。彼も尋ねることはなかった。アフロディーテの洞窟では質問はタブーだ。だからこそ、ひいきの客が多数いるのだ。男は身分を隠して、安全な女と遊べる。あそこを出るまで知りたいとは思わなかった。

彼女は自分の正体をぜったいに知られたくないと考えている貴婦人のようにマスクをつけていた。とはいえ、アフロディーテの洞窟の娼婦たちはときどき、ミステリアスな雰囲気を出すためにわざとマスクをつける。しかし、彼女は、まるで長いあいだ男と寝ていないかのように、締まっていて、とても狭かった。おそらく勝手にそう思いこんでいるだけなのだろう。自分がそう感じたかったがために。

彼は息とともにかすれたうめき声を吐き出した。彼女のことを考えると、股間が石のように硬くなってくる。そのうえ、罪の意識まで覚えてしまうのだ。昨晩ほとんど眠れなかったのはそのせいだ。そう、罪の意識のせいだ。ばかばかしい。すべてがうまくいって、すばらしかった。ただし、ミセス・レン――アンナ――のことを思い出すまでは。それもアフロディーテの洞窟を出てから一五分もしないうちに、だ。アンナのことを考えると、メランコリーとも、罪悪感ともつかぬ気持ちに襲われ、家に帰るまでずっとその気分につきまとわれていた。彼女を裏切ってしまったような気がした。禁欲を誓わされているわけではない。だいいち、自分がこれほど求めていても、彼女のほうはその気があるふりさえ見せていないのだ。それでも、不実なことをしてしまったという後ろめたさから逃れることはできなかった。

あの小柄な娼婦は、アンナと似たような体つきだった。

彼女を抱きながら、アンナ・レンを抱いたらどんなだろうという考えが、かすかに心をかすめた。アンナを愛撫したらどんなふうに感じるのだろう。そして娼婦の首すじにキスをした瞬間、欲望が燃え上がった。エドワードは両手で口を覆ってうなった。ばかばかしい。いいかげんに、秘書のことばかり考えるのをやめなければならない。イギリス紳士にはふさわしくない行為だ。無垢な女性を堕落させたいと思うこの衝動を抑えこまなければならない。必要とあらば、意志の力のすべてをふりしぼってでもそうしなければならない。

エドワードはさっと立ち上がって、部屋の隅に下がっている呼び鈴の紐のところまで大股で歩いていき、何度も勢いよく引いた。それから書類を片づけはじめた。読書用の眼鏡をはずし、引き出しにしまった。

五分経っても、だれも来ない。

エドワードはふうっと息を吐いて、ドアをにらみつけた。さらにもう一分経ったが、召使があらわれる気配はない。彼はいらいらと指で机をたたきはじめた。ちくしょう、わたしにも我慢の限界がある。

彼はどすんどすんと戸口に歩いていき、廊下に向かって怒鳴った。「デイヴィス！」

暗い地獄の底から呼び出された怪物が足をひきずりながら歩いてくるような不気味な音が廊下の先から聞こえてきた。それはだんだん近づいてくる。ゆっくり、ゆっくりと。

「日が暮れてしまうぞ、早くしろ、デイヴィス！」エドワードは息を止めて聞き耳を立てた。ひきずるような足音は少しも速まらない。

エドワードはふたたび息を吐き、ドアの枠にもたれた。「近いうちに、おまえをクビにするからな。代わりに調教された熊を雇うことにする。おまえより無能だということはあるまい。聞こえているのか、デイヴィス？」

エドワードの近侍デイヴィスは、湯のトレイをかかえて、ようやく廊下の角に姿をあらわした。トレイはぶるぶる震えている。伯爵の姿を認めると、かたつむりのようだった歩みがさらに遅くなった。

エドワードは鼻を鳴らした。「そうだ、がんばらなくていい。わたしは寝間着のまま、一日中でもこの廊下に立って待っていられるのだからな」

近侍の耳には、そのあてこすりが聞こえないようだった。動きはますます遅くなり、いまでは這うようだった。デイヴィスは偏屈で狡猾そうな老人で、頭には薄汚れた雪のような色の髪がまばらに残っていた。いつも前かがみになっているので、腰が曲がっていた。灰色の涙目の上の頭髪の乏しさを補うように、口の横に何本も毛が生えた大きなほくろがあった。

「聞こえているのはわかっているぞ」エドワードは、デイヴィスが前を通りすぎるときにその耳元で叫んだ。

近侍は初めて主人の存在に気づいたとでもいうように驚いてみせた。「ずいぶん早いお目覚めで。放蕩がすぎて、眠れませんでしたかな？」

「夢も見ずにぐっすり眠ったわ」

「そうでございますか？」デイヴィスは飲んだくれのようにくわっくわっと笑った。「差し出がましいようですが、あなた様のような年齢の方が、夜よくお眠りになれないというのはよろしくないのでは？」

「何をぶつぶつ言っているんだ、この老いぼれ爺」

デイヴィスはトレイを置くと、意地悪そうな視線を主人に投げた。「精力がね、なくなってしまうんですよ。おわかりですよね、わたしが申し上げている意味が？」

「まったくわからんよ。ふん」エドワードは水差しの生ぬるい湯をドレッサーの上の洗面器に注ぎ、顎を湿らせた。

デイヴィスは身をかがめて顔を寄せ、かすれた声でささやいた。「あれのときですよ、旦那様」

エドワードは顎に石鹼の泡を塗りつけながら、近侍をいらいらした目でにらみつけた。

「若いうちは問題ないんですがね」とデイヴィスはつづける。「でも、旦那様もお年を召してきましたからねえ。年寄りは力を蓄えておかねばなりませんよ」

「おまえなら当然よく知っているだろうよ」

デイヴィスはいやな顔をして、剃刀をつまみあげた。

エドワードはあわててデイヴィスの手からひったくるように剃刀を奪い取った。「鋭い刃物を持ったおまえを首元に近づけるほど、わたしは愚かではない」顎の下に剃刀をあててひげをそりはじめた。

「もちろん、精力を蓄える必要などない男もおりますけどね」とデイヴィスは言った。剃刀の刃はエドワードの顎のくぼみに近づいている。「そういう連中は、あそこがうずいてうずいてたまらんのでございますよ」

エドワードは剃刀で顎を切ってしまい、うっと声をあげた。「失せろ！　出ていけ、よぼよぼのへそ曲がりめ」

デイヴィスはぜいぜい言いながら、ちょこちょこと走ってドアに向かった。この喘息のような苦しそうな声を聞いたら、老人の健康を心配する人もあろうが、エドワードはだまされなかった。こんな早朝に、近侍にやりこめられることはそうそうあるものではない。デイヴィスは笑っていたのだ。

予想とは違った展開になってしまったわ——密会の翌朝、アンナは考えこんでいた。当然のなりゆきで、ふたりは愛を交わし合った。そして彼はあの女性がアンナだとは気づかなかったらしい。それにはほっとしたが、スウォーティンガム卿との愛の行為を思い出すたびに、どんどん不安で落ち着かない気分になっていくのだった。彼はとても巧みだった。じっさい、名手と言えた。あのような肉体の喜びをそれまで感じたことがなかったので、あんな経験ができるとは予想できなかった。でも、彼はわたしの唇にキスしてはくれなかった……。

アンナはカップにお茶を注いだ。またしても朝食には早い時間だったので、部屋には彼女以外だれもいなかった。

彼は自分の顔に触れさせてくれなかった。個人的な感情をはさみたくないという感じだった。もちろんそれは自然なことよね？ あの人はわたしのことを、娼婦か、ふしだらな女と思っていたのだもの。だから、そのようにわたしのことを扱ったのだ。それこそがわたしが期待していたものではなかったの？

アンナは燻製ニシンの頭をとり、魚の脇腹をフォークの先端でつついた。それを予想しておくべきだったのに、予想できなかったのだ。問題なのは、わたしが愛を交わし合っていると感じていたあいだ、彼は……ただ……性交していたにすぎないことだ。名前も知らない娼婦と。そう思うと、とても気持ちが落ち込んだ。

頭をもがれたニシンをにらみつける。そうだ、今夜のことはどうしよう？　ロンドンには二泊しかしないつもりだった。朝一番の馬車で家に帰るべきだった。それなのに、コーラルの家の朝食室に座って、罪のないニシンをいたぶっているのだ。

アンナが不機嫌に顔をしかめていると、コーラルが部屋に入ってきた。縁に白鳥の羽毛がついた、薄ピンクの透ける布地の部屋着を着ている。

コーラルは足を止めてアンナを見つめた。「昨夜、彼は部屋にあらわれなかったの？」

「え？」アンナが質問の意味を理解するのにちょっと時間がかかった。「あ、いえ。ええ、ちゃんと来ましたわ」彼女は顔を赤らめ、急いでお茶をすすった。

コーラルはゆで卵とトーストをサイドボードから取って、優雅にすとんとアンナの向かい側の椅子に座った。「乱暴にされたの？」

「いいえ」

「じゃあ、楽しめなかった？」コーラルはしつこく聞いた。「絶頂まで行けなかった？」

アンナは恥ずかしさのあまり、お茶にむせそうになった。「いいえ！　つまり、ええと、たいへんよかったのです」

コーラルは平然と自分のカップにお茶を注いだ。「じゃあ、どうしてそんなに陰気な顔をしているのかしら。目をきらきら輝かせていてもいいはずでしょう」

「わかりませんわ！」アンナは思わず声を張り上げてしまって、自分でも驚いた。いったいわたしはどうしてしまったのかしら？　コーラルの言っていることは正しい。わたしは望みをかなえて、伯爵と一夜をともにした。でも、満足できないのだった。わたしってなんてへそ曲がりなんだろう！

コーラルはアンナの声に眉を吊り上げた。

アンナはトーストの端を少しちぎった。コーラルと目を合わせられない。「今夜も会おうと言われました」

「ふーん、そうなの」コーラルはゆっくり吐き出すようにそう言った。「面白いわね」

「行くべきじゃないわ」

コーラルはお茶を飲んだ。

「もう一度会ったら、正体がばれてしまうかも」アンナはニシンを皿の隅に押しやった。

「つづけて通うなんて、はしたないし」

「ええ、そうでしょうとも」コーラルはつぶやいた。「一晩、娼館ですごすのは淑女としてまったく恥ずかしくない行為だけれど、二晩つづけてとなると堕落した女に危険なほど近づくことになるもの」

アンナはコーラルをにらみつけた。

コーラルは気まぐれな笑みをアンナに向けた。「買い物に行きましょうよ。あなたがお義母様に約束していた布地を買いましょう。そうすれば考える時間ができるから。午後になってから、心を決めたらいいわ」

「それはとてもいい案だわ。ありがとう」アンナはフォークを置いた。「着替えてこなくては」

アンナは立ち上がり、急いで朝食室を出た。気分は上向きになっていた。朝食をさっと中断するように、今夜のこともぱっと頭から追い出せればいいのに。コーラルにはああ言ったけれど、実際には自分の心はもう決まっているのではないかしら、とアンナは思った。

わたしはふたたびアフロディーテの洞窟に行き、スウォーティンガム卿と会うだろう。

その晩、伯爵は無言でアンナが待つ部屋に入ってきた。聞こえるのは、すっとドアが閉まる音と、暖炉でぱちぱちと火が燃える音だけだった。アンナは近づいてくる彼の姿を見つめた。顔は陰になっていて見えない。ゆっくりと肩をすくませて上着を脱ぐ。大きな両肩が盛り上がった。アンナは自分から先に――彼に主導権を握られる前に――すっと近づいた。背伸びをして彼の唇にキスをしようとする。しかし彼はそれを避けて、ぐっと彼女の体を引き寄せた。

アンナは、今夜はふたりの行為をもっと親密なものにしようと心に決めていた。彼に自分が実在する女だとわかってもらいたかった。少なくとも彼の体に触れよう。アンナは自分の背の低さを利用して、すばやくベストのボタンをはずした。ベストの前をあけて、今度はその下のシャツのボタンに手をかける。

彼は彼女の手をつかんでやめさせようとしたが、すでにシャツの前ははだけていた。アンナは貪欲にご褒美を求めて手を伸ばした。男らしい平らな乳首を、指で胸毛をかきわけて見つけ出すと、昨夜彼が彼女にしたように、乳首を口に含んだ。こんなにも早く主導権を握れたことに、かすかな勝利感を覚える。彼は、彼女の手首をつかもうとして上げた手を下ろし、彼女の尻を愛撫しはじめた。

彼は背が高すぎて、アンナは求めている場所に手を届かせることができない。そこで彼を押して、暖炉のそばの肘掛椅子に座らせた。今夜の戦いに勝つことは重要だった。

彼は手足を広げて椅子に座りこんだ。暖炉の光を浴びて、半開きのシャツからのぞいている胸が見える。アンナは広げられた脚のあいだにひざまずき、両手をシャツの中に滑りこませた。手が肩に届くと、今度はその手を腕へと滑らせ、いっしょにシャツを肩からはずした。シャツを引き抜いて床に落とす。これで、美しい筋肉質の肩や腕に思う存分触れることができる。とうとう力強い肉体とぬくもりを感じることができるという喜びから、彼女はうめき声をもらした。期待が膨らんで頭がくらくらしてきた。

彼は体をかすかに動かして、彼女の手を自分のズボンの前あてに導いた。彼女の指は震えていたが、彼が手伝おうとするとその手を払いのけた。隠しボタンをボタン穴から押し出す。その指の動きの下で、彼のものがむくむくと膨らんでくるのが感じられた。彼女はズボンの中に手を入れ、彼のものを引き出した。

それは見事な代物だった。太くて大きく、どくどくと脈打つ血管が浮き出ていた。そして張りきった冠。その光景に彼女の全身はかっと燃え上がった。のどから甘くやさしい声を発し、彼の胸と腹と男性自身がよく見えるように、ズボンの前開きをできるかぎり開いた。アンナはうっとりと見惚れた。黒い縮れた恥毛、そこからすくっと立ち上がる柱はへそまで届き、その下には重い睾丸を入れた袋が下がっている。暖炉の火で金メッキされたかのように、彼の素肌は光り輝いていた。

彼はうなって、指を彼女の後頭部の髪の中に滑りこませた。そっと彼女の口を自分のものに近づける。一瞬、彼女は躊躇した。わたしは一度も……でも、そんなことどうでもいいじゃない？ それからふたりの戦いのことを思い出した。自分はしかけられたのだ。大事なのはこの戦いにすべて勝つこと。それに、考えただけで燃えてくる。それが彼女を決心させた。

ためらいながら、彼女は勃起した彼のものを手で握り、腹から離して自分の口元に近づけた。見上げると、彼の顔は興奮で紅潮していた。彼女はまぶたを下ろして、先端を口に含んだ。舌が彼に触れると、彼の腰がびくんと動いた。またしても勝利の喜びが湧き上がってきた。こんなふうに男性を支配できる。わたしはこの人を支配できるのだ。ふたたび目を上げる。彼はこちらを、わたしが自分のものに舌を這わせ、口に含むのを見つめていた。漆黒の瞳が暖炉の火の光を受けて輝いている。髪に差しこまれた指にぐっと力が入った。

アンナは目を閉じて顔を下げ、彼のものを口に滑りこませた。それからゆっくりと顔を離して、口をすぼめて太いそれを抜いた。彼はうめき声をあげて、腰を上げてぶるぶると震えている。アンナは先端のまわりの溝をぐるりと舌でなぞった。それはまるで鋼鉄の上にかぶせられたシャモア革のような感触で、麝香《じゃこう》と塩辛い汗と勝利の味がした。このあと——今夜が終わったら――すべてはいままでと違ってくるだろう。彼女はしばらくそのあたりを舌でさぐった。すると彼の手が、彼女の手にかぶせられた。彼は彼女の手を誘導して、ゆっくり上下に動かした。

彼はうめき声をあげた。

彼が腰を浮かせて、ふたたび彼のものを口に含むようにうながすと、彼女はさらに手の動きを速めた。口を引いて先端に達すると、塩辛いしずくの味がした。先端の裂け目をなめて、もっと味わおうとする。彼はふたたびうめいた。アンナは興奮で身をくねらせた。こんなに性的に興奮する経験をしたことはなかった。彼女の体はしっとりと濡れて、彼からうめき声をしぼり出すたびに、乳房がどくんどくんと拍動する。

やがて彼は腰をリズミカルに動かしはじめた。静まり返った部屋の中に、彼女の口が生み出す濡れた官能的な音だけが響く。彼は急に体をびくんと硬直させて息を止め、彼女の口から自らを引き抜こうとした。しかしアンナは、彼が果てるのを感じたかった。この親密なときをともに味わい、彼が一番無防備になる瞬間を自分のものにしたかった。彼女は彼を放さず、もっと強く吸った。生温かく、つんとくる味が口の中に広がった。彼を恍惚に導いたという満足感で、彼女自身もオーガズムに達してしまいそうだった。

彼はため息をついて前かがみになり、彼女を自分のひざに抱き上げた。ふたりはしばらくそのまま抱き合っていた。暖炉で火がぱちぱち燃える音だけが聞こえる。彼女は頭を彼の肩にもたせかけ、目にかかった髪を鉤のように曲げた小指で払いのけた。少し経ってから、彼はドレスを下ろして彼女の胸をあらわにした。けだるげに乳首をもてあそぶ。何分間もやさしくなでたり、つまんだりしていた。

アンナは半分目を閉じ、されるがままになっていた。

それから彼は彼女を立ち上がらせ、ドレスを足元に落とした。全裸になった彼女を自分のほうに向けて、ひざにのせた。アンナの両脚は椅子の肘掛けからだらんと下がっている。脚は大きく開かれ、無防備な状態になっていた。

わたしはこれを求めていたのかしら？　よくわからなかった。けれどもそのとき、彼の指が羽根のように軽く腹を滑り下りてきて、開かれた場所に達すると、そんなことはもうどうでもよくなった。彼は巻き毛をもてあそんでから、さらにその下へと指を滑らせていく。彼女ははっと鋭く息を吸いこみ、待った。期待で胸がどきどきする。彼が次に触れるのはどこ？

彼はすっと指でこすって、秘密の場所を開いた。

彼女はぎゅっと唇を嚙んだ。

すると彼はその指を彼女の胸に持ってきて、乳首に愛液を塗りつけた。こんなことをされるなんて、ショックを受けるべきだわとアンナはぼんやり考えた。でも、この場所にこの人といるのなら、道徳なんてどうでもいい。彼は丁寧に指を乳首にこすりつけ、全体をくまなく愛液で濡らした。

動物的な欲望にかられて彼女は息を止めた。これは、あまりにもみだらだ。でも、激しくわたしを欲情させる。

彼は頭を下げて、乳首に吸いついた。一方で、彼女の肉体を刺激しつづけることも忘れない。アンナはその指の動きに耐えきれず、うめきながら体を弓なりにそらした。彼はふたたび指を彼女の丘に戻し、長く力強い中指を滑りこませた。親指で硬くなった蕾を愛撫しつつ、その指を動かす。

赤ん坊が泣くような声がのどからしぼり出された。生暖かい液体が腿のあいだに流れ落ちていく。

彼は面白がるように笑って、親指を強く敏感な突起に押しあて、口をもう一方の胸に移して、乳首を吸う。ふたつの場所からの快感が混じり合って、彼女はたまらず彼の肩をつかんで、腰をのけぞらせた。彼は反対の手を背中にあてて彼女を支え、親指を回転させはじめた。

彼女は火花が散るようなエクスタシーに達し、震えながらあえいだ。脚を閉じようとしても、椅子が邪魔をしてそれはできない。彼女にできるのは夢中で腰を上下させることだけだった。ついに彼女がすすり泣きはじめると、彼は彼女の腰を持ち上げて、自分のものにずぶりとかぶせた。

ゆっくりと濡れた道に自らを突入させていくうちに、彼の息はだんだん荒くなっていく。そして最後に容赦なく、ぐっと彼女を引き寄せた。太く熱いものがすっぽりと中におさまり、彼女は痛いほど押し広げられた。それから、彼は慎重に彼女の脚を片方ずつ持ち上げて肘掛けからはずし、自分の両脇に置いた。それから体を抱え上げてひざまずくような姿勢にさせた。いまは、いきりたった彼のものの先端だけが、女体の入り口を押し広げている。彼は彼女を自らの先にのせて釣り合いを保ちながら、ゆさゆさと揺れる乳首を吸い、なめまわした。アンナはうめいた。もう頭がどうにかなってしまいそうだった。しゃにむに、燃える高まりの上に自分を沈みこませようとするが、彼は意地悪く笑って彼女の体を宙に浮かせたまま、快感のきわで押しとどめる。彼女は腰を回転させて、その冠を自分の入り口でぐるぐると旋回させた。

彼もたまらなくなって、彼女の腰をふたたび引き寄せ、暴力的なほどの激しさで刺し貫いた。

ああ、そうよ。彼女は満足して野蛮な笑みを浮かべた。馬乗りになって、彼の顔を見つめる。彼は頭を傾けて椅子の背にもたせかけ、彼女の胸を愛撫している。目は閉じられ、歯をむいてうなっているかのように、口の両端が引かれていた。ちらちらと揺れる暖炉の火の光を浴びて、その顔は悪魔のマスクのように見えた。

両方の乳首を同時に軽く引っ張られ、アンナはその刺激的な感触に頭をのけぞらせた。髪は背中を流れ落ち、さらさらと揺れながらふたりの脚をなでた。やがて、ゆったりと長いクライマックスの波が訪れ、彼女の視界はぼやけていった。彼の腰ががくんがくんと攻め立ててくる。尻の丸みをつかんで、ぐっと自分に引き寄せ、自身を一番奥まで押し入れたまま、ぐいぐいと腰を回した。それから頭をがくんと椅子の背に落として、彼は果てた。

彼女は余韻に浸りながらはあはあと荒く息をし、体を前に倒して男の裸の肩にもたれかかった。彼は両腕で彼女を抱きしめた。

彼の顔は半ばそむけられており、彼女はけだるい気分で彼が回復していくのをながめた。額や口の横のしわは、いつもよりゆるんでいた。長い、インクのように黒いまつ毛は閉じていて、鋭いまなざしが隠されていた。彼の顔をなでて、指先でその感触を味わいたかった。しかし、それを許されないことはすでに承知していた。

わたしは求めていたものを勝ち取ったのだろうか？　目のきわに涙がわいてきてちくりと痛んだ。なんだかこれではだめな気がした。今夜は昨日よりもさらにすばらしかった。でも肉体的な歓びが大きければ大きいほど、飲みこまれるような底なしの空虚感はさらに深まるようだった。何かが欠けていた。

彼は突然ため息をついて、体を動かした。彼のものが彼女の中からするりと抜けた。彼は両腕で彼女を抱え上げてベッドに運び、そっと寝かせた。アンナは体を震わせ、カバーを引っ張り上げて肩にかけ、彼をじっと見つめた。何か言いたかったけれど、言葉が見つからない。

彼はシャツのボタンをかけ、ズボンの中に押しこんで、ズボンのボタンもかけた。髪に指を通してなでつけ、上着とベストをつかむと、満足を得たばかりの男特有のゆるんだ足取りでドアへ向かった。ドアの前で一瞬立ち止まる。「また明日」

それから彼は出ていった。

アンナは一分ほど横たわったまま、感傷的な気分で遠ざかっていく足音を聞いていた。館のどこからか聞こえてくるみだらな笑い声にはっとする。立ち上がって、都合よく近くにあった水と布を使って体をきれいにした。濡れた布をぽんと洗面器に置いて、それを見つめた。洗面器と布は、セックスのあとの始末をするために部屋に用意されているのだ。自分がひどく安っぽく感じられた。まるで娼婦みたい。でも、自分はほとんどそれに近かったのではない？　肉体的な欲望に身をまかせて、売春宿で愛人と密会する計画を実行してしまったのだから。

ため息をついて、何色ともつかない暗い色のドレスを着た。フード付きのマントとブーツといっしょに鞄に詰めこんできたものだ。着替え終わると、レースのドレスをたたんで鞄にしまった。何か忘れ物はない？　部屋を見まわしたが、自分の持ち物は何も見あたらなかった。ドアを少し開けて、廊下の左と右を見た。だれもいない。フードをかぶる。顔はまだ蝶のマスクで隠されている。そっとドアの外に出た。

コーラルから昨日、廊下を歩くときは気をつけること、そして出入りには裏階段を使うことと指示されていた。帰るときには、馬車が外で待っている手はずになっていた。

アンナはコーラルに言われたとおり裏階段へ行き、階段を駆け下りた。裏の戸口を開けると馬車が見えたのでほっとした。マスクが鼻梁をこすって痛くなりはじめたので、マスクの紐を解いた。ちょうどマスクをはずしたとき、三人の若者が千鳥足で館の横手からあらわれた。アンナは急いで馬車に向かった。

若者のひとりがいきなり仲間の背中を親しげにたたいた。しかし、背中をたたかれたほうは泥酔していたので、バランスを失ってよろけ、アンナのほうに倒れかかってきた。アンナはその伊達男といっしょに地面の上に倒れこんでしまった。「いやあ、悪い、悪い」

伊達男はげらげら笑いながら、彼女から離れようとして誤って肘で彼女の腹を突いた。彼は両腕を立てて体を支えていたが、意識がもうろうとしているのか、それ以上動けないとでもいうように、そのまま彼女の上で体を揺らしている。アンナは男の体をなんとか押しのけようと、強く押した。そのときアフロディーテの洞窟の裏の扉が開き、彼女の顔が明かりで照らされた。

若者はへべれけの顔でにやりと笑った。金をかぶせた犬歯がきらりと光った。「おや、なかなかのべっぴんじゃないか、おい」彼はいやらしく体をかぶせてきて、酒臭い息を彼女の顔に吹きかけた。「名前は何と――?」

「どいてください！」アンナは男の胸を強くたたいて、相手のバランスを崩した。男は、汚い言葉でののしりながら、横にごろりと倒れた。アンナは這うようにして、男の手が届かないところまで逃れた。

「おい、待てよ、おれは――」

伊達男の友だちがあいだに入ってくれたおかげで、アンナはその先の卑猥な言葉を聞かずにすんだ。友人は伊達男のシャツの後ろ襟首をつかんで、起き上がらせた。「しっかりしろ。下働きの女なんか相手にするな。中にもっと上玉が待っているぞ」

ふたりの若者は笑いながら、ぶつぶつ文句を言っている友人をひきずるようにして中に入っていった。

アンナは馬車に向かって走り、よじ登るように乗りこんで扉を閉めた。不快な出来事のせいで体がぶるぶる震えていた。へたをすれば、もっと悪いことになったかもしれなかった。

これまでずっと高潔な女性と世間では見なされてきた。身を落としてしまったような気がした。体が汚れてしまったように思われた。深く息を吸いこんで、狼狽する必要はないのよ、と自分にしっかり言い聞かせた。転ばされたせいで怪我をしたわけではないし、あの無礼な若者の友人が、それ以上ひどいことになる前に彼をせき立てて連れていってくれた。そうだ、あの人に触れられすらしなかったのだ。でも、顔を見られてしまった。とはいえ、あの人とリトル・バトルフォードで顔を合わせることはまずないだろう。アンナは少し気が楽になった。この事件があとあとまで尾を引くことはないはずだ。


二枚の金貨がくるくると宙を舞い、アフロディーテの洞窟の裏の扉からもれる光を受けてきらきら輝いた。金貨はがしっとふたつの手でつかみ取られた。

「よし、うまくいった」

「それはよかったな」先ほどの若者のひとりが、こすからく笑った。本物の酔っぱらいのように見える。「どういうことなのか教えてくれないのか?」

「それがな、できないんだよ」三人目の男は口をねじ曲げてにたにたと笑った。金歯がきらりと光った。「秘密なのさ」

11

オーリアがカラスの夫の城に住みはじめてから数カ月が経った。書斎には金箔で飾られた何百冊もの蔵書があり、オーリアはそうした本を読んだり、庭を長い時間散歩したりして昼の時間をすごした。夕食には、以前なら夢の中にしか出てこないようなご馳走を食べた。美しいドレスも、値段のつけられないような宝石類も与えられた。ときどきカラスが訪ねてきた。いきなり彼女の部屋にあらわれたり、前触れなしに夕食の席にやってきたりするのだった。オーリアには、自分の不思議な夫が心が広く理知的であることがわかってきた。彼は妻を面白い会話に引き込みたがった。しかし、大きな黒い鳥は、彼女が夜、部屋に下がる前にいつも姿を消してしまうのだった。そして毎晩、闇夜が訪れると、あの見知らぬ男が花嫁のベッドにやってきて、情熱的に愛を交わすのだった……。

——『カラスの王子』より

「おう、カブの弁護人であり、雌羊の主人であるわが友よ」わざとのんびりと伸ばした冷笑的な低い声が聞こえてきた。「よいところで会ったな、この農業かぶれめ」

翌朝、煙草の煙が充満する穴倉のようなコーヒーハウスにいたエドワードは、目を細めて声のするほうに顔を向けた。声の主は、右後ろの隅のテーブルでゆったりと椅子にもたれていた。カブの弁護人だと？　エドワードは、ぎっしり並んだ古い黒ずんだテーブルのあいだをぬって進み、その男に近づくと、ばしんと背中をたたいた。

「イズリー！　まだ夕方の五時になっていないぞ。何でまたこんなに早起きしたんだ」

イズリー子爵サイモンは、強く背中をたたかれても、びくともしなかったが――おそらく、そうされることを予測していたのだろう――顔だけはしかめた。ほっそりとした、優雅な身なりの男で、白いパウダーをふりかけたおしゃれなかつらをかぶり、レースで縁取りしたシャツを着ていた。たいていの人が彼を軟弱なしゃれ者と思うだろう。しかし外見にだまされてはいけない。

「わたしは昼すぎの明るいうちに起きる男として通っているのだがな」イズリーは言った。「とはいえ、そう頻繁にというわけではない」彼は椅子を一脚、机の下から蹴り出した。「まあ、座れ。コーヒーと称する神聖な煎じ物をいっしょに飲もうではないか。オリンポスの神々ですら、これを知っていたら不老長寿の酒《ネクタル》を必要としなかったであろうぞ」

エドワードは給仕の少年に手で合図して、差し出された椅子に腰かけた。テーブルに黙って座っているもうひとりの男に会釈する。「ハリー、久しぶりだな」

ハリー・パイは、イギリス北部の貴族の領地で家令をしている男だった。彼がロンドンにいることはあまりない。きっと何か用事があったのだろう。けばけばしい子爵のいでたちとは対照的に、ハリーは地味な男で、木の家具類に溶けこんでしまっているかのようだった。愛用の茶色の上着とベストを着ていると、たいていの人は彼の存在に気づかない。しかしエドワードは、パイが短剣をブーツの中に隠し持っている油断ならない男であることを知っていた。

ハリーは会釈した。「伯爵閣下、ごきげんいかがでいらっしゃいますか」笑ってはいないが、そのグリーンの瞳は面白がるようにきらめいている。

「くそっ、ハリー。何度言ったらわかるんだ。わたしのことはエドワードかデラーフと呼べ」エドワードは再度給仕の少年に合図を送った。

「あるいはエド、またはエディー」イズリーが口をはさんだ。

「エディーはだめだ」少年がマグをどんとテーブルに置いたので、エドワードはうまそうに飲んだ。

「はい、閣下」ハリーがつぶやくように言うのが聞こえたが、エドワードはあえて反論しなかった。

エドワードは部屋を見まわした。この店のコーヒーはとてもうまかった。農業協会がここで会合を開くのもそれが主な理由だった。建物のせいでないことだけはたしかだ。部屋は混みあっていて、天井が低すぎた。ドアの丈が低いため、背の高い客が部屋に入ろうとして鴨居に頭をぶつけるというのは有名な話だった。テーブルがごしごし磨き上げられたことはおそらく一度もなく、マグも丁寧に洗っているとは思えなかった。しかも店の者たちはずる賢く、客の身分が高かろうがそんなことはおかまいなしで、気が向かなければ聞こえないふりをするのだった。しかしコーヒーは濃く、淹れたてで、農業に興味がある者ならだれでもわけ隔てなく歓迎された。貴族も何人かテーブルについていたが、所用でロンドンに日帰りでやってきた小地主や、ハリーのような家令もいた。農業協会は、そのメンバーの多彩さで有名だった。

「ところで何でまた、この美しき、そして悪臭ふんぷんたるわが都におでましか？」イズリーが尋ねた。

「結婚の条件の交渉だ」エドワードは答えた。

ハリー・パイはマグの縁越しに目を細めた。彼は片手でマグを包みこむように持っていた。薬指のあるべきところが欠けていて、奇妙な隙間が空いている。

「おお、わたしよりも勇気があるな」イズリーは言った。「結婚前の祝いか？　昨晩、あの麗しきアフロディーテの洞窟で見かけたぞ」

「きみもいたのか？」エドワードはなんとなくいやな気持ちになった。「気づかなかった」

「ああ」イズリーはにやにや笑った。「きみはちょうど出ていくところだったが、なんというか、すっかり緊張がほぐれたという感じに見えたぞ。わたしも、そのときふたりのやる気満々のニンフを相手にしていたものだから、声をかけなかったが」

「たったふたりですか？」ハリーはまじめくさった顔で言った。

「あとでもうひとり加わった」イズリーの氷のようなグレイの瞳が、子どものように無邪気にきらりと輝いた。「しかし、その事実を認めるには躊躇があった。きみたちふたりに男としての劣等感を抱かせては申し訳ないからな」

ハリーはふんと鼻を鳴らした。

エドワードはにやりと笑って、少年と目を合わせた。人差し指を立てて、おかわりを所望する。「まったく、きみもそろそろ年なのだから、三人は、少し荷が重いのではないのか」

子爵は袖口のレースがかかっている手を胸にあてた。「死して朽ち果てた祖先の名にかけて言うが、わたしが部屋を出るとき、三人とも満足げにほほえんでいた」

「おそらく、手に握っていた金貨のせいだな」とエドワード。

「深く傷ついたぞ」子爵はあくびを噛み殺しながら言った。「それにそちらこそ、あそこではずいぶんお楽しみのようだったではないか。いさぎよく認めろ」

「たしかに」エドワードはマグに向かって顔をしかめた。「しかし、それももうじき終わる」

上着の銀の刺繍をながめていた子爵は、急に顔を上げた。「まさか、結婚したら忠実な夫になるというのではないだろうな？」

「あたりまえだろう」

イズリーは眉を吊り上げた。「いやはや。結婚の誓いを、文字どおりに、しかも古風にとらえすぎというものではないか？」

「たぶんね。しかし、結婚生活をうまくいかせるためにはそれがいいと思うのだ」エドワードは自分が歯を食いしばっているのを感じた。「今度は失敗したくない。後継ぎが必要だ」

「では、友よ、幸運を祈る」イズリーは静かに言った。「妻となる女を慎重に選んだのだろうな」

「ああ、もちろんだとも」エドワードは半分飲みかけのコーヒーをのぞきこんだ。「家柄は申し分ない。わたしよりも古い家柄だ。この天然痘の痕も気にならないと言ってくれている。本人に直接聞いたから間違いはない。最初の妻のときは、これを確かめずに結婚してしまったがな。彼女は知的でもの静かな女性だ。美人というのではないが、凛とした顔立ちをしている。それに彼女の家は大家族だ。きっと何人も息子を産んでくれるだろう」

「純血種の雌馬に、純血種の雄馬」イズリーは口をゆがめた。「じきにきみの厩は元気いっぱいにはねまわる若駒でいっぱいになるだろうよ。子づくりに励むのが待ちきれない気持ちはよくわかる」

「相手はどんな方なのですか?」とハリーが尋ねた。

「リチャード・ジェラード卿の長女――」

イズリーは口の中で小さく、おお、と言った。ハリーはさっとイズリーを見た。

「シルヴィア・ジェラードだ。彼女を知っているのか?」エドワードはゆっくりと言い終えた。

イズリーは袖口のレースをいじくっている。「わたしの兄、イーサンの妻もジェラード家の出身だ。結婚式のときに母親に会ったが、かなりの気難し屋だった」

「いまもそうだ」エドワードは肩をすくめた。「しかし、結婚したら母親と会うことはあまりあるまい」

ハリーは厳粛に自分のマグを掲げた。「ご婚約おめでとうございます、閣下」

「そうだ、めでたい」子爵もマグを上げた。「幸運を祈るぞ、友よ」


冷たい鼻が頬に触れ、アンナは目覚めた。薄目を開けるとほんの一〇センチばかりのところに、茶色い犬の目があった。その目はせっつくようにこちらを見ていた。つんと鼻につく犬の息が顔にかかる。アンナはうーんとうなって、頭をまわし窓から外をながめた。夜明けの空は明るみはじめ、眠たそうな桃色から、鮮やかなブルーに変わりつつあった。

こちらをじっと見ている犬のほうを振り返った。「おはよう、ジョック」

ジョックは彼女の頭の横のマットレスについていた前足をひっこめてお座りの姿勢をとった。耳をぴんと立てて背中を丸め、とても静かに真剣な目で、彼女の一挙一動を追っている。表に出たくてたまらないときの犬のしぐさだ。

「わかったわ。今起きるから」アンナは洗面器のところへ歩いていき、さっと顔を洗ってから着替えをした。

犬とアンナは裏階段をそっと下りた。

コーラルはメイフェアに近いおしゃれな通りに住んでおり、その通りには数年前に建てられたばかりの白い石造りの家々が並んでいた。ほとんどの家が静まり返り、たまにメイドが表玄関の石段を掃除していたり、ドアノブを磨いている姿を見かけるくらいだった。いつもなら、見知らぬ土地をひとりで歩くのを好むほうではないが、今日はジョックというお供がいる。だれかが近づいてくると、ジョックはアンナを守ろうとでもするようにぴたりと彼女に寄り添った。アンナとジョックは気安く黙ったまま散歩をつづけた。ジョックは街のあちこちから漂ってくる興味深いにおいをかぐのに忙しく、アンナは物思いにふけっていた。

昨晩はずっと、自分の置かれた状態について考えつづけた。そして今朝目覚めたときにはもう、どうすべきかわかっていた。今夜彼と会うことはできない。これは火と戯れているのと同じだ。もはや自分の正体を隠しとおすことはできないだろう。スウォーティンガム卿といっしょにいたくてたまらず、慎重さをかなぐり捨ててしまいかねない。げんに、向こう見ずにも彼を追いかけてロンドンまでやってきて、リトル・バトルフォードの音楽会にでも参加するかのように、売春宿に出入りしてしまったのだもの。スウォーティンガム卿に正体を見破られなかったのは奇跡だ。それに、昨晩の酔っぱらいの一件もじつに危なかった。凌辱されたり、怪我をさせられたかもしれないのだ。だが、昨日と一昨日の晩に自分がしたことを考えれば、あの人たちを非難するなんて偽善だ。もしスウォーティンガム卿に今回のことが知られてしまったら、どんなことを言われるかと思うと顔をしかめずにはいられない。彼は非常に誇り高き男で、そのうえおそろしく短気なのだ。

アンナは頭を振って、顔を上げた。いつの間にか、コーラルの家の数軒隣に戻ってきていた。知らないうちに足がこちらに向いたのか、ジョックの帰巣本能のおかげなのかはわからない。

アンナは犬の頭をなでた。「いい子ね。中に入って、家に帰るしたくをしましょう」

ジョックは家という言葉を聞いて耳をぴんと立てた。

そのとき、一台の馬車がコーラルの家の前に停まった。アンナは前に進むのをためらい、数歩下がって角に身をひそめた。こんなに朝早く訪ねてくるなんて、いったいだれかしら。従僕が馬車から飛び降り、木の階段を扉の下に置いてから、扉を開いた。男性の脚がにょっきりあらわれたと思ったら、またひっこめられた。従僕が左に数センチ階段をずらすのが見えた。すると、肩幅のがっしりした、たくましい男性が降りてきた。彼は一瞬立ち止まって、従僕に何か声をかけた。従僕が頭を下げるようすから、どうやら叱責されたようだった。

たくましい男性はコーラルの家に入っていった。

あれがコーラルのパトロンの侯爵様だろうか？　アンナはことのなりゆきをじっくり考えた。ジョックはかたわらで辛抱強くじっと待っている。侯爵についてはほんのわずかしか知らないが、その乏しい知識からも、侯爵と自分が顔を合わせないほうが賢明だと思われた。コーラルに迷惑をかけたくなかったし、貴族のだれかに自分がコーラルの家にいるところを見られるのも困る。ふたたび侯爵と出会う可能性は非常に低いものの、昨晩の酔っぱらいとの一件がアンナを用心深くさせていた。使用人用の出入り口から入ろう。そうすれば、気づかれずにすむだろう。

「今日発つことに決めておいてよかったわ」キッチンを通り抜けながら、アンナはジョックにささやきかけた。

キッチンは大騒ぎになっていた。メイドはちょこまかと走りまわり、従僕たちは山のような荷物を運びこむ手伝いをしていた。アンナが暗い裏階段を上っても、気づく人はほとんどいなかった。しめしめ。アンナとジョックは足音を忍ばせて二階の廊下を歩いた。自分の部屋のドアを開けると、パールが心配そうな顔で待っていた。

「ああ、よかった、帰ってきたんですね、ミセス・レン」アンナの顔を見ると、パールは言った。

「ジョックの散歩に行っていたの」アンナは答えた。「正面玄関でお見かけしたのは、コーラルの侯爵様かしら?」

「ええ」とパール。「あと一、二週間はお帰りにならないと、コーラルは思っていたんですけど。客がいたことがばれたら、侯爵様は腹を立てられます」

「荷造りをしてここを発つつもりだったので、侯爵様に気づかれることはないと思います」

「ありがとうございます。そうしてくだされば、コーラルにとってどんなに都合がいいか」

「でも、あなたはどうするの、パール?」アンナは身をかがめて、ベッドの下から柔らかい鞄を引っ張り出した。「コーラルはあなたにここにいてほしいと言っていたわ。侯爵様はそれをお許しになるかしら?」

パールは袖口から出ていた糸を引っ張った。「コーラルは侯爵様にお願いすれば大丈夫と思っているようですが、どうでしょうか。侯爵様はときどきひどいことをしますから。貴族のくせに。それに、この家は侯爵様のものですし」

アンナは長靴下を丁寧にたたみながら、わかるわというふうにうなずいた。

「あたしは、コーラルがこんな立派なところに住めてうれしいんです。召使もいるし、馬車もあるし」パールはゆっくり言った。「でも、あたしは侯爵様が恐ろしいんです」

アンナは腕に衣服をかかえて立ち止まった。「彼がコーラルに暴力をふるうかもしれないと?」

パールは暗い目で見つめ返した。「わかりません」

エドワードは、餌をおあずけにされている檻の中の虎のように、娼館の部屋の中を歩きまわっていた。遅い。暖炉の上の陶製の時計をふたたび見る。三〇分の遅刻だ。なぜ、あんな女に待たされなければならないのだ? 彼は火のそばに行き、炎を見つめた。同じ女のところにしつこく通ったことはなかった。二晩つづけてなどいままでなかったことだ。それが、なんと三晩もだ。

昨日も、一昨日も、性の営みは文句のつけようがなかった。彼女はよく応え、すべてをさらけ出した。自分が彼女に魅せられたのと同じくらい、彼女のほうも自分に魅せられていたようだった。彼はもう青二才ではなかったから、女たちが金のためにエクスタシーを装うこともしばしばあることを知っていた。しかし、体の自然な反応を偽装することは不可能だ。彼女の肉体は濡れていた。そう、しっとりと濡れていた。わたしを求めて。

彼はうなった。彼女の濡れた谷間のことを思うだけで、自身がいきり立ってくる。いったいあの女はどこにいるんだ。

　エドワードは罵り言葉をつぶやきながら、マントルピースから離れて、また歩きはじめた。夢見がちな若者のごとく、あのマスクの下の顔はどんなだろうと想像するようにさえなっていた。しかも困ったことに、アンナのような顔つきなのではないかと考えてしまうのだ。

　彼は立ち止まって、頭を壁にあて、その横に両手をついた。深く息を吸いこむと、胸が膨らんだ。ロンドンに来たのは、結婚前にあの小柄な秘書への思いを断ち切るためではなかったのか。それなのに、さらに新しい執着まで生まれてしまった。だが、だからといって、もともとの思いは消え去ったのか？　いや、それどころか、アンナを求める気持ちはもっと強まっただけだ。そこに、さらに神秘的な小柄な娼婦への肉欲が混じり合ってしまったのだ。ひとつだった執着がふたつに増え、考えすぎてくたびれ果てた脳の中で、ぐちゃぐちゃに絡みあっているのだった。

　彼は頭を壁に打ちつけた。きっとこのまま頭がどうにかなってしまうのだ。そうだとしたらすべてに説明がつく。

　もちろん、彼のものは、そんなことにはおかまいなしだ。頭がおかしかろうと、正常であろうと、こいつは、狭く滑らかな女体を強く渇望している。彼は頭を打ちつけるのをやめて、もう一度時計を見た。三三分の遅刻だ。

　ちくしょう、これ以上一分たりとも待たんぞ。

　エドワードは上着をひっつかむと、ドアをばたんと閉めて外に出た。ふたりの白髪の紳士が廊下をゆっくりと歩いてくる。エドワードの表情を見ると、さっと壁際によけて、速足で通りすぎる彼に道を空けた。大階段を一段抜かしで駆け下り、男性客が変装した貴婦人や娼婦たちと集っている客間に入った。けばけばしい部屋を見わたす。鮮やかなドレスを身につけた女たちが数人いて、鼻の下を伸ばした男たちに囲まれていたが、金色の仮面をつけている女はたったひとりしかいなかった。彼女はほかの女たちよりも背が高く、少し離れたところに立って、部屋全体に気を配っていた。顔の全面を覆う仮面は、滑らかでおだやかな表情をしており、アーモンド形ののぞき穴の上に左右対称なアーチ形の眉が描かれていた。アフロディーテは鷲のような目で自分の商品を監視していた。

エドワードはまっすぐ彼女に近づいた。「女はどこだ?」

マダムは、ふだんはクールで動じない女だが、いきなり聞かれたので、びくんとして顔を彼に向けた。「まあ、スウォーティンガム卿、でいらっしゃいますわよね?」

「そうだ。今夜会う約束をしていた女はどこだ?」

「お部屋におりませんでした?」

「いや」エドワードは歯をぎりぎりすり合わせた。「部屋にはいない。部屋にいたら、わざわざ下に降りてきて、彼女はどこだと聞いたりするか?」

「ほかにもいくらでもレディはおりますわ、伯爵様」マダムはへつらうように言った。「別の女をお部屋に行かせましょうか?」

エドワードはのしかかるように前かがみになって言った。「別の女はいらん。昨夜と一昨日の晩の女が所望だ。あの女はだれなんだ？」

アフロディーテの目が金色の仮面の下で動いた。「まあまあ、伯爵様、ここアフロディーテの洞窟では、うちの美しい娘たちの正体は明かさないのが決まりだということはご存じですわよねえ」

エドワードはふんと鼻を鳴らした。「娼館の掟など知ったことじゃない。だれだ。だれなんだ？」

アフロディーテはおびえるかのように、一歩下がった。上から威嚇するように見下ろされているのだから、それも当然だ。アフロディーテは彼の肩越しに、手でだれかに合図を送った。

エドワードは目を細めた。つまみ出されるまであと数分しか余裕がない。「名前を教えろ。いま、すぐに。でないとここでひと騒動起こしてやるからな」

「脅すにはおよびませんわ。あなた様と一晩すごしたがっている娘が何人もおりますのよ」

アフロディーテの声は皮肉な調子を帯びていた。「天然痘の痕など気にしない娘たちが」

エドワードは凍りついた。彼は自分の顔がどのように見えるか知っていた。傷ついた虚栄心に苦しめられる年齢はとっくにすぎて、もはやそれを気にすることはなくなっていたが、天然痘の痕をいやがる女がいるのは事実だ。あの小柄な娼婦は気にしていないようだったが。いや待てよ、そういえば、昨晩は火のそばの椅子の上で行為を行った。おそらく、彼女が自分の顔を見たのはあれが初めてだったのだろう。そしておそらく、この痕をおぞましいと思ったのだろう。だから、今夜来なかったのだ。

あの女め。

エドワードはくるりときびすを返した。偽の磁器の花瓶をつかむと、頭上に持ち上げ、床にたたきつけた。がちゃんと割れて、破片が飛び散る。ぴたりと会話が止み、部屋にいた全員がこちらを向いた。

考えすぎるのはよくない。いま必要なのは行動だ。ベッドでエネルギーを発散できないのなら、これが次善の策なのだ。

彼は後ろからつかまれ、くるりと体を回転させられた。ハムほどの大きさの拳が顔めがけて飛んできた。さっとかわすと、パンチはひゅうと鼻先をかすめていった。彼は右の拳を低くかまえて、男の腹に食いこませた。男はうーんとうめいて――いい響きだ――よろめいた。

三人の男が部屋に踏みこんできた。問題を起こす客を外につまみだすために雇われている巨漢の用心棒たちだ。そのうちのひとりが、大振りのパンチをエドワードの顔の横に浴びせたが、彼はひるむことなく、きれいなアッパーカットを返した。

客の何人かがはやしたてた。

そしてそれから事態は混乱状態になった。見物人の多くは、スポーツマン精神に富む男たちだったらしく、ひとりに多勢はフェアではないと考え、千鳥足で乱闘に加わった。長椅子に座っていた娼婦たちは、這うようにして椅子を離れ、金切り声をあげ、家具をひっくり返しながら、あわてて逃げだした。アフロディーテは部屋の真ん中に立ち、命令を叫んでいたがだれの耳にも届かなかった。しかしその声もいきなり消えた。だれかが彼女の顔をパンチのボウルにつっこんだからだ。テーブルが宙に舞う。計算高い娼婦たちは廊下で、騒動を見物しようと階段に群がっていた男や娼婦たちから、どっちが勝つか賭け金を集めはじめた。さらに四人の用心棒と、客として二階にいた男たちが乱闘に加わった。客の何人かはお楽しみの真っ最中だったらしく、ズボンだけという人もいたし、かなり気品のある年配の紳士などは、素肌にシャツ一枚という姿だった。

エドワードは喧嘩を心から楽しんだ。

切れた唇から、顎に血がしたたった。やがて片目が腫れ上がり、まぶたを開けていられなくなった。小柄な悪漢が彼の背中にしがみつき、頭と肩を殴りつけた。正面からは別のもっと大きな男が、脚を払ってひっくり返そうとする。エドワードは横に移動して攻撃をかわし、その男の反対の脚を蹴ろうと足を上げたが、自分がバランスを崩してしまい、巨大な彫像のように床に倒れこんだ。

背中にしがみついている小男が鬱陶しかった。エドワードは男の髪をつかむと、背中をどすんと壁にぶちあてた。男の頭が固い壁にぶつかり、ずしっという音が聞こえた。男はエドワードの肩から滑り落ち、かなりの量の壁の漆喰とともに床に落ちた。

エドワードはにやりとして、見えるほうの目でもっと獲物はいないかとあたりを見まわした。娼館の用心棒のひとりがそろりそろりとドアから逃げようとしていた。エドワードに見据えられ、男はあわてて左右を見まわして救援を求めたが、助けにきてくれる仲間はいなかった。

「ご慈悲を。ほんのはした金しかもらってないんです。ほかのやつらみたいに殴られるのはごめんです」男は両手をあげて、エドワードが前に進み出るとあとずさりした。「お願いです。旦那はビッグ・ビリーまでのしちまいました。おれは、あいつよりすばやい男は見たことなかったんですがね」

「そうか」とエドワードは言った。「だが、わたしは右目が見えない。これで互角になったわけだが……」希望をこめて縮み上がっている用心棒を見たが、男は気弱に笑って首を横に振った。「いやか？　そうか、ならばしかたがない。ところで、おまえは、うまい酒を飲ませる店を知っているか？」

そういうわけで、しばらくのち、エドワードはロンドンのイーストエンドで一番みすぼらしい居酒屋で酒を飲んでいた。いっしょに飲んでいるのは、娼館の用心棒たちだった。ビッグ・ビリーもいっしょで、鼻は腫れ上がり、両目のまわりは黒くなっていたが、やられたことを根に持ってはいなかった。ビッグ・ビリーはエドワードの肩に腕をまわし、ティティという名の乙女を賛美する短い詩の文句を彼に教えようとしていた。どうやらその詩にはだじゃれのたぐいがたくさん含まれているようだったが、ちっとも頭に入ってこない。というのもエドワードはこの二時間、酒場にいた人ひとりひとりに乾杯し、飲みつづけていたからだ。

「この騒ぎの発端となった、娼婦ってのは、い、いったいだれなんですかい、旦那？」用心棒のひとりジェイキーが尋ねた。彼はおかわりをひとつも逃さず飲みつづけている。目の焦点が定まらないのか、エドワードの右側の空間に向かって質問している。

「不実な女だ」エドワードはエールのグラスに向かって言った。

「女はみんな尻軽さ」男の知恵を語ったのは、ビッグ・ビリーだ。

男たちはまじめにうなずいたが、ひとりかふたりはよろけて、唐突に椅子に座りこんだ。

「いや、そりゃ、違うな」とエドワードが言った。

「何が違うんで？」

「女はみんな尻軽というのは、さ」エドワードは慎重に言った。「わたしはひとりだけ知っているぞ。吹きだまりの雪のように純粋な女を」

「だれですかい？」

「教えてくだせえよ、旦那！」男たちは、その女性の鑑の名前が聞きたいとはやしたてた。

「ミセス・アンナ・レンだ」エドワードはふらふらとした手つきでグラスを高く掲げた。

「乾杯！　イギリスでもっとも、け、け、汚れなき淑女に乾杯。ミセス・アンナ・レンに乾杯！」

居酒屋に大歓声がこだまし、淑女に乾杯が捧げられた。そしてエドワードは、なぜいきなりすべての明かりが消えたのだろうと思いながら目を閉じた。


頭が割れそうだった。エドワードは目を開けてみたがが、すぐにこれはまずいと思いなおし、またぎゅっと目をつぶった。そっとこめかみに触れ、なぜ頭のてっぺんが破裂しそうなくらい痛むのか思い出そうと努めた。

アフロディーテの洞窟のことを思い出した。

あの女があらわれなかったことを思い出した。

喧嘩のことを思い出した。エドワードは顔をしかめて、おそるおそる舌で口の中を調べた。歯はそろっていた。やれやれ助かった。

懸命に記憶をたぐる。

そうだ、陽気なやつと知り合った……名前は、ビッグ・ボブだったか？　ビッグ・バート？　いや、ビッグ・ビリーだ。思い出したぞ——ああ、なんてこった。あのいかがわしい酒場でアンナに乾杯したんだった。胃がむかむかした。いままで足を踏み入れたことがない下品な店でエールをがぶ飲みしたのだ。わたしはあんな場所でアンナの名前を本当に触れまわったのか？　そうだ、たしかにそうした。そして記憶が正しければ、店中のごろつきたちが、卑猥な声ではやしたてながら彼女に乾杯していた。

エドワードはうめいた。

デイヴィスがばしんと勢いよくドアを開け、いろいろな物をのせたトレイを持ってすり足でのろのろと部屋に入ってきた。

エドワードはふたたびうめいた。ドアが壁にぶつかる音で、頭の皮が頭蓋骨からはがれそうだった。「まったく、あとにしてくれ、デイヴィス」

デイヴィスは蛇のような歩みを止めずベッドに近づいた。

「聞こえただろう」エドワードはもう少し大きな声で言ったが、自分の頭が割れそうになるのを恐れて、大声は控えた。

「わたしらはすっかり酔っ払ってしまいましたね、旦那様」デイヴィスは大声で言った。

「おまえも飲んだとは知らなかった」エドワードは両手で顔を覆ったまま言った。

デイヴィスは主人の言葉を無視した。「昨晩、旦那様が連れてこられたすてきな紳士方。あれは新しいご友人ですか?」

エドワードは指を少し開いて、隙間から近侍をにらみつけた。

老人はそんな目つきにはおかまいなしだった。「無茶飲みするには、お年を召しすぎてやしませんか。その年では痛風にかかってしまいますよ」

「わたしの健康を気づかってくれて、痛み入るよ」エドワードは、デイヴィスがベッドサイドテーブルの上に置こうとしているトレイを見た。すでに冷めているらしい紅茶と、熱い牛乳に浸したバタ一つきトーストのボウルがのっていた。「いったい何だこれは。子どものパンがゆか? 頭痛がするから、ブランデーを持ってこい」

デイヴィスは聞こえないふりをした。その自信満々なようすは、ロンドンの一流劇場でも通用しそうだった。長年稽古を積んでいるのだから、あたりまえだが。

「おいしい朝食を召し上がれば元気が出ますよ」近侍はエドワードの耳に向かって大きな声で言った。「牛乳は、あなたくらいのお年の方には滋養になるんでございますよ」

「出ていけ! 出ていけ! うせろ!」エドワードは吠えたが、ふたたび頭を下ろさなければばならなかった。

デイヴィスはドアまで下がったが、どうしてももうひとこと言わずにはいられなかった。

「痛癪を起こされませんように、旦那様。お顔が真っ赤に染まり、怒りで目が充血してしまいますからね。見苦しゅうございますよ」

デイヴィスは老人にしては驚くほど俊敏にドアをぱたんと閉めた。その直後、トーストのボウルがドアにあたった。

エドワードはうなって目を閉じた。頭を枕に戻す。起きて、家に帰る荷造りをはじめなくてはならなかった。婚約を成立させ、アフロディーテの洞窟にも行った。しかも、一度ならず二度もだ。実際、ロンドンに来ようと思った目的はすべて達成された。ここに来たときよりも気分はさらに沈んでいたが、ロンドンにこれ以上滞在する理由はなかった。あの小柄な娼婦は二度とあらわれないだろうし、彼女とふたたび会うことはないだろう。それに、果たさなければならない責任が待っている。だからもうこれでいいのだ。

謎のマスクの女に、そして彼女がもたらす束の間の快楽に割く時間はない。

12

――『カラスの王子』より

夢のように昼と夜がすぎていき、オーリアは満足していた。幸せだとすら思えた。しかし、数カ月すると、父親に会いたくてたまらなくなった。その気持ちは日ごとに強くなり、起きているあいだは父親をひたすら恋しがり、すっかり元気をなくしてしまった。ある晩、夕食のときに、カラスは輝く漆黒のビーズのような目を彼女に向けて言った。「妻よ、なぜそんなに沈んでいるのだ?」「父の顔が見たくてたまらないのです」オーリアはため息をついた。「お父様に会いたいのです」「とんでもない話だ!」カラスはガーと鳴いて、それ以上何も言わずにテーブルを離れた。その後、オーリアは、けっして不満は言わなかったが、父を恋しく思うあまり食事をとらなくなり、目の前にご馳走を出されてもつつくばかりだった。妻がだんだん痩せ細っていくのを見て、とうとうカラスは我慢できなくなった。彼は怒りながら、彼女の部屋に舞い降りてきた。「行け。そして、父親を訪ねるがいい」彼はカーとしわがれた声で鳴いた「ただし、二週間以内に必ず戻ってくるのだぞ。でないとわたしは痩せ衰えて死んでしまうだろう」

「まあ、たいへん！」翌日、アンナはエドワードを見て叫んだ。「お顔をどうなさったのですか？」

彼の顔にはいくつも青あざができていた。エドワードは立ち止まって、むっとした顔で彼女をにらみつけた。数日ぶりの再会だというのに、アンナの口から最初に出たのが、この非難がましい言葉だった。エドワードはふと、これまでの男の秘書たちだったら、わたしの容姿についてこんなにあけすけにものを言っただろうか、と考えた。ありえない。それどころか、この女の秘書のほかに、こんなことを口にできる者がいるとは思えなかった。不思議なことに、彼はアンナの生意気さがかわいらしいと思った。

だとしても、その気持ちを表にあらわすことはしない。身の程をわきまえさせようと、エドワードは眉を吊り上げて言った。「何でもない。ありがとう、ミセス・レン」

しかし、効果はなかったようだ。

「目のまわりの青あざや、顎の怪我が何でもないわけがありませんわ」アンナは不満そうだった。「軟膏はお塗りになりました？」

アンナはいつものように、書斎の小さな紫檀の机に座っていた。窓から差しこむ朝の光を浴びて、彼女は金色に輝き、穏やかで落ち着いて見えた。まるで、彼がロンドンに行っていたあいだ、ずっとその机から動かなかったかのように。そう思うと、妙に心がなごんだ。彼女の顎先に、小さなインクのしみがついているのにエドワードは気づいた。

それに、どこかいつもとようすが違って見えた。

「ミセス・レン、軟膏は塗っていないが、それはその必要がないからだ」彼は足をひきずらないように注意しながら、自分の机に向って歩いていった。

当然、彼女はその歩き方にも気づいた。「それに、足も！　どうして足をひきずっていらっしゃるの？」

「ひきずってなどいない」

アンナは髪の生え際に届くほど、高く眉を吊り上げた。

エドワードは嘘ではないと強調するために、ぎらりとした目でにらみつけなければならなかった。本物のばかと思われないような言いわけを考えなければ。売春宿で喧嘩したなどとは、口が裂けてもこの小柄な秘書には言えない。

ところでなんだか彼女の見かけがいつもと違うのはなぜだ？

「事故にでも遭われたのですか？」うまい言い訳を思いつく前に彼女は聞いた。

エドワードはそれに飛びついた。「そうだ、事故だ」髪だな……新しい結い方だろうか？

しかし、ほっとしたのも束の間。

「馬から落ちたのですか？」

「違う！」エドワードは声を低く保とうと努めた。すると突然ひらめいた。そうか、髪が見えるのだ。「いや、落馬などするものか。帽子はどうしたんだ？」

気をそらす目的は、まったく達せられなかった。

「かぶるのをやめることにしたのです」とアンナはすまして言った。「落馬したのではないとすると、いったいどうなさったのです？」

彼女は尋問にかけてはじつに手強い。

「わたしは……」どうしても、うまい言い訳が思いつかない。

アンナは心配そうな顔をしている。「まさか、馬車が横転したとか？」

「いや」

「ロンドンで、荷馬車がぶつかってきたとか？　道がひどく混雑しているそうですわね」

「いや、荷馬車にぶつかったわけでもない」エドワードはにこやかにほほえもうとした。

「帽子をかぶらないほうがいい。あなたの髪は、デイジーの野原のように輝いている」

アンナは目を細めた。どうやらお世辞はきかなかったらしい。「デイジーは茶色ではないと思いますけど。本当に馬から落ちたのではないのですか？」

エドワードは歯ぎしりをして、ここはじっと我慢だと思った。「落馬はしていない。わたしはこれまで一度も……」

アンナは片眉を吊り上げた。

「めったに、馬の鞍から降りたことはない」

アンナはどうやらぴんときたようだった。「気になさることはありませんわ」とむかつくほど理解ある声で言った。「最高の乗り手でも、ときには落馬することがあります。恥じることはまったくありませんわ」

エドワードは机から立ち上がり、足をひきずりながら彼女の机の前に行き、両手を机の上についた。彼はぐっと前かがみになり、彼女の茶色の目から十数センチほどのところまで顔を近づけた。「わたしは恥じてなどいない」とゆっくり言う。「馬から落ちてはいないし、馬に投げ落とされてもいない。この話はもうおしまいにしたい。それでいいかな、ミセス・レン？」

アンナがごくんと唾を飲みこんだので、彼の視線は彼女ののどに引きつけられた。「はい、けっこうですわ、スウォーティンガム卿」

「よろしい」彼の視線は、彼女の唇に移った。彼女がどぎまぎして唇をなめたので、そこは濡れていた。「不在中、わたしはあなたのことを思い出した。あなたもわたしのことを考えたか？　わたしがいなくて寂しいと思ったか？」

「わたし――」彼女の声はささやくように小さくなった。

そのとき、ホップルがひょっこり部屋に入ってきた。「旦那様、おかえりなさいませ。美しい都でのご滞在は快適でございましたか？」家令は、エドワードが机に手をついてのしかかるようにアンナを見下ろしているのを見て、立ち止まった。

エドワードはゆっくりと体を起こした。視線はアンナに向けたままだった。「ロンドン滞在は申し分なかったぞ、ホップル。だが、田舎の美しさが恋しい気分になってな」

アンナは狼狽した。

エドワードはほほえんだ。

ホップルは主人の顔を見て驚いて言った。「スウォーティンガム卿！　いったいどうなさったので――？」

アンナが割って入った。「ミスター・ホップル、新しい水路を伯爵様にお見せしたらいかが？」

「水路？　しかし――」ホップルはエドワードからアンナに視線を移した。

アンナはおでこにハエが留まったかのように、眉をぴくんと動かした。「ミスター・グランドルの畑の新しい排水溝ですわ。このあいだ、おっしゃっていたじゃないですか」

「ああ……そう、そうでした。グランドルの農場の水路のことですね」ホップルは言った。

「旦那様、よろしければご案内いたします。きっと、ご覧になりたいと思います」

エドワードはふたたびアンナを見た。「三〇分後に、ホップル。まず、秘書との話をすませてからだ」

「は、はい、かしこまりました、旦那様」ホップルは困惑したようすで部屋を出ていった。

「お話とはいったい何でございますか？」アンナが尋ねた。

エドワードは咳払いをした。「じつは、見せたいものがあるのだ。いっしょに来てくれるかな？」

アンナはまごついたようすだったが、とにかく立ち上がり、彼の腕をとった。エドワードはアンナを廊下へ導き、正面玄関ではなく裏の扉のほうに歩きだした。ふたりがキッチンに入っていくと、料理人は驚いて朝の紅茶のカップを取り落としそうになった。三人のメイドは、牧師のまわりに集まる信者のように、料理人が座っているテーブルの近くにかたまっていた。四人はいっせいに立ち上がった。

エドワードは手を振って、座りなさいと示した。朝のゴシップの時間の邪魔をしたようだ。彼は何も言わずにキッチンを通り抜けて裏の扉から外に出た。ふたりは広い厩の庭を横切った。ブーツが道に敷かれた丸石を鳴らす。朝の明るい光が斜めに差し、厩の裏手に長い影をつくっていた。エドワードは小屋の角をまわって、影の中に足を踏み入れた。アンナは不思議そうにあたりを見まわした。

エドワードは突然、不安な気持ちに襲われた。これは風変わりな贈り物だ。彼女は気に入らないかもしれない――いや、もっと悪いことに、侮辱されたと思うかもしれない。

「これをあなたに」彼は泥まみれの粗い麻布で包まれたものを指し示した。

アンナは彼から布の包みに目を移した。「何でしょう？――」

エドワードは上体をかがめて、布の端を引っ張った。するとその下に、枯れた棘だらけの枝の束のようなものがあらわれた。

アンナはきゃーっと甲高い声をあげた。

女性があんな声を出すのは、いい兆候と言えるのか？　エドワードはよくわからず顔をしかめた。するとアンナが笑顔で見上げてきたので、彼の胸は温かさで満たされた。

「薔薇ですわね！」彼女は叫んだ。

アンナはひざをついて、苗木の一本を調べた。エドワードはロンドンを発つ前に、根が枯れてしまわないようたっぷり水をしみこませた麻布でくるんできたのだった。それぞれの苗木には数本の枝しかついていなかったが、根は長く健康だった。

「気をつけて、棘が鋭い」エドワードはうつむいている彼女の頭に向かって言った。

アンナは一所懸命数えている。「二ダースありますわ。全部ご自分の庭に植えるおつもりですか？」

エドワードは顔をしかめて彼女を見た。「それは、あなたのものだ。あなたの庭に植えるための」

アンナは口を開けたが、しばらく言葉が出てこないようだった。「でも……たとえ、全部をいただけるとしても、こんな高価なものを――」

彼女は贈り物を拒絶するつもりか？「受け取れないと言うのか？　なぜだ？」

「うちの小さな庭にはとても全部を植えることはできません」

「何本くらいならいいのだ？」

「そうですわね、三本か四本？」

「では好きなのを四本選びなさい。残りは送り返すとしよう」エドワードはほっとした。少なくとも、彼女は薔薇を拒絶したのではない。「それとも燃やしてしまうか」とつけ加えた。

「燃やす、ですって！」アンナは驚愕の声をあげた。「燃やしたりしてはいけませんわ。ご自分の庭に植えたらいかがですか？」

彼はいらいらと頭を左右に振った。「どうやって植えたらいいかわからん」

「わたしは知っています。薔薇をいただいたお礼にわたしが植えてさしあげますわ」アンナは少し恥ずかしそうにほほえんで彼を見上げた。「薔薇をありがとうございました、スウォーティンガム卿」

エドワードはえへんと咳払いした。「どういたしまして、ミセス・レン」彼は子どものように足をすり合わせたい衝動にかられた。「そろそろホップルのところへ行かなくては」

彼女はただ彼を見つめている。

「うん……うん、そうだ」くそっ、間抜けのように言葉がつかえる。「彼をさがしに行くとしよう。では、またあとで」彼はそうつぶやくように言って、家令をさがしに大股で歩み去った。

秘書に贈り物をするのがこんなに緊張するものだとはな、まったく。

アンナは麻布を握りしめ、上の空でスウォーティンガム卿の背中をながめていた。わたしは暗闇の中での、あの人の肌の感触を知っている。愛を交わすとき、彼の体がどんなふうに動くかを知っている。恍惚に達したときに、のどの奥からもらす低いハスキーな声を知っている。あの人の知られざる秘密の部分を知っているのに、それを、いま昼間の光の中で見る彼とどう重ね合わせたらいいかがわからない。荘厳なほどのすばらしい愛の行為をする男性と、ロンドンから薔薇の苗を持ってきてくれる男性とをどうやって一致させたらいいのか。

アンナは頭を振った。難しすぎて答えの出せない疑問だわ。おそらく、夜の男の情熱と、昼間に見せる紳士の顔の違いを理解することはけっしてできないのだろう。

彼の腕の中で信じがたい夜を二晩もすごしたあと、彼とふたたび顔を合わせるのはどんなふうなのか、彼女はそれまでよくわかっていなかった。でも、いまならわかる。大切な何かを失ってしまったかのように悲しかった。といっても、それはこれまでも、本当の意味では自分のものではなかったのだが。彼に抱かれるためにロンドンへ行った。男たちがするように、感情抜きで肉体の喜びを得るために。けれども、結局のところ、自分は男の人たちのように冷静ではいられなかった。わたしは女だ。好むと好まざるとにかかわらず、肉体と感情をすっぱりと分けることはできない。あの行為によって、わたしは彼に結びつけられてしまった。それを彼が知っていようといまいと。

それに、いまとなっては、彼はもうけっして知ることはできないのだ。アフロディーテの洞窟のあの部屋でふたりのあいだに起こったことは、自分だけの秘密にしておかなければならない。

彼女はぼんやりと薔薇の枝を見下ろした。きっとこの薔薇は、またやりなおせるというサインなのだわ。アンナは棘だらけの枝に触れた。きっとこれには何か意味があるはずだ。そうよね？　紳士が秘書に、こんな美しい、完璧な贈り物をすることなんて、めったにあることではないわよね？

親指の腹に棘がささった。アンナは心ここにあらずというようすで、傷口を吸った。きっと希望はある。彼が、わたしの嘘を見抜きさえしなければ。

お昼ごろ、エドワードはふくらはぎまで泥水につかり、新しい排水溝を調べていた。グランドルの畑の境界あたりでヒバリがさえずっている。おそらく土地が乾いたのがうれしいのだろう。近くでは、グランドルのところの農夫が上っ張りを着て、排水溝からスコップでごみをかき出している。

ホップルも泥水の中に立っていたが、悲愴な顔をしている。すでに一度滑って泥水につかってしまったというのもその理由のひとつだろう。グリーンのパイピングがついた卵の黄身色のベストはすっかり汚れてしまっていた。排水溝の水がごぼごぼと近くの小川に流れこんでおり、家令はこの排水溝をどのようにつくったかを熱心に説明していた。

エドワードは農夫たちを監督し、ホップルの説明にうなずいていたが、心の中では自分の贈り物に対するアンナの反応について考えていた。アンナが話していると、彼女のエキゾチックな唇につい目が吸い寄せられてしまう。平凡で小柄な女性が、彼を何時間もうっとりとさせてしまう、あのように官能的な唇を持っているとは、謎としかいいようがない。カンタベリー大主教ですら罪を犯しかねない唇だ。

「そう思われませんか、旦那様？」ホップルが尋ねた。

「ああ、まったくそのとおりだ。まったく」

家令は奇妙な表情で主人を見た。

エドワードはため息をついた。「つづけろ」

そこへジョックがとび跳ねながら現れた。不運な小ネズミを口にくわえている。犬は溝に飛びこんで、ばしゃんと泥水をはね上げた。すでに泥まみれのホップルのベストはこれで手のほどこしようがなくなった。ジョックは見つけた獲物をエドワードに見せた。彼の宝物がずいぶん前に死んでいたことは一目でわかった。

ホップルはあわてて数歩退き、顔の前でひらひらハンカチを振りながら、いらだたしげに言った。「まったくもう！　数日間姿が見えなかったから、てっきりどこかへいなくなってくれたと思っていたのに」

エドワードは上の空でジョックをなでている。悪臭を放つ贈り物をジョックはまだくわえたままだ。一匹のウジ虫がぽとんと水に落ちた。ホップルはごくりと唾を飲み、ハンカチを口と鼻にあてて、すばらしい排水溝の説明をつづけた。

もちろん、アンナの人となりを知るようになってからは、エドワードは彼女を不美人だとは思わなくなった。それどころか、初めて会ったときにどうしてあれほど彼女を過小評価したのか、よくわからないくらいだった。最初、彼女のことを平凡な女と思ったとは。もちろん、唇は別だ。彼女の唇はいつも気になっていた。

エドワードはため息をついて、水の中の瓦礫を蹴ったので、泥が飛び散った。彼女はレイだ。初対面のときにはその魅力に気づかなかったとはいえ、彼女がレディであることは疑いようがなかった。紳士として、こんなふうに彼女のことを考えるだけでも罪深い。そういう方面のことは娼婦で処理しなければならないのだ。レディは男の前でひざまずき、ゆっくりその美しい、エロティックな唇を近づけてきたりは……。

エドワードは落ち着きなく体を動かし、顔をしかめた。正式にミス・ジェラードと婚約したのだから、アンナの唇のことを考えるのはやめなくてはならない。二度目の結婚を成功させるためには、アンナ――いやミセス・レンを心から追い出す必要がある。

自分が将来、家族をもてるかどうかは、それにかかっているのだから。


薔薇というのはなんておかしな植物かしら。表面は棘で武装しているくせに、中身はとても弱いのだもの――その晩、アンナは考えた。薔薇は育てるのがとても難しく、ほかの植物よりもずっと手がかかる。しかし、いったん根付けば、何年も咲きつづける。たとえ、世話を怠っても。

裏の庭は縦六メートル、横九メートルほどの広さしかなく、小さな物置小屋が奥のほうにあった。夕闇が迫っていたので、ろうそくの火で照らしながら、小屋の中をさぐり、古いたらいと、ブリキのバケツを二個見つけた。それから薔薇を丁寧に容器に入れ、庭の井戸からくんだ手が切れそうな冷水を容器に満たした。

アンナは数歩下がって、できばえを厳しく点検した。スウォーティンガム卿は、この薔薇をくれたあとは、わたしを避けていたような気がする。昼食の席にも姿を見せなかったし、午後に一度、書斎に立ち寄っただけだった。しかし、数日間の不在のあと仕事は山積みだし、とても忙しい人なのだからあたりまえだ。彼女は泥のしみこんだ麻布をたらいとバケツの上にかぶせた。それから容器を家の陰に運び、翌日、強い日差しにやられないようにした。植え付けができるのは、一日後か二日後だが、水につけてあれば枯れることはないだろう。アンナはうなずいて家に入り、夕食のために手を洗った。

レン家のその晩の食事は、焼いたジャガイモと燻製のハムだった。もうすぐ食事も終わるというとき、マザー・レンがフォークを取り落として叫んだ。「あら、たいへん。言うのを忘れるところだったわ。あなたがいないあいだに、ミセス・クリアウォーターが春の夜会にわたしたちを招待してくださったの」

アンナは口にもっていきかけたティーカップを途中で止めた。「本当に？　いままで一度も招かれたことがないのに」

「あなたがスウォーティンガム卿と親しいことを知っているのですよ」マザー・レンは満足そうにほほえんだ。「もしも伯爵様がおいでになれば、あの人にとって名誉なことですもの」

「伯爵様が夜会にいらっしゃるかどうかは、わたしの力ではどうにもなりませんわ。わかっていらっしゃるでしょう、お義母様」

「あら、そうかしら？」マザー・レンは首を傾げた。「スウォーティンガム卿はわたしたちの社交の場に顔をお出しになったことはありません。お茶や晩餐の招待もお受けにならないし、日曜に教会にいらっしゃることもないわ」

「ひとりでいるのがお好きなんだと思うわ」とアンナは認めた。

「伯爵様はプライドが高くていらっしゃるから、田舎の娯楽に参加するのは恥だと思っていると言う人もいるわ」

「それは違います」

「ええ、わたしもあの方が感じのよい方だとわかっています」マザー・レンはお茶のおかわりを自分で注いだ。「この家でわたしたちといっしょに朝食をおとりになったときも、とても礼儀正しかった。でも、自分から多くの村人と交わろうとはなさらない。それがいい評判につながるとは思えないわ」

アンナは眉をひそめて、食べかけのジャガイモを見下ろした。「そんなに多くの人が、あの方のことをそんなふうに見ているとは、わたし、思ってもみませんでしたわ。ご自分の領地の小作人からはとても好かれていますのに」

マザー・レンはうなずいた。「小作人はそうかもしれないわねえ。でも上流の人にも礼儀正しく接しないと」

「わたし、夜会に出席するよう、伯爵様を説得してみます」アンナは背筋を伸ばした。「でも、一筋縄ではいかないかも。お義母様がおっしゃるように、あの方は社交にはあまり興味をお持ちでないから」

マザー・レンはほほえんだ。「ところで、夜会に着ていく服の相談をしなくては」

「まあ、うっかりしていました」アンナは眉をひそめた。「着ていけるものといえば、古いグリーンのシルクのドレスくらいだわ。ロンドンから買ってきた生地で仕立てる時間はないし」

「残念ねえ」マザー・レンはうなずいた。「でも、グリーンのドレスはあなたにとてもよく似合うわ。あの美しい色はあなたの頬を薔薇色に輝かせるし、髪を引き立たせる。でも、襟が流行おくれよねえ」

「ロンドンでミセス・レンが買ってきた、縁飾りをつけたらどうでしょう」とファニーがおずおずと口をはさんだ。彼女は会話のあいだ中、あたりをうろうろと歩きまわっていた。

「まあ、それはいい考えね」マザー・レンがファニーにほほえみかけたので、少女は真っ赤になった。「今夜からさっそくはじめましょう」

「ええ、そうですわね。でも、ドレスに取りかかる前に、さがしたいものがあるのです」

アンナは椅子を後ろに押して立ち上がり、古いキッチンを横切ってカップボードの前に立った。ひざまずいて一番下の棚の扉を開け、中をのぞきこんだ。

アンナは棚から離れてくしゃみをひとつしてから、得意そうにほこりまみれの小さな壺を高く掲げた。「母の軟膏。打ち身やすり傷によく効くの」

マザー・レンはいぶかしげに壺を見た。「あなたのお母様は素人ながら薬草のことをよくご存じだったわ。それにその軟膏にはいままで何度も助けてもらって感謝しています。でも、残念ながらにおいがねえ。本当につける必要があるの?」

アンナは立ち上がり、ぱっぱっとスカートのほこりをはらった。「わたしがつけるのではありません。伯爵様ですわ。馬の事故にお遭いになったの」

「馬の事故?」マザー・レンは目をぱちくりさせた。「落馬なさったの?」

「いいえ。スウォーティンガム卿はとても上手な乗り手でいらっしゃるから落馬したりはしませんわ。どんなことが起こったのかよくわからないのです。伯爵様はその話をしたがっていないみたいなので。でも顔にひどい傷ができているの」

「まあ、顔に……」マザー・レンは考えこむように言葉を途中でやめた。

「ええ、片方の目のまわりが青黒くなっているし、顎にも青あざが」

「それで、その軟膏をあの方のお顔に塗るつもりなのね？」マザー・レンは、同情するかのように自分の鼻を覆った。

アンナはその芝居じみたしぐさを無視した。「そのほうが早く治りますから」

「あなたにまかせるわ」マザー・レンはそう答えたが、心から賛成しているわけではなさそうだった。


翌朝、アンナは伯爵をさがして屋敷内のあちこちを歩きまわり、とうとう厩の裏庭で彼を見つけた。スウォーティンガム卿はホップルに矢継ぎ早に指示を与えていた。ホップルは必死にそれを小さな帳面に書きつけている。ジョックはそばで寝そべっていたが、アンナを見つけると立ち上がって出迎えた。伯爵も気づき、黒い瞳をアンナに向けてほほえんだ。

ホップルは、命令が中断したので目を上げた。「おはようございます、ミセス・レン」と挨拶してまたスウォーティンガム卿に視線を戻した。「では、仕事に取りかかってよろしいでしょうか？」

「ああ、そうしてくれ」伯爵はじれったそうに答えた。

家令はほっとしたようすで、急いで行ってしまった。

伯爵はぶらぶらと歩いて近づいてきた。「何か用事か？」彼は接近しすぎというところまできて、ようやく立ち止まった。

髪に細い白髪が何本か混ざっているのが見えた。「はい」アンナはきびきびした調子で言った。「ちょっと動かないでいただきたいのです」

美しい黒い目が見開かれた。「なんだって？」

「お顔に塗る軟膏をお持ちしました」アンナはバスケットから小さな壺を取り出して見せた。

伯爵はうさんくさそうに見ている。

「死んだ母が調合したものです。ぜったいに効くと母は断言していました」

アンナが蓋を取ると、つんとくるにおいにたじろいで伯爵は頭をひっこめた。ジョックは鼻を壺の中につっこもうとした。

スウォーティンガム卿は犬の首をつかんで、壺から引き離した。「なんてにおいだ。まるで馬のくそ――」と言いかけたが、アンナが目を細めてにらんだので、「皮のようだ」と弱々しく言いなおした。

「では、厩の裏庭にぴったりではありませんか」アンナは手厳しく言った。

伯爵は不安げだ。「実際に混ざっているのではないだろうな。馬の――」

「まさか」アンナは驚いた。「羊の脂肪に薬草などが練りこんであるのです。何が入っているか、正確にはわかりませんけど。母の調合のメモを見ないとお答えできません。でも、ぜったいに馬の――あれは、入っていませんわ。さあ、じっとして」

その彼女の言い方に、伯爵は眉を上げたが、おとなしくじっと動かなくなった。彼女は指で軟膏をすくいとって指先に広げ、彼の頬骨の上に塗りはじめた。彼はとても背が高かったので、顔に手を届かせるためには、かなり彼に接近しなければならなかった。スウォーティンガム卿は、彼女が黒くなっている目のまわりに丁寧に軟膏をのばすあいだ、黙って深く呼吸をしていた。アンナは彼に見られているのを意識していた。もう一度軟膏を指ですくって、変色している顎先にそっと塗る。軟膏は最初ひんやりとして硬かったが、彼の肌に温められて柔らかくなり、滑らかにのびていった。指先にひげのざらつきがかすかに感じられ、もっとそのまま触れていたいのを我慢するのがつらかった。最後の一塗りを終えて、彼女は手を下ろした。

彼はこちらを見下ろしていた。

軟膏を塗るために近づかなければならなかったので、アンナは彼の開いた脚のあいだに立つかっこうになっていた。彼の熱にいま自分は包まれている。アンナははっとして離れようとした。しかし、彼の手が、アンナの両腕をつかんだ。その指に力がこもり、彼はじっとこちらを見つめている。アンナは息を止めた。もしかして……？

しかし、次の瞬間、彼は彼女の腕を放した。

「ありがとう、ミセス・レン」彼はもっと何か言いたそうに口を開いたが、何も言わずにまた閉じた。「やらなければならない仕事がある。午後に書斎で」そっけなくうなずくと、背中を向けた。

ジョックはアンナを見て、くーんと鼻を鳴らし、それから主人のあとを追っていった。

アンナは彼らが去っていくのを見つめ、それからため息をついて、考えこみながら壺に蓋をした。

13

そういうわけで、オーリアは父に会うために故郷へと旅立った。白鳥に引かれた空飛ぶ黄金の馬車に乗り、家族や友人にたくさんの美しい土産を持ち帰った。しかし、妹からのすばらしい贈り物を見た姉たちは、喜びで胸をいっぱいにするどころか、嫉妬と恨みにかられた。姉たちは冷ややかに美しい頭を寄せて、妹の新しい家と不思議な夫のことを根掘り葉掘り聞いた。やがてすべてが明らかになった。豪華な城、鳥の召使たち、めずらしい食事——そしてついに、物言わぬ夜の恋人のことまでも聞きだした。その一番重要な、最後の話を聞くと、姉たちは白い手で意地悪な笑みを隠し、妹の心に疑いの芽を植えつけた……。

——『カラスの王子』より

「もっと上」フェリシティ・クリアウォーターは、自宅の広い居間の天井を見上げながら、眉をひそめた。カーテンが引かれて、午後の日差しはさえぎられている。「違う、違う。もっと左」

男っぽい声が、いらだたしげに何かつぶやいた。

「そう、そこよ」と彼女は言った。「ええ、そう、それでいいわ」天井の隅に、ひび割れが一筋走っていた。いままで気づかなかったわ。きっと最近できたに違いない。「彼女は見つかった？」

チルトン・リリピン――フェリシティをはじめ、親しい人のあいだでは「チリー」で通っている――は、ぺっと毛を一本、吐き出した。「かわいいおばかさん、力を抜けよ。おれの芸術的技巧の邪魔をするな」彼はまた体を下ろした。

芸術的？　フェリシティはふんと鼻を鳴らしたくなるのを我慢した。しばらく目を閉じ、この愛人とその行為についてだけ考えようとしたが、だめだった。彼女はふたたび目を開けた。あのひび割れを修繕するために職人に来てもらわなくては。でもこのあいだ職人を呼んだときには、レジナルドはすっかり不機嫌になって、熊みたいに床を踏み鳴らし、文句を言いまくった。まるで職人たちが自分の邪魔をしにきているといわんばかりに。フェリシティはため息をついた。

「それでいい、かわいい人」チリーが下のほうから言った。「ただゆったりと横たわり、この名人がきみを天国へと誘うのにまかせるんだ」

フェリシティは目をくるりとまわした。ああ、そうだった。名人のことを忘れていたわ。

彼女はまたしてもため息をついた。しかたないわね。

フェリシティはうめき声をあげはじめた。

一五分後、チリーは居間の鏡の前に立って、慎重にかつらを直していた。彼は鏡に映る姿を確かめてから、剃り上げた頭にかぶせたかつらを少し右にずらした。なかなかの男前だが、典型的なハンサムというわけではない、というのがフェリシティの意見だ。目の覚めるような碧眼は、少々中央に寄りすぎている。顔立ちはふつうだが、顎先が短いので、口からすぐのどにつながっているように見える。腕や脚はたくましいけれど、胴に比べて脚がやや短い。こうした少しはずれたところは、性格にも反映していた。噂によると、たしかに剣の腕前は相当なものらしいが、自分より弱い相手に決闘を申しこんで相手を殺し、自分の武勇を証明しているのだという。

フェリシティは目を細めた。チリーは信用できない。足をすくわれる危険がある。でも、役に立つところもあるのだ。「ねえ、ロンドンで彼女がどこへ行ったかつきとめてくれたの？」

「もちろん」チリーは鏡の中の自分に向かってにやりとした。金をかぶせた犬歯がきらりと光った。「あのちび女は、アフロディーテの洞窟っていう売春宿にしけこんだのさ。一度だけじゃない。二晩つづけてだ。信じられるか？」

「アフロディーテの洞窟？」

「そう、高級娼館さ」チリーは最後にもう一度かつらを直して、鏡からフェリシティに視線を移した。「貴族のレディも変装をしてときどき行くんだ。愛人に会うために」

「そうなの？」フェリシティは興味のないふりを装って言った。

チリーは、館の主の秘蔵のブランデーをタンブラーになみなみと注いだ。「田舎の未亡人には身分不相応だな」

ええ、そうよ。アンナ・レンがいったいどうやってそんな場所の代金を払えるというの？　チリーが説明してくれた娼館はとても高価な場所だった。とすると彼女の愛人は金持ちであるはずだ。そして、ロンドンのことも、貴族が集まる少々いかがわしい場所のこともよく知っている人物。リトル・バトルフォードでその条件にぴったり合う紳士といえば、アンナ・レンがロンドンに行っていたあいだ、やはりロンドンへ行っていた紳士といえば、スウォーティンガム伯爵以外にはいない。やったとばかりフェリシティの背中にぞくっと震えが走った。

「で、これはいったいどういうことなんだ？」チリーは鏡からこちらに顔を向けて聞いた。「茶色のネズミが秘密の生活を持っていたからどうだというんだ？」どうも彼はよけいなことに首をつっこみたがるきらいがある、とフェリシティは思った。

「気にしないで」フェリシティは長椅子にゆったりと横たわり、なまめかしく伸びをした。胸がぐっとせりだした。チリーの関心はすぐにそちらにそらされた。「いつか教えてあげるわ」

「何か褒美はもらえないのか？」チリーはふくれっ面をしてみせたが、ちっとも似合わない。

彼は近づいてきて長椅子の端に腰かけた。

たしかによく働いてくれた。そして運はわたしのほうに向いてきた。この人の望みをかなえてあげてもいいのではなくて？　フェリシティは猫のように手を伸ばし、チリーのズボンのボタンを開けはじめた。

エドワードはその晩、ねじれたクラヴァットを首のまわりから引き抜いた。体の衝動を抑えなければならなかった。しわくちゃになったクラヴァットをにらみつけて椅子の上にぽんと投げる。アビーの自分の部屋は陰気な場所だった。家具は大きくてやぼったく、室内の色はくすんで陰鬱だった。このようなところで、デラーフ家が何代もつづいてきたのが不思議なくらいだった。

デイヴィスは、いつものように、用事があるときにかぎって近くにいない。エドワードはブーツのかかとを靴脱ぎ器に入れて、靴を脱ぎはじめた。厩の裏庭で、もう少しでアンナを抱きしめてしまうところだった。いや、キスしてしまいそうだったのだ。そうしたふるまいこそが、この数週間、ぜったいすまいと自らをいましめてきたことなのだが。

片方のブーツが脱げて床に落ち、彼はもう片方にとりかかった。ロンドンへの旅で、この問題は解決されるはずだった。そしていま、結婚も正式に決まった……そうだ、もうすぐ妻帯者となる男らしくふるまうようにしなくては。アンナの髪のことを思ったり、どうして帽子をやめてしまったのかと考えたりするのはやめるのだ。軟膏を塗ってくれたとき、どれほど彼女が近くにいたかとか、そういうことは忘れるのだ。とりわけ、唇のことは考えまい。自分の口でその唇を大きく開かせたらどんなふうに感じるかなどとは……。

ちくしょう。

もう片方のブーツを脱ぎ終わるのを待っていたかのように、デイヴィスが絶妙なタイミングで部屋に入ってきた。「おったまげた！　なんでございますか、このにおいは。くっせえ！」

近侍は洗ったばかりのクラヴァットを何枚か持っていた。彼がめずらしく自発的に主人の部屋にやってきたのはそのためだったのだろう。

エドワードはため息をついた。「ご挨拶だな、デイヴィス」

「いやはや、まったく。豚小屋にでも落っこちなされたか？」

エドワードは靴下を引っ張って脱ぎはじめた。「無礼な口をたたかず、主人の着替えを手伝う近侍もいるのだと、おまえは知っているのか？」

デイヴィスはくわっくわっと笑った。「は！　ズボンのボタンがうまくはめられないなら、早くそうおっしゃればいいんですよ、旦那様。そうすりゃ、喜んでお手伝いしますものを」

エドワードは顔をしかめた。「クラヴァットを片づけて、とっとと出ていけ」

デイヴィスは脚付きタンスによろよろと近づいて、一番上の引き出しを開け、クラヴァットをばさりと入れた。「お顔についているその粘っこいもんはいったい何ですか？」

「ミセス・レンが、わたしの傷を心配して、親切にも軟膏を持ってきてくれたのだ」エドワードは威厳たっぷりに言った。

近侍は主人のほうに体を傾け、ふんふんと大きな音を立ててにおいをかいだ。「臭いにおいはそこから来ているのですな。まるで馬糞だ」

「デイヴィス！」

「だって、実際そうでございますよ。こんな臭いにおいをかいだのは、旦那様が子どものころ、ペワード爺さんの畑の裏の豚小屋に尻もちをおつきになったとき以来ですよ。覚えていらっしゃいますか？」

「おまえがぜったいに忘れさせてくれないんじゃないか」エドワードはぶつぶつ言った。

「うへえ！　あのときは、においがなかなか抜けなくて、とうとうズボンを捨てるはめになりましたっけ」

「まったくいい思い出だ――」

「もちろん、ペワードんところの娘に色目を使ったりしなけりゃ、あんなことにはならなかったんでございますけれどね」

「わたしはいっぺんも色目など使ったことはないぞ。ただ、滑っただけだ」

「違いますよ」デイヴィスは頭をぽりぽりかいた。「旦那様の目は落っこちそうでしたよ、あの娘のでっかいおっぱいをぼうっと見つめて」

　エドワードはぎりぎりと歯をすり合わせた。「わたしは滑って転んだのだ」

「神の啓示ですな、あれは」デイヴィスはしだいに哲学的になる。「娘のおっぱいに見とれりゃ、豚の糞の中に落ちる」

「やめてくれ。わたしはただ豚小屋の手すりに座っていて、滑り落ちただけだ」

「プリシー・ペワードの胸は本当にでっかかったですよ。あの娘の胸は」デイヴィスは少し悲しげに言った。

「おまえはあの場にいさえしなかったじゃないか」

「しかし、あの豚小屋のにおいも、旦那様がいまお顔に塗られている馬糞に比べたらたいしたことはありませんわ」

「デイヴィス」

近侍はしみだらけの手を顔の前で振りながらドアに向かった。「女に馬糞を顔中に塗ってもらうっていうのは、さぞかし――」

「デイヴィス！」

「心地よいもんでしょうな」

近侍はドアから出ていき、廊下の角を曲がるまでぶつぶつしゃべりつづけた。デイヴィスの歩みはいつもどおりゆっくりだったので、エドワードはそれから五分も、ぺちゃくちゃひとりごとを言うデイヴィスの声を聞かされた。不思議なことに、デイヴィスがドアから離れれば離れるほど、その声は大きくなるのだった。

エドワードはひげそり用の鏡をのぞきこんで顔をしかめた。たしかに軟膏はひどいにおいがする。洗面器をとって、ドレッサーの上に置かれていた水差しから水を注いだ。洗面用の布を手でつまみあげてから、はたと躊躇した。もう軟膏は顔に塗られてしまっているのだし、それを塗ったときアンナは満足そうだった。親指で顎の線をなでて、彼女の柔らかな手の感触を思い出す。

彼は布を置いた。

朝、ひげを剃るときに、軟膏を洗い落とせばいい。今夜、このままつけておいても悪いことはないだろう。ドレッサーに背を向け、衣服を脱ぎ、いつものようにきちんとたたんで椅子の上に置いた。少なくともひとつだけ、あのおかしな近侍を雇っていることにも利点がある。自分の衣服をきちんと片づける癖がついたことだ。デイヴィスは主人のあとをついてまわって、脱ぎ捨てた衣服を拾い集めるような召使ではないからだ。エドワードは素っ裸で立ったまま、あくびと伸びをしてから、古い四柱ベッドにもぐりこんだ。体を乗り出してベッドの横のろうそくを吹き消す。闇の中で横たわり、暗くてよく見えないベッドのカーテンの輪郭を見つめた。ぼんやりと、このカーテンはどれくらい古いものなのだろうと考えた。家そのものよりも古いのではないかと疑いたくなるくらいだった。最初から、こんなにひどい茶色みがかった黄色だったのだろうか。

寝ぼけかけた目で部屋を見まわすと、ドアの近くに女の姿があった。

まばたきをすると、いつの間にか女はベッドの横に立っていた。

彼女はほほえんだ。運命の林檎をアダムに差し出したときのイブのようにほほえんでいる。蝶の形のマスクのほかは、一糸まとわぬ姿だった。

アフロディーテの洞窟の女だ、と彼は思った。それから、これは夢だと気づいた。

しかし、その考えはどこかへ消えてしまった。彼女はゆっくりと自分の体をなで上げ、手を胸に近づける。目がその手に釘づけになった。彼女は乳房をすくいあげるように持ち、前かがみになって、乳首を彼の目の前に突き出した。それから、自分でその乳首をもみしごきはじめた。

乳首がとがって赤紫色に変わっていくのを見ているうちに、口がからからに乾いてきた。頭を上げて、胸にキスをしようとした。彼女を味わいたくて口の中にじわっと唾がわく。ところが彼女はあざけるようにほほえんで、すっと体を引いた。女は流れるハニーブラウンの髪を首からどけた。巻き毛が触手のようにその腕にからみつく。女は細い背中を弓なりにそらし、果汁たっぷりの果物を見せびらかすように、胸を彼の前に突き出した。からかわれて、彼はうなり声をもらした。自分自身がどくんどくんと脈打って、腹にぶつかってくる。

女は意地悪く笑った。自分が彼をどれほど興奮させているかちゃんと知っているのだ。手を胸から柔らかな腹へと滑り下ろし、そこで止めた。彼女の指は、きらきら輝く茂みのカールに少しだけ触れている。彼は彼女がもう少し手を下ろしてくれればいいのにと願ったが、女は彼をからかって、軽く巻き毛をすいただけだった。もうこらえきれないと思ったそのとき、彼女はふふっと低い声で笑って脚を開いた。

エドワードは自分がまだ呼吸しているかどうかすらわからなくなっていた。目は彼女の手とその谷間に釘づけにされている。女は秘密の唇を押し広げてみせた。そこは愛液で濡れてルビー色に輝いていた。その肉体から麝香の香りが立ち昇る。彼女は細い指を谷間に差し入れた。ゆっくりと前にこすりあげ、蕾に達した。自らを愛撫し、ぬめった蕾のまわりで指を動かす。腰が回転しはじめ、女は頭をのけぞらせてうめいた。その声はエドワード自身の欲望に満ちたうなり声と混じりあった。彼のものは石のように硬くなり、欲望で脈打ちだした。

女が腰を自分のほうに傾けてくるのを、彼はじっと見つめた。彼女は中指を差しこみ、ゆっくり、けだるげに、入れたり出したりしだした。やがて、愛液で指はしっとりと濡れて輝きはじめた。もう一方の手は可憐な蕾をすばやい動きで刺激し、いたぶっている。突然、彼女は体をこわばらせ、頭をのけぞらせたまま、うめき、低くむせび泣きだした。指は激しく自分の肉体をピストンのように突いている。

エドワードはふたたびうめいた。女の絹のように滑らかな腿にオルガスムスが伝わっていくのがはっきりと見えた。女はため息をついて、体の力を抜き、最後にもう一度だけ、腰をなまめかしく回転させた。彼女は指を引き抜き、濡れててらてら光っているその指を、彼の唇に近づけ、彼の口になすりつけた。彼は女の欲望の滴を味わった。茫然と見上げると、マスクが女の顔から落ちていた。

アンナがこちらを見下ろして笑っていた。

そのときエドワードは絶頂に達した。自らを解き放つとき、あまりの激しさに痛いほど自身があばれて、彼は目覚めた。

翌朝、アンナはレイヴンヒル・アビーの厩の踏み固められた土の通路を歩いていた。徐々に冷たい薄暗さに目が慣れていく。この厩は古色蒼然とした建物だった。何度となくアビーが改築や増築をされてもこの厩だけはそのままの姿で使われてきた。土台と壁の下側部分一八〇センチの高さまでは、人の頭くらいの大きさの石で造られていて、その上は頑丈なオーク材の板壁になり、むき出しの垂木につながっていた。天井は六メートルほどの高さのアーチ形になっていて、その下の中央の通路の両側には馬房が並んでいる。

レイヴンヒルの厩はゆうに五〇頭の馬を収容できる広さがあったが、現在飼われているのは一〇頭に満たなかった。馬房の数に比べて馬が少ないのを見るとアンナの心は沈んだ。かつては、たくさんの馬がいて、活気に満ちた場所だったのだろう。いま、厩は静かだった。まるで白髪の巨人がうとうとと居眠りをしているようだ。干し草と革、そして何十年、いや数世紀にわたる成熟した馬糞のにおいがした。温かく人を迎え入れるにおいだ。

スウォーティンガム卿とここで落ちあい、いっしょに馬で別の畑の見まわりに行く予定になっていた。間に合わせの乗馬服の裾を土の上にひきずりながらアンナは歩いていった。ときおり、馬房の柵の上から、だれが来たのかと馬が頭を突き出し、歓迎するかのようにいないた。遠くに伯爵がいるのが見えた。老馬番頭と何か熱心に話しこんでいる。伯爵は老人よりもはるかに背が高かった。ふたりは厩の一番奥の、ほこりっぽい日差しの中に立っていた。近づくと、脚に慢性の疾患がある去勢馬のことについて話し合っているのが聞こえてきた。スウォーティンガム卿は目を上げて、彼女の姿を認めた。アンナはデイジーの馬房の近くで立ち止まった。伯爵はほほえんで、また馬番頭のほうに顔を向けた。

デイジーにはすでに鞍と馬勒がつけられ、手すりにゆるくつながれていた。アンナは雌馬にやさしく話しかけながら待った。スウォーティンガム卿が体を少し前かがみにして、馬番頭の話に熱心に耳を傾けているのを見つめる。年老いた馬番頭は、痩せてはいるが筋骨はたくましかった。その手はリウマチと昔の骨折のせいで節くれだっている。首をすっと伸ばした、威厳たっぷりの姿勢だ。老人は田舎の人間特有の、間延びした話し方で、くどくどと問題を論じるのが好きだった。アンナは、伯爵が彼を急がせたり、話の腰を折ったりせずに、辛抱強く話を聞いてやっているのに気づいた。やがて老人は、十分に言うべきことは言ったと思ったようだった。スウォーティンガム卿はやさしく馬番頭の背中をたたき、彼が厩から出ていくのを見送った。それから振り向いて、アンナのほうに近づいてきた。

いきなり前触れもなく、あのおとなしくて静かなデイジーが後ろ脚で立ち上がった。アンナの顔から一〇センチほどのところで、蹄鉄をつけたひづめが宙を切り裂いた。アンナはさっとよけて背中を馬房の扉につけてちぢこまった。ひづめは、彼女の肩のすぐ近くの板にあたった。

「アンナ」驚いたまわりの馬たちの声と、デイジーの興奮したいななきに、伯爵の叫び声が重なった。

一匹のネズミがあわてて馬房の扉の下から逃げていき、やがてちょろちょろ動くしっぽも消えた。スウォーティンガム卿は馬の端綱をつかみ、雌馬を力強く引っ張って遠ざけた。アンナは馬のうなるような鳴き声と、馬房がばたんと閉じる音を聞いた。

力強い腕にアンナは包まれた。「なんてことだ。アンナ、怪我はないか?」

アンナは答えることができなかった。恐怖でのどが詰まってしまったようだった。彼は両手ですばやくアンナの肩や腕をさすった。

「アンナ」伯爵の顔が近づいてきた。

アンナはこらえきれず、目を閉じた。

彼は彼女にキスをした。

彼の唇は熱く乾いており、柔らかいがしっかりとしていた。軽く唇で彼女の唇をなで、それから顔を傾けて強く唇を押しつけてきた。アンナは鼻孔を膨らませた。馬と彼のにおいがした。この先一生、馬のにおいをかぐたびにスウォーティンガム卿のことを思い出すんだわ、きっと。

馬のにおいをかぐたびにエドワードのことを。

彼は舌を彼女の唇の上にそっと滑らせた。そのタッチはあまりに軽く、アンナは最初、自分が想像しているだけなのではと思ったほどだった。しかし彼は何度も舌で愛撫を繰り返した。そのスウェード革のような感触に、やがて彼女は唇を開いた。彼の熱が口の中に侵入してくる。口は温かさで満たされ、舌をまさぐられる。コーヒーの味がした。きっと朝食にコーヒーを飲んだのだろう。

アンナは両手で彼のうなじをつかんだ。彼は自分の口をさらに大きく開き、彼女をぐっと抱き寄せた。片手でアンナの頰をなでる。アンナは彼のうなじの毛に指を差し入れた。束ねた髪がゆるみ、アンナは指に絡みつく絹のような髪の感触を味わった。彼は舌をアンナの下唇の上で滑らせてから、その下唇を軽く嚙んで、そっと吸った。アンナは自分のうめき声を聞いた。体が震えはじめ、脚がぐらついて自分の体重を支えきれなくなりそうだった。

厩の庭から何かガラガラと落ちるような音が聞こえてきて、アンナははっとわれに返った。エドワードは頭を上げて聞き耳を立てている。馬番のひとりが、道具を落とした少年をしかりつける声が聞こえてきた。

彼はまたアンナのほうに顔を向け、親指で彼女の頬をなでた。「アンナ、わたしは……」

彼の思考はどこかへすり抜けてしまったようだった。彼は頭を振った。それから、まるで義務のように、彼女の唇にやさしく唇を触れ、しばらくそこにとどまってから、深くキスをしてきた。

でも、何かが違っていた。アンナにはそれが感じられた。彼はわたしの手からすり抜けていこうとしている。彼を失いそうだった。アンナはもっと近くに身を寄せて、彼を逃がすまいとした。彼は唇で頬骨の上をなぞり、それから軽くソフトに、閉じたまぶたにキスをした。アンナはまつ毛に彼の息がかかるのを感じた。

彼の腕が離れ、彼が自分から一歩退いたのがわかった。

アンナが目を開けると、エドワードは手ぐしで髪を直していた。「すまない。いまのは――とにかく、すまない」

「いいえ、どうか謝ったりなさらないで」アンナはほほえんだ。胸に熱いものがこみあげてきて、彼女は必死に勇気をふりしぼろうとした。言うならいましかない。「わたしもあなたにキスしてほしかったのです。あなたと同じくらい――」

「わたしは婚約している」

「え？」アンナはまるで頬を張られたかのように、びくっとした。

「結婚する予定なのだ」エドワードは、自己嫌悪、あるいはおそらく痛みに苦しんでいるかのように顔をしかめた。

彼女は凍りついたまま、この単純な言葉の意味を理解しようとした。全身が無感覚になっていき、体からすべての熱が奪い取られたような気がした。

「そのためにわたしはロンドンへ行ったのだ。結婚の条件を最終的に決めるために」エドワードは乱れた髪をかきむしりながら、うろうろと歩きまわった。「彼女は非常に古い家柄の準男爵の娘だ。先祖は征服王（ウィリアム一世。一一世紀ノルマン朝を開いた）とともにわが国にやってきたのだそうだ。つまり、デラーフ家よりももっと古い家系だ。彼女の土地は――」彼は、まるでアンナがさえぎったかのように、突然言葉を切った。

彼女はさえぎってはいなかった。

彼はつらそうに彼女をしばらく見つめてから、目をそらした。ふたりのあいだにぴんと張られていた糸がぷつりと切られたかのようだった。

「すまない、ミセス・レン」彼は咳払いした。「あなたに対して、このようなふるまいをけっしてしてはならなかった。名誉にかけて、今後このようなことは二度としないと誓う」

「わ、わたし――」彼女は詰まったのどからなんとか言葉を押しだそうと努めた。「仕事に戻らなくてはなりませんわ」混乱した頭でひとつだけちゃんと考えられたのは、落ち着きを失ってはならないということだった。アンナは歩きだそうと――いや、彼から逃げだそう――と足を踏み出した。しかし、彼の声が彼女を引きとめた。

「サミー……」

「え?」そのとき彼女が一番したかったことは、何も考えなくていいように、何も感じなくていいように、穴の中にもぐりこんで丸くなることだった。だが、彼の表情の何かがアンナをその場にとどめた。

エドワードは、何かを、いや、だれかをさがすかのように、頭上の干し草置場を見上げた。アンナもその視線を追ったが、何もなかった。古い干し草置場はほとんど空っぽだった。かつては干し草が山のように積まれていたのだろう。しかしいまは、ただほこりが舞っているだけだ。

それでも彼は干し草置場を見つめつづけている。「あそこはわたしの弟のお気に入りの場所だった」やがて彼は話しはじめた。「サミュエルというのが名前だった。わたしよりも六歳下で、あのときはまだ九つだった。それくらい年の差があると、弟のことなどかまってやらないものだ。おとなしい子で、よくあの干し草置場に隠れていたものだった。母をかんかんに怒らせたがね。母は弟が落ちて命を落とすのではないかと心配でたまらなかったのだ。それでも、弟はやめなかった。半日はあそこですごし、わたしはよく知らなかったが、錫の兵隊かコマなどで遊んでいたようだ。弟があそこにいることなどすぐ忘れてしまうので、弟はときどきわたしを怒らせるために、わたしの頭の上に干し草を落としてきた」彼は眉をひそめた。「いや、怒らせたかったのではないだろう。兄の注意を引きたかったのだ。だが、わたしは相手をしてやらなかった。一五歳のわたしは、射撃や酒を覚えて、早く大人になりたくてたまらなかった。子どもとかかわっている暇はなかったのだ」

彼は数歩、足を進めたが、まだ干し草置場を見つめたままだった。アンナはのどに詰まったかたまりをなんとか飲みこもうとした。なぜ、いま、こんな話を？　なぜそのような苦しみをいまになってわたしに吐露するの？　わたしにはかかわることができないのに？

彼はつづけた。「だが、おかしなことに、最初にここに戻ってきたとき、わたしは弟にここで会えるような気がしてならなかったのだ。わたしは厩に入り、あそこを見上げた——弟の顔をさがして」エドワードはまばたきをして、ほとんどひとりごとのようにつぶやいた。「いまだにそうしてしまうことがある」

アンナは指の節を口に入れて嚙んだ。こんな話は聞きたくない。この人に同情なんて感じたくない。

「この厩は、かつては馬でいっぱいだった。父は馬が好きで、繁殖させていた。たくさんの馬番や、父の友人たちが出入りして、狩りやら馬肉やらの話でもちきりだった。母は屋敷にいて、パーティーを催したり、姉の社交界デビューの計画を立てたりしていた。ここはとても活気があったのだ。幸福に満ちていた。世界で一番の場所だった」

エドワードは空の馬房の古びた扉に指先を触れた。「ここを離れると思ったこともなかった。けっして離れたくなかった」

アンナは両腕で自分を抱きしめ、唇を噛んですすり泣きを抑えた。

「しかし、そのとき天然痘がやってきた」彼は宙を見つめているようだった。顔にはくっきりと深いしわが刻まれている。「そして、ひとりずつ、死んでいった。最初はサミー、それから父と母。姉のエリザベスが最後だった。熱があまりにも高くて、髪を切らなければならなくなった。姉はひどく嘆き悲しんだ。髪が自慢だったのだ。二日後、彼女は一族の地下納骨所に安置された。わたしたちは運がよかった。それを幸運と言えればの話だが。ほかの家族は遺体を埋葬するのに、春を待たなければならなかったのだ。真冬で大地は凍っていたから」

彼はふうっと息を吐いた。「しかし、最後のところは自分の記憶にあるわけではない。人から聞いた話だ。そのころにはわたしも天然痘にかかっていたから」

彼は天然痘の痕がかたまって残っている頬骨の上を指でなでた。それ以来、彼は何度となくこのしぐさをしてきたのだろう、とアンナは思った。

「そして、もちろん、わたしは生き延びた」彼はアンナのほうを向いて、彼女が見たことがある中でもっとも苦々しいほほえみを浮かべた。まるで胆汁をなめたかのようだった。「たったひとり生き残った。家族の中で、わたしだけが助かったのだ」

彼は目を閉じた。

ふたたび目を開けたとき、彼の顔は表情のない能面のようになっていた。「わたしはデラーフ家のただひとりの末裔だ」と彼は言った。「爵位とアビーを継ぐ遠い親戚もいないし、財産が転がりこんでくるのを待っている隠し子のたぐいもいない。わたしが死んだら――もしも息子を残さずに死んだら――すべては王に返還される」

アンナはしっかりと彼の視線を受け止めようと努めた。しかし、体が震えてくる。

「わたしは後継ぎをつくらなくてはならない。わかるか？」彼は歯を食いしばって言った。あたかも、自分の心臓を引き裂いて、そこから血まみれのその言葉を引っ張りだそうとしているかのように。「わたしは、子どもを産める女性と結婚しなければならないのだ」

14

あなたの恋人ってだれなの？　オーリアの姉たちは、いかにも心配そうに眉をひそめて聞いた。どうして日の光の下では一度も会ったことがないの？　それに彼の姿を一度も見たことがないのにどうして彼が人間だと断言できるの？　あまりにも醜くて日の光に自らをさらすことができない怪物があなたのベッドにやってくるのよ、きっと。もしかするとその怪物に身ごもらされ、身の毛もよだつような恐ろしい姿の子どもが生まれてくるかもしれないわ。姉たちの話を聞いているうちに、オーリアはだんだん不安になってきて、どう考えたらいいのか、どうしたらいいのかわからなくなってしまった。すると、姉たちはある計画を妹に授けた……。

――『カラスの王子』より

そのあと夕方までの時間を、アンナはただただ耐えた。アビーの書斎の紫檀の机に座り、しずくをたらさないように気をつけながら、羽根ペンをインク壺につけた。エドワードの原稿を清書し、最初のページが終わると、また次のページに進んだ。それからまた次のページ、また次へと。

とにかく、これが秘書の仕事なのだから。

昔、ピーターが初めてプロポーズしてくれたとき、アンナは子どものことを考えた。きっと髪は赤か茶色だ。そしてどんな名前をつけようかしらと夢見た。結婚して小さな家に引っ越したときは、家族で住むには狭いのじゃないかしらと心配した。

でも、子どもができないのではないかと心配したことはなかった。

結婚して二年目、月のものを気にするようになった。三年目、毎月赤い印を見るたびにすすり泣いた。四年目になると、ピーターがよその女性に目を向けていることに気づいた。それは、自分がベッドで彼を満足させることができなかったからなのか、子どもを産めない体だったからなのか、あるいはその両方なのかはわからなかった。そしてピーターが死んだとき……。

彼が死んだとき、アンナは子どもをもつ夢を丁寧に包んで箱に入れ、それを胸の奥深くにしまった。そして、二度とその夢と遭遇することはないだろうと思っていた。だが、たったひとことで、エドワードはその箱を掘り出し、蓋を開けてしまった。子どもがほしいという夢、希望、そして渇望が、ふたたび鮮やかに——新婚のときに感じていたように鮮やかに——よみがえった。

ああ、エドワードに子どもを産んであげられたなら！　赤ん坊を抱くことができるなら、どんなことでもするし、どんなことも我慢する。わたしたちの心と体を受け継ぐ赤ちゃん。

アンナの胸は実際に痛みだした。その痛みは全身に広がり、うずくまってこらえねばならないほど強くなった。

けれども、アンナは平静さを保った。わたしはエドワードの書斎にいるのだ。彼は一メートル半ほどのところにいる。彼に痛みを見せることはできない。アンナは羽根ペンを紙の上に走らせることに集中した。殴り書きの字が読みにくくて、あとで清書しなおさなくてはならなくても気にしない。とにかく、夕方までなんとか乗り切らなければ。

ぞっとするような数時間がすぎ、アンナは、年老いた女のようにゆっくりと身のまわりのものを集めた。するとショールから、フェリシティ・クリアウォーターの招待状がはらりと落ちた。アンナはしばらくそれを見つめた。そういえば、夜会に出席するようエドワードを説得しようと思っていたのだったわ。いまとなっては、どうでもいいことに思えた。でもマザー・レンは、エドワードが地元の社交の催しに参加することは重要だと言っていたっけ。アンナは背筋を伸ばした。最後の一仕事。これが終われば家に帰れる。

「ミセス・クリアウォーターの夜会は明日の晩です」きしむような声でアンナは言った。

「招待を受けるつもりはない」

アンナは彼のほうを見ないようにしていたが、エドワードの声もやはりきしんでいる。

「あなたはこのあたりで一番重要な貴族でいらっしゃいます。出席なされば、情に厚い方と思われますわ」

「そうだろうな」

「最新の村の噂話が聞けます」

うんざりしたような声が聞こえてきた。

「ミセス・クリアウォーターはいつも特別なパンチを用意しますの。この地方で一番と評判ですわ」アンナは嘘をついた。

「出席するつもりは――」

「どうか、どうか、行ってあげてください」アンナはまだ彼のほうを見ていなかったが、手で触れられたのと同じくらいはっきりと、顔に彼の視線が注がれているのが感じられた。

「あなたがそう望むのなら」

「よかった」アンナはさっと帽子を頭にのせ、あることを思い出した。机の中央の引き出しを開け、『カラスの王子』を取り出した。それをエドワードの机まで持っていき、そっと置いた。「あなたの本ですわ」

アンナは、彼が何か言う前に背中を向け、部屋を出た。

大広間はむっとするような暑さだった。飾りつけは二年前と同じだし、音楽は調子っぱずれだった。フェリシティ・クリアウォーターが催す恒例の春の夜会だ。毎年、招待状を受け取った運のよいリトル・バトルフォードの住民は、最高の衣装を身に着け、水っぽいパンチをクリアウォーター家でいただくのだ。フェリシティ・クリアウォーターは入り口近くに立って、客を迎えていた。彼女は新しいドレスを着ていた。今年はインディゴブルーのモスリンで、袖からひだ飾りが下がっていた。アンダースカートは水色の地に深紅の鳥が飛んでいる柄で、前身頃についたV字の飾りには深紅のリボンがずらりと並ぶ。当主のクリアウォーターはかっぷくのいい紳士で、側面にオレンジ色の刺繍がついたストッキングをはき、若かりしころの背中まで長く垂れるかつらをつけていた。彼は妻の隣でそわそわしていたが、この夜会がフェリシティのためのものであることはみんなが知っていた。

客の列に並んでいたアンナはフェリシティからそっけない歓迎と、当主からの上の空の挨拶を受けて、すんなりと広間に入った。気の重い歓迎の儀式があっけなく終わってほっとしたアンナは、広間の横のほうをぶらぶらと歩いていった。牧師に勧められてしかたなくパンチのカップを受け取ったので、飲まなくてはならなくなった。

マザー・レンはアンナの隣に立って、心配そうにアンナを見ていた。アンナは義母に厩での出来事を話していなかったし、話すつもりもなかった。しかし、義母は何かよくないことが起こったのだと察していた。アンナは、明るさをよそおうのが下手だった。

アンナは顔をしかめてもう一口パンチを飲んだ。手もちのものの中で一番上等の明るいアップルグリーンのドレスを着ていた。ファニーとふたりでかなりの時間をかけ、手なおししたものだ。襟には白いレースを縫いつけてフレッシュな感じを与えた。丸い襟ぐりを流行のスクエア型に直したあとも、そのレースがうまい具合に隠してくれた。ファニーはすばらしいひらめきを見せて、残りのレースとグリーンのリボンで薔薇の髪飾りをこしらえてくれた。アンナは髪飾りをつけるような気分ではなかったが、ファニーをがっかりさせたくなかったので、つけることにした。

「パンチはそれほど悪くないわ」マザー・レンがささやいた。

アンナはよく味わっていなかったので、もう一口飲んで、うれしい驚きを感じた。「ええ、噂よりずっとおいしい」

マザー・レンはしばらくそわそわしていたが、また話しはじめた。「レベッカが来られなくて残念だわ」

「どうして来てはいけないのかしら」

「人目に触れてはならないからですよ。もう臨月が近いのだから。わたしの若いころはお腹が目立ちはじめたら、家から出ることさえしませんでしたよ」

アンナは鼻にしわを寄せた。「ばかばかしい。だれだって彼女のお腹が大きくなっているのは知っているわ。秘密でも何でもないのに」

「慣例に従うことが大切なのですよ。みんなが知っているかどうかは関係ないの。それにレベッカにとっても、何時間も立っているのはつらいはずよ。舞踏会ではいつも椅子が足りないもの」マザー・レンは部屋を見まわした。「あなたの伯爵様はいらっしゃると思う?」

「わたしの伯爵じゃありません。わかっていらっしゃるでしょう」アンナはやや厳しい口調で言った。

マザー・レンは鋭くアンナを見た。

アンナは口調を和らげようとした。「夜会に出席なさったらみんなに喜ばれますと伯爵様に申し上げたわ」

「ダンスがはじまる前にいらっしゃるといいのだけど。ダンスをなさる立派な男らしいお姿を見たいわ」

「もしかすると、顔をお出しにさえならないかも。そうしたら、ミスター・メリウェザーの踊りを見物するので満足なさらないとね」アンナは、持っていたカップで部屋の向こう側にいる紳士を指し示した。

ふたりはミスター・メリウェザーのほうを見た。彼はX脚の痩せこけた紳士で、ピーチ色のドレスを着た体格のよい女性と話をしていた。ミスター・メリウェザーは女性のほうに体を寄せた拍子に、うっかりパンチのカップを傾けてしまった。こぼれた少量のパンチがレディのドレスの深い襟ぐりの中に落ちた。

マザー・レンは悲しげに頭を振った。

「ねえ、お義母様」アンナは考え深げに言った。「ミスター・メリウェザーは自分の位置を間違えずにリールを一曲踊りきったことがないんじゃないかしら」

マザー・レンはため息をついた。それから、アンナの肩越しに入り口の扉を見て、ぱっと顔を輝かせた。「ミスター・メリウェザーを見てすごさなくてもよくなったみたい。ほら、戸口にあなたの伯爵様が」

アンナは振り返って、入り口から舞踏室へと視線を移し、カップを口元にもっていった。エドワードを見つけると、カップのことなどすっかり忘れてしまった。彼は黒いひざまでのズボンをはき、サファイア色の上着とベストを着ていた。黒い髪はいつになくきれいになでつけられて後ろでひとつに束ねられ、ろうそくの光を受けてカラスの羽のように黒々と輝いていた。部屋中のどの男性よりも、頭ひとつ抜きんでていた。フェリシティは、この謎めいた伯爵を自分が最初に社交の集まりに呼ぶことができた幸運に、喜びを隠しきれないようすだった。エドワードの肘に手をかけて、近くにいる人々すべてにエドワードを紹介してまわった。

アンナは口をねじ曲げて苦笑いした。エドワードは背中を丸めており、その表情は険しかった。部屋の反対側からでも、なんとか癇癪を抑えているのがわかった。いまにも女主人を置いて歩み去るという無礼なふるまいをしそうだった。そのとき、彼が目を上げたので、アンナと視線が合った。

目が合った瞬間、アンナはすっと息を吸いこんだ。彼の表情を読み取ることはできなかった。

彼はフェリシティのほうを向いて、何か言うと、人ごみをかきわけてアンナのほうにやってきた。手首に冷たい液体が触れるのを感じて、下を見ると、手がぶるぶる震えてカップの中のパンチが腕にこぼれていた。反対の手を添えてカップを押さえた。一瞬、逃げ出してしまおうかと思ったが、マザー・レンがそばにいる。それに、どうせいつか顔を合わせなければならないのだ。

フェリシティが楽隊に合図したのだろう。バイオリンの音が響きはじめた。

「ごきげんよう。ミセス・レン」エドワードはマザー・レンの手を取って頭を下げた。しかしほほえんではいない。

マザー・レンは気にするようすもなく言った。「まあ、伯爵様、ご都合がついてよろしゅうございましたわ。アンナは踊りたくてうずうずしておりますの」そして意味ありげに眉を吊り上げた。

アンナは、やはりさっき逃げ出しておけばよかったと思った。

マザー・レンにあからさまな合図を出され、ふたりのあいだにしばらく居心地の悪い空気が漂ったが、ついにエドワードが口を開いた。「よろしければ」

彼は彼女を見さえしなかった。なんてこと！　キスしてきたくせに。

アンナは唇をきゅっと結んだ。「ダンスをなさるとは知りませんでしたわ」

エドワードはさっと視線をアンナに向けた。「もちろん、ダンスくらいできる。なんといっても、わたしは伯爵だからね」

「わたしがそれを忘れているようなおっしゃりよう」とアンナはつぶやいた。

エドワードは黒曜石のような目を細めた。

ふん！　ようやく注目していただけたようね。

彼は手袋をはめた手を差し出し、彼女は上品ぶったしぐさでその上に自分の手を重ねた。手袋二枚分の隔たりはあるものの、彼のぬくもりが感じられた。一瞬、彼の裸の背中に指を滑らせた感触を思い出す。熱く、汗で濡れていた。苦しくなるくらいすてきな手触りだった。

彼女はごくんとつばを飲みこんだ。

マザー・レンに会釈すると、エドワードはアンナをダンスフロアに導き、踊れることを証明した。ステップが軽いとはいえなかったが。

「ほんとうにステップを踏めますのね」手をとりあって、踊り手たちの列の真ん中を進みながら、アンナは言った。

視界の隅で、彼が渋面をつくるのが見えた。「上流社会のしきたりを知らないわけではない。上品にふるまう方法もちゃんと心得ている」

うまい言葉を返す前に、音楽が終わった。アンナはお辞儀をしてエドワードの手から手を引き抜こうとした。

彼はその手をしっかりと握ったまま引っ張って、自分の肘にかけさせた。「わたしを放りだす気ではないだろうな、ミセス・レン。そもそも、あなたのせいでこのくだらん会に出ることになったのだ」

ずっと彼に触れていなくてはならないの？　アンナは気をそらすものはないかと見まわした。「パンチでもいかが？」

エドワードは疑わしげに彼女を見た。「うまいのか？」

「うーん、どうかしら」彼女は正直に言った。「でも、いま飲めるものといったらパンチだけですし、飲み物のテーブルはミセス・クリアウォーターのいる場所から遠いですわ」

「では、ぜひパンチを試してみることにしよう」

彼がパンチのテーブルに向かって歩いていくと、人々は自然に道を空けた。あれよあれよという間に、アンナは二杯目の弱いパンチを飲んでいた。

エドワードが体を少しまわして牧師の質問に答えているのを聞いていると、すぐそばからいやらしい声が聞こえてきた。「これは、これは、ミセス・レン。驚きましたな。あなたは新しい職業におつきになったと聞きましたよ」

エドワードは話し手のほうにゆっくりと顔を向けた。頭によく合っていないかつらをかぶった赤ら顔の男だった。見たことのない顔だった。その男の横でアンナは体をこわばらせ、顔を凍りつかせている。

「最近の客から新しい技術を習得したかな？」男はアンナだけに話しかけている。

アンナは口を開いたが、今回はエドワードが先んじた。「話している意味がよくわからんが？」

卑劣漢は初めて伯爵に気づいたようだった。男の目が見開かれた。よろしい。

三人のあいだの沈黙はすぐに部屋全体に広がっていった。客たちは何か面白そうなことが起こっていることに気づいたのだ。

男は見かけよりも大胆だった。「わたしはこう言ったのですよ――」

「いいか、よくよく気をつけて、次の言葉を言うのだぞ」エドワードは自分の肩の筋肉が盛り上がるのを感じた。

相手の男はやっと自分が危険にさらされていることに気づいたようだった。目を丸くして、ごくりと唾を飲みこむ。

エドワードは一度うなずいた。「よろしい。おまえが言わなかったことについて、ミセス・レンに謝ったらどうだ？」

「お——」男はいったん言葉を切って、咳払いをした。「お気に障るようなことを申し上げたのなら、どうぞお許しください、ミセス・レン」

アンナはぎこちなくうなずいたが、男はエドワードのほうを見ていた。これで許されるかどうか確かめるために。

これではまだ、だめなようだった。

男はもう一度唾を飲みこんだ。汗が一滴、かつらの縁にそって、つーっと流れ落ちた。

「どうかしていたのです。あなたに不快な思いをさせてしまい、まことにまことに申し訳ありませんでした、ミセス・レン」彼はクラヴァットを引っ張り、前かがみになってさらに言った。「わたしは本当に愚か者です」

「まったくそのとおりだ」エドワードが軽く言った。

男の顔は青ざめた。

「あら！」アンナが言った。「次のダンスの時間ですわ。音楽はまだかしら？」

アンナは楽隊のほうに向けて大声で言った。すると楽隊はそれに応じてすぐに演奏をはじめた。彼女はエドワードの手をつかみ、すたすたとダンスフロアに向かった。小柄な女性にしては握力が妙に強かった。エドワードは目を細めて、もう一度男をにらみつけてから、素直にアンナに従った。

「だれなんだ?」

アンナは位置についてから彼を見上げた。「別に気にしていませんから」

ダンスがはじまり、ふたたびアンナと手をとりあって踊る番がくるまでエドワードは待たなければならなかった。

彼女はいらいらした顔で言った。「だれなんだ、アンナ?」「ジョン・ウィルトンソン。夫の友人ですわ」

エドワードは説明を待った。

「ピーターが死んだあと、彼から申し出があったのです」

「結婚したいと?」エドワードの眉が寄った。

「人目をはばかる関係ですわ」アンナは目をそらした。「あの人には妻がいますから」

エドワードが急に足を止めたので、列に並んでいた後ろのカップルがぶつかってきた。

「手荒なまねをされたのか?」

「いいえ」アンナは彼の腕を引っ張ったが、エドワードはじっと動かない。アンナは彼の耳元で鋭くささやいた。「愛人になってくれと言われたのですが、断りました」踊り手たちが後ろにどんどんたまっていく。「伯爵様!」

エドワードはアンナに引かれてまたダンスに戻ったが、動きは音楽にまったく合っていない。「だれにも、あなたにあんな口を二度ときかせない」

「お気づかいありがとうございます」アンナはそっけなく言った。「でも、一生わたしについてまわって、無礼な輩を脅しつづけるわけにはまいりませんわ」

答えが思いつかず、エドワードはただにらみつけた。彼女は正しい。その考えは彼を苦しめた。アンナはただの秘書だ。それは明白すぎるほど明白なこと。いつも彼女といっしょにいるわけにはいかない。侮辱をやめさせることはできない。男に迫られても守ってやることもできない。そういうことは夫だけの特権だ。

アンナがその考えを中断させた。「あなたとつづけて踊るべきではなかったわ。適切なふるまいとは言えません」

「適切か適切でないかなどどうでもいい」エドワードが言った。「それに、こうする以外、あのヒヒからわたしを遠ざけておく方法はないことくらいわかっているだろう」アンナは顔を上げてほほえんだ。彼の胸はきゅっとつかまれたように苦しくなった。どうしたら彼女を守ってやれる？

エドワードは二時間後もまだ、そのことを考えていた。彼は壁にもたれ、アンナがぜいぜい苦しそうに息をしている紳士をリードして、カントリーリールを踊っているのをながめていた。彼女には夫が必要だが、彼女が男といっしょにいる姿は想像できなかった。いや、別の男といる姿を、だ。エドワードは顔をしかめた。

だれかが近くで慇懃に咳払いした。断髪のかつらをかぶった背の高い男が隣に立っていた。ジュネーブカラーで彼がジョーンズ牧師であることがわかった。

牧師はふたたび咳払いをして鼻眼鏡ごしにほほえんだ。「スウォーティンガム卿。われわれの村のささやかな集いにようこそおいでくださいました」

エドワードは、倍ほども年上の男のように威厳をもって話すのにはどうしたらいいのかと考えた。牧師は三〇を越しているようには見えない。「やあ、牧師さん。ミセス・クリアウォーターの夜会を楽しんでおりますよ」自分でも驚いたのだが、それは真実だった。

「それはよろしゅうございました。ミセス・クリアウォーターの催しは、いつも周到に計画されております。それに、パンチが絶品です」牧師はそれを証明するかのようにパンチをごくごくと飲みほした。

エドワードは自分のパンチをちらりと見て、牧師の聖職給はいったいいくらなのかと考えた。まともなものをあまり食べたことがないらしい。

「ミセス・レンはダンスフロアでひときわ目立っていますね」牧師は目を細めてアンナを見つめた。「今夜は別人のように見えます」

エドワードも牧師の視線の先を見た。「帽子をかぶっていないからだ」

「そうですか?」ジョーンズ牧師はぼんやりと言った。「観察がお鋭い。今回の旅で新しいドレスを買ってきたのだろうか?」

エドワードはパンチのカップを口元へ持っていき、牧師の言葉を咀嚼した。眉間にしわを寄せ、カップを下ろした。「旅とは?」

「は?」ジョーンズ牧師はダンスを見つめていて、会話には上の空だった。

エドワードがもう一度はっきりと質問を繰り返そうとしたとき、ミセス・クリアウォーターが割りこんできた。「まあ、スウォーティンガム卿。牧師様ともうお知りあいになられたのですね」

ふたりの男は同時に尻をつつかれたかのように、びくっとした。エドワードはこわばった笑みを女主人に向けた。視界の隅に、牧師が逃げ場をさがすかのようにきょろきょろしだしたのが見えた。「ああ、先ほど」

「スウォーティンガム卿はご親切にも、教会の屋根の葺き替えを援助してくださいました」ジョーンズ牧師は別の客と目を合わせた。「あれは、ミスター・メリウェザーですな。彼に話があったのです。失礼させていただいてよろしいでしょうか?」牧師はお辞儀をして急いで去っていった。

エドワードはうらやましそうに牧師の背中を見つめた。あの男は以前にもクリアウォーターの夜会に出席したことがあるに違いない。

「ふたりきりでお話しできるなんて、とても光栄でございますわ、伯爵様」ミセス・クリアウォーターは言った。「ロンドンへのご旅行のお話をうかがいたかったのです」

「ほう?」年長のほうのミセス・レンと目を合わすことができれば。いや、やはりレディを置き去りにするのは礼儀にかなっていない。

「ええ、そうですの」ミセス・クリアウォーターは体を寄せてきた。「あなたがとてもめずらしい場所にいらっしゃるところを見たという話を聞きましたわ」

「そうですか？」

「わたしたちがふたりとも知っているレディとごいっしょだったとか？」

エドワードはフェリシティ・クリアウォーターを見つめた。いったいこの女は何の話をしているのだ？

「フェーリーシティー」近くから、酔っ払った男の声が聞こえてきた。

ミセス・クリアウォーターは顔をしかめた。

夫のレジナルドが千鳥足でやってきた。「フェリシティ、伯爵閣下を独り占めしてはならんぞ。ファッションやらくだらん話には興味をお持ちでないのだ」クリアウォーターは肘でエドワードのあばら骨を突いた。「そうですな、伯爵？　狩りの話でなくては。男のスポーツの」

ミセス・クリアウォーターは、ふんと鼻を鳴らすような音を立てた。

「じつは、わたしは、狩りはほとんどしないのだが」とエドワードは言った。

「猟犬のうなり声、馬の速駆けのひづめの音、血のにおい……」地主は自分の世界に入っていた。

部屋の向こう側で、アンナがショールをまとっているのが見えた。なんだ、わたしに挨拶もせずに帰るつもりか？

「失礼」

彼は地主夫妻にお辞儀をして、人ごみをかき分けて進もうとした。しかし、この時間の夜会は人でごった返していた。エドワードが玄関扉に着いたときには、アンナとマザー・レンはすでに外に出ていた。

「アンナ!」玄関広間に立っていた従僕を押しのけて、彼は扉を開けた。「アンナ!」

彼女は数歩ほど先にいた。叫び声に気づいて、ふたりの女は振り返った。

「アンナ、従者もなしで家に歩いて帰るのはよくない」エドワードは顔をしかめたが、そのときうっかり、彼女を名前で呼んでしまったことに気づいた「あなたもだ、ミセス・レン」とマザー・レンに向かって言う。

アンナは困惑した顔をしたが、マザー・レンはにっこり笑った。「では、スウォーティンガム卿、家まで送ってくださいますか?」

「喜んで」

伯爵の馬車は近くに待機していたので、馬車で送ることもできた。しかしそれでは、あっという間に着いてしまう。それに、歩くにはもってこいの気持ちのいい晩だった。エドワードは御者に後ろからついてくるように合図した。片腕をアンナに、反対の腕をマザー・レンに差し出す。レン家のふたりは早々にパーティから引き揚げたのだが、それでももう遅い時間になっていて、外は暗くなっていた。真っ黒な空に大きな満月が輝き、長い影を彼らの前に落とした。

四辻近くにさしかかったとき、前方から駆け足の音が聞こえてきた。静まり返った夜に足音が大きく響く。エドワードはさっと女たちを背後に隠した。ほっそりした体がふわりと角を曲がってこちらに近づいてきた。

「メグ！　いったいどうしたの？」アンナが叫んだ。

「ああ、奥様！」少女は腰を折って、脇腹を押さえながら、はあはあと息をしている。「ミセス・フェアチャイルドにたいへんなことが。階段から落ちてしまわれたのです。わたしひとりでは助けることができません。赤ちゃんも生まれそうです！」

15

オーリアは豪華な空飛ぶ黄金の馬車で城に帰った。姉たちに吹きこまれた計画が頭の中をぐるぐるまわっている。カラスは帰ってきた花嫁を、すげないようすで出迎えた。オーリアはすばらしい晩餐をカラスといっしょにとり、おやすみの挨拶をしてから、部屋に下がって恋人が来るのを待った。いきなり彼は隣にあらわれた。これまでなかったほど性急に、激しく求めてくる。オーリアは彼の情熱にすっかり満足して眠くなったが、計画を実行することをあきらめなかった。必死に眠りこまないようにしていると、やがて恋人は寝息をたてはじめた。オーリアは静かに起き上がり、明るいうちにベッド横に用意しておいたろうそくを手でさぐった……。

――『カラスの王子』より

「まあ、どうしましょう!」アンナはレベッカの予定日を正確に思い出そうとした。あと一カ月以上はあったはず。

「ドクター・ビリングズは夜会に出席していた」エドワードは落ち着いた威厳のある態度で

言った。「わたしの馬車で、すぐに先生を呼んできなさい」とメイドに指示を与え、振り返って御者のジョンに声をかけ、馬車を手招きで呼び寄せた。

「わたしがメグといっしょに行きます」とマザー・レンが言った。

エドワードはうなずいて、マザー・レンとメイドを馬車にのせた。「助産婦も呼んだほうがいいのでは？」とアンナにきいた。

「レベッカはミセス・スタッカーに頼むつもりでした」

「いまミセス・ライルのお産をみてるところですよ」とマザー・レンが言った。「町から六、七キロのところです。パーティでそんな話を聞きましたわ」

「まずドクター・ビリングズを呼ぶんだ。それから、わたしの馬車をミセス・スタッカーのところへ行かせよう」エドワードは指示を出した。

マザー・レンとメグは馬車の中でうなずいた。

エドワードは扉をばたんと閉め、後ろに下がった。「行け、ジョン！」

御者が馬に大きな声をかけると、馬車はがたがたと走りだした。

エドワードはアンナの手をとった。「ミセス・フェアチャイルドの家はどちらの方向だ？」

「この先です」アンナはスカートをつまみ上げ、エドワードとともに走りだした。

レベッカの家の玄関扉は少し開いていた。あたりは暗く、玄関広間からこぼれる淡い光が道をかすかに照らしているだけだった。エドワードがドアを押し開け、アンナも彼につづいて家の中に入った。アンナはあたりを見まわした。そこは正面の広間で、目の前の階段は二階につづいていた。階段の下のほうは広間の明かりで見えたが、上のほうは真っ暗だった。レベッカの姿は見あたらない。

「自力で動いたのかしら?」アンナは息を切らしながら言った。

階段の上のほうから低いうめき声が聞こえてきた。アンナはエドワードより先に階段を駆け上がった。背後で彼がののしり言葉をつぶやくのが聞こえた。

レベッカは階段の中央の踊り場に倒れていた。下まで落ちずにここでとどまってくれてよかったとアンナは神に感謝した。レベッカは横向きに倒れており、その姿勢だとよけいにお腹の大きさが目立った。顔は青白く、汗で光っていた。

アンナは唇を噛んだ。「レベッカ、聞こえる?」

「アンナ」レベッカは手を差し伸べた。アンナはその手をとった。「来てくれてよかった」

レベッカはあえいで、つらそうにアンナの手を握り返した。

「どうしたの?」アンナが聞いた。

「赤ちゃん」レベッカは息を吐き出しながら言った。「生まれそう」

「立てる?」

「体が重いの。足首をくじいたみたい」レベッカの目には涙が浮かんでおり、顔にはいくすじも涙のあとがついていた。「生まれるのが早すぎるわ」

アンナの目にも急に涙がわいてきた。頬の内側を噛んで涙をこらえる。泣いても友を助けることはできない。

「部屋までわたしがお運びしましょう、ミセス・フェアチャイルド」エドワードの低い声でアンナの思考は中断された。

アンナは顔を上げた。エドワードはすぐ後ろに立っており、その表情は心配そうに曇っている。アンナはレベッカの手を放して、横にどいた。エドワードは両手をレベッカの体の下に滑りこませて彼女を抱きかかえ、すっと立ち上がった。彼はレベッカの足首を動かさないように気をつけていたが、レベッカはすすり泣いて、彼の上着の前身頃をぎゅっとつかんだ。エドワードは唇を引き締め、アンナに向かってうなずいた。アンナは先に立って階段を上り、二階の廊下を通ってレベッカの部屋へ入った。部屋のベッドサイドテーブルにろうそくが一本だけ灯っていた。アンナはそのろうそくを手にとり、ほかの数本にも火をつけた。エドワードは体を横にして部屋に入ってきて、レベッカをそっとベッドに寝かせた。ここで初めて、彼の顔が蒼白なことにアンナは気づいた。

アンナはレベッカの額に汗ではりついていた湿った髪を後ろになでつけた。「ジェームズは?」

レベッカがふたたび痛みに襲われたため、アンナは答えをしばらく待たなければならなかった。レベッカは低い声でうめき、ベッドの上で背中を弓なりにそらした。「今日は用事でドルーズベリーに出かけているの。帰りは明日のお昼すぎになると言っていたわ」レベッカは唇を噛んだ。「きっとすごく怒るでしょうね」

エドワードは何か鋭い言葉をつぶやき、暗い窓辺へ歩いていった。

「ばかばかしい」アンナはやさしくしかった。「あなたのせいじゃないわ」

「でも、階段から落ちさえしなければ」

アンナは友を元気づけようとしたが、そのとき玄関の扉がばたんと閉じる音が下から聞こえてきた。医師が到着したらしい。エドワードは医師を迎えに下りていった。

ドクター・ビリングズは冷静な表情を装っていたが、かなり心配しているのは明らかだった。医師は腫れ上がって紫色になっているレベッカの足首に包帯を巻いた。アンナは枕元に座って、友の手を握り、静かに語りかけて安心させようとした。といってもそれはやさしいことではない。助産婦とレベッカの計算によれば、予定日までまだ一カ月もある。夜が更けていくにしたがい、レベッカの痛みはひどくなり、元気を失っていった。レベッカは赤ん坊が死んでしまうと思いこんでいた。アンナがどんなに大丈夫だからと励ましても効き目はないようだったが、それでもレベッカのそばを離れず、彼女の手を握って髪をなでつづけた。

医師が到着してから三時間と少し経ったころ、助産婦のミセス・スタッカーが風のように部屋に飛びこんできた。背の低い丸々とした体型で、真っ赤な頬、黒髪にはかなり白髪が混ざっていたが、感じのいい女性だった。

「ああ！　今夜は赤ちゃんで大忙しだこと」と助産婦は言った。「みなさん、ミセス・ライルは無事にまた男の赤ちゃんを産みましたよ。五人目ですって、信じられます？　わざわざわたしを呼ぶまでもありませんでしたよ。わたしはただ、赤ん坊を取り上げるときが来るまで、部屋の隅で編み物をしていただけ」ミセス・スタッカーはショールを脱いで、その下につけていた何枚ものスカーフもとり、それらを椅子の上にぽんと投げた。「メグ、お湯と石鹸はあるかしら？　奥様を診る前に手を洗いたいの」

　ドクター・ビリングズは、自分の患者を助産婦が診るというのが不愉快なようだったが、何も言わなかった。

「ミセス・フェアチャイルド、ごきげんはいかが？　なんとかもっているみたいですわね、くるぶしのお怪我以外は。まあ、ひどくお痛みでしょう？」助産婦はレベッカのお腹に手をあてて、レベッカの顔をじっと見た。「赤ん坊は出たがっているのね。早く生まれてお母さんを困らせようとしている。でも心配しなくていいですよ。赤ちゃんのほうが、自分でいつこの世に出てくるか決めることもあるものなんですよ」

「この子は大丈夫ですか？」レベッカは乾いた唇を舌で湿らせた。

「いまは何とも言えません。でもあなたは健康で丈夫な方です。こんな言い方をしてお気にさわったのならごめんなさい。とにかく、わたしはあなたと赤ちゃんのために全力を尽くします」

　そのあと、事態は明るく見えてきた。ミセス・スタッカーはレベッカをベッドの上で起き上がらせた。「赤ん坊は坂をのぼるよりも、下るほうが出てきやすいから」だそうだ。レベッカはふたたび希望を取り戻した。陣痛の合間にしゃべる気力すら出てきた。

　アンナが疲れ果て、椅子に座りこみそうになったころ、レベッカは低い声でうめきはじめた。最初アンナは何かよくないことが起こったに違いないと考えて、ひどくおびえた。しかし、ミセス・スタッカーは平然と、赤ちゃんがもうすぐ生まれますよと朗らかに言った。そして本当に、三〇分のち、アンナもはっきり目覚めて見守る中、レベッカの赤ちゃんは生まれた。しわくちゃで、ちっちゃいが、元気な声で泣く女の子だった。赤ん坊の泣き声を聞いて、疲れきった母親の顔に笑みが浮かんだ。赤ちゃんの髪は黒で、ひよこのようにふわふわと立っていた。青い目をゆっくりとぱちくりさせ、母親の胸にすり寄ると、乳房に顔を向けた。

「世界で一番かわいい赤ちゃんだと思いません？」ミセス・スタッカーは言った。「ミセス・フェアチャイルド、くたくたにお疲れでしょうけど、少しお茶かスープはいかが？」

「何かあるか見てきますわ」とアンナはあくびをしながら言った。

アンナはゆっくりと、たどたどしい足取りで階段を下りた。下の階に着くと、居間から光がもれているのに気づいた。だれかいるのかしらといぶかりながらドアを開け、戸口に立って中を見た。

エドワードだった。レベッカのダマスク織の長椅子に寝そべっている。長い脚は椅子の端からはみ出していた。クラヴァットをとり、ベストのボタンもはずしている。片方の手で目の上を覆い、もう一方の、床にだらりと落ちている手にはジェームズのブランデーがまだ半分入っているグラスが握られていた。アンナが部屋の中に入ると、彼はさっと腕を目からどけて、うとうとと眠っていたことを隠そうとした。

「彼女は？」彼の声はかすれ、顔は青ざめていた。青白い顔に、消えつつある打ち身のあとが鮮明に浮き上がり、伸びはじめたひげが放埒な印象を与えた。

アンナは申し訳ない気持ちでいっぱいになった。エドワードのことをすっかり忘れていたのだ。とうの昔に屋敷に帰ったのだろうと思っていた。彼はずっとレベッカのことを案じて、下で待っていてくれたのに。

「レベッカは大丈夫ですわ」とアンナは明るく言った。「女の赤ちゃんでした」

彼は表情を変えなかった。「無事なのか？」

「ええ」アンナはたじろいだ。「ええ、もちろん。レベッカも赤ちゃんも元気ですわ」

「よかった」彼の表情にはまだ緊張が残っている。

アンナはなんだか妙な気分になった。いくらなんでも、心配のしすぎじゃない？　レベッカには今夜会ったばかりなのに。「いったいどうなさったの？」

彼はため息をつき、ふたたび腕で目を覆った。長い沈黙があった。あまりにそれは長く、アンナは彼が答えるつもりがないのではないかしらと思いはじめた。しかしようやく彼は口を開いた。「わたしの妻は出産で亡くなったのだ」

アンナはゆっくりと長椅子の近くのスツールに腰を下ろした。これまでエドワードの前妻のことについてはあまり考えたことがなかった。彼が昔、結婚していて、その妻は若いときに死んだということは知っていたが、どうして亡くなったのかは知らなかった。彼は妻を愛していたのだろうか？　いまでも彼女のことを愛しているのだろうか？

「お気の毒に」

エドワードはブランデーグラスを握っていた手をグラスから離して、いらだたしげなしぐさをしたが、結局、手の置きどころがなかったのか、またグラスに戻した。「同情されるようなことを、あなたにはまだ話していない。妻はずいぶん前に亡くなった。一〇年になる」

「おいくつだったのですか？」

「死ぬ二週間前に、やっと二〇歳になったばかりだった」エドワードは口の端をゆがめた。「わたしは二四歳だった」

アンナは次の言葉を待った。

彼が話しはじめたとき、その声はあまりに低くて、前かがみになって耳を近づけなければならないほどだった。「彼女は若くて健康だった。だから、子どものせいで彼女が命を落とすとは思いもしなかった。ところが、七カ月で流産してしまったのだ。赤ん坊は小さすぎて生き延びることができなかった。男の子だったそうだ。それから、妻の出血がひどくなった」

彼は腕を顔からどけた。視線は宙を漂っており、心の中にあるイメージを見つめているようだった。

「医師も助産婦も手を尽くしたが、出血を止めることはできなかった。メイドたちはどんどんリネンを運びこんだ」彼はその思い出の恐ろしさに、声をひそめた。「しかし、彼女は血を流しつづけ、とうとう、命までいっしょに流れてしまった。ベッドはおびただしい量の血で染まり、マットレスには血がぐっしょりとしみこんだ。あとでそれを焼き払わなければならなかった」

レベッカのときにはこらえていた涙が、いま、アンナの頰を伝い落ちた。愛する人をそんな恐ろしくも悲劇的な状況で失うのは、どんなにつらいだろう。しかも、彼は心から子どもを待ち望んでいたに違いない。アンナは彼にとってどれほど家族が大切かを知っていた。

アンナは手を自分の口にあてた。その動作が彼を夢想から現実に引き戻したようだった。彼女の顔に涙を見ると、彼は小さな声でののしり言葉をつぶやいた。上体を起こして、彼女に手を差し伸べた。軽々とスツールから抱き上げて自分のひざにのせ、背中を腕で支えた。アンナの顔をそっと胸に抱き寄せる。

エドワードは大きな手で彼女の髪をなでながら言った。「悪かった。こんな話はするべきではなかった。淑女の耳には入れてはならない話だった。しかも、あなたは友人を案じて一晩中起きていたのだから」

アンナは彼に身を寄せた。男らしいぬくもりと、やさしくさすってくれる手が、すばらしく心地よい。「奥さまを深く愛していらっしゃったのでしょうね」

彼の手が一瞬止まり、それからまた動きだした。「愛していると思っていた。しかし、わたしは彼女のことをよく知らなかったということがあとでわかった」

アンナは顔を胸から離して、彼の顔を見上げた。「どのくらい結婚していらしたの？」

「一年と少し」

「でも――」

彼はふたたび彼女の顔を胸に引き寄せた。「わたしたちはお互いをよく知る前に婚約した。彼女ときちんと話をしたことがなかったように思う。彼女の父親は結婚にたいへん乗り気で、娘も喜んでいると言っていたから、わたしもそうなのだろうと……」彼の声はざらついた。「結婚したあとのことだ。彼女がわたしの顔の天然痘の痕をいやがっていると知ったのは」

アンナは何か言おうとしたが、彼はまた彼女を黙らせた。

「妻はわたしを恐れてもいたのだと思う」彼は皮肉っぽく言った。「あなたは気づいていないかもしれないが、わたしはかなりの癇癪持ちでね」アンナは頭のてっぺんにそっと彼の手が触れるのを感じた。「妻が身ごもったころには何かがおかしいと思いはじめていたが、妻が彼への恨みをぶちまけたのは、死ぬ直前のことだった」

「彼?」

「父親だ。自分をこんな醜い男に嫁がせたことを恨んでいたのだ」

アンナはぶるっと震えた。彼の妻は、なんて愚かな娘だったのだろう。

「父親は、どうやらわたしに嘘をついていたらしい」エドワードの声は氷のように冷たくなった。「どうしても結婚を成立させたくて、わたしの機嫌をそこねたくなかったのだ。娘にもこの痕がいやだと言うことを禁じていた」

「なんて悲しい――」

「しーっ」と彼は静かに制した。「昔のことだ。それにこの顔とともに生きることにも慣れた。相手が嫌悪感を隠そうとしているかどうかもいまではわかる。上手に嘘をついても、たいていは見抜ける」

でも、わたしの嘘を見抜けなかった。アンナはそう思うとぞっとした。わたしは彼をだました。もしもそれを知ったら、けっして許してはくれないだろう。

エドワードは彼女が震えているのを、同情のためだと誤解したようだ。髪に向かって何か語りかけ、しっかりと抱きしめて体のぬくもりで寒気を追い払ってくれた。そのままふたりは静かに座っていた。お互いに慰めを与えあって。外は明るくなりはじめていた。閉めたカーテンに日が差している。アンナはこの機会をとらえて、鼻をしわくちゃなシャツにすりつけた。男らしい、ブランデーの香りがした。

エドワードは背中をまっすぐに伸ばして彼女を見下ろした。「何をしている?」

「あなたのにおいをかいでいるの」

「いまは、ひどいにおいがすると思うぞ」

「いいえ」アンナは首を横に振った。「あなたのにおいは……すてき」

エドワードはしばらく、見上げてくる彼女の顔をじっと見つめた。「どうか許してくれ。希望を持ってほしくない。もしなにか方法があるなら――」

「わかっています」アンナは立ち上がった。「しっかりと理解さえしています」すたすたとドアに向かう。「レベッカのために下に食べ物を取りにきたのでした。レベッカはきっと、どうしたのだろうと思っているに違いないわ」

「アンナ……」

しかし、彼女は聞こえないふりをして居間を出た。わかってはいても、エドワードからの拒絶はやはりこたえる。哀れまれるのはいやだ。

そのとき、玄関の扉がばたんと開いて、取り乱したようすのジェームズ・フェアチャイルドが入ってきた。まるでベツレヘム精神病院から抜けだしてきた患者のような姿だった。赤い髪は逆立ち、クラヴァットも巻いていない。

彼はものすごい形相でアンナを見つめた。「レベッカは?」

その瞬間、まるで返事をするかのように上から赤ん坊の泣き声が聞こえてきた。血が頭にのぼって興奮していたジェームズの顔は、ぽかんとした表情に変わった。アンナの返事を待たず、二段抜かしで階段を駆け上がっていく。その後ろ姿を見ていたアンナは、彼が靴下を片方しかはいていないことに気づいた。

アンナはくすりとほほえんで、キッチンに向かった。

「そろそろ植え付けどきと存じます」ホップルは愛想よく言った。

「まさしく」エドワードはまぶしい午後の陽ざしに目を細めた。

昨夜はほとんど眠らなかったので、無用なおしゃべりをする気分ではなかった。家令とともに畑を見てまわり、グランドルのところのように排水溝が必要かどうかを調べていた。地元の溝掘り作業者たちは、これを生活の糧にしているようだった。ジョックは畑の縁に植えられている生垣の横をとび跳ねながらついてきて、ウサギの穴に鼻をつっこんだりしている。

エドワードは今朝アンナに簡単な手紙を送り、今日はアビーに出勤しなくてもよいと伝えた。それで彼女は一日休養がとれるし、彼自身もアンナから距離を置く必要があった。昨晩、名誉にかけて誓っていたにもかかわらず、またしてもキスしそうになってしまった。彼女を解雇すべきだ。どのみち結婚したなら、女の秘書を置いておくわけにはいかない。しかしそうすると彼女には収入のあてがなくなる。レン家が窮乏していることは彼も感じていた。

「ここに排水溝を掘らせたらいかがでしょう?」ホップルは、ジョックが現在穴を掘って、泥をはねあげている場所を指さした。

エドワードはうなった。

「では、あちらは――」ホップルは体をまわした拍子に瓦礫の山につまずきそうになった。泥だらけになったブーツを不快そうに見下ろす。「今日ここへ、ミセス・レンをお連れにならなかったのは正解でございました」

「彼女は家にいる」エドワードは言った。「今日は休んで寝ているようにと言ったのだ。ミセス・フェアチャイルドの出産のことは聞いているだろう?」

「たいへんな目に遭われたそうですね。母子ともに無事だったのはまさに奇跡です」

エドワードは鼻を鳴らした。「たしかに奇跡だ。臨月近いというのに、メイドひとりしかいない家に妻を残して出かけるとは、たわけた夫だ」

「父親となった男は、今朝、仰天して青ざめていたと聞いております」とホップル。

「だからといって、昨夜の妻の苦しみが減るわけではないぞ」エドワードはそっけなく言った。「そういうわけで、ミセス・レンは一晩中友人に付き添っていたのだ。だから彼女が休みをとるのは当然だ。いずれにせよ、秘書になってから、日曜を除いて毎日働いてきたのだからな」

「ええ、おっしゃるとおりで」ホップルは言った。「旦那様がご不在だった四日間をのぞけば」

ジョックはウサギを穴から追い出し、追いかけはじめた。

エドワードは立ち止まって、家令のほうを振り向いた。「なんだと?」

「ミセス・レンは、旦那様がロンドンへいらしているあいだは仕事を休んでいました」ホップルは唾を飲みこんだ。「旦那様がお帰りになる前日だけは、仕事をしていましたけれど」

「そうか」とエドワードは言ったが、釈然としなかった。

「たった四日間でございます」ホップルはうまく言い繕おうとした。「それにやるべき仕事はすべて片づけたと言っていました。仕事を怠けていたわけではありません」

エドワードは考えこみながら足元の泥を見つめた。そういえば昨夜、牧師が「旅」の話をしていた。「彼女はどこへ行ったのだ?」

「行った?」ホップルはなんとか言い逃れようとしているようだった。「ええと、わたしはよく知りませんので。どこかへ出かけたのかどうか、ミセス・レンは何もおっしゃいませんでしたから」

「牧師が、彼女はどこかへ旅に出たと言っていた。買い物か何かの用事でというようなことをにおわせていた」

「牧師様は誤解しておられるのではないでしょうか」ホップルは言った。「このリトル・バトルフォードの店でほしいものが見つからないときには、淑女がたはロンドンまで足を延ばさなければなりませんが、ミセス・レンはそんな遠くへは行っていないはずです」

エドワードは不満そうな声をもらして、また足元の地面を見つめた。今度は眉間にしわを寄せている。アンナはどこへ行ったのだ？　そしてその理由は？

アンナは足を踏ん張って、古い庭園の扉のハンドルを全力で引っ張った。エドワードは休みをくれたけれど、一日中寝てはいられない。午前中は横になっていたが、午後からは休みの時間を薔薇の植え付けに使おうと考えた。扉は最初びくともしなかったが、突然ぱっと開いたので、アンナは尻もちをつきそうになった。手についたほこりを払い、園芸道具の入ったバスケットを手にすると、うち捨てられた庭園にするりと入った。エドワードがここへ連れて来てくれたのは一週間ほど前だった。その短い間に、古い壁に囲まれた庭はずいぶん変わっていた。花壇や道の敷石の割れ目から緑の芽が出ていた。雑草もあるが、そうでないものもあった。いくつかは見分けがついた。先がほんのり赤く色づいたチューリップの芽、オダマキの放射状に広がる葉、葉の上に露がきらめくハゴロモグサ。

ひとつひとつ発見するたびに、アンナはうれしくなった。庭は死んではいなかった。ただ眠っているだけだったのだ。

彼女はバスケットを下に置き、薔薇の苗をとりに、また庭園の扉から外に出た。自分の庭にはすでに三本植えてあった。薔薇の苗はバケツの水につけたまま外に置かれていた。どの枝も小さな芽が出はじめていた。これをエドワードがくれたとき、希望をもらったような気がした。その希望が消えたとしても、薔薇の苗をだめにしてしまうのはよくないと思われた。今日、これをここに植えよう。エドワードが二度とこの庭を訪れることがなくとも、自分だけはこの薔薇たちがここに植わっていることを知っているのだ。

アンナはひとつ目の束を庭に引っ張って運びこみ、泥の小道の上に横たえた。背中を伸ばしてどこへ植えようかとあたりを見まわす。この庭にはかつて計画的に植物が植えられていたのだろうけれど、いまとなってはそれがどんなパターンだったのか見当もつかない。アンナは肩をすくめて、四つある大きな花壇に均等に分けて植えることに決めた。シャベルを手に取り、ひとつ目の歌壇の雑草の中に突き立てた。

その日の午後、エドワードは庭園にいるアンナを見つけた。彼はいらだっていた。ホップルから、アンナがアビーに来ているとの報告を受けてから、すでに一五分もさがしまわっていた。本当は、彼女をさがしたりすべきでないことはわかっている。今朝、そうすると決めたばかりじゃないか。しかし、自分の中の何かに衝き動かされているかのように、秘書が近くにいるとわかっていて知らん顔していることはどうしてもできなかった。そんなわけで、自分の意志の弱さに顔をしかめているときに、彼女を見つけたのだった。エドワードは庭園の扉のそばに立って、アンナの姿に見とれた。彼女は土の上にひざをついて、薔薇を植えていた。帽子をかぶらず、まげからほつれ出た髪がうなじにかかっていた。明るい午後の日差しを受けて、茶色の髪は燃えるような赤金色に光っていた。

胸がきゅっと締めつけられた。これは恐れからくるものかもしれないとエドワードは思った。彼は渋面をつくってすたすたと庭園の小道を歩いていった。自分のような強い男には、恐れなどという感情は無用だ。おとなしい小柄な未亡人と顔を合わせるだけのことじゃないか。

アンナは彼の姿に気づいた。「伯爵様」眉にかかっていた髪をどけたので、顔に泥の痕が残った。「枯れてしまう前に、薔薇の苗を植えておこうと思いましたの」

「そのようだな」

アンナはけげんそうな顔をしていたが、彼の奇妙な雰囲気については何も言うまいと思っているらしかった。「どの花壇にも何本か植えようと思います。この庭園は対称的なデザインになってますでしょう。もしよろしければ、あとでまわりにラベンダーを植えてさしあげます。ミセス・フェアチャイルドの家の裏の小道にきれいなラベンダーがありますの。頼めば喜んで枝を分けてくれると思いますわ」

「ああ」

アンナはひとりごとのような会話を中断して、また髪を顔から払いのけたので、さらにおでこに泥がついた。「ばかみたい。ジョウロを忘れてきたわ」

アンナは眉をひそめて立ち上がろうとしたが、彼がそれを止めた。「そのままで。わたしが水を取ってこよう」

エドワードはアンナが断ろうとしても聞こうともせず、小道を歩いていった。庭園の扉に着いたところで、何かが彼を引きとめた。生涯、エドワードは何が自分を立ち止まらせたのかと考えつづけることだろう。振り返って彼女を見た。彼女はまだ薔薇の苗の近くにひざまずいて、苗のまわりの土を固めていた。そのまま見ていると、アンナは手を上げて、小指で髪の小束をひっかけて耳の後ろにかけた。

エドワードは凍りついた。

その永遠にも思える恐ろしい瞬間、すべての音が消え去った。自分の世界が粉々に崩れ落ちていくような気がした。三つの声が聞こえてきて、やがてそれらは重なり合い、意味のある言葉になった。

溝のそばで、ホップルが言っていた。「あの犬は、数日間姿が見えなかったから、てっきりどこかへいなくなってくれたと思っていたのに」

クリアウォーターの夜会でジョーンズ牧師がアンナについてこんなことを言っていた。「彼女は、今度の旅で新しいドレスを買ってきたのだろうか?」

そしてまたホップルが今日、こう言った。「ミセス・レンは、旦那様がロンドンへいらしているあいだ仕事を休んでいました」

赤いもやがかかって視界がぼやけた。

それが晴れたとき、彼はすでにアンナのすぐ近くに立っていた。あの声がはっきりと意味をなしはじめる前に、すでに自分は彼女のほうに歩きだしていたのだ。彼女はまだ薔薇の苗の横でかがみこんでいる。嵐が近づいているのにも気づかずに。彼が横にいるのに気づき、彼女は顔を上げた。

エドワードの顔には、嘘を見抜いたぞと書いてあったに違いない。ほほえみかけた彼女の表情から、笑みがすっと消えた。

16

オーリアは用心深くろうそくに火をつけて振り返り、明かりを恋人の体の上に高くかざした。彼女ははっとして息を止め、目を大きく見開いた。はっとしたときの、ほんのわずかな動きで、ろうそくの縁から溶けた熱い蠟が一滴、彼女の横に眠っていた男の肩に落ちた。彼は怪物でも野獣でもなく、人間の男だった。その肌は白く滑らかで、手足は力強くて長く、髪は真っ黒だった。彼は目を開いた。そしてその目もまた黒かった。鋭い理知的な黒い瞳。なぜか、その目に見覚えがある気がした。彼の胸にはペンダントが光っていた。輝くルビーがはめこまれた、小さな王冠の形の……。

——『カラスの王子』より

アンナは、薔薇の苗の植え付けの深さはこれでいいかしらと考えた。すると、黒い影が覆いかぶさってきた。顔を上げると、エドワードが立ってこちらを見下ろしていた。最初に思ったのは、ジョウロを取りに行ったにしては戻るのが早すぎるということだった。

それから、彼の表情を見た。

彼の唇は憤怒のあまりいかめしく引き結ばれ、顔にぽっかり黒い穴が開いたかのように、黒い目は怒りに燃えていた。その瞬間、なぜか彼にばれてしまったのではないかという恐ろしい予感に襲われた。しかし、そんなはずはない、わたしの秘密をさぐりあてるすべはないはずだ、と自分に言い聞かせた。

だが、彼の言葉ですべての希望は断たれた。

「きみだったんだな」その声はあまりに低くて恐ろしく、彼の声とは思えなかった。「あの娼館にいたのはきみだったのだ」

アンナはうまく嘘がつけないたちだった。「え？」

彼はまぶしい光を避けるかのように、目をきゅっと閉じた。「あそこにいたのはきみだ。雌蜘蛛のようにわたしを待ち伏せていたのだ。わたしはまんまときみの巣にひっかかってしまった」

なんてこと。想像よりさらに悪いことになってしまった。彼は、わたしが陰湿な仕返しか冗談のためにあんなことをしたと思っている。「違いま――」

彼の目がかっと見開かれた。その憎しみに満ちた視線をかわそうと、アンナは片手をかざした。「違うだと？　ロンドンへは行かなかったと？　アフロディーテの洞窟へは行かなかったと言うのか？」

アンナは目を見開き、立ち上がろうとしたが、すでに彼は彼女の肩をつかんでいて、アザミの冠毛を扱うかのように軽々とアンナを立ち上がらせた。なんたる力！　どうしていままでで、男は女よりもずっと力が強いのだと気づかなかったのだろう。巨大な黒い鳥にわしづかみにされた蝶になったような気がした。エドワードは彼女の体を近くの煉瓦の壁に押しつけた。顔を下げて、鼻と鼻が接触するくらいまで彼女の顔に近づける。アンナの大きく見開かれたおびえた目に、自分の顔が映るのが見えたはずだ。

「きみはあそこで待っていた。わずかばかりのレース以外何も身に着けずに」熱い息が彼女の顔にかかった。「わたしが部屋に入ると、自分の肉体を見せびらかし、身を差し出した。そしてわたしは、まともにものが考えられなくなるまできみを抱いた」

アンナは彼が息を吐き出すたびに、それを唇で感じた。彼女はその卑猥な言い方にひるんだ。否定したかった。ロンドンでふたりがわかちあった崇高なまでに甘美な瞬間はそんなものではなかったはずと言いたかった。けれども言葉はのどにひっかかって出てこない。

「きみがあの売春婦を助けて家で介抱してやったとき、わたしはきみの評判が落ちるのではないかと真剣に心配した。なんと愚かだったことか。わたしがきみにキスをしたことをわびたとき、きみは笑いをこらえるのがたいへんだっただろうな?」彼の指が肩に食いこんだ。「これまでずっとわたしは自分を抑制してきた。きみが尊敬すべき淑女だと思っていたからだ。そのあいだずっと、きみはただこれだけを望んできたというのに」

彼はそう言うとさっと顔を近づけて彼女の唇をむさぼった。女らしい小さな口に容赦なく襲いかかり、その柔らかさを奪い取った。彼女の唇は自らの歯と彼の唇に押しつぶされた。痛みのせいなのか、欲望のせいなのかはよくわからないが、アンナはうめいた。彼は当然の権利といわんばかりに、いきなり舌を差し入れてきた。

「これがきみのほしいものだと言えばよかったのだ」彼は頭を上げて、荒々しく息をした。

「喜んでしてやったものを」

アンナは混乱して、しゃべることはおろか、ちゃんとものが考えられなくなっていた。

「ひとこと言いさえすれば、書斎の机の上できみを自分のものにしていただろう。御者が前に座っている馬車の中でも、この庭ですらも」

彼女は困惑の霧の中でなんとか言葉を発しようとした。「違うんです、わたし――」

「まったく何ということだ。何日も――何週間も――きみのそばにいるのがつらくてたまらなかったのだ」彼は歯ぎしりしながら言った。「わたしはいつでもきみを押し倒すことができたのだ。それとも、わたしのような醜い顔の男が好みだと認めるわけにはいかないというのか？」

アンナは首を横に振ろうとしたが、急に抱き寄せられて頭ががくっと後ろに倒れた。もう一方の手で彼はアンナの腰をぐっと自分の腰に押しつけた。硬くいきり立ったものが柔らかな腹を突き上げる。

「これがきみが渇望していたものだろう。わざわざロンドンに出向くほどに」彼はアンナの口に向かってささやいた。

彼女は否定のうめきをもらしながらも、背中を弓なりにそらして体を彼にすり寄せた。

彼はがしっと彼女をつかんでその動きを制し、口を彼女の唇からはぎ取った。しかし、彼女の肌の誘惑にあらがえないとでもいうように、また戻ってきた。口を彼女の頬に滑らせ、耳たぶを軽く歯ではさんだ。

「なぜだ？」ため息のような問いが彼女の耳に届いた。「なぜだ、なぜだ、なぜだ？　なぜわたしに嘘をついた？」

アンナはもう一度首を振ろうとした。

彼は耳たぶを鋭く嚙んで彼女を罰した。「わたしを笑いぐさにしたかったのか？　一晩わたしと寝て、翌日はお堅い未亡人を演じるのが楽しかったのか？　それともつむじ曲がりの趣味か？　天然痘の痕がある男と寝るのを刺激的だと思う女もいる」

アンナはさっと頭をのけぞらせた。嚙まれた耳たぶは痛かったけれどそんなことはかまっていられなかった。そんなふうに思われることだけは許せない。ぜったいに。「お願いです。わかっていただきたいので――」

彼は顔をそむけた。アンナは必死に目を合わせようとしたが、彼はもっとも恐ろしい行動に出た。

彼女を突き放したのだ。

「エドワード！　エドワード！　お願いですから、わたしの話を聞いて！」奇妙なことに、彼を名前で呼んだのはこれが初めてだった。

エドワードはずんずんと庭園の小道を歩いていく。彼女は走って追いかけたが、涙で目が曇って、落ちていた煉瓦につまずいてしまった。

エドワードは彼女が倒れた音を聞いて立ち止まった。しかし、まだ背中を向けたままだ。「その涙。アンナ、きみはワニのように自由に涙を浮かべられるのか?」それから、空耳かと思うほどかすかな声で、彼は言った。「ほかにもたくさんの男がいたのか?」

そのまま彼は歩み去った。

アンナはエドワードが門から出ていくのを見つめた。胸が苦しかった。きっと転んで打ったせいだ。しかしそのとき、かすれた耳障りな音が聞こえてきた。彼女の脳のわずかに残っていた冷静な部分が、この奇妙な声は自分の泣き声なのだと気づいた。

きまじめな未亡人の生活の枠内から外へ足を踏み出した罰が、これほどいきなり、過酷に下されるとは。やはり、子どものころから教えこまれてきた教訓や警告は――言葉にされたものも、されないものも含めて――すべて正しかったのだ。ただし、リトル・バトルフォードの道徳家たちが想像する罰とは違っていた。罪を暴かれ、非難を浴びることよりもはるかにつらい罰だった。それはエドワードの憎悪という罰だ。さらに、自分がロンドンへ行ったのは単にセックスのためではなかったということがこの場に至ってようやくわかった。わたしは彼と、エドワードといっしょにいたかったのだ。ほしくてたまらなかったのは彼だ。肉体的な喜びではない。どうやらわたしは彼にだけでなく、自分自身にも嘘をついていたようだ。すべてが灰と化したいまになって、やっとそれに気づくなんて、なんという皮肉だろう。

どれくらいそのまま横たわっていたのか、アンナにもわからなかった。掘り返された土の湿気が茶色の古いドレスにしみこんできた。すすり泣きがついに止んだとき、午後の日差しは雲で覆われていた。両手で体を支えて四つん這いになり、それからさっと立ち上がった。ふらついたけれど、庭園の壁に片手をついて体を支えた。目を閉じて深く息を吸い込む。それからシャベルを取り上げた。

すぐに家に帰って、マザー・レンに職を失ったことを話さなければならない。そして今夜は、そしてこれから先一生、何百何千もの夜を、寂しいベッドですごすのだ。

でもいまは、とにかく苗を植え付けてしまわなければ。


フェリシティはスミレの香りの水に浸した布を額にあてた。彼女は小さな居間で休んでいた。いつもなら、この部屋は満足感を与えてくれる。改装にどれだけ金がかかったかを思い出せば、なおさらだ。ダマスク織のカナリア色の長椅子は、レン家の食費と衣服費五年分に相当するほどの値段だった。しかし、そのときフェリシティは頭痛に悩まされていた。

状況はよい方向には向かっていない。

レジナルドは、大切な雌馬が流産してしまったと嘆きながら、うろうろと歩きまわっている。チリーは、フェリシティがアンナと伯爵の秘密を教えないことに腹を立ててロンドンに帰ってしまった。当の伯爵は、夜会では腹が立つほど鈍感だった。経験から、男というものは多かれ少なかれ鈍感だということはわかっていたが、スウォーティンガム卿があれほど鈍いとは予想していなかった。伯爵は、彼女のほのめかしを理解していないようだった。これでは、彼を使ってアンナの口をつぐませることなどできそうもない。当の伯爵が脅迫されていると気づいていないのでは話にならない。

フェリシティは顔をしかめた。

いいえ、脅迫じゃないわ。そんな無神経な言い方はだめ。刺激。そうよ、刺激のほうがいいわ。スウォーティンガム卿に刺激を与えるの。そしてアンナがわたしのちょっとした過ちを村中に言いふらさないようにさせるのよ。

そのとき、ばたんとドアが開いた。ふたりの娘のうち、小さいほうのシンシアが部屋に入ってきた。その後ろからもう少し落ち着いた歩き方で姉のクリスティンもやってきた。

「ママ」クリスティンが言った。「乳母が、町のお菓子屋さんへ行くならママのお許しをもらわなければだめと言うの。行ってもいい？」

「ペパーミント・スティック！」シンシアはフェリシティが横になっている長椅子のまわりでスキップする。「レモンドロップ！　ゼリーあめ！」不思議なことに、下の娘はいろいろな面でレジナルドに似ていた。

「やめてちょうだい、シンシア」フェリシティが言った。「ママは頭痛がするの」

「ごめんなさい、ママ」クリスティンはわびたが、少しも悪いと思っていないようだった。

「お許しをもらえればすぐに出かけるわ」とはにかみながらほほえんだ。

「ママのお許し！　ママのお許し！」シンシアが歌うように言った。

「いいわ！」フェリシティは言った。「いいわ、許しましょう」

「わーい、わーい！」シンシアは部屋から走り出ていった。なびいた彼女の赤い髪があとから追いかけていく。

その光景にフェリシティは眉を寄せた。シンシアの赤い髪は、フェリシティの人生を破滅に導くものだった。

「ありがとう、ママ」クリスティンはきちんとドアを閉めた。

フェリシティはうなって、呼び鈴を鳴らし、もっと洗面用の水を持ってくるよう言いつけた。一瞬のセンチメンタリズムから、あんな証拠となる手紙を書いてしまったことが悔やまれてならなかった。あのロケットを保管しておくなんて、ピーターはいったいどういうつもりだったのだろう。男って本当にバカだ。

彼女は額の布に手をあてた。おそらくスウォーティンガム卿は、わたしがほのめかしたことの意味をわかっていないのだ。彼がアフロディーテの洞窟で会った女の正体をわたしもあなたも知っていると言ったとき、彼はけげんそうなようすだった。もしも、彼も彼女の正体を知らないのだとしたら……。

フェリシティは起き上がった。額の布がはらりと床に落ちた。もしも彼が女の正体を知らないのなら、わたしは間違った相手を脅迫したことになる。

アンナは翌朝、家の裏の小さな庭でひざまずいて作業をしていた。失業したことをマザー・レンに告げる勇気が出なかった。昨夜は帰りが遅くなってしまったし、今朝はそのことについて話したくなかった。とにかく、いまは。話せば質問が返ってくる。その質問に答えることができないのだ。しばらくしたら、勇気を振りしぼってエドワードに謝らなければならないだろう。でもそれももっと時間が経って、心の傷が癒えてからだ。だから今朝は庭仕事をすることにした。野菜の手入れをするというありふれた仕事と、掘り返したばかりの新鮮な土のにおいは、心を癒してくれる。

植え替えるためにホースラディッシュの根を掘っていると、家の表のほうから叫び声が聞こえてきた。アンナは顔をしかめてシャベルを脇に置いた。まさかレベッカの赤ちゃんに何かあったわけではないでしょうね？　スカートをつまみあげ、家の横をまわった。馬車と馬のひづめの音がおさまった。家の角をまわったところで、女性の叫び声がまた聞こえた。

パールが正面の階段の上に立っていて、もうひとりの女を抱えていた。アンナが近づいていくと、ふたりの女が同時にこちらを向き、アンナは思わずはっと息を飲んだ。パールがかかえている女は両目のまわりに青あざができ、鼻は折れているようだった。彼女がだれかわかるまで二秒ほど時間が必要だった。

コーラルだった。

「まあ、どうしましょう！」アンナは息を止めた。

玄関の扉が開いた。

アンナは走っていって、コーラルの空いているほうの腕をとった。「ファニー、ドアを押さえてちょうだい」

ファニーは目をまん丸く見開いて、命じられたようにドアを押さえた。そのあいだにアンナとパールは慎重にコーラルを中に運び入れた。

「パールに言ったの」コーラルはささやいた。「ここへ来てはいけないと」唇が腫れ上がり、言葉がはっきりしない。

「パールがあなたに逆らってくれてよかったわ」とアンナは言った。

アンナは狭い階段を見て考えた。ほとんど自力で歩けないコーラルをふたりの女が支えて上るのは無理だ。「居間に運びましょう」

パールはうなずいた。

ふたりはそっとコーラルを長椅子に寝かせた。アンナはファニーに言いつけて、二階に毛布を取りに行かせた。コーラルは目を閉じていた。気を失ってしまったのかしらとアンナは思った。コーラルは口からはあはあと音を立てて息をしている。怪我をした鼻がひどく腫れ上がっているので、空気が通らないのだ。

アンナはパールを脇に引っ張っていった。「いったいどうしたの?」

パールは心配そうにちらりとコーラルを見た。「侯爵様です。昨夜、べろべろに酔っ払って帰宅なさったのです。でも、コーラルにあんなひどいことをできるくらいは正気が残っていたのです」

「でも、なぜ?」

「とくに理由はないみたいでした」パールの唇は震えていた。アンナがショックを受けた目で見つめるので、パールは顔をゆがめた。「そういえば、妹が別の男と会っているとか何とか言っていたみたいですけど、そんなのたわごとです。コーラルはベッドを商売道具としか考えていないから。パトロンがいるのに、ほかの男と寝るなんてぜったいしません。侯爵様はただ、妹の顔を殴りつけるのを楽しんでいただけです」

パールは怒りの涙をぬぐった。「侯爵様が用を足しにいかれたすきに、あたしが妹を救いださなかったら、おそらく殺されていました」

アンナはパールの肩に手をまわした。「あなたがコーラルを助けられたことを、神様に感謝しましょう」

「妹を連れていく場所は、ここしか思いつかなかったんです。このあいだあんなに親切にしていただいたばかりなのに、またご迷惑をかけてしまって申し訳ありません。どうか、一晩か二晩だけ、コーラルが歩けるようになるまででいいんです、ここに置いてください」

「コーラルが回復するまで、いつまでもいてくださっていいのよ。でも、一晩や二晩ではすみそうもないわ」アンナは痛めつけられた客を心配そうに見やった。「ファニーをやって、ドクター・ビリングズに来ていただかなくては」

「いいえ、だめです」パールは驚いて声を張り上げた。「やめてください!」

「でもお医者様に診ていただかなくては」

「あたしたちがここにいることは、ファニーとマザー・レン以外には知られないほうがいいのです。侯爵様が妹をさがし出そうとしているかもしれませんから」

アンナはゆっくりとうなずいた。コーラルはまだ危険な立場にあった。「でも、怪我はどうしましょう」

「あたしが手当します。骨は折れていません。もう調べてあるんです。鼻はまっすぐに直せます」

「折れた鼻を直せるの？」アンナはけげんな顔でパールを見た。

パールは唇を引き結んだ。「前にもやったことがあるんですよ。こういう商売をしていると慣れてしまうのです」

アンナは目を閉じた。「ごめんなさい。あなたを信用していないわけじゃないの。何か必要なものは？」

パールの指示で、アンナは急いで水と包帯を用意し、母親の軟膏もとってきた。パールはアンナの助けを借りて、妹の顔を整復した。この小柄な女性はやるべきことはきっちりやった。コーラルがうめこうが、手を払いのけようともがこうが、おかまいなしだった。アンナがコーラルの腕を押さえているあいだに、パールは包帯を巻き終えた。パールが終わったと合図してくると、アンナはほっとしてため息をついた。ふたりはコーラルがなるべく楽に寝られるようにしてやってから、キッチンへ行って、からからののどをお茶で潤した。

パールは熱い紅茶を口元へ運びながらため息をついた。「奥さん、本当に、本当にありがとうございました。あなたは心底おやさしい方です」

アンナは笑い声にも似た、小さなしわがれた声を出した。「わたしのほうこそお礼を言いたいの。いまのわたしは、何かいいことでもしないと、どうにかなっちゃいそうだったから」

エドワードは羽根ペンを投げ出し、書斎の窓辺に歩いていった。一日中まともな文章が一行も書けなかった。部屋は静かで広すぎ、もはや心の平静を保てなくなっていた。考えられることといったら、アンナのことと、彼女が自分にしたことだけだった。なぜ？　なぜわたしを選んだ？　爵位か？　それとも財産を狙っていたのか？

まさか！　天然痘の痕か？

立派な淑女が、変装して売春婦のまねをするとは、いったいどんな理由が考えられるというのだ？　愛人がほしかったというなら、リトル・バトルフォードで見つけることはできなかったのだろうか？　それとも、売春婦のふりをするのが好きなのか？

エドワードは冷たいガラス窓に額をこすりつけた。あの二晩に、アンナにしたことすべてを思い出した。この手はすべての魅惑に満ちた場所に触れ、この唇と舌は一センチたりとも残さず彼女の肌を味わった。レディに対してはけっしてできないようなことをやりつくしたのだ。自分のよく知る、そして好意さえ抱いている淑女にあんなことをするとは、夢にも思ったことはなかった。ところがその彼女に、人に隠している自分の秘密の側面を見せてしまった。肉欲にまみれた姿を見せてしまったのだ。彼女の頭を自分の股間に押しつけたとき、彼女はいったい何を感じたのだろう。興奮？　恐怖？

嫌悪？

あとからあとからいろいろな考えがわいてきて、それを止めることができなかった。彼女はアフロディーテの洞窟でほかの男とも会っていたのだろうか？　あの美しく官能的な体を見知らぬ男たちに与えていたのか？　あの浮気な唇にキスさせたのか、胸をもみしだかせたのか、喜んで体を開いて彼らを受け入れたのか？　エドワードは拳で窓枠を何度もたたき、しまいには皮膚が裂けて血が飛び散った。アンナが——わたしのアンナが——ほかの男と卑猥なことをしているイメージが頭から離れない。ちくしょう。彼は少年のように泣いていた。

ジョックが鼻先で主人の脚をつつき、くんくんと鳴いた。

彼女のせいだ。完全に打ちのめされてしまった。しかし、だからといって状況は変わらない。わたしは紳士で、彼女は——その行動はともかく——淑女なのだから。彼女と結婚しなければならない。そうすることによって、家族をもつという、自分の夢と希望のすべてを失うことにはなるが。彼女は子どもを産めない体だ。だから自分が息絶えるとき、わが家系も死に絶える。母に似た娘たちも、サミーの面影を持つ息子たちも生まれない。心を開ける人間はこの世にひとりもいない。成長を見守る子どもたちはいない。エドワードは背筋を伸ばした。それが自分に与えられた人生なら、しかたがない。しかし、アンナにはぜったいに思い知らせてやる。

彼は顔をぬぐい、呼び鈴の紐を荒々しく引いた。

17

ベッドにいた男はじっとオーリアを見つめて、静かに、悲しみに満ちた声で、話しだした。
「妻よ、おまえはどうしても知らずにはいられなかったのだな。では、おまえの好奇心を満たしてやろう。わたしはプリンス・ナイジャ。この土地と城の主だ。わたしは呪いをかけられ、昼間はカラスの姿にされている。家来たちも全員鳥にされてしまった。ただしその呪文には、条件がひとつついていた。もしもカラスの姿のわたしとの結婚を承諾する娘を見つけることができたら、真夜中から最初の朝日が差しこむまでのあいだ、人間の男として生きられる、と。おまえがその娘だったのだ。しかしわたしたちの時間はこれで終わりだ。わたしは一生、あの忌まわしい鳥の姿ですごさなければならない。そしてわたしの家来たちの運命も……。

――『カラスの王子』より

翌朝、ホップルは体重を片足から別の足に移し替え、ため息をついてから、ふたたび小さな家のドアをたたいた。パウダーをかけたかつらをまっすぐに直し、クラヴァットに手をやった。こんな用事を言いつけられたことはなかった。実際、このような仕事が自分の職務の一部なのかどうかも疑わしい。もちろん、そんなことはスウォーティンガム卿には口が裂けても言えない。怒りをくすぶらせた悪魔のような黒い目で見つめられていればなおさらだ。

ホップルはふたたびため息をついた。この一週間というもの、主人の機嫌はいつにも増して悪かった。書斎に置かれていた小物で無事だったものはごくわずか。あの犬ですら、伯爵が屋敷内を歩きまわると隠れるほどだった。

美しい女性がドアを開けた。

ホップルは目をぱちくりさせ、一歩後ろに下がった。家を間違えたか？

「はい、なんでしょう？」女性はスカートのしわを伸ばし、恥ずかしそうに彼にほほえみかけた。

「えー、ミ、ミセス・レンにお会いしたいのです」ホップルはつかえながら言った。「お若いほうの。この家で間違いありませんか？」

「ええ、ここですわ。間違いありません。つまり、あの、ここはレン家のお宅です。わたしはちょっとお世話になっているだけですの」

「ああ、そうですか。ミス……？」

「スミス。パール・スミスですわ」彼女はなぜか赤くなった。「どうぞお入りください」

「ありがとうございます、ミス・スミス」ホップルは小さな入り口から入り、ぎこちなく立っていた。

ミス・スミスは彼の胴のあたりに目が引きつけられたようだった。「んまあ！」彼女は思わず声をもらした。「こんなきれいなベストは見たことがないわ」

「おや、まあ、どうもありがとうございます、ミス・スミス」と言って彼は明るい深緑色のベストのボタンに指で触れた。

「これはマルハナバチかしら？」ミス・スミスは前かがみになって紫色の刺繍に顔を近づけた。その姿勢のせいで胸元があらわになり、ホップルはどぎまぎした。

本物の紳士は、そうした偶然を利用してはならない。ホップルは天井を見上げ、彼女の頭のてっぺんを見、それからまたドレスを見下ろした。彼はぱちぱちとすばやくまばたきをした。

「すてきじゃありませんこと？」と彼女は言って、体を起こした。「紳士がこんなに美しいものを着ているのを見るのは初めてだわ」

「は？」彼は息苦しそうに言った。「ええ、まあ。そうですね。どうもありがとうございます、ミス・スミス。流行にこのようにすばらしいご意見をお持ちの方に会うことはめずらしいことです」

ミス・スミスはちょっと困ったようだったが、とにかく彼にほほえみかけた。

なんて美しい人だ、とホップルは思わずにいられなかった。頭の先からつま先まで。

「ミセス・レンにご用がおありなのですよね。どうぞ、ここでお待ちになってください」と小さな居間を手で示した。「庭からミセス・レンを呼んできますわ」

ホップルは小さな部屋に入った。あの美しい女性の足音が遠ざかっていき、裏のドアが閉まる音が聞こえた。彼はマントルピースのそばへ行き、小さな陶製の時計を見た。顔をしかめて自分の懐中時計を取り出す。マントルピースの時計は進んでいた。

裏のドアがふたたび開き、ミセス・レンが入ってきた。「ミスター・ホップル、何のご用でしょうか？」

彼女は手についた庭の土をこすりとるのに一所懸命で、彼と目を合わせようとしない。

「わたくしがここへまいりましたのは、えー、伯爵様から仰せつかったからでございます」

「そうなんですか？」ミセス・レンはまだ顔を上げない。

「はい」彼はどうつづけていいものやらと途方にくれている。「おかけになりませんか？」

ミセス・レンは不思議そうに彼をちらりと見てから、椅子に腰かけた。

ホップルは咳払いした。「どの男性にも、冒険の風が吹き止み、休息と安らぎがほしくなるときがまいります。若き日——といいますか、伯爵様の場合は、成人期の前半と申しましょうか——の軽率なふるまいを捨てて、家庭の平和の中に腰を落ち着けるときが」彼は一呼吸置いて、自分の言葉がうまく伝わっているかどうか確かめた。

「それで、ミスター・ホップル？」彼女は前よりもさらにわけがわからなくなっているようだった。

彼は心の中で身構えて、つづけた。「はい、ミセス・レン。どの男性も、伯爵といえども」と、ここで彼はわざと間をおいて、その称号を強調した。「たとえ伯爵といえども、休息と安らぎの場所を必要とするのです。女性のやさしい手で守られた聖域を。そしてその手は、守護者の男らしく強い力によって導かれ、ふたりはそうして人生の荒波や苦難を乗り越えていくのです」

ミセス・レンは困惑した顔で彼を見つめている。

ホップルはだんだん破れかぶれになってきた。「どの男性も、どの伯爵も、婚姻という安らぎの場所を必要としております」

彼女は眉をひそめた。「婚姻?」

「はい」ホップルは眉をぬぐった。「婚姻です。結婚と言ったほうがいいかもしれませんが」

彼女は目をぱちくりした。「ミスター・ホップル、なぜ伯爵様はあなたをここへおよこしになったの?」

ホップルはふっと息を吐いた。「えい、ちくしょう。ミセス・レン! つまり、旦那様はあなたと結婚なさりたいのですよ」

アンナは真っ青になった。「何ですって?」

ホップルはうめいた。彼は自分が話をだめにしてしまうに違いないと思っていた。スウォーティンガム卿の命令は、荷が重すぎた。自分は家令にすぎないのだ。まったく。金の弓矢を持つキューピッドの役などできやしない! こうなったらなんとかするしかない。

「スウォーティンガム伯爵エドワード・デラーフ様はあなたに結婚を申しこんでおられます。婚約期間は短くしたいとのご所存で――」

「お断りしますわ」アンナはひとことひとことをはっきりと発音した。「伯爵様にお伝えください。申し訳ありませんと。たいへん申し訳ありませんと。でも、どんなことがあっても伯爵様とは結婚できません」

「お断りすると言ったのです」

「六月最初の――な、何かおっしゃいました？」

「お断りします」


「でも、でも、でも……」ホップルは言葉のつかえを止めるために、深く息を吸いこんだ。「でも、あの方は伯爵なのですよ。かなり気が短いですし、どうやらそれがお好きなようですけど。すごしですが」と言って彼は肩をすくめた。「まあ、泥だらけになって長い時間をおとにかく、あの方が爵位をお持ちだということ、そしてかなりな――というよりも気も遠くなるようなと申し上げたほうがいいですが――富を考えれば、そういうことは帳消しになるのでは？」

息が切れて、ホップルはそこで言葉を切らなければならなかった。

「いいえ、わたしはそうは思いませんわ」アンナはドアのほうへ歩いていった。「どうぞ、あの方にお断りするとお伝えください」

「でも、ミセス・レン！　わたしはどの面さげて屋敷に戻ったらいいのですか？」

彼女はそっとドアを閉めた。だれもいなくなった部屋にホップルが困り果てて叫ぶ声が響いた。ホップルは椅子に座りこんだ。ワインを一本空けたい気分だった。スウォーティンガム卿はひどくご立腹になるだろう。

アンナは柔らかな土に移植ごてを突き立て、荒っぽくタンポポの根を掘り起こした。エドワードはいったいどういうつもりだったのだろう？　ミスター・ホップルを使者にして、結婚を申し込んできた。愛ゆえに、ということはありえない。アンナはふんと鼻を鳴らして、タンポポの別の株に移植ごてを突き立てた。

裏のドアがきーっと音を立てて開いた。アンナは振り返って顔をしかめた。コーラルがキッチンのスツールを庭にひきずり出していた。

「外へ出てどうしようというの？」アンナは語気を強めて言った。「今朝、あなたを二階のわたしの部屋へ半分抱えるようにして連れていくのに、パールとわたしがどれほど苦労したことか」

コーラルはスツールに腰をかけた。「田舎の空気には癒しの力があるんでしょう？」

顔の腫れはいくぶんひいていたが、青あざはまだくっきり残っていた。パールは折れた鼻を整復する目的でコーラルの鼻孔にリント布をつめていた。いまその部分は異様に赤くなっている。左のまぶたは右よりも垂れ下がっていた。これは時が経てば治るのだろうか、それとも永久に残ってしまうのだろうかとアンナは考えた。垂れ下がった目の下の、小さな三日月形の傷にかさぶたができていた。

「お礼を言わなくちゃならないのでしょうね」傷ついた顔に太陽の光を浴びるのが心地よいのか、コーラルは頭を後ろに傾けて家の壁につけ、目を閉じた。

「ふつうはそうでしょう」アンナは答えた。

「わたしは違う。わたしは他人に借りをつくるのが嫌いなの」

「じゃあ、借りと思わなければいいわ」アンナはうーんとうなりながら、雑草を引っこ抜いた。「贈り物と思ってちょうだい」

「贈り物」とつぶやいてコーラルは物思いにふけった。「わたしの経験では、贈り物というのは何らかの形で代償を払わなくてはならないもの。でも、あなたの場合は、そうではないのかもしれないわ。ありがとう」

コーラルはため息をついて体の位置を変えた。骨は折れていなかったが、全身青あざだらけだった。いまもひどく痛んでいるはずだ。

「女の人の親切は、男の親切よりもはるかに貴重だわ」コーラルはつづけた。「わたしのような商売をしていると、めったにないことだもの。今回のことだって、原因は女よ」

「え？」アンナはおそれおののいた。「わたしはてっきり侯爵様が……？」

コーラルはあざけるような声を発した。「彼は女に操られているだけ。ミセス・ラヴェンダーが、わたしがほかの男たちともやっているとふきこんだのよ」

「でも、なぜ？」

「彼女も、侯爵の愛人になりたがっていたの。わたしたちにはいろいろといきさつがあってね」コーラルは手を振った。「でも、そんなことどうでもいい。回復したら、彼女をこらしめてやるから。どうして今日はアビーに行かないの？　昼間はあちらで仕事しているのでしょう?」

アンナは眉をひそめた。「もう行かないことにしたのです」

「恋人とうまくいかなくなったのね?」コーラルが聞いた。

「どうしてそれを――?」

「あなたがロンドンで会った人はその人でしょう? スウォーティンガム伯爵エドワード・デラーフ」

「ええ、そうよ」アンナはため息をついた。「でも、彼はわたしの恋人じゃないの」

「わたしがこれまで見てきたところでは、あなたのようなタイプの女性、つまり信念をもつ女性は、心がないのに男性とベッドをともにしたりはしない」コーラルは皮肉っぽく口をゆがめた。「そういう女性はあの行為にとても感傷的になるものなのよ」

アンナは移植ごての先で次の雑草の根をさがすのに不必要なほど長い時間をかけた。「たぶん、あなたの言うことは正しいわ。わたしはあの行為にとても感傷的になっていたのかもしれない。でも、それもいまとなってはどうでもいいこと」移植ごての取っ手にぐっと力をこめると、タンポポの根がぽんと掘り起こされた。「わたしたち、言い争いをしたの」

コーラルは目を細めて、しばらくじっとアンナを見ていた。それから肩をすくめて、また目を閉じた。「あなただったということを、彼が知ったのね――」

アンナはびっくりして顔を上げた。「どうしてそれを――?」

「そしていま、あなたはおとなしく非難を受けている」コーラルは間髪を入れずにつづけた。

「あなたは生まじめな未亡人という仮面の裏に自分の恥を隠すつもりなのね。村の貧しい人々のために靴下を編んであげたりして。そうした善行はきっとあなたの慰めになるわ。彼が数年して結婚し、ほかの女と寝るようになったときに」

「彼に結婚を申しこまれたの」

コーラルは目を見開いた。「それは面白いわ」彼女はしおれたタンポポがどんどん積み重なっていくのを見つめている。「でも、断ったのね」

ビシッ!

アンナはタンポポの山をたたき切りはじめた。「ふしだらな女と思われているのよ」

ビシッ!

「わたしは子どもが産めない。そして彼は子どもをほしがっている」

ビシッ!

「それに、わたしをほしいわけではないの」

ビシッ! ビシッ! ビシッ!

アンナはたたくのをやめて、ぐしゃぐしゃになった雑草の山を見つめた。

「そうじゃないの?」コーラルはつぶやいた。「で、あなたは? あなたは、彼がほしくないの?」

アンナはかっと熱くなった頬に触れた。「男の人なしで何年も暮らしてきたわ。だから、ひとりでも平気」

　コーラルの顔にほほえみがよぎった。「ねえ、こういうことってない？　何かおいしいお菓子を味わったら――わたしの場合はラズベリー・トライフルだけど――それをもう一口味わうまで、そのことが頭から離れず、ほしくてほしくてたまらず、いてもたってもいられなくなる」

「スウォーティンガム卿はラズベリー・トライフルではないわ」

「ええ、どちらかといえば、ダーク・チョコレート・ムースって感じね」

「それに」アンナはそれが聞こえなかったかのようにつづけた。「彼をもう一口、いいえ、彼ともう一晩すごしたいとは思わない」

　あの二日目の晩のイメージがアンナの目の前に広がった。エドワードの裸の胸、ボタンをはずしたズボン、トルコの高官のように暖炉の前の椅子にゆったりと座っていた姿。彼の肌は、彼のものは暖炉の火に照らしだされて輝いていた。

　アンナはごくんと唾を飲んだ。じわっと口の中に唾がわいてくる。「スウォーティンガム卿なしで生きていけるわ」彼女はきっぱりと宣言した。

　コーラルは眉を上げた。

「できますとも！　それに、あなたはあの場にいなかったからわからないの」アンナは突然、タンポポのようにしおれてしまったように感じた。「彼はひどく怒っていて、ひどいことをわたしに言ったのよ」

「ああ」コーラルは言った。「彼はあなたの気持ちがわからなかったのね」

「どうしてあなたがうれしがるのかわからないわ」とアンナ。「それに、とにかく、もっといろいろとあるのよ。彼はけっしてわたしを許さないわ」

コーラルは、近くでぴょんぴょんはねているスズメを見つめる猫のようにほほえんだ。

「そうかもしれないし、そうでないかもしれない」

「わたしと結婚したくないとは、いったいどういうつもりだ？」エドワードは小さな居間の隅にある骨董品の棚から、反対の隅に置いてある長椅子まで歩いて、くるりと方向転換するとまた戻ってきた。彼ならば三歩で横切れるほどの小さな部屋だから、それは造作もないことだった。「わたしは伯爵なんだぞ、まったく！」

アンナは顔をしかめた。家に入れるんじゃなかった。といっても、あのときはどうしようもなかったのだ。もし開けなければ、ドアを壊してやると脅されたのだから。

そしていかにもやりそうなことだったし。

「わたしはあなたとは結婚しません」とアンナは繰り返した。

「なぜだ？　あんなにわたしとやりたがっていたではないか」

アンナは顔をしかめた。「そういう言葉は使わないでいただきたいですわ」

エドワードはひらりと振りかえって、ぞっとするような嘲笑を浮かべた。「ふん、では、言いなおそうか。抜いてほしかったのか？　一発やってほしかったのか？」

彼女は唇をかたく結んだ。マザー・レンとファニーが朝のうちに買い物に出かけていてよかった。エドワードには声を低めようなどという気はまったくない。

「あなたはわたしと結婚したいわけではありません」アンナはゆっくりと話し、耳の遠い人に聞かせるように一語一語を明確に発音した。

「わかっていると思うが、わたしがきみと結婚したがっているかどうかは問題ではない」エドワードは言った。「とにかく、わたしはきみと結婚しなければならないのだ」

「なぜです？」アンナはふうっと息を吐いた。「子どもができる可能性はありません。あなたが何度もはっきりとおっしゃっていたように、わたしは子どもが産めない体なのです」

「きみを汚してしまった」

「変装してアフロディーテの洞窟に出向いたのはわたしのほうです。わたしがあなたを汚したというべきではないかしら」彼女は、これはまっとうな理屈だと思ったので、必死に両腕を振って強調するようなまねはしなかった。

「ばかばかしい！」エドワードの怒鳴り声は、アビーまで聞こえたのではないか。

どうして男の人は、大声で怒鳴りさえすればそれが本当らしく聞こえると思うのかしら？

「すでに婚約している伯爵が、自分の秘書に結婚を申しこむのと同じくらいばかばかしいですわ！」アンナの声も大きくなっていた。

「わたしは結婚の申しこみをしているのではない。わたしたちは結婚しなければならないと言っているのだ」

「結婚する気はありません」アンナは腕組みをした。

エドワードは部屋の向こうから、のしのしと威嚇するように近づいてきた。胸が彼女の顔すれすれのところにきて、ようやく立ち止まった。アンナは首を伸ばしてしっかりと彼のまなざしを受けとめた。後ずさりなどするものか。

エドワードは息が彼女の額にかかるほど近くまで、のしかかるように体をかがめてきた。「結婚するんだ」

コーヒーのにおいがした。アンナは視線を落として彼の口を見た。腹を立てていても、その唇はしゃくにさわるほどセクシーだった。彼女は一歩下がって、背中を向けた。「あなたとは結婚しません」

アンナは背後で彼が荒々しく息をするのを聞いた。肩越しにちらりと振り返って見る。エドワードは考えこむように彼女の腰を見ていた。

彼はぱっと目を上げた。「きみはわたしと結婚する」アンナがしゃべろうとすると、彼は手を上げて制した。「しかし、いつするかという議論はまたにしよう。とにかく、秘書が必要だ。午後からアビーに来てくれ」

「よくもまあ――」アンナは声が上ずらないように、いったん言葉を切らなければならなかった。「よくもまあそんなことを。これまでのわたしたちの関係を考えれば、秘書として働きつづけることなどできません」

エドワードは目を細めた。「こんなことは言いたくないが、ミセス・レン、われわれの関係を脅かすようなまねをしたのはきみのほうだろう？　したがって――」

「申し訳ありませんと詫びました」

彼はアンナの怒りの爆発を無視した。「したがって、きみが不快に感じるという、ただそれだけのために、なぜこのわたしが、秘書のいない不便を感じなくてはならないのか、理由がとんとわからない。もしもそういうことが問題だとすれば」

「ええ、それが問題なのですわ！」不快などという言葉で、これからさらにつのっていくだろう苦しみを表すことなどとうていできない。「戻れませんわ」

「では、しかたがない」エドワードは静かに言った。「今日までの給金を支払うことはできない」

「それは……」アンナはあまりの恐ろしさに、話す気力を失った。

レン家は月末に支払われる予定の給金をあてにしてきた。そのためすでに、地元の店で、つけで少額の買い物までしてしまっていた。職を失うことだけでもたいへんなのに、これまで秘書として働いた分の給金をもらうことができなかったら破滅だ。

「どうする？」エドワードはたたみかけた。

「そんなのフェアじゃないわ！」アンナは叫んだ。

「いいか、わたしはフェアにプレイすると約束をした覚えはないぞ」彼はしてやったりとほほえんだ。

「そんなことできないはずよ！」

「それができるのだ。前から言っているとおり、わたしは伯爵だ。どうもそこのところをきみはよくわかっていないようだが」エドワードは顎を拳にのせた。「もちろん、仕事に戻るなら、全額きちんと支払われる」

アンナは口を閉じ、荒く鼻で呼吸をした。

「わかりました。仕事に戻ります。でも週末に給金を支払ってください。毎週末に」

彼は笑った。「他人を信用しない人だな」

彼はさっと前に進み出て、彼女の手を取ると、その甲にキスをした。それから手を裏返し、手のひらに舌を押しつけた。その温かく柔らかな湿った感触に、一瞬、彼女の秘密の場所の筋肉がきゅっと引き締まった。彼は手を放し、彼女が抗議する前にドアから出ていった。少なくとも、抗議くらいはしただろうと彼女は思った。


強情者。なんて強情な女だ。エドワードはひらりと馬の鞍にまたがった。アンナ以外の、リトル・バトルフォードの女はひとり残らず、自分の祖母を売りわたしてでもわたしと結婚したがるはずだ。いや、イギリス中のほとんどの女と言ってもいい。自分の家族も、家臣も、ペットすらも売って、わたしの花嫁になろうとするだろう。

エドワードは鼻を鳴らした。

彼はひとりよがりな人間ではなかった。だから、それは彼本人とは関係のないことだということもわかっていた。それほど自分に高い値段がつくのは、この爵位のせいだ。そして爵位に付随する金。だが、アンナ・レンは違った。社会的な地位もない貧しい未亡人だというのに。なんてことだ。彼女にとってわたしはベッドをともにしてもよいが、結婚はしたくない相手なのだ。そんなふうに考えるのは彼女だけだ。いったいわたしのことを何だと思っているのだろう。男娼のたぐいか？

鹿毛の馬が、風に吹かれてきた葉に驚いて突然とび跳ねたので、エドワードは手綱を引いて馬を制した。彼女は売春宿でわたしを待ち伏せしていたような女だ、そのうちその肉欲が、彼女を陥落させるだろう。言い争うあいだ、彼女はわたしの口元を見つめていた。ふむ、なるほど。その肉欲を利用できるのではないか？彼女がどうして自分を誘惑することにしたのか、そしてそれがこの天然痘の痕のせいなのかどうかはこの際どうでもいい。もっと大事なのは、彼女が自分を誘惑しようとしたという事実だ。彼女はわたしの口を気に入っている。そうだろう？　秘書に戻れば、一日中わたしの口元を見るわけだ。そしてわたしは、彼女が本当は何を求めているかを、ことあるごとに思い出させてやろうじゃないか。花嫁になると承諾するまで。

エドワードはにやりと笑った。実際、結婚したら、どんな褒美が待っているかを見せてやるのはこちらとしても楽しいことだ。欲望にかられた女なのだから、そう長くは我慢できまい。そしてわたしの妻になる。アンナが自分の妻になるという考えに、なぜか不思議なほど元気づけられた。それに、欲情にかられた妻というのも悪くないかもしれない。そうさ、もちろんだとも。

苦笑いをしながら、エドワードは馬の腹を蹴り、馬を走らせた。

18

オーリアはおそれおののいて夫を見つめた。ちょうどそのとき、高窓を通して夜明けの光が差しこみ、王子に降り注いだ。すると彼の体は縮みはじめ、ぶるぶる震えだした。広く滑らかな肩はすぼまり、大きく優美な口元はぐんと伸びて硬くなり、力強い手の指は小さく縮んで、黒い羽に変わった。そして王子がカラスの姿に変わっていくとともに、城の壁が揺れはじめ、粉々に砕け散った。気がつくと、カラスと家来の鳥たちがばたばたと羽音を立てながら、大空を旋回していた。オーリアはたったひとり、服さえ身に着けず、食べ物も水もなく、見渡すかぎり何もない枯れ野の真ん中に取り残された……。

――『カラスの王子』より

アンナはしびれを切らしていた。自分がつま先で土をとんとん蹴っているのに気づき、足をそっと地面に下ろした。エドワードがデイジーの鞍について馬番と話しているあいだ、彼女は厩の庭で待たされていた。どうやら鞍に問題があるらしいが、どこが悪いのかはわからない。だれも彼女には――女には――そういうことは教えてくれない。

アンナはため息をついた。一週間近く、彼女は口をつぐんで、秘書としてエドワードの命令にまじめに従ってきた。彼の命令のいくつかは、あきらかに彼女を動揺させるためのものだったが、気にしないようにしていた。一日に一度は、女性の不実についてあてこすりを言われたが、それも気にしない。顔を上げるたびに、彼の目がじっと自分に注がれていることも気にしない。ずっと淑女らしく、おとなしく従順にふるまってきた。でも、もう頭がどうにかなりそうだった。

アンナは目を閉じた。忍耐。忍耐を学ばなくては。

「眠っているのか？」エドワードがすぐ横から声をかけてきた。アンナははっと驚いてにらみ返したが、彼はもうすでに背中を向けていた。「ジョージが言うには腹帯が古くなりすぎているらしい。ほろなしの馬車で出かけなくては」

「それはちょっと——」とアンナは言いかけたが、エドワードは馬をつないでいる馬車のほうにすたすたと歩いていってしまった。

アンナは口をぽかんと開け、それから彼のあとを速足で追った。「伯爵様」

彼は聞こえないふり。

「エドワード」アンナは鋭いひそひそ声で言った。

「なんだい、ダーリン」彼がいきなり立ち止まったので、アンナはぶつかりそうになった。

「そんなふうに、わたしを、呼ばないで、ください」この一週間、同じことを何度も繰り返してきたので、だんだん口癖のようになってきた。「ほろなしの馬車では、狭すぎて馬番かメイドを乗せられませんわ」

彼はさりげなく馬車に視線を投げた。ジョックはすでに高い座席に飛び乗って、出発するのを待っている。「なぜ下男やメイドを乗せる必要がある？　畑を見にいくのに」

アンナは唇を引き結んだ。「わかっていらっしゃるくせに」

彼は眉毛を上げた。

「付添い人ですわ」アンナはまわりに馬番たちがいたので、にっこりと笑った。

彼は体を近くに寄せて言った。「かわいい人、うれしいことを言ってくれるね。だが、いくらわたしでも、馬を御している最中にきみを誘惑することはできない」

アンナは赤くなった。そんなことはわかっている。「わたしは――」

エドワードはアンナがそれ以上何か言う前に、彼女の手を取って馬車にのせ、座席に座らせた。それから馬番たちのところへ行って、馬車に馬をつなぐのを手伝った。

「横柄な人」とアンナはジョックにささやいた。

ジョックはしっぽを振って、彼女の肩に大きな頭をのせた。犬のよだれが肩についた。数分後、エドワードは馬車を揺らして座席に飛び乗ってきて、手綱をとった。馬が歩きだし、馬車はがくっと揺れて動きはじめた。アンナは座席の後部をつかんだ。首を突き出しているジョックの耳と頬が風を受けてはためいている。馬車は勢いよく角を曲がり、アンナはエドワードにぶつかった。一瞬、胸が彼の板のように硬い腕に押しつけられた。彼女はさっと姿勢を正し、もっと強く座席の横にしがみついた。

馬車はふたたび方向を変え、アンナはまたしても彼に衝突した。エドワードをにらみつけたが、彼はどこ吹く風だ。座席の背から手を離すたびに、馬車は急に揺れて、またしてもしがみつくはめになるのだった。

「わざとなさっているの?」

返事はない。

「わたしに思い知らせるために、馬車をこんなに揺らしているのだとしたら」アンナははあはあと息をしながら言った。「子どもじみていますわ」

黒いまつ毛に縁取られた漆黒の目が彼女をちらりと見た。

「わたしを罰したいというお気持ちはわかりますけど」と彼女は言った。「馬車を壊してしまうとあなたもお困りになるのよ」

エドワードは少しだけ速度をゆるめた。

アンナはひざの上に手を置いた。

「どうしてわたしがきみを罰したいなどと思うんだね?」

「わかっていらっしゃるくせに」まったく、この人ときたら、本人がそうしようと思えばいくらでも憎たらしくなれるのだ。

しばらくふたりは黙ったまま、馬車は小道を進んでいった。空が明るみはじめ、ほんのり赤く染まった。彼の目鼻立ちがはっきりと見えるようになった。人を信じない顔に見える。

アンナはため息をついた。「後悔していますわ」

「ばれてしまったからか？」エドワードの声は妙にもの柔らかだった。

アンナは頬の内側を噛んだ。「あなたをだましたことを後悔しているのです」

「にわかに信じがたいね」

「嘘をついているとおっしゃりたいの？」アンナは歯をくいしばって癇癪を起こしそうになるのを必死にこらえた。忍耐よ、忍耐。

「ああ、そうだよ、かわいい人。そういうことだ」歯ぎしりしているような音が聞こえた。

「きみは生まれつきの嘘つきのようだからね」

アンナは深く息を吸いこんだ。「あなたがそうお考えになる気持ちは理解できます。でも、あなたを傷つけるつもりはなかったということだけは信じてください」

エドワードは鼻を鳴らした。「そうか、わかった。きみはロンドンの悪名高き娼館で、高級娼婦のようなドレスをまとって待っていた。その部屋へわたしがたまたま足を踏み入れたというわけだ。わかった、どうやらわたしはきみを誤解していたらしい」

アンナは一〇まで数えた。それから五〇まで数えてから言った。「あなたを待っていたのです。あなただけを」

これで、どうやら彼は気勢をそがれてしまったらしかった。太陽はすでに高くなっていた。馬車ががたがたとカーブを曲がると、道の真ん中にいた二匹のウサギがびっくりして逃げていった。

「なぜだ？」彼は怒鳴った。

アンナは話のつながりがつかめなかった。「え?」

「どうしてわたしを選んだのだ?　六年間も男を寄せつけずにいて」

「七年近くになります」

「だが、未亡人になって六年だろう?」

アンナはうなずいたが説明はしなかった。

アンナは、エドワードが答えを待って自分を見つめているのを感じた。「年月のことはともかく、どうしてわたしを選んだ?　この天然痘の痕の――」

「そんなものはまったく関係ありません!」アンナは叫んだ。「そんな痕などどうでもいいんです。わからないんですか?」

「では、なぜ?」

今度はアンナが黙りこむ番だった。いま、太陽は明るく輝いて、すべてのものをくっきりと照らし出している。

アンナはなんとか説明しようとした。「わたしは思ったのです……いいえ、わかっていたのです。わたしたちが互いに惹かれあっていると。でもあなたはロンドンに発ってしまった。わたしへの思いを別の女性で満たすつもりなんだと気づきました。だからわたしは――どうしても――」アンナはうまい言葉を見つけられずに両手を上げた。「だからわたしは、あなたの、あなたが寝る相手になりたいと思ったのです」

エドワードはうっと息を詰まらせた。彼がぞっとしたのか、不快に思ったのか、それともただ彼女をあざ笑おうとしたのかは、アンナにはわからなかった。

急にアンナの感情は爆発した。「ロンドンへ行ってしまったのはあなただったのよ。ほかの女性と、や、やることに決めたのはあなたのほうよ。わたしに、わたしたちふたりに、背を向けたのはあなたよ。どっちが罪が重いというの？　わたしはもう――あっ」

エドワードが突然がくんと馬車を止めたので、アンナは言葉を飲みこんだ。ジョックは座席から放り出されそうになった。アンナは抗議しようと口を開けたが、何か言う前にその口は彼の口でふさがれてしまった。彼はいきなり舌を差し入れてきた。アンナは彼の舌に残るコーヒーの味を味わい、もっと彼を受け入れるために口を開いた。太い指がうなじをさする。彼女は成熟した男の麝香の香りに包まれた。ゆっくり、残念そうに彼の唇が離れていった。名残を惜しむかのように、最後に舌でやさしく彼女の下唇をなでた。

彼の頭がどけられ、アンナは降り注ぐまぶしい太陽の光に目をしばたたいた。エドワードは彼女のうっとりした表情をながめ、そこに見たものにどうやら満足したらしい。白い歯を光らせて笑った。彼は手綱をとり、馬を駆け足で走らせた。馬のたてがみが風になびく。アンナはまたしても座席の背をつかまなければならなくなった。そしていま起こったことを考えようとした。でも、彼の口の味が残っている状態ではまともにものを考えられそうもなかった。

「わたしはきみと結婚する」エドワードは大声で言った。

彼女は何と言っていいかわからなかった。だから、黙っていた。

ジョックはわんと一度吠え、舌を口からはみ出させて、風になびかせた。

コーラルは顔を少し上に向けて、空から降り注ぐ日光のみずみずしい熱を頬に感じた。起きられるくらい回復してからの毎日の習慣で、彼女はレン家の裏口のドアの前に座っていた。まわりの黒い土の中からは、緑の小さな指のような芽があちこちで顔を出し、かわいい小鳥がかなりやかましくさえずっていた。ロンドンでは日差しを感じることもないとは、なんて不思議なんだろう。何千人もの人々の騒々しい叫び声や、煤の混じった煙や、汚物だらけの道に気を取られているうちに、空を見上げることも忘れてしまう。やさしい日差しの感触を忘れてしまうのだ。

「まあ、ミスター・ホップルったら!」姉の声に、コーラルは目を開いたが、じっと動かずにいた。パールは裏庭につづく門のすぐ手前で立ち止まっていた。その後ろには、見たこともないような派手なベストを着た小柄な男性が立っている。ベストをしきりに引っ張っているところを見るとどうやら照れているらしい。驚くにはあたらない。気になる女性の前では多くの男がそわそわするものだ。少なくとも善良な男ならば。しかしパールのほうも、指に髪を絡みつけてはにかんだようすではないか。これこそが驚きだ。売春婦が最初に学ぶことのひとつは、異性の前でいかに自信に満ちた大胆な態度を保つかということだ。それが生きるすべなのだから。

パールはかわいらしく、くすくす笑って、その男と別れた。それから門を開けて小さな庭に入ってきた。裏口のすぐそばまでやってきて、やっと妹がいることに気づいた。

「あらまあ、驚いた。こんなところに座っているなんて」パールは火照った顔を手であおいだ。「びっくりして、腰を抜かすところだったわ」

「そうみたいね」コーラルが言った。「まさか、新しいお客をさがしているんじゃないわよね。もう働かなくてもいいのよ。それに、わたしの体が治ったら、すぐにロンドンに帰るんだから」

「いやだわ、あの人はお客なんかじゃないわ」とパール。「とにかく、そういうたぐいのお客じゃないの。アビーでメイドとして働かないかと言ってくれているの」

「メイド？」

「ええ」パールは頬を赤らめた。「あたしは昔はメイドの見習いとして働いていたでしょう。だから、またメイドとしてちゃんとやれると思うの」

コーラルは顔をしかめた。「でも、姉さんは働かなくてもいいのよ。わたしが面倒を見るって、言ったでしょう」

姉は細い肩を後ろに引いて、顎を突き出した。「わたし、ミスター・ホップルの元に残るわ」

コーラルは少しのあいだ、姉を見つめた。パールの態度は揺るがない。

「どうして？」コーラルはしばらくしてから聞いた。冷静な声だ。

「彼につきあってほしいと言われて、承諾したの」

「彼にいつ、本当のことを言うの？」

「もう知っていると思う」パールは妹の質問について考えてから、急いで首を振った。「いいえ、まだわたしからは話していないけれど、このあいだ、あたしがここに滞在していたことは秘密にしていないわ。それに、もし彼が知らないなら、あたし、ちゃんと話す。それでも、あたしを受け入れてくれると思うの」

「彼があなたの以前の生活を受け入れたとしても」コーラルは静かに言った。「ほかの村人はそうではないかも」

「ええ、もちろん、簡単にはいかないとわかっている。あたしはもう、夢見るうぶな娘じゃないのよ。でも彼はまっとうな紳士だわ」パールはコーラルの椅子の横にひざまずいた。「彼はとても親切にしてくれるの。そして、あたしをまるでレディのように見てくれる」

「だからここに残るというの？」

「あなたも残ったらどう？」パールは静かに言って、コーラルの手を握った。「あたしたちふたりとも、ここで新しい生活をはじめられるかも。ふつうの人間として家族をもつのよ。この家みたいな、小さな家をもって、あなたはわたしといっしょに暮らせばいいわ。どう、すてきじゃない？」

コーラルは姉が手を絡めている自分の手を見下ろした。パールの指は薄茶色で、指の関節のまわりに小さな傷痕がたくさん残っていた。メイド時代の名残だ。コーラルの手は白く滑らかで、並みはずれて柔らかだった。コーラルは姉の手から自分の手を引き抜いた。

「わたしはここには残れないわ」コーラルはほほえもうとしたけれど、うまくいかなかった。「わたしはロンドンの人間よ。ほかの場所では安心できないの」

「でも——」

「もういいから。わたしの運命はずっと昔に決まってしまったの」コーラルは立ち上がり、スカートを揺すった。「それに、この新鮮な空気と日光はわたしの肌にはよくないみたい。ねえ、来て。荷造りを手伝ってちょうだいな」

「あなたがそうしたいなら」パールはゆっくりと言った。

「そういうこと」コーラルは手を差し伸べて、姉を引き寄せた。「ミスター・ホップルの気持ちは聞いたけど、姉さんが彼をどう思っているかは話してもらってないわ」

「彼といるとあったかくて安心できるの」パールは赤くなった。「それにキスがとてもすてき」

「レモンカード・タルトね」コーラルはつぶやいた。「姉さんはレモンカードに目がなかったものね」

「何の話?」

「何でもない」コーラルは姉の頰に軽くなでるようなキスをした。「姉さんが、この人と思える男にめぐりあえて、わたしもうれしいわ」

「そしてさらに、その風変わりな説は、あなたの脳の老化がかなり高度な段階に進んでいるのではないかという疑問を深めることになります。まことにお気の毒なことです」

アンナはエドワードが紫檀の机の前を歩きながらしゃべる言葉を必死に書き写していた。口述筆記は初めてだった。そして悔しいことに、思っていたよりもはるかに難しいことがわかった。そのうえ、エドワードがこの容赦ない痛烈な手紙の内容を、矢のようなスピードで話すので、なおさらたいへんだった。

視界の隅で、あの『カラスの王子』の本がまた自分の机の上に戻っているのを見た。二日前の馬車での遠出以来、彼女とエドワードはその本のことでゲームのようなやりとりをしていた。ある朝、その本は彼女の机のまん中に置かれていた。彼女がそれを黙って彼に返すと、昼食後にはまた机の上に戻っていた。そしてそういうことが何度も繰り返された。これまでのところ、アンナはエドワードにこの本が彼にとってどのような意味をもつのか、そしてなぜ彼がそれを自分にわたそうとするのかを尋ねる勇気が出なかった。

エドワードは口述の途中で、アンナの前にやってきた。「おそらくあなたの知力の衰えは家系的なものかもしれません」彼は拳を机についた。「あなたの叔父上、アーリントン公爵のことを覚えておりますが、あの方もブタの繁殖問題に関しては同じように頑固でいらした。げんに、最後に卒中発作を起こされたのは、分娩用の檻の件で議論が過熱しすぎた結果と言われております。ここは暑くないか？」

アンナは暑いという単語まで書いてやっと、最後のところは自分に向けられた質問だと気づいた。顔を上げると、彼は上着を脱ぎはじめていた。

「いいえ、この部屋はちょうどいい温度のように思えますわ」彼女のためらいがちなほほえみは、エドワードがクラヴァットを取ったのを見て凍りついた。

「わたしには暑すぎる」と彼は言って、ベストのボタンをはずしはじめた。

「何をなさっているの？」アンナは甲高い声で言った。

「手紙の口述だが？」彼は邪気のないふりをして眉を吊り上げた。

「服を脱いでらっしゃるわ！」

「いや、まだシャツを脱いでいない」エドワードはそう言いながらシャツを脱ぎだした。

「エドワード！」

「なんだい？」

「いますぐ、シャツを着なおしてください」アンナはとがめるように言った。

「どうして？　わたしの体を見るのは不快か？」エドワードは無頓着に机に寄りかかってきた。

「ええ」アンナは彼の表情を見て顔をしかめた。「いいえ！　とにかくシャツを着てください」

「天然痘の痕は不快じゃないんだな？　本当だな？」彼はさらに体を倒して近づけてきた。指で上胸部に残る痕をたどる。

　アンナの目は催眠術にかかったかのように、彼の指先を追ったが、彼女ははっとして目をそむけた。辛辣な言葉が舌の先から出かかったが、エドワードが気楽さを装っているのを感じとって口をつぐんだ。このしゃくにさわる人にとって、この質問はとても重要なのだ。

アンナはため息をついた。「わたしはあなたに嫌悪を感じたりしませんわ。わかっていらっしゃるでしょうけど」

「では、わたしに触れてみたまえ」

「エドワード——」

「触れてくれ」エドワードはささやいた。「知る必要があるのだ」彼はアンナの手を取って、自分の正面に立たせた。

アンナは彼の顔を見つめた。節度と彼を安心させたいという願望のあいだで心が揺れる。だが、本当の問題点は、自分が彼に触れたいということだった。しかもその欲望はとても強かった。

彼はじっと待っている。

アンナは手を上げた。ためらい、そして、触れた。震える手をエドワードののどと胸の境目あたりにそっとあてると、心臓の鼓動がはっきりと感じられた。彼女をじっと見つめる彼の黒い瞳は、不可能に思われるほどさらに濃い色になった。硬い筋肉の上に手を滑らせていくと彼女自身の胸も深い呼吸で上下しだした。天然痘の痕のへこみが指先に感じられ、彼女はそっと中指の先でそれを丸くなぞった。彼のまぶたは重りをかけられたかのように閉じた。指は別の痕に移り、同じようにそれを丸くなぞった。アンナは自分の手を見つめ、この痕が象徴する遠い昔の苦痛を思い描いた。少年の体に残った痛み、彼の心に残った痛み。ふたりの緊張した呼吸の音以外、部屋の中は静まり返っていた。アンナは男性の胸をこれほど細かいところまでじっくり観察したことはなかった。なんてすばらしい感触だろう。なんとそそられる。ある意味、セックスそのものよりも官能的ですらあった。

彼の顔をちらりと見上げると、唇は半開きになっていて、舌でなめた部分が濡れていた。彼もわたしと同じくらい感じている。ただ触れただけで、これほどの力をおよぼすことができると知って、彼女は燃え上がった。手が黒い縮れた胸毛に触れた。汗でしっとりと湿っている。手をゆっくりと沈めていくと、黒い縮れ毛がまるで彼女の指を捕らえようとするかのように巻きついた。体の熱とともに、男らしいにおいが立ち昇ってくる。

意志の力では止めることがかなわず、彼女はその胸に引き寄せられるように体を前に倒した。唇を胸毛がくすぐる。鼻を彼のぬくもりに埋める。その胸はいまや激しく上下している。彼女は口を開いて、はあっと息を吹きかけた。舌を這わせて、塩辛い肌を味わう。どちらが――いや、たぶん、ふたりともが――うめいた。手で彼の両脇腹をつかむと、腕の中に引き寄せられるのがぼんやりとわかった。彼女の舌はまだ、くすぐったい胸毛やぴりっとした汗の味や、男性の乳首を探索しつづけている。

すると、自分の涙の塩辛い味がした。

いつの間にか、目からゆっくりと涙があふれだし、頬を伝って彼の汗と混じりあっていた。こんなのおかしいわ。そう思っても涙を止めることができなかった。自分の体がこの人を求めることを止められないように。自分の心が彼を愛することを止められないように。

自分が泣いていることに気づいて、アンナははっと動きを止めた。ぼんやりしていた頭がいくぶんすっきりした。彼女は震えながら息を吸いこみ、彼を押しのけて、その抱擁から逃れようとした。

彼は腕の力を強めた。「アンナ――」

「お願い。放して」声がかすれているのがわかった。

「ちっ」とつぶやいたものの、彼は腕を開き、彼女を解放した。

アンナはさっと彼から遠のいた。

エドワードは眉間にしわを寄せて言った。「わたしがこれを忘れると思うなら……」

「警告にはおよびません」アンナは異様に甲高く笑った。いまにも取り乱してしまいそうだった。「あなたが何事もお忘れにならない――いえ、お許しにならないことはすでに知っていますわ」

「ちくしょう、きみは――」

そのとき書斎のドアをノックする音が聞こえた。エドワードは途中で言葉を切り、背筋を伸ばして、いらだたしげに髪をかきむしったので、後ろでひとつに束ねている髪が乱れてしまった。「何だ？」

ホップルが扉の陰から顔を出した。伯爵が上半身裸なのを見て、目をしばたたいたが、それでもつかえながら話しだした。「し、失礼いたします。じつは、御者のジョンが申しますには、馬車の後輪を修理に出したまま、まだ鍛冶屋から戻ってこないとのことでございます」

エドワードは家令を怖い顔でにらみつけ、シャツをひっつかんだ。

アンナはこのすきに、こっそり濡れた頬をぬぐった。

「一日しかかからないと言っていたのです」ホップルはつづけた。「どんなに長くても二日と」

「そんなには待てん」エドワードは服を着終わって、さっと体を返し、机の引き出しをかきまわしはじめた。ばらばらと紙を床にまき散らす。「では、わたしたちは、ほろなしの馬車を使うから、召使たちは馬車の修理が終わってから来ればよい」

アンナはけげんそうに顔を上げた。旅に出る話は初めて聞いた。言いたくなかったのね？

ホップルは眉をひそめている。「わたしたち、、、、とおっしゃいますと？　だれかを連れていかれるとは――」

「秘書がわたしとともにロンドンに行くに決まっているだろうが。原稿を完成させるためには、彼女の助けがいる」

家令はおそれおののいて目を大きく見開いたが、エドワードは彼の顔を見ていなかった。すでにアンナに挑戦的なまなざしを向けていたからだ。

彼女はすっと息を吸いこんだが、黙っていた。

「し、しかし、旦那様！」ホップルはあまりのことに度肝を抜かれたらしい。

「原稿を仕上げなければならないのだ」エドワードは理由をアンナに言った。目は黒い炎のように燃えている。「農業協会の会議で秘書にメモをとってもらう。わたしはここ以外の領地に関するさまざまな交渉をしなければならない。そうだ、秘書を連れていくことはどうしても必要なのだ」

ホップルはおずおずと話しはじめた。「ですが、彼女は――その、女性でございます。独身の女性であります。失礼、ミセス・レン。こういうことはたいへん不適切であると――」

「まったく、そのとおり」エドワードが口をはさんだ。「付添い人を同行させる。ミセス・レン、明日、だれかひとり連れてくるように。夜明け前に出発する。中庭で会おう」と言うと、彼は部屋から出ていってしまった。

ホップルは無駄な文句をつぶやきつつ、主人のあとを追っていった。

アンナは笑ったらいいのか泣いたらいいのかわからず途方に暮れた。手のひらにざらざらする濡れた舌を感じて下を見ると、ジョックが横ではあはあ息をしていた。

「いったいわたしはどうすればいい？」

しかし犬はただため息をついて、ごろんと仰向けになり、足を宙にばたつかせただけだった。彼女の問いに対する答えにはまったくなっていなかった。

19

オーリアはただひとり果てしない荒野に取り残され、すべてを失ってしまったことを嘆き悲しみ、しくしく泣きつづけた。しかし、しばらくすると、残された希望は、消えた夫をさがすしだし、自分と彼を救うことしかないと気づいた。そこでオーリアはカラスの王子をさがす旅に出た。最初の年は東の土地へ行った。そこには奇妙な動物や人々が住んでいたが、カラスの王子のことを知っている者はひとりもいなかった。次の年は北の土地に行った。そこは夜明けから夕暮れどきまで、氷のように冷たい風が人々を支配していたが、やはりそこにもカラスの王子を知る者はいなかった。三年目、彼女は西の土地をさがした。豪華な城が天まで届くほど高くそびえていたが、カラスの王子のことはだれも知らなかった。四年目、彼女は南の果てまで船で行った。そこでは、太陽が地面近くにあって、土地を焦がしていた。しかしカラスの王子の話を聞いたことがある者はいなかった……。

——『カラスの王子』より

「ごめんなさい、でも」マザー・レンは荷造りをするアンナのそばで両手をもみ合わせながら言った。「ほろなしの馬車だとわたしのお腹はひっくり返ってしまうの、あなたも知っているでしょう。それを考えるだけで、もう……」

アンナはさっと顔を上げた。義母の顔が青ざめている。

アンナは義母を椅子にかけさせた。「座って、ゆっくり息をして。水を持ってきましょうか？」アンナは部屋にひとつしかない窓を開けようとしたが、ひっかかって開かなかった。

マザー・レンは口にハンカチをあてて目を閉じた。「じきによくなるわ」

アンナはドレッサーの上にあった水差しから水をコップに注いで、マザー・レンの手に持たせた。水を少し飲むと、マザー・レンの頬に赤みが戻ってきた。

「コーラルがあんなに急に帰ってしまったのは残念だわ」マザー・レンはこのことを一日中、言葉を換えてことあるごとに言っていた。

アンナは唇を引き締めた。

今朝、ファニーはキッチンに書き置きがあるのを見つけて、あわててレン親子を起こしにきたのだった。手紙には、お世話になって感謝していますとだけ書かれていた。アンナは走って二階に行き、コーラルが寝ていた部屋をのぞいたが、部屋は空っぽで、ベッドはきちんと整えられていた。そこにはもう一通の手紙が枕にピンで留められていた。コーラルはパールをもう少しここにいさせてやってくださいと頼んでいた。手紙を開こうとしたとき、手紙の中に入れてあった金貨が何枚か、床に落ちた。

アンナはその金をパールに返そうとしたが、パールは首を振ってあとずさりし、こう言った。「いいえ、奥さん。そのお金は、あなたとミセス・レンのものです。あなたがたはわたしとコーラルにとって、一番大切な友人です」

「でも、あなたはお金が必要でしょう」

「あなたがたもお金が必要です。それにわたし働き口を見つけて、もうすぐ働きはじめるんです」彼女は顔を赤らめた。「アビーで雇ってもらえるんです」

アンナは思い出しながら首を振った。「コーラルは大丈夫だといいんだけど。青あざはやっと薄くなりはじめたばかり。パールも、ロンドンのほかに、コーラルが行ける場所はないはずだと言っているわ」

マザー・レンは額に手をあてた。「もう少し待っていてくれれば、ロンドンまであなたといっしょに行けたのに」

「パールに頼んでみましょう。アビーで働きはじめるのを少し遅らせて、まずロンドンにいっしょに行ってもらうわ」アンナはドレッサーの引き出しを開けて、穴のあいていない靴下をさがした。

「パールはここにいたいんじゃないかしら」義母は慎重にコップを椅子の横の床の上に置いた。「どうやらアビーで、ある紳士とめぐりあったらしいの」

「そうなんですか？」アンナはたくさんの靴下をかかえたまま、半分振り返った。「だれだとお思いになる？　従僕のひとり？」

「わからないわ。一昨日、パールはアビーではどんな人が働いているのかと聞いてきたの。

それから、なんだかミツバチのことをぶつぶつ言っていたわ」

「養蜂の係なんていたかしら」アンナは眉をひそめて考えこんでから頭を振り、それから一足の靴下をたたんで鞄に入れた。

「わたしが知るかぎりではいませんよ」マザー・レンは肩をすくめた。「いずれにせよ、スウォーティンガム卿があなたをロンドンに連れていくことに決めてくださって、わたしはうれしいですよ。あの方は、とてもよい人ですもの。それにあなたに関心を持ってくださっている。きっと、あちらであなたに大事なことを聞くつもりよ」

アンナは顔をしかめた。「結婚のことなら、もう申し込まれました」

マザー・レンはぱっと立ち上がって、自分の年の半分の娘がするような、歓声をあげた。

「でも、お断りしたんです」アンナは言った。

「お断りした？」義母は仰天したようだった。

「ええ」アンナは丁寧にシュミーズをたたみ、鞄にしまった。

「ピーターのせいよ！」マザー・レンは足を踏み鳴らした。

「お義母様！」

「ごめんなさい。でも、あなただってわかっているでしょう。もしもわたしの息子がいなかったら、あなたがあのすてきな男性の申し出を断るはずがないことくらい」

「いいえ、そんな——」

「いまとなっては、あの子をかばったって無駄ですよ」マザー・レンは厳しい表情になった。

「わたしはあの子を愛していましたよ。たったひとりの息子だし、小さいときには本当にかわいい子だった。でも結婚してからの、息子のあなたへのしうちは、許しがたいことです。わたしの最愛の夫が生きていたら、ピーターに鞭をくれてやったと思いますよ」

アンナはじわっと目に涙がわいてくるのを感じた。「ご存じだったとは知りませんでした」

「じつはわたしも知らなかったのですよ」マザー・レンはどすんとまた椅子に座った。「最後の病に伏せるまでは。あの子は熱に浮かされて、ある晩わたしが付き添っていたときにうわごとを言いはじめたのです。あなたはもう休んでいました」

アンナは涙で視界が曇っているのを隠すために、自分の手を見下ろした。「あの人は、わたしに子どもができないことを知って、とてもむしゃくしゃしていたんですわ。残念です」

「わたしもよ。あなたたちが、いっしょに子どもをつくれなかったことが残念だわ」

アンナは手のひらで顔の涙をぬぐった。衣擦れの音がして、義母が近づいてくるのがわかった。

ふっくらした温かい腕がアンナを包んだ。「でも、息子にはあなたがいた。ピーターがあなたと結婚したとき、わたしがどれだけうれしかったかあなたは知っているかしら?」

「まあ、お義母さま……」

「あなたは、わたしには持つことができなかった娘も同然なの」マザー・レンはつぶやいた。

「今までずっとわたしの世話をしてくれたわ。いろいろな意味で、わたしは息子よりもあなたのほうに心が近づいてしまったのね」

なぜか、この言葉を聞いてアンナのすすり泣きは激しくなった。マザー・レンはアンナを抱きしめ、やさしく左右に揺すってくれた。アンナは激しく泣きじゃくった。嗚咽が胸からしぼり出され、しまいには頭が痛くなってくるほどだった。長いこと日の当たらない場所に隠しつづけてきた、自分の人生の一部をあばかれるのは、とてもつらかった。ピーターの浮気のことは、だれにも打ち明けず、ずっとひとりでその恥辱に耐えてきた。ところが、マザー・レンは以前からこのことを知っていたのだ。しかも、わたしを責めてはいなかった。義母の言葉で、許されたような気がした。

やがてアンナのむせび泣きはおさまっていったが、目はまだ閉じられたままだった。ぐったりと疲れ果て、手足が重く、だるく感じられた。

マザー・レンはアンナを横たわらせ、上掛けをかけてくれた。「おやすみなさい」マザー・レンのひんやりとした柔らかな手が、額からやさしく髪を払いのけてくれた。「どうか、幸せになってちょうだい」という彼女のささやきが聞こえた。

アンナは横たわってまどろみながら、階段を下りていくマザー・レンの靴音を聞いていた。頭痛はしたけれど、心は安らかだった。

「ロンドンへ行ったですって?」フェリシティは声を張り上げた。

レン家の前を通りかかったふたりのレディたちが、フェリシティのほうを見た。フェリシティは彼女たちに背を向けた。

マザー・レンはフェリシティを不思議そうに見ている。「ええ、今朝、伯爵様と出かけましたのよ。スウォーティンガム卿がおっしゃるには、クラブの会合にどうしても秘書が必要なのですって。なんという会合だったのか、はっきり思い出せないんですけどね。農学だとかなんとか、そんな感じですよ。紳士がたは、いったいそんなもののどこが面白いんでしょうねえ？」

フェリシティはマザー・レンがべらべらしゃべっているあいだ、顔にほほえみを貼りつけていたが、じれったくて叫びだしそうになっていた。「ええ、で、アンナはいつ帰るのです？」

「二、三日は帰らないと思いますよ」マザー・レンは眉をひそめて考えこんだ。「もしかすると一週間？　二週間ということはないと思いますけど」

フェリシティは、自分の笑顔が凍りついて渋面に変わるのを感じた。なんてこと。この女はぼけているの？「そうですの。さて、わたしは行かなくては。用事がありますの」

マザー・レンの困ったようなほほえみを見て、こんな唐突な言い方は礼儀を欠いていると思ったが、フェリシティには時間がなかった。彼女はそそくさと馬車に乗りこむと、天井をたたいて出発させた。馬車が走りだすと彼女はうめいた。どうしてチリーはあんなに軽率なのかしら？　わたしの召使のうち、だれが噂話をふりまいたのか？　裏切り者をつかまえたら、このあたりではけっして働けないようにしてやるから。夫のレジナルドが朝食のテーブルで怒りだしたのは、つい今朝のことだった。彼は、先週屋敷から忍び出たやつはだれなのだ、と詰め寄った。彼女はゆで卵がのどを通らなくなった。

チリーが使用人用の通用口など使わずに、窓をよじのぼってきてくれさえすれば。でも、彼は窓台の石にひっかかって靴下が破れるからいやだと言ってきかなかったのだ。愚かな役立たず。しかも、レジナルドはチリーのことを疑っているだけでなく、昨日、シンシアの赤毛のことも口にした。記憶にあるかぎりでは、クリアウォーター家で赤毛の子が生まれたのは初めてだな、と。

ええ、もちろん、そうよ、おばかさん。フェリシティは叫びたかった。あの子の赤毛はあなたの家系からきたんじゃないのよ。でもそう叫ぶ代わりに、自分の祖母は赤毛だったとあいまいな受け答えをして、急いで話題を猟犬のことに向けたのだった。猟犬の話題だったらすぐに夫は夢中になることがわかっていた。

フェリシティは完璧に結い上げた髪に手をやった。これほど年月が経ったいまになって、なぜ夫は自分の娘の容姿を気にしだしたのだろう。チリーについての疑いに加えて、あの手紙が出てくれば、自分の立場は非常に悪くなるだろう。彼女は肩をすくめた。みすぼらしい田舎家へ追いやられてしまうかもしれない。離婚だってありえる。それはもっとも恐ろしい運命だった。あってはならないことよ。このフェリシティ・クリアウォーターには。

アンナを見つけて、手紙を奪い返さなくては。

アンナは寝返りを打って、重いダウンの枕をたたいた。もう一〇〇ぺんもそうしたような気がする。空を旋回して獲物に襲いかかろうとする鳥のように伯爵がやってくるのを待っていては眠れるはずもない。

今朝、付添い人役のファニーはあとから馬車で来るように言いつけられてしまったのだが、アンナはそれを知ってもとくに驚かなかった。そういうわけで、アンナはエドワードとふたりきりでほろなしの馬車でロンドンへやってきた。馬車に乗っているときには、エドワードと自分のあいだにジョックを座らせることにしたのだが、エドワードは一向に気にかけているようすがないのでがっかりしたくらいだった。彼らは一日中馬車の旅をつづけ、エドワードのロンドンのタウンハウスに着いたのは暗くなってからだった。どうやら使用人たちはもう寝ていたようだ。執事のドレアリーは、寝間着にキャップという姿で扉を開けた。だが、メイドたちはあくびをしながらも暖炉に火を入れて、主人たちのために冷たい食事を用意した。

食後、エドワードは礼儀正しく夜の挨拶をして、ハウスキーパーにアンナを部屋へ案内させた。召使たちとファニーを乗せた馬車はまだ到着していなかったので、アンナは寝室をひとりで使うことができた。その部屋にはどこか別の部屋につづく小さなドアがあり、アンナはなんだか怪しいと思った。単に客を泊めるにしては豪華すぎる。わたしを伯爵夫人の部屋に入れるはずはないわよね。まさか。

アンナはため息をついた。どうやら、そうらしい。

マントルピースの時計はすでに午前一時を打っていた。もしエドワードがこの部屋に来るつもりなら、もう来ているはず？　でも、ドアを開けようとしても無駄よ。どちらのドアも鍵をかけてしまったから。

落ち着いた男らしい足音が、階段を上がってきた。アンナは猛禽の影におびえるウサギのように動けなくなった。廊下につづくドアを見る。足音が近づいてくる。歩みはしだいに遅くなり、部屋の前で止まった。

彼女の意識はすべてドアノブに集中した。

しばらくの間があり、それからまた足音が聞こえはじめた。廊下の奥のドアが開き、ばたんと閉じた。アンナはまた頭を枕につけた。当然、ことのなりゆきにほっとした。とても、とてもほっとした。きちんとした淑女なら、悪魔のような伯爵に凌辱されないことがわかってほっとしないはずがないわよね？

悪魔のような伯爵にまさに体を奪われんとしているとき、立派な淑女はいったいどんな態度で待つのだろうかと思案していると、隣の部屋につづくドアがかちゃりと開いた。エドワードが、鍵と二個のグラスを持って自信たっぷりなようすで入ってきた。

「ブランデーをいっしょにどうかと思ってね」とグラスを見せた。

「わたしは、えへん……」アンナは言いよどんで咳払いをした。「ブランデーは飲みません」

彼はグラスをしばらく高く掲げていたが、やがてそれを下ろした。「いらない？　では――」

「でも、ここであなたがお飲みになるのはかまいませんわ」アンナは彼の言葉に自分の言葉をかぶせて言った。

彼は黙って見つめている。

「わたしといっしょに、という意味です」頬が火照ってくる。

エドワードが背中を向けたので、アンナは一瞬、出て行ってしまうのではないかと心配になった。しかし彼はグラスをテーブルの上に置くと、また彼女のほうを向いて、クラヴァットをはずしはじめた。「正直に言うと、寝酒を飲みに来たわけではない」

アンナは息を飲んだ。

エドワードはクラヴァットを椅子に放り投げて、シャツを頭から脱いだ。彼女の視線は即座に彼の裸の胸に釘づけになった。

彼がこちらを見た。「何も言わないのか？　そんなのは初めてじゃないかな」

彼はベッドに腰かけて最初にブーツを、それから靴下を脱いだ。重みでベッドがたわむ。

彼は立ち上がって、鹿皮のズボンのボタンに手をかけた。

アンナは呼吸を止めた。

エドワードは意地悪く笑って、ゆっくりとボタンをはずしていった。親指をウエストにかけて、ズボンと下着の両方を一気に脱いだ。それから背筋を伸ばす。ほほえみは消えていった。「いやだと言うなら、いまのうちだ」彼の声にはかすかな不安が混ざっていた。

アンナはじっくりと時間をかけて彼を見た。半分まぶたがかぶさった漆黒の瞳、広い筋肉質の肩、引き締まった腹、いきり立つ男性自身と重い睾丸、筋肉が畝のように盛り上がっている脚、すね毛に覆われたふくらはぎ、そして大きな骨ばった足へと視線を移していく。アフロディーテの洞窟は薄暗かったからよく見ることができなかったのだ。もしこの姿を二度と見ることがないなら、しっかり記憶に焼きつけておきたいとアンナは思った。彼の美しい姿態がそこにあり、ろうそくの明かりに照らされて、彼女を待っている。のどがからからで声が出せなかった。だからアンナはただ両手を広げた。

エドワードは一瞬目を閉じた。彼は本当にわたしが拒絶すると思っていたのだろうか？それから彼は音を立てずにベッドに近づいてきた。彼女の横で立ち止まる。思いがけない優雅なしぐさで頭を垂れ、片手で髪を結んでいたリボンを引いた。黒い絹のような髪が、天然痘の痕の残る肩にはらりとかかった。ベッドにのぼってアンナの体の上に四つん這いになった。黒い髪がアンナの頬をくすぐる。彼は頭を下ろしてきて、頬、鼻、そして目になでるような軽いキスをした。アンナは顔を上げて、唇を彼の唇につけようとしたが、かわされてしまった。しまいにアンナはじれてきた。

彼の唇がほしくてたまらなかった。「キスして」指を彼の髪に差し入れて顔を引き寄せた。

エドワードは口をかぶせてきて、彼女の息を吸いこんだ。まるで祝福を受けているような感じだった。とても自然だった。アンナにもいまならわかる。ふたりが分かち合っている情熱以上に完璧なものはこの世にはありえない。

彼女はもがいて彼をもっと引き寄せようとしたけれど、シーツの上から体の両側を彼の手と脚で押しつけられていて身動きがとれない。虜にされてしまったのだ。彼は思う存分唇をむさぼる。ゆっくりと時間をかけて、荒っぽく、次にはやさしく、そしてまた荒っぽく彼女を味わう。アンナの体は渇望で溶けてしまいそうだ。

突然彼は体を引き、ひざで立った。胸は汗でうっすらと濡れて輝き、男性自身の先には精のしずくが光っていた。その光景に、彼女ののどの奥からうめき声がもれた。その姿は神々しいまでに美しかった。そしてこの瞬間、彼のすべてはわたしのものなのだ。

彼は彼女の顔を見てから視線を下ろしていき、胸からシーツをはぎとった。彼女はシュミーズしか身につけていなかった。彼はその薄い下着を引っ張ってぴたりと胸につけ、その効果を確かめた。アンナは乳首が布地に押しつけられて硬くなっていくのを感じた。硬く、求めている。触れられるのを待っている。彼は体を倒して濡れた口を乳首につけ、シュミーズの上から吸った。その感触はあまりに鋭く、アンナはのけぞった。彼はもう一方の乳首も吸った。やがて胸の先に濡れて透きとおった布地がぺたりとはりついた。彼は顔を離して、最初の乳首に息を吹きかけ、それからもう一方の乳首にも同じことをした。彼女はあえぎ、もだえた。

「遊ぶのはやめて。お願い、触れてちょうだい」声はひどくかすれていて、自分の声とは思えなかった。

「お望みならば」

彼はシュミーズの襟ぐりをつかみ、一気にその薄い布地を引き裂いて前を開けた。裸の乳房が冷たい夜の空気の中にこぼれ出た。一瞬、アンナは恥じらいを感じた。今夜は顔を隠すマスクをつけていない。エドワードと愛を交わすのは本物の自分だ。己を隠すものは何もない。顔も、心も見られている。それから彼はまたもや顔をかぶせてきて、口に乳首を含んだ。冷たい布地から、熱い唇への急激な変化に、彼女はもうどうにかなりそうだった。そして彼は、乳首を吸いながら、長い指を下の巻き毛の中に滑りこませた。

彼女は動かず、息を殺して、待った。彼は繊細なタッチでまさぐり、目的のものを見つけた。親指で狡猾に円を描きはじめる。ああ、なんてすてき。どこに触れたらいいかがちゃんとわかっているのだ。猫のような声をもらしながら、彼の手に腰の動きを合わせる。指が深く入ってきて、彼女はいきなりクライマックスに達してぶるぶる体を震わせた。

彼の息が閉じたまぶたに向かってささやきかける。「わたしを見なさい」

アンナはうなるような彼の声に顔を向けたが、まだ目はうっとりと閉じたままだ。

「アンナ、わたしを見るんだ」

彼女は目を開けた。

エドワードは彼女の上にのしかかっていた。顔は紅潮し、鼻孔は広がっている。「きみの中に入るぞ」

硬くなった彼のものが濡れた入り口を突くのがわかった。頭部が入ってきて、アンナは思わず目を閉じかけた。

「アンナ、かわいいアンナ、わたしを見るんだ」エドワードはやさしい声で言った。

彼は半分ほど入ってきている。彼女はなんとか目の焦点を合わせようと努めた。彼は頭を下げてきて彼女の鼻の頭をなめた。

アンナは大きく目を見開いた。

そして彼は一番奥まで入ってきた。

彼女はうめき、体を弓なりにして体を押しつけた。ああ、ぴったりだわ。完璧よ。彼女のためにあつらえたかのように、彼は彼女を満たした。彼は彼女のために、彼女は彼のためにつくられたかのように。アンナは腿を彼の腰に巻きつけて、わが身の揺りかごに彼をすっぽりとおさめ、彼の顔を見つめた。目を閉じたその顔は欲望でこわばっていた。インクのように黒い髪のひと房が、顎にはりついていた。

そのとき、彼は目を開けて、その漆黒の目で彼女を射すくめた。「わたしはきみの中にいて、きみはわたしを抱きしめている。この瞬間からもう後戻りはできないのだ」

その言葉に彼女は叫んだ。胸の中の息が震えているようだった。彼は腰を揺すりはじめた。彼のものが何度も何度も突きあげてくる。アンナは両腕をまわしてエドワードにしがみついた。すべての思考は頭から消し飛んだ。彼はペースを速め、うなり声をあげる。エドワードは、何か言葉にあらわせないものを伝えようとするかのように、彼女の目をじっと見すえている。アンナは片手で、彼の頬に触れた。

大きな体が粉々に砕け散ったように感じられた。彼は体をぐっと強く彼女に押しつけた。喜びの波が押し寄せ、その快感の洪水は耐え難いほどすばらしかった。アンナは歓喜のうめき声をあげた。彼も同時に頭をのけぞらせ、恍惚の叫びに歯をむき出した。彼女の子宮は、心は、そして魂は、温かさで満たされていった。

　重たい体は彼女の上にあり、彼の鼓動を感じることができた。アンナはため息をついた。すると、彼はけだるげにごろんと転がって彼女から降りた。アンナは横向きになって体を丸めた。手足に心地よい痛みがある。彼女はうとうとと眠りに落ちていったが、完全に眠りこむ前に、エドワードの手がお腹にかかり、彼のぬくもりの中に引き寄せられるのを感じた。

夫をさがしはじめて五年目の雨の晩、オーリアは陰気な暗い森に迷いこんだ。着ているものは薄いぼろ一枚。足は素足で、まめができ、道がわからなくなって疲れ果てていた。持っている食べ物は一切れのパンだけだった。彼女は薄闇の中で、ちらちら光る明かりを見つけた。森の中の空き地に小さな小屋がぽつんと一軒立っていた。扉をたたくと、ひどく腰が曲がった歯のない老婆が戸口にあらわれ、彼女を招き入れた。「おや、娘さん」老婆はしわがれた声で言った。「こんな寒くて湿った晩にひとりで外にいてはいけないよ。さあ、さあ、入って火にあたりなさい。でもね、食べるものは何にもないよ。戸棚は空っぽさ。何か出してあげられたらいいんだけどねえ！」それを聞いてオーリアは老婆が気の毒になった。ポケットに手をつっこんで、最後のパンを老婆に差し出した。

――『カラスの王子』より

20

翌朝、甲高い女のような叫び声で、エドワードは目覚めた。驚いてがばっと起き上がり、耳障りな声がした方向に目をやると、デイヴィスがあきれ果てた顔でこちらを見ていた。乱れた白髪が灰色の顔にかかっている。エドワードの横からは、寝ぼけた女の声が聞こえてきた。まずい！　彼はあわててアンナにシーツをかけた。

「まったく、デイヴィス、いまごろ何の用だ？」エドワードは顔が赤らむのを感じつつ怒鳴りつけた。

「売春宿に行くだけじゃ、足りないんでございますか？　とうとうこの家にまで連れこんで、その、その……」近侍は口をもぐもぐさせた。

「ご婦人だ」エドワードはデイヴィスの代わりに言った。「この人は、おまえの考えているたぐいの女性ではない。わたしの婚約者だ」

シーツが盛り上がってきたので、エドワードは上の端に手をあてて、アンナの姿が見えないように押さえた。

「婚約者ですと！　わたしは年寄りですがね、ばかじゃない。その人はミス・ジェラードではありませんぞ」

シーツの動きが激しくなった。

「メイドを呼んで、火をおこさせろ」エドワードは切羽詰まって命じた。

「でも――」

「早く行け」

しかし、すでに遅かった。

アンナはもぞもぞとシーツから顔を出した。髪は色っぽく乱れ、口はセクシーに腫れ上がっていた。エドワードは自身が盛り上がるのを感じた。アンナとデイヴィスは視線を合わせ、同時に目を細めた。

エドワードはうめいて、両手に顔をうずめた。

「あなたはスウォーティンガム卿の近侍ですか？」しどけない姿を目撃された裸の女が、これほどしかつめらしく話すのを見たことがなかった。

「もちろん、そうです。で、あなたは――」

エドワードはデイヴィスをぎろりとにらみつけた。その目には下手なことを言ったらただじゃすまないからなという脅しがこめられていた。

デイヴィスはいったん言葉を止めてから、慎重に言った。「旦那様の、その、お知り合いですな」

「そうです」アンナは咳払いして、シーツの下から腕を一本出し、顔にかかった髪を払った。

エドワードは顔をしかめて、彼女の両肩にしっかりとシーツをかけた。とはいえ、その必要はなかった。デイヴィスは、まじめな顔で天井を見上げていた。

「よろしければ」アンナは言った。「旦那様にお茶を持ってきてくださるかしら。そしてメイドに言いつけて、火をおこしてもらえますか？」

デイヴィスはこれに飛びついた。「ただちに、奥様」

部屋から出ようとするデイヴィスに、エドワードが声をかけた。「一時間後だ」

近侍はあきれた顔をしたが、何も言わなかった。こんなことはエドワードの経験では初めてだった。デイヴィスは出ていき、ドアが閉まった。エドワードはベッドから飛び出して、すばやくドアの前に歩いていき、鍵をまわした。それから鍵を引き抜いて、部屋の向こう側に投げつけた。鍵は壁にあたってからんと落ちた。アンナが起き上がるよりも前に、彼はベッドに戻ってきた。

「あなたの近侍は、ちょっと変わっているのね」とアンナは言った。

「ああ」彼はシーツをつかむと、さっとベッドから引きはがした。アンナはきゃっと叫んだ。彼女の温かな寝起きの裸体は、彼を喜ばせた。うーんと満足げにうなる。早朝の高まりはさらに硬くなった。こんなふうに目覚めるのは、なんとすばらしいことか。

アンナは唇をなめて湿らせた。彼のものは、それに敏感に反応した。「あ、あなたのブーツがきれいに磨かれているのを見たことがありませんわ」

「デイヴィスは、まったくの役立たずだ」彼は両手で彼女の腰をはさみ、脚の下のほうから上に向かって口を動かしはじめた。

「あ！」一瞬、彼は彼女の気をそらすことに成功したように見えたが、アンナはふたたび話しはじめた。「では、どうしてまだ雇っていらっしゃるの？」

「デイヴィスは、以前は父の近侍だった」彼は会話にはほとんど関心がなかった。アンナの体から自らのにおいを感じ取り、原始的な喜びを覚える。

「では、感傷から彼を置いているのですね――エドワード！」

彼が鼻を彼女の秘部の巻き毛に埋めて、息を吸いこんだので、アンナはあえいだ。ここが一番強くにおう。黄金の巻き毛は、朝の光を浴びてとても柔らかく、美しかった。

「そういうことだ」彼は巻き毛に向かって話しかけ、アンナは身をよじらせた。「それに、わたしはあの困った老いぼれが好きなのだ。ときにはむかつくこともあるがね。デイヴィスはわたしのことを子どものころから知っていて、まったく敬意を払おうとしない。それがかえって爽快だ。少なくとも、異色なところがいい」

彼は指を差し入れた。唇が恥じらいながら開かれ、濃いピンク色の内部があらわになった。彼はもっとよく見ようと、首を傾げた。

「エドワード!」

「わたしがどうしてホップルを雇ったか知りたいか?」彼はアンナの脚のあいだに両肘をついて体を起こした。片方の手で彼女を押し広げ、もう片方の手の人差し指で蕾をからかう。

「あああ!」

「きみはドレアリーとはほとんど顔を合わせたことがなかったな。彼には面白い過去があるんだ」

「エド……ワード!」

彼女の口からこぼれる自分の名前の響きのなんと魅惑的なことか。彼女を舌で味わうかどうか思案したが、こんなに早朝にはそう長く持たせることはできない。そこで彼は上に移動して、乳房を片方ずつ順番に吸った。

「それからアビーの使用人全部。彼らのことについて聞きたいか?」彼はその質問をアンナの耳に吹きこんだ。

濃いまつ毛がアンナの薄茶色の目をほとんど隠している。「愛してちょうだい」

彼の中の何かが――おそらくは心臓が――一瞬、停止した。

彼女の唇は柔らかで従順だった。彼はやさしくしなかったが、アンナはそれをいやがりもせず、甘く口を開いて、すべてを彼に与えた。とうとう彼は我慢しきれなくなった。

エドワードはアンナの体を返してうつぶせにした。ふくよかな尻を両手でつかみ、胴を持ち上げて、肘とひざで体を支えさせた。彼は動きを止めて、その角度から彼女の敏感な部分をしみじみとながめた。その光景に彼の胸はぐっと膨らんだ。彼女はわたしのものだ。わたしだけが、彼女をこんなふうにながめる特権を持っている。

エドワードは自身を握って、濡れた入り口に導いた。あまりの快感に、意図したよりも荒っぽく突いてしまった。いったん止めてあえぎ、ふたたび突く。そしてもう一度。やがてぬめる道は自らを開き、彼をすっぽりと温かく包んだ。筋肉がきゅっと締めつけてくる。早く果ててしまわぬよう、彼は歯を食いしばって耐えた。

手のひらを彼女の背中に伸ばし、背骨にそってなでおろす。うなじから腰へ、そしてふたりが結び合っているところへと。そこで手をぐるりとまわし、彼女の押し広げられた入り口とそれを刺し貫くおのれの硬い肉体に触れる。

アンナはうめいて、彼に体を押しつけた。

彼は頭部だけ残して自身をいったん引き抜き、また突いた。あまりに激しくて、彼女の体はベッドの上で前に滑った。また引き抜き、突く。腰の動きはどんどん速くなっていった。彼は頭を後ろにのけぞらせ、歯を食いしばった。

アンナの熱に浮かされたような悲鳴が聞こえた。手を彼女の腰の前からまわして、柔らかな蕾をさがしてつまむ。秘部の壁が波のように収縮しはじめ、彼はもう堪えきれなくなった。痛みにも似た歓喜の噴射がはじまり、彼女の中に果て、彼女をわがものとした。アンナは彼の下で崩れ落ち、彼も腰を彼女の中にねじこませたままベッドに倒れこんだ。恍惚の余波で体がぶるぶる震えている。

彼は荒く息をしながら、しばらくそのままうつぶしていたが、アンナを押しつぶしてしまう前に体を回転させて彼女の上から降りた。仰向けに横たわり、片腕で目を覆い、呼吸を整える。

体から汗が乾いていくあいだ、エドワードは自分が彼女をどんな立場に追いこんでしまったかを考えた。いまや、彼女は疑いようもなく汚されてしまった。アンナの姿を見たというだけで、デイヴィスを傷つけてしまいかねなかった。もしもだれかが彼女について妙な噂を流したら、自分は何をしでかすかわからない。そして、それは避けられないことだ。

「きみはわたしと結婚しなければならない」エドワードは顔をしかめた。言い方がぶっきらぼうすぎた。

アンナもどうやらそう思ったようだ。隣で彼女の体がびくっと動いた。「何ですって？」

彼は怖い顔で彼女をにらみつけた。いまは弱みを見せるときではない。「わたしはきみを汚した。わたしたちは結婚しなければならない」

「デイヴィス以外、だれも知りません」

「家中の使用人も知っている。もうみんな気づいている。わたしが自分のベッドで寝なかったことを」

「だとしても、リトル・バトルフォードの人には伝わらないわ。そこが大事なのですもの」

彼女はベッドから起き上がり、鞄からシュミーズを引っ張り出した。

エドワードは顔をゆがめた。彼女がこれほど世間知らずとは。「リトル・バトルフォードに噂が伝わるのは時間の問題だ。われわれが帰る前には、人々の知るところになっていると賭けてもいい」

アンナはシュミーズを着て、体を折り、鞄の中のほかのものをさぐっている。薄い布地から透けて見える腰のあたりがじつにそそられる。もしかして、わたしの気をそらそうとしているのか？「あなたはもうすでに婚約していらっしゃるじゃないですか」と彼女はきっぱりとした声で言った。

「それも長くはない。明日、ジェラードと会う約束をしている」

「え？」これは彼女の関心を引いた。「エドワード、後悔するようなことはしないでちょうだい。わたしはあなたと結婚しませんから」

「くそっ、いったいどういうつもりだ？」彼はいらだたしそうに起き上がった。

アンナはベッドの端にちょこんと腰かけて、靴下をはいた。靴下はひざのあたりに継ぎがあたっており、それを見て、彼はよけいに腹が立った。なんでそんなぼろを着ている。わたしと結婚すれば、きちんと面倒を見てやれるものを。

「なぜだ？」彼はできるだけ静かに質問を繰り返した。

アンナは唾を飲みこみ、もう一足の靴下を手にとって、慎重に足の指にかぶせた。「あなたに見当違いの責任感から結婚するようなことをさせたくないからです」

「間違っているなら言ってくれ」と彼は言った。「昨夜と今朝、きみと愛を交わした男はわたしではなかったか？」

「そしてあなたと愛を交わしたのはわたしですわ。その行為に対して、わたしもあなたと同じくらいの責任を負っているのです」

エドワードは彼女を見つめながら、説得するのにうまい言葉はないかと考えた。

アンナはガーターを留めはじめた。「わたしに子どもができないとわかって、ピーターを落胆させてしまいました」

エドワードは次の言葉を待った。

彼女はため息をついて、エドワードを見た。「そのうち、ほかの人のところへ行くようになったのです」

愚かなろくでなしめ。エドワードはひらりとベッドカバーをめくってベッドから出ると、窓辺に歩いていった。「彼を愛していたのか？」口に苦い質問だったが、聞かずにはいられなかった。

「結婚したばかりのころは」彼女はまだ継ぎあてだらけの絹の靴下のふくらはぎのあたりを伸ばしていた。「最後のころはそうではありませんでした」

「なるほど」わたしはほかの男の罪を償わなければならないということか。

「いいえ、あなたにはわからないと思いますわ」アンナはもう片方のガーターを手にとり、それをじっと見つめた。「そんなふうに男の人に裏切られた女は、心の一部が壊れてしまうの。それは二度と修復できないのです」

エドワードは窓の外をながめ、返事を考えようとした。将来の幸せは、自分が次に言う言葉にかかっている。

「わたしは、きみに子どもができないことはすでに承知している」エドワードはようやく振り向いて彼女と視線を合わせた。「わたしはいまのままのきみで満足している。けっして愛人はつくらないと約束できる。そしてその約束が真実であることを証明できるのは時間だけだ。いつか、きみはわたしを信じられるようになるはずだ」

アンナはガーターに指をかけて伸ばした。「そうなれるかどうかわかりませんわ」

エドワードはアンナに表情を読みとられないようふたたび窓に顔を向けた。いま初めて、彼はアンナを説得するのは不可能かもしれないと気づいたのだった。その考えは、恐怖に近い感情を彼にもたらした。

「いいかげんにしてくれ、まったく！」

「しいっ。聞こえてしまいますわよ」アンナはエドワードの耳に鋭くささやいた。

ふたりはラザラス・リリピンの午後の講演に出席していた。カブハボタンと飼料ビートの連作についての話だった。ここまでのところ、哀れな講演者の話す言葉のすべてがエドワードの気に入らないのだった。彼はリリピンの意見にも理論にも同意できないのだ。

エドワードは講演者をにらみつけた。「いいや、聞こえやしない。あの男は郵便ポストと同じくらい耳が遠い」

「でも、ほかの人に聞こえます」

エドワードはアンナに憤慨した顔を向けた。「聞こえてほしいものだ」そう言うとまた講演者のほうに顔を向けた。

アンナはため息をついた。彼の行儀の悪さはほかの聴衆と似たりよったりで、彼よりひどい人もかなりいた。この集団を説明するには、雑多という言葉以外に思いつかない。絹とレースで着飾った貴族から、泥だらけの長靴をはき、陶製のパイプをくわえた男たちまで、顔ぶれはさまざまだった。彼らは混みあった薄汚いコーヒーハウスに集まっていた。エドワードいわく非常にまっとうな場所だということだが。

どうも怪しいとアンナは思う。

いまだって、後ろの隅で、田舎紳士と伊達男が声を張り上げて口論をはじめている。殴り合いや、剣を抜くようなことにならなければいいけれど。貴族たちは自分の身分を示す象徴として剣を携えていた。田舎では帯剣していないエドワードも、今朝はベルトに剣を下げている。

出発する前、彼はアンナに講演の重要な点をメモしておくようにと言いつけた。そうすればあとで自分の研究結果と比べることができるからだ。アンナは適当に殴り書きしていたが、これが本当に役立つのか自信がもてなかった。アンナにとって、講演のほとんどが理解できず、飼料ビートとはいったい何なのかもよくわからなかった。

わたしがここにいるのは、エドワードが目の届くところにわたしを置いておきたかったからなのではとアンナは考えはじめていた。今朝から、エドワードは頑固にわれわれは結婚すべきだと言い張っている。どうやら、しつこく何度も何度も繰り返せば、やがてわたしが折れるだろうと思っているらしかった。そして、それは正しいのかもしれない――もしも彼を信じることへの恐れを消せるなら。

アンナは目を閉じて、エドワードの妻になったらどんなふうだろうと考えた。朝は馬で領地をまわり、食事のときには政治やいろいろな人々について議論する。きっと彼は難解な講演へとわたしを引っ張っていくだろう。そして同じベッドに眠る。毎晩。

彼女はため息をもらした。ああ、天国だわ。

エドワードは、憤慨して鼻を鳴らした。「違う、違う、違う！　頭の足りないやつだって知っているぞ。ライ麦のあとにカブは植えられんのだ」

アンナは目を開けた。「そんなにあの方がお嫌いなら、どうしてこの講演会に出ることにしたんです？」

「リリピンを嫌っていると？」エドワードは心の底から驚いているようだった。「彼はいいやつだ。考えが間違っているというだけだ」

波のように拍手が起こり、はやし立てる声がして、講演が終わったことがわかった。エドワードは彼女の手をわがもの顔に握り、肩で聴衆をかき分けてドアに向かった。

左のほうから声がかかった。「デラーフ！　飼料ビートに惹かれてまたロンドンに舞い戻ったのか？」

エドワードは立ち止まり、アンナも歩みを止めた。彼の肩越しに声のするほうを見ると、赤いヒールの靴をはいた非常にエレガントな紳士が立っていた。

「イズリー、ここで会えるとは思わなかったな」エドワードが体を動かしたので、紳士の顔は見えなかった。

アンナは右のほうに体を傾けたが、広い肩に邪魔されて見えない。

「カブハボタンに関するリリピンの美辞麗句を並べたてた感動的な話を聞き逃してたまるものか」レースをひらひらさせながら紳士は手を優雅に振った。「品評会で入賞した薔薇を蕾のまま残してまでやってきたのだぞ。ところで、このあいだロンドンに来たときにわたしが分けてやった薔薇の苗はどうした？　きみが観賞用の植物に興味があるとはまったく知らなかった」

「エドワードはあなたから薔薇を買ったのですか？」アンナはエドワードの横から必死に顔を出した。

冷ややかなグレイの瞳が細められた。「おや、おや、いったいどちら様で?」

エドワードはえへんと咳払いした。「イズリー、ミセス・アンナ・レンを紹介しよう。わたしの秘書だ。ミセス・レン、こちらはイズリー子爵」

アンナがひざを曲げてお辞儀をすると、子爵は礼をして、柄付き眼鏡を取り出した。レンズを通して彼女をしげしげと見るその目は、そのしゃべり方や服装から想像されるよりもはるかに鋭敏だった。

「きみの秘書だって?」子爵はものうげに言葉を伸ばして言った。「お、も、し、ろ、い。わたしの記憶では、朝の六時にわたしをたたき起こして、薔薇を選んでいったなあ」彼はにやりとエドワードに笑いかけた。

エドワードは渋い顔をした。

アンナは話をもとに戻した。「スウォーティンガム卿はとてもお心が広くていらっしゃるので、レイヴンヒル・アビーの庭園用にお買いになった薔薇の苗をいくつか、わたしにも分けてくださいましたの」と嘘をつく。「苗は元気に育っておりますので、ご安心くださいませ、子爵様。どの苗にも新しい枝が伸び、いくつか蕾もついています」

子爵は冷ややかな目を彼女に戻し、口の端をひねった。「ミソサザイ《レン》がカラス《レイヴン》をかばう」

彼はふたたび、先ほどよりさらに派手に礼をして、エドワードに向かってつぶやいた。「友よ、おめでとう」そう言い残すと、彼は群衆の中にぶらぶらと歩いていってしまった。

エドワードはアンナの肩を少しのあいだ、ぎゅっとつかみ、それからまた肘をつかんでドアへとせかした。たくさんの人が出口をふさいでいた。いくつかの哲学的議論がいっぺんに交わされている。ひとりでいくつもの議論に参加している人もいた。ひとりの若者が立ち止まり、軽蔑を浮かべた顔で議論をながめている。彼は黄色いパウダーをふりかけた、ふんだんにカールをあしらったかつらの上に、こっけいなほど小さな三角帽をのせていた。アンナは大陸帰りのハイカラな伊達男にこれまで会ったことがなかったが、新聞の漫画で描かれている姿は見たことがあった。アンナたちが出口に近づいていくと、若者はアンナのほうをちらりと見た。彼の目は大きく見開かれ、それから視線をエドワードに移した。ふたりが歩道に出ると、彼は体を傾けて別の男に何やら話しかけた。馬車は一ブロック先のあまり混んでいない通りで待っていた。角を曲がるとき、アンナは後ろを振り返った。

伊達男は彼女を見つめていた。

背筋がぞっとした。それから彼女は顔をそむけた。

チリーは、イギリスでも有数の金持ちの腕に手をかけて角を曲がっていく田舎の未亡人を見つめていた。スウォーティンガム伯爵。フェリシティが未亡人の恋人の名前を秘密にしたがるわけだ。莫大な金が懐に入るかもしれない。チリーは常に金に困っていた。実際、かなり切羽詰まっていた。ロンドンで紳士がファッショナブルに暮らすには、相当な金が必要だった。

最初はいくら要求してやろうか。彼は目を細めて考えた。フェリシティはうまいことを考えたものだ。先ほど届いた手紙で、彼女は自分の代わりにアンナと連絡をとるように言ってきた。スウォーティンガム卿の愛人ならば、ミセス・レンは宝石類など高価な贈り物をたくさん持っているはずだから、それを金に換えることができる。明らかに、フェリシティは自分を仲間に入れずに、ミセス・レンをゆするつもりだ。

彼はせせら笑った。状況が把握できたいま、フェリシティを計画から除外してやる。そもそも、彼女はわたしのベッドの技巧をそれほどありがたがってもいないのだし。

「チルトン。わたしの講演を聞きに来たのか？」兄のラザラス・リリピン卿が声をかけてきた。心配そうな表情で弟を見ている。

それも当然だろう。じつはチリーがそもそもこのコーヒーハウスにやってきたのは、兄にまたしても金の無心をするためだった。だがもちろん、アンナ・レンの秘密を知ったからには、もう兄の金は必要ない。とはいえ、このあいだ仕立て屋のやつが渋い顔をしていたっけ。余分な小遣いがあっても困ることはない。

「やあ、ラザラス」彼は兄に腕を絡ませ、うまい言葉で金をせびりはじめた。

「エドワード？」

「ん？」エドワードは机に向かって猛然と原稿を書き殴っていた。上着もベストもずいぶん前に脱ぎ捨て、シャツの袖にはインクのしみがついている。

ろうそくはいまにも燃えつきそうになっている。ドレアリーは、トレイにのせた夕食をここへ届けさせたあと、もう寝室に下がってしまったらしい。主人が農業協会の講演会から帰ってきても、執事がダイニングルームのテーブルを用意することもないのは、長年の経験からなのだろう。エドワードは帰宅して以来、ラザラス卿の説への反論を書きつづけている。

アンナはため息をついた。

彼女は立ち上がると、書きものをつづけるエドワードの近くに歩いていき、自分のドレスの襟にたくしこんでいるガーゼのスカーフをいじりはじめた。「もうずいぶん遅いわ」

「そうか？」彼は目を上げない。

「ええ」

彼女は机に腰かけ、彼の肘のほうに体を乗り出した。「とても疲れてしまいました」

スカーフがはらりと片方の胸の上に落ちた。エドワードの手が止まった。彼は頭をまわして、胸元にある彼女の指を見つめた。彼の顔から一〇センチくらいしか離れていない。

彼女の薬指が胸の谷間に漂っていき、胸と胸のあいだに沈んだ。「ベッドに入る時間だと思わない？」

指は入り、また出て、また入り……。

エドワードがさっと立ち上がったので、彼女はあやうくひっくり返るところだった。彼は彼女をつかまえると高く抱き上げた。

アンナは体を傾けて彼の首にしがみついた。「エドワード！」

「なんだい、ダーリン？」彼はそのまま書斎のドアを出た。

「召使に見られます」

「あんなことをされて」彼は一段抜かしで階段を上がった。「わたしが召使の目を気にして時間を無駄にすると思うなら、きみはわたしのことがまだわかっていないな」

ふたりは二階の廊下に着いた。エドワードは彼女の部屋を通りすぎて、自分の部屋の前で立ち止まった。

「ドアを」と彼はうながした。

彼女がドアノブをまわすと、エドワードは肩で押してドアを開けた。彼の寝室には、二脚の重厚なテーブルがあって、どちらも本と紙で覆われていた。床にも椅子にも本がいまにも崩れ落ちそうに積まれていた。

エドワードは部屋を横切り、自分の巨大なベッドのそばに彼女を下ろした。ひとことも言わず、後ろを向かせてドレスのボタンをはずしはじめた。彼女は息を詰まらせた。急に恥ずかしくなってきた。アフロディーテの洞窟の件がばれて以来、自分から誘いかけたのはこれが初めてだった。しかし、そうした大胆さを彼はいやがっていないようだった。むしろ、喜んでいた。アンナは何枚もの衣服の層を通して、太い指が自分の背骨をなでるのを強く意識した。ドレスが肩からはずれ、エドワードはそれを押し下げた。アンナはまたいでドレスから出た。彼はゆっくりとペチコートの紐を一本ずつ解いていき、コルセットもはずした。アンナはシュミーズと靴下だけになって彼と向き合った。彼の目にはまぶたが深くかぶさり、その視線は強烈だった。真剣なまなざしで見つめながら、シュミーズのストラップを親指でなでる。
「美しい」と彼はささやいた。

彼が体をかがめて肩にキスをするとシュミーズのストラップがはらりと落ちた。彼女はぶるっと震えた。彼に触れられたせいなのか、彼のまなざしのせいなのかはわからない。これが単なる肉体的な行為なのだというふりはもうできなかった。彼も彼女の気持ちを察したに違いない。アンナは心がさらけだされたような気持ちになった。

彼は唇を敏感な肌に這わせ、そっと歯を立てた。反対の肩に唇を移すと、もう一本のストラップも落ちた。やさしくシュミーズの前を少しずつ下げていき、胸をあらわにした。乳首はすでに硬くなっていた。熱い両手のひらでいとおしそうに胸の膨らみを包み込む。彼は白い肌と、それを包み込んでいる自分の浅黒い手のコントラストにしみじみと見とれているようだった。彼の頬骨の一番高いところに赤みがさしてきた。アンナは、薄いピンクの乳首がまめのできた彼の指のあいだからのぞいているようすを想像し、がくんと頭をのけぞらせた。

彼は乳房を持ち上げて、ぎゅっとつかんだ。

彼女はわが身を彼の手に押しつけた。彼の視線が自分の顔に注がれているのがわかった。それから彼はシュミーズを脱がせると、アンナを抱え上げてベッドに運んだ。彼がすばやく衣服を脱ぎ、横に滑りこんでくるのをアンナは見ていた。彼は片手で彼女の裸の腹をなでた。アンナは腕を上げて彼を抱き寄せようとしたが、彼はその手首をやさしくつかんで、彼女の頭の両側に置いた。それから顔が彼女の腹のあたりにくるまで、体を下に滑らせていった。両手を内腿にかけて、脚を開かせた。

「これまでずっとやってみたいと思っていたことがある」彼の声は黒いベルベットのようだった。

どういう意味？　アンナはショックを受けて、抵抗した。まさかあそこを見たいというのではないわよね。今朝は寝ぼけていたから許してしまったけれど、いまは違う。頭がはっきりしている。

「売春婦にはできないことだ」

まあ、どうしましょう。わたしにできる？　あそこをあらわにしてしまうなんて？　アンナは首を伸ばして彼の顔を見た。

彼の表情は執拗だった。どうしてもそれを望んでいる。「いいだろう？　お願いだ」

彼女は顔を紅潮させて、頭をベッドにつけた。彼に、彼の欲望に屈伏する。ひざをさらに大きく開いた。愛の贈り物を彼に捧げているような気持ちだった。彼女の脚が開かれるのを彼は見下ろしている。彼は大きく開放された太腿のあいだにひざまずいた。聖域があらわになった。彼が自分を見つめるようすを見ていられなくて、アンナは目をきゅっとつぶった。

彼はそれ以上何もしない。ついにアンナはこらえきれなくなった。目を開けると彼は彼女の肉体を、神秘の場所を見つめていた。鼻孔は広がり、唇はねじ曲げられている。そのあまりにも強い所有欲に満ちた表情は恐ろしいくらいだった。

アンナはそれに反応して入り口がきゅっと引き締まるのを感じた。愛液がこぼれ落ちる。

「あなたがほしいの」彼女はささやいた。

するとと彼は衝撃的な行動に出た。顔をさっと下ろし、濡れたその場所に舌で襲いかかった。

「ああ！」

彼は彼女の顔を見上げ、ゆっくりと自分の唇をなめた。「きみが自分の名前を忘れるまで、味わい、なめて、吸い尽くしたい」彼は官能に満ちた笑みを浮かべた。「わたし自身も自分の名前を忘れるまで」

その言葉を聞いただけで、アンナはあえぎ、体を弓なりに反らそうとした。しかし、彼は彼女の腰に両手をかけて押さえつけた。舌が女性のひだをまさぐり、そのたびに刺激が彼女の体の芯に届く。彼は蕾を見つけだしてなめた。

アンナはもう無我夢中だった。長く低いうめきが唇からもれ、頭の両側のまくらをこぶしでねじった。彼女は腰をがくんとはね上げたけれど、エドワードは獲物を逃がさない。容赦なく蕾を舌で攻められ、やがて彼女の視界には星が飛び交いはじめた。彼女は恥じらいもなく、腰を彼の顔に押しつけた。

すると彼は蕾を唇ではさみ、やさしく吸った。

「エドワード！」彼の名前がのどの奥からしぼり出された。熱い波が彼女の体を襲い、つま先まで伝わっていく。

彼は体を上にずらして、彼女に覆いかぶさった。彼女が目を開けたときには、彼のものはすでに自分の中にあった。震えながら彼にしがみつく。彼は異常に敏感になっている肉体を突いてくる。またしても恍惚の波が押し寄せてきて、アンナは無限の高みに押し上げられた。切なく震えながらさらに脚を開き、腰をまわして硬い彼のものに体をすり寄せる。彼もそれに応えて、彼女のひざに両腕をかけて脚を彼女の肩の方に押し上げた。彼女はできうるかぎり体を開き、自らをさらけ出して彼に愛された。彼が与えてくれるすべてを受け入れようとするかのように。

「おお!」彼の口から出た声は、言葉というよりはうなりに近いものだった。大きな体がぶるぶると震えだし、彼女の中の彼がこわばった。

何度も何度も硬い肉体に突き上げられ、アンナの視界は虹のかけらのように細かく砕け散った。彼女はあえいだ。永久にこの瞬間が続いてほしかった。ふたりは、ふたりの肉体と魂は、完全に結びあっていた。

激しい呼吸で彼の胸が大きく上下し、やがて彼は彼女の上に崩れ落ちた。アンナは目を閉じたまま彼の尻を両手でさすり、この親密さがもっとつづくことを願った。ああ、わたしはこの人をこんなにも求めている! 明日も、五〇年後も、彼をこうして抱いていたかった。毎朝、彼が目覚めるとき、彼の隣にいたかった。そして、夜眠りにつくときに最後に聞く声は彼の声であってほしかった。

エドワードは体を離して、ごろんと仰向けになった。アンナは汗で湿った体に冷たい風を感じた。引き締まった腕が彼女を抱き寄せた。

「きみにもらってほしいものがある」と彼は言った。

胸の上に重みを感じて、取り上げてみると、それは『カラスの王子』だった。彼女はまばたきして涙を抑え、赤いモロッコ革の表紙をなでた。浮き彫り加工の羽根の模様を指で感じる。「でも、エドワード、これはあなたのお姉さまのものでしょう?」

彼はうなずいた。「いまはきみのものだ」

「でも──」

「しいっ。持っていてほしいんだ」

彼は彼女にキスをした。そのキスがあまりにやさしくて、アンナは胸がいっぱいになった。この人への愛を否定しつづけることなんてできやしない。「わたし──」と言いかけた。

「黙って、かわいい人。話すのは明日にしよう」彼はかすれた声でささやいた。

アンナはため息をついて彼にすり寄り、男らしいきりっとした香りを吸いこんだ。こんなに至福に満ちた幸せを何年も感じたことがなかった。いや、いままで一度も感じたことがなかったのかもしれない。

夜明けはもうじきやってくる。

21

オーリアと老女は小さな火の前で、パンのかけらを分け合った。オーリアが最後の一口を飲みこむと、ドアがさっと開き、背の高い痩せた男が入ってきた。風でドアがバタンと閉じた。「元気か、母さん」と男は老女に挨拶した。またドアが開き、今度はタンポポの綿毛のように髪の毛が立った男が入ってきて、「こんばんは、母さん」と言った。その次に、さらにふたりの男が入ってきて、彼らの背後で風がひゅるるると鳴った。ひとりは背が高く日に焼けており、もうひとりは太って真っ赤な頬をしていた。「よう、母さん」と彼らは声を合わせて言った。四人の男たちが火のまわりに座ると、炎はぱちぱちと勢いよく燃え上がり、火の粉が舞い上がってくるくると彼らの足元でまわった。「あんた、あたしがだれか知ってるかい?」と老女は歯のない口でオーリアに笑いかけた。「この子たちは、四つの風、そしてわたしは彼らの母親なんだよ……」

——『カラスの王子』より

翌朝、黒い瞳の赤ん坊の夢を見ていたアンナは、耳元で聞こえる男の笑い声で目覚めた。

「こんなにぐっすり眠っている人間を見たのは初めてだ」唇が耳たぶから顎をなでた。アンナはほほえんで、彼にさらにすり寄ろうとしたが、温かい体は隣にはなかった。驚いて目を開けるとエドワードはすでに服を身につけてベッドの横に立っていた。

「どうしたの——?」

「ジェラードに会いに行く。しいっ、何も言うな」アンナがしゃべろうとすると、彼は指を彼女の唇にあてて制した。「できるだけ早く帰るようにする。帰ってからこのあとどうするかを決めよう」彼は体をかがめてキスをしてきた。アンナの考えはそのキスで霧散してしまった。「ベッドから離れるな」

そう言うと、アンナが何か言う前に彼は行ってしまった。アンナはため息をついて体をごろんとまわした。

次に目覚めたときには、メイドがカーテンを開けていた。

アンナが伸びをすると、メイドは顔を上げた。「まあ、お目覚めになったのですね。お茶と焼き立てのロールパンをお持ちしました」

アンナは礼を言って起き上がり、トレイを受け取った。ティーポットの横に折りたたんだ紙が置いてある。「これは何ですか?」

メイドは振り返った。「わたしにもよくわからないのです。この屋敷にいるレディにわたしてくれと少年が届けにきたのです」そう言うと、お辞儀をして部屋を出ていった。

アンナは自分でカップにお茶を注ぎ、手紙を手に取った。薄汚れた感じの手紙だった。裏を返すと蠟で封はしてあったが、印はなかった。バターナイフを使って封を開け、口元にカップをもっていきながら、最初の一行を呼んだ。

カップがかちゃりと受け皿にぶつかった。

恐喝の手紙だった。

アンナはその忌まわしいものをじっと見つめた。送り主は彼女をアフロディーテの洞窟で見かけ、エドワードとそこで会ったことを知っていた。卑しむべき言葉で、ジェラード家にこのことを伝えると脅している。それを止めたいなら、今夜九時にアフロディーテの洞窟の大広間に来いと書かれていた。そして一〇〇ポンドをマフの中に隠し持ってくるようにという指示だった。

アンナは手紙を脇に置き、冷めかけたお茶と消えゆく夢をじっと見つめた。ほんの少し前まで、幸せはすぐ近くにあるように思われた。幸せの小鳥は手の届くところにいて、ばたつく羽根をつかまえられそうだった。しかし、鳥はさっと飛んで逃げていった。手の中に残ったのは空気だけだ。

涙が頰を伝って朝食のトレイに落ちた。

たとえ一〇〇ポンド持っていたとしても――そんな大金は実際には持っていないけれど――脅迫者がまた同じ金額を要求してきたら？　さらに次も？　口をつぐむ条件に、金額を吊り上げてくるかもしれない。もしもスウォーティンガム伯爵夫人になれば、かっこうの獲物だ。エドワードがいまこの瞬間に、ミス・ジェラードとの婚約を解消しているという事実も、あまり関係ない。アンナがアフロディーテの洞窟を訪れたことが世間に知られたら、汚れた女の烙印を押されてしまうのだから。

さらに悪いことに、スキャンダルにもかかわらず、エドワードは結婚すると言い張るに決まっている。そんなことになったら、わたしはエドワードとその家名に恥辱と災難をもたらすことになる。家名は彼にとってとても大切なものだ。こんなことで彼を傷つけるわけにはいかない。やれることはひとつだけ。ロンドンとエドワードから遠ざかること。いますぐ、彼が戻ってくる前に。

ほかには彼を守る手だてはない。

「娘との婚約を破棄するですと！　そ、そんな女のために……」ジェラード卿の顔は陰り、危険なほど黒ずんだ。卒中の発作を起こしかねない顔色だ。

「リトル・バトルフォードに住む、夫を亡くされたご婦人です」エドワードはジェラード卿がアンナに対して無礼な表現を使う前に言った。「ええ、彼女のために婚約を破棄したいと考えています」

ふたりはジェラード家の書斎にいた。

部屋には淀んだ煙草のにおいがこもっていた。すでにすすけた茶色になっている壁は、天井まで立ち昇る煙のせいでよけいに黒ずんだ色になっていた。マントルピースの上に、油絵が一枚だけ、少し傾いて掛けられている。狩りの絵だった。白と茶の猟犬が野ウサギを追い詰めている場面が描かれている。八つ裂きにされる前の野ウサギの呆然とした黒い瞳は澄んでいた。机の上には、上等のブランデーと思われる液体が半分ほど入ったカットグラスのタンブラーがふたつ置かれていた。

どちらのグラスも手つかずだった。

「シルヴィアの名誉はあなたにもてあそばれたのだ。あなたの首をちょうだいしなければなりません」ジェラード卿は怒鳴った。

エドワードはため息をついた。話し合いは予想以上に悪い方向へ向かっている。しかも、いつものようにかつらがかゆくてたまらない。それに万が一この太った痛風もちの準男爵と決闘しなければならないはめになったら、イズリーに一生からかわれることだろう。

「ミス・ジェラードの名誉がこの件で傷つくことはけっしてありません」エドワードはできるだけ穏やかに言った。「彼女のほうから断ったということにすればいいのです」

「あなたを婚約不履行で訴えますぞ！」

エドワードは目を細めた。「そしてあなたは負ける。わたしはあなたより資金もコネも豊富ですからね。わたしはお嬢さんとは結婚しません」エドワードは声を和らげた。「それに、法廷に持ちこんだら、ミス・ジェラードの名前がロンドン中の噂になります。わたしたちはどちらもそれを望んではいない」

「しかし、娘は花婿さがしのためのこのシーズンを棒に振ってしまったわけだ」ジェラード卿の顎から垂れ下がっている肉がぶるんと震えた。

なるほど、これが怒りの本当の理由か。娘の心配をしているのではなく、来シーズンにかかる金のほうが気になるのだ。一瞬、こんな父親を持った娘が哀れになった。だが、これならば突破口はある。

「当然ですが」とエドワードは言った。「わたしは、あなたを落胆させたことに対する埋め合わせをしたいと思っています」

ジェラード卿の小さな目の端に貪欲なしわが寄った。エドワードは心の中で神に感謝した。どんな神が彼を見守っていてくれているのかはわからなかったが。もう少しで、こんな男を自分の義父にするところだったのだ。

二〇分後、エドワードはジェラード家の玄関から日の降り注ぐ表に出た。あのたぬき親父はたいした商売人だった。骨の一端をくわえた太ったブルドッグよろしく、うなったり、引っ張ったり、激しく頭を振ったりしてなかなか骨を放そうとしない。だが最後には合意に達することができた。その結果、エドワードのポケットはかなり軽くなってしまったが、ジェラード家からは自由になれた。あとはアンナの元に帰って、結婚の計画を立てるだけだ。

彼はにやりとした。運がまだ続いているなら、彼女はまだベッドの中にいるはずだ。

口笛を吹いて階段を下り、自分の馬車に向かった。乗りこむ前に立ち止まって、不快なかつらを道に脱ぎ捨てた。馬車が出発すると、窓から外をながめた。くず拾いが、自分の頭にそのかつらをかぶってサイズを確かめていた。両側に硬いカールがついた白いパウダーをかけたかつらと、その男の汚らしい服装とひげ面は奇妙な取り合わせだった。男は腰を折って、手押し車のハンドルをつかみ、元気よく転がしていった。

馬車が自分のタウンハウスの前に着くころには、彼は少々卑猥な歌を口ずさんでいた。婚約を解消できたからには、一カ月以内に結婚してもかまわないだろう。特別な許可証を手に入れれば、二週間後も可能だ。

エドワードは三角帽と肩ケープを従僕に押しつけ、一段抜かしで階段を駆け上がった。アンナの承諾はまだ得ていなかったが、昨晩のことを思えば、陥落も間近と思われた。階段をまわって、廊下に出た。「アンナ！」自分の寝室のドアを押し開ける。「アンナ、わたしは――」

彼ははっとして言葉を切った。彼女がベッドにいない。「ちくしょう」大股で隣の部屋につづくドアを開け、客間に入った。ここにもいない。いらだちのため息をついた。寝室に戻り、ドアから廊下に顔を出して、ドレアリーを大声で呼んだ。それから部屋の中を行ったり来たり歩きはじめた。いったいどこへ行ったのだ？　ベッドは整えられ、カーテンは開いている。暖炉の火は燃え尽きていた。だいぶ前に部屋を出たらしい。姉のエリザベスの本がドレッサーの上に置かれているのに気づいた。その上に一枚の紙がのっている。

本に近づこうとしたとき、ドレアリーが部屋に入ってきた。

「何かご用でございましょうか？」

「ミセス・レンはどこへ行った？」エドワードは折りたたまれた紙をつまみ上げた。アンナの筆跡で彼の名前が表に書かれている。

「ミセス・レンでございますか？　一〇時ごろ屋敷を出られたと従僕から聞いておりますが」

「それで、彼女はどこへ行ったのだ？」エドワードは紙を開いて読みはじめた。

「ただ、出ていかれたのです。どこへ行くとはおっしゃいま……」手紙に書かれている文字の意味を理解するうちに、エドワードの耳から執事の声は遠のいていった。

本当に申し訳ありません……わたしは行かなければなりません……かしこ、アンナ
「旦那様？」

行ってしまった。

「旦那様？」

わたしから去っていった。

「ご気分でも悪いのですか、旦那様？」

ドレアリーはしばらく何かしゃべっていたが、部屋を出ていったに違いない。しばらくして気がつくと、エドワードはたったひとりで部屋にいた。燃え尽きた火の前に、ひとりで座っていた。だが、それはいつものことだった。つい最近までは。彼はそれにすっかり慣れていた。

ひとりきりでいることに。

乗合馬車はがたがたと走り、路面のくぼみにはまってがくんと揺れた。

「いたっ」とファニーが叫んだ。彼女は扉にぶつけた肘をさすった。「スウォーティンガム卿の馬車はもっとよくバネがきいていました」

アンナはそうね、と上の空で答えたが、本音ではそんなことはどうでもよかった。計画を立てておかなければならない。リトル・バトルフォードに着いたら、どこへ行くのか決めておかなくては。お金をどう工面するかも。でも、考えは少しもまとまらず、計画をいますぐ立てるなど問題外だった。ただ馬車の窓から外をながめ、なりゆきにまかせるほうがずっと楽だった。彼女たちのほかには、痩せた小柄な男の乗客がひとり、向かいの座席でいびきをかいているだけだ。灰色のかつらがずれて片方の眉にかかっている。ロンドンで馬車に乗りこんだときには、すでに男は眠っていて、馬車が揺れても、頻繁に停車しても一度も目を覚まさなかった。ジンと嘔吐したものと風呂に入っていない体の臭気が混じったすえたにおいから判断して、時を知らせるトランペットが鳴っても起きないだろうと思われた。アンナにとって、そんなことはどうでもよかったが。

「夜までにリトル・バトルフォードに着くでしょうか?」ファニーが聞いた。

「さあ、どうかしら」

メイドはため息をついて、エプロンを引っ張った。

アンナはちょっと罪の意識を感じた。アンナはファニーを起こしてロンドンを発つとき、その理由を彼女に説明しなかった。それどころか、エドワードのタウンハウスを出て以来、ファニーにほとんど声をかけていなかった。

ファニーはえへんと咳払いをした。「伯爵様は追いかけていらっしゃると思いますか？」

「いいえ」

沈黙。

アンナはメイドをちらりと見た。彼女は眉をひそめていた。

「わたしは、奥様がもうじき伯爵様と結婚なさると思ってたんですが？」ファニーは質問するように語尾を上げて言った。

「しないわ」

ファニーの唇が震えだした。

アンナはもう少しやさしい声で言った。「そんなことありえないでしょう？　伯爵様とわたしが？」

「でも、伯爵様が奥様を愛しておいでなら」若いメイドは一所懸命に言った。「スウォーテインガム卿は本当に奥様を愛していらっしゃいます。みんなそう言ってます」

「まあ、ファニー」目が涙で曇りはじめ、アンナは目を窓に向けた。

「だから、ありえます」少女は言い張った。「それに奥様も伯爵様を愛しておいでです。だから、どうしてリトル・バトルフォードに帰るのか、わたしにはわかりません」

「そう単純なものではないのよ。わ、わたしは彼の足手まといになってしまうの」

「は？」ファニーは口を丸くすぼめた。

「足手まとい。重荷と言ったほうがいいかも。だから彼とは結婚できない」

「わたしにはよくわかりません――」馬車が宿屋の敷地内に入ったので、ファニーは言葉を切った。

アンナは話が中断されたことに感謝した。「さあ、外に出て脚を伸ばしましょう」

まだ眠りこけているもうひとりの乗客を通り越して、ふたりは馬車から降りた。外では宿屋の馬丁たちが走りまわり、馬の世話をしたり、馬車の屋根の上から荷物を降ろしたり、また新しい荷物をのせたりと忙しく働いていた。御者は座席から身を乗り出して、宿屋の亭主と大声でしゃべっている。その雑音と喧噪の中、もう一台、個人所有の馬車が宿屋の前で停まっていた。数人の男たちがかがんで、馬車の右側につながれている馬のひづめを調べている。どうやら蹄鉄がはずれてしまったか、足を痛めているらしかった。

アンナはファニーの肘に手をかけて、走りまわっている人々の邪魔にならないよう、宿屋の軒下に移動した。ファニーは落ち着かないようすで、片足からもう一方の足に体重を乗せ換えて立っていたが、ついに言った。「奥さま、わたし、用足しに行かなければなりません」

アンナがうなずくと、小さなメイドはちょこちょこと走っていった。アンナはぼんやりと足の悪い馬の世話をしている男たちをながめていた。

「いったい、馬車の用意はいつできるのです?」耳障りな甲高い声が響いた。「この汚らしい宿屋でもう小一時間も待たされているのですよ」

アンナは聞き覚えのある声にびくんとした。まあ、どうしましょう。よりによってフェリシティ・クリアウォーターだわ。いまは勘弁してほしい。アンナは壁にぴたりと体を寄せて身を隠そうとしたが、今日の運命は容赦がない。宿屋から出てきたフェリシティはすぐにアンナを見つけた。

「アンナ・レン」フェリシティは口をすぼめた。唇から下品なしわが放射状に広がった。「ついに見つけたわ」

フェリシティはずかずかと近寄ってきて、ぐいっとアンナの腕をつかんだ。「あなたと話をするためだけにロンドンまで行かなくてはならないとはね、まったく信じられないわ。それで、このみじめったらしい宿屋で待たされていたというわけよ。いいこと、しっかり聞きなさい」フェリシティは強調するために腕を振った。「一度しか言わないから。わたしは、あなたがアフロディーテの洞窟でお楽しみだったことを全部知っているのよ」

アンナは自分の目が見開かれるのを感じた。「わたし――」

「おやめなさい」フェリシティがさえぎった。「否定しても無駄よ。目撃者がいるんだから。しかも、そこでスウォーティンガム卿と会っていたことも知っている。ちょっと望みが高すぎたんじゃない？　あなたみたいな、臆病な小ネズミがそんなことをするとは思いもよらなかったわ」

束の間、フェリシティは興味津々という顔をしたが、すぐに本題に戻ってアンナが口を開く前に話をつづけた。

「まあ、そんなことはどうでもいいわ。もっと大事なことがあるんだから」フェリシティはアンナの腕をふたたび揺すった。今度は先ほどよりももっと荒っぽかった。「いいこと、あのロケットと中に入っていた手紙を返すのよ。そして、もしもわたしとピーターのことをひとことでもしゃべったら、リトル・バトルフォードの住人がひとり残らず、あなたの軽率な行為を知ることになるわよ。あなたもあなたの姑も町から追い出してやる。わたし自らが率先してやるわ」

アンナは目を大きく開いた。いったいどうして……？

「しっかりと」フェリシティはもう一度意地悪く腕を揺さぶった。「わかってもらえたかしら」彼女はちょっとした家の用事を済ませたかのように、うなずいた。不作法なメイドをクビにしたときのように。あまり気分のいい仕事ではないが、どうしてもやらなければならないことを済ませ、もっと大切な仕事に移ろうとでもいうように。彼女はくるりと背を向けて歩み去ろうとした。

アンナはその後ろ姿をじっと見つめた。

フェリシティは、本当にわたしのことを臆病な小ネズミと思っていたのだ。死んだ夫の愛人からの脅しに屈して縮こまってしまうような女だと。たしかに自分はそうだったのでは？愛した人から逃げ出そうとしている。わたしを愛し、わたしと結婚しようとしている人から。あの薄汚い脅迫の手紙のせいで逃げ出そうとしている。アンナは恥ずかしくなった。フェリシティがわたしを踏みつけにできると高をくくるのも無理がない！

アンナはさっと腕を振って、フェリシティの肩をつかんだ。フェリシティは宿屋の庭の泥の上につんのめりそうになった。

「何よ――？」

「あなたは言いたいことを全部言ったつもりでしょうけど」アンナは自分より背の高いフェリシティを壁に押しつけて、満足そうに小声で言った。「でも、ちょっとばかり計算違いをしていたみたい。あなたの脅しに対して、わたしもふたつばかり、つまらないお返しができるのよ。まずね、あなたがわたしについて何を言おうとわたしには何の効き目もないの。いいこと、ミセス・クリアウォーター」

「でも、あなたは――」

アンナはフェリシティが何か言ったかのようにうなずいた。「そうね。でも、わたしはあなたのとても重要な秘密を握っているのよ。あなたがわたしの夫と浮気していたという事実を」

「わ、わたし――」

「そして、もしわたしの記憶が正しければ」アンナは頬に指を一本あてて、驚いたふりをした。「その時期はあなたの下の娘が生まれたころじゃなかったかしら。ピーターにそっくりの赤毛のお嬢さんが」

フェリシティはどしんと壁に背中をつけて、アンナを見つめた。まるでアンナの額に三つめの目があらわれたかのように。

「さて、あなたのご主人はそれについてどうおっしゃるかしらね」アンナは甘ったるい声できいた。

　フェリシティはやり返そうとした。「いいこと――」

　アンナは彼女の顔を指さした。「だめよ、黙って。あなたがもしもわたしや、わたしの愛する人を脅すようなことがあったら、わたしはリトル・バトルフォードの住人全員にあなたがわたしの夫と寝ていたと話すわ。ビラをつくって、エセックスのあらゆる家や小屋に配るわ。国中に吹聴してまわるかも。あなたはイギリスにいられなくなるわね」

「まさかそんなこと」フェリシティは、はあはあ息をしている。

「しないって？」アンナは、意地悪く冷ややかな笑みを浮かべた。「試してみたら」

「それは――」

「脅迫。そうよ。あなたならよくわかるでしょ」

　フェリシティの顔は真っ青になった。

「ああ、それからもうひとつ。ロンドンへ行くのに馬車がいるの。いますぐ。あなたの馬車を使わせてもらうわよ」アンナはくるりと方向を変え、馬車のほうに歩きだした。道すがら、宿屋の戸口のところにぼんやりと立っていたファニーの腕をとった。

「でも、わたしはどうやってリトル・バトルフォードへ帰ったらいいの？」フェリシティが泣き叫ぶ声が背後から聞こえた。

　アンナは振り向きもせず答えた。「わたしたちが乗ってきた乗合馬車にどうぞ」

エドワードはタウンハウスの書斎でひび割れた革の肘掛椅子に腰かけていた。思い出のある自分の寝室にいるのはつらすぎたからだ。

書斎といっても本棚はひとつきり。何世代にもわたって触れられたことがない、ほこりをかぶった宗教関係の本が、墓石のように棚に並んでいた。たったひとつの窓には青いベルベットのカーテンがかかっていて、色褪せた金色の紐で片側に寄せられていた。隣の建物の屋根の輪郭がぼんやりと見えた。先ほどまで、真っ赤な夕日が屋根の上に何本も立つ煙突の影をくっきりと浮かび上がらせていたが、もう外はほとんど暗闇になりかけている。

火は燃え尽きて、部屋は寒かった。

メイドがやってきて——どれくらい前だったかは忘れたが——火をおこしなおそうとしたが、追い返してしまった。それ以後、だれも邪魔しにこない。ときおり、廊下からぼそぼそと話し声が聞こえてきたが、それも無視していた。

読書もしない。

書き物もしない。

酒も飲まない。

ただ座って、ひざの上にあの本を置き、宙を見つめて考えこみながら、夜の闇に包まれていった。ジョックが一度か二度、鼻先で手をつついてきたが、それも無視したので、やがて犬もあきらめて主人の横に寝そべった。

天然痘の痕のせいか？　それともこのすぐかっとなる気性のせいか？　愛の行為に不満を

感じていたのか？　仕事にのめりこみすぎていたせいか？　それともただ単に彼女はわたしを愛していないのか？

彼女がいなくなった。たったそれだけのこと。だが、それがすべてだった。

爵位も富も、そしてわたしの――くそっ――愛も、彼女には何の意味もなかった。わたしなど眼中になかったのだ。どうして彼女はわたしから離れていったのか。答えが出せない疑問だった。しかし、問うのをやめることはできない。その疑問はわたしをさいなみ、わたしを飲みこみ、それ以外のことを考えられなくする。なぜなら、彼女がいない人生などなきに等しいからだ。灰色の人生が目の前に暗く陰鬱に広がっている。

ひとりぼっちの孤独な人生が。

アンナのように魂に触れてくれる人もなく、アンナのように人生の欠けている部分を埋めてくれる人もなく、自分はひとりで生きていくのだ。彼女が去るまで気づいてさえいなかったが、彼女がいなければ、自分の心には深く大きな穴が開いているのだ。

そんな空洞を抱えて、はたして人は生きていけるものだろうか？

しばらくたって、エドワードは廊下から、興奮した声が聞こえてくるのにぼんやりと気づいた。声はだんだん近づいてくる。書斎のドアが開き、イズリーがあらわれた。

「ああ、みじめな姿だな」子爵は後ろ手にドアを閉めた。手に持っていた一本のろうそくをテーブルの上に置き、帽子と肩マントを椅子に投げた。「強く聡明な男が女に打ちのめされたというわけだ」

「イズリー、帰ってくれ」エドワードは動かなかった。顔を侵入者のほうに向けようとすらしない。

「そうするところだ。もしもわたしにひとかけらの良心もなければ」イズリーの声は気味悪く部屋にこだました。「だが、どうやらわたしにはあるらしい。良心ってものが、な。まったく不都合な話だ」子爵は冷たい暖炉の前にひざまずき、火口《ほくち》を集めはじめた。

エドワードは少し顔をしかめた。「だれに呼ばれた?」

「あの変人の老いぼれさ」イズリーは石炭入れに手を伸ばした。「デイヴィスだったか? ミセス・レンのことを気にしていたぞ。彼女のことをかなり気に入っているようだった。ニワトリのひなが生まれて初めて見た白鳥を親だと思いこんで慕うようにな。きみのことも心配しているようだが、よくわからん。どうしてあのような老人を雇いつづけているのか、気が知れないね」

エドワードは返事をしなかった。

イズリーは上手に火口の上に石炭を積み上げた。気難し屋の子爵がそんな汚れ仕事をやっている姿を見るのは奇妙だった。エドワードは、友が火のおこし方を知っているとは考えたこともなかった。

イズリーは肩越しに話した。「それで、これからどうする? 凍え死ぬまでここに座っているつもりか? いささか消極的すぎないか?」

「イズリー、頼むから放っておいてくれないか？」

「だめだ、エドワード。神と――そしてきみへの愛にかけて、わたしはここに残る」イズリーは火打石と鋼を打ち合わせたが、火口に火はつかなかった。

「彼女は去ってしまった。わたしにどうしろと言うのだ？」

「詫びる。エメラルドのネックレスを買う。いや、このレディの場合、もっと薔薇を買う」

火花が火口を燃え上がらせ、石炭にも炎がまわりはじめた。「なんでもいいんだ、ここにただ座っているよりは」

初めてエドワードの心はかき立てられたが、まだ筋肉のこわばりは解けない。「彼女はわたしを求めていないんだ」

「それは」イズリーは立ち上がって、ハンカチを取り出した。「まったく間違っているぞ。わたしはきみと彼女がいっしょにいるところを見た。覚えているだろう、リリピンの講演会だ。あのレディはきみに恋をしていた。まったく、彼女の気が知れんがね」イズリーはハンカチで手を拭いた。彼はすすで真っ黒になったその四角い絹のハンカチをじっと見つめてから、炎の中に投げこんだ。

エドワードは顔をそむけた。「ではなぜ、わたしから去ったのだ？」

イズリーは肩をすくめた。「女心は男にはわからんさ。まったくわからん。何か気に障るようなことをきみが言ったのかもしれないな。いや、きっとそうに違いない。それとも、突然ロンドンがいやになったか。あるいは――」彼は上着のポケットに手を入れて、二本の指に紙をはさんで取りだした。「ゆすられていたか」

「何だと?」エドワードはさっと体を起こして、その紙をひったくった。「いったい何の話だ……」手紙を読みはじめると、声がだんだん消えていった。だれかがアンナを脅していたのだ。わたしのアンナを。

エドワードは見上げた。「これをどこで手に入れた?」

イズリーは両手を上に向けた。「これまたデイヴィスだ。さっき廊下でわたされた。どうやらきみの部屋の暖炉の中にあったらしい」

「こんちくしょうめ。いったいだれなんだ、この男は?」エドワードは紙を振りまわしてから、憎々しげにそれを丸めて火に放りこんだ。

「さあね」イズリーは言った。「しかしアフロディーテの洞窟の常連だろう。これだけ知っているところをみると」

「くそっ!」エドワードは椅子からぱっと立ち上がり、すばやく上着の袖に腕を通した。「そいつをわたしがやっつけたあとは、もう娼婦のもとへは通えなくなる。やつの玉を切り落としてやるからな。それからアンナを追う。なぜ脅されているとわたしに言わなかったのだ?」彼は急にそのことを思いついて、動きを止めた。それからイズリーのほうを向いた。「どうしてすぐに手紙をわたしによこさなかったんだ?」

子爵はまた肩をすくめた。友ににらまれても一向に気にしていない。「ゆすろうとしているやつは、九時まではアフロディーテの洞窟にあらわれない」彼はペンナイフを取り出して、親指の爪の汚れを取りはじめた。「まだ七時半だ。急いでも何にもならんだろう。腹ごしらえでもしておいたほうがいいんじゃないか?」

「きみがときにたいへん役に立つことがあるから我慢しているが」エドワードはうなった。「そうでなかったら、いまごろは首を絞めていたぞ」

「まあ、そうだろうな」イズリーはナイフを置いて、肩マントに手を伸ばした。「だが、パンとチーズを馬車に持ちこむのは悪くはあるまい」

エドワードは顔をしかめた。「きみもいっしょに来るつもりじゃないだろうな」

「悪いがそうさせてもらう」子爵はドアの鏡で、三角帽の角度を直した。「ハリーもだ。廊下で待っている」

「なぜ?」

「最愛なる友よ、なぜならいまこそが、わたしが役に立つときだからだよ」イズリーは野蛮な笑みを浮かべた。「決闘の介添え人が必要だろう?」

22

老女はオーリアの驚いた表情を見てほほえんだ。「わたしの息子たちは世界の四つの果てまで行っているんだよ。あの子たちが知らないものは何ひとつない。人も、獣も、鳥も。あんたがさがしているものは何なんだい？」それでオーリアはカラスの王子との不思議な結婚生活や鳥の家臣たちのこと、いなくなってしまった夫をさがし歩いていることを話した。三人の風は残念そうに首を横に振った。彼らはカラスの王子のことは聞いたことがなかった。しかし、西の風、背の高い痩せた息子は、ためらいがちに言った。「少し前に、小さなモズが不思議な話をしてくれた。雲の中に城があり、そこでは鳥たちが人間の言葉を話すというのだ。あなたが望むなら、そこへ連れていってやろう」そこでオーリアは西の風の背中におぶさり、振り落とされないようにしっかりと首にしがみついた。なぜなら、西の風はどんな鳥よりも速く飛ぶからだった……。

――『カラスの王子』より

ハリーは顔を半分覆う黒いシルクのマスクを引っ張った。「もう一度聞きますが、どうしてマスクをかぶらなければならないのですか?」

　エドワードは馬車の扉を指でいらだたしげにたたいている。もっと速足でロンドンの道を走れないものか。「最後にあの娼館へ行ったときに、ちょっとした誤解があってね」

「誤解?」ハリーは物柔らかな、あたりさわりのない声で言った。

「正体が知れないほうがいいんだ」

「そういうことか」イズリーは自分のマスクをいじるのをやめた。「アフロディーテがだれかに門前払いを食わせたという話は聞いたことがない。いったい、どんなことをやらかしたんだ?」

「どうでもいいじゃないか」エドワードはうるさそうに手を振った。「とにかく、目立たないように入らなければならないということだけ心得ておけばよいのだ」

「そして、わたしとハリーまでマスクをするのは……」

「このゆすり屋が、わたしとミス・ジェラードの婚約のことをかぎつけるほど近くをうろついていたとすれば、わたしたち三人が仲間だということも知っているだろう」

　ハリーはどうやら納得してうめき声をもらした。

「そうか。それならば、犬にもマスクをつけさせなくてはなるまい」子爵は、ハリーの隣の席にお座りの姿勢でいたジョックを鋭く見た。犬は用心深く視線を窓の外に向けた。

「少しはまじめになれ」エドワードは怒鳴った。

「わたしはまじめだ」とイズリーは言った。

エドワードはイズリーを無視して、自分も窓の外を見た。馬車はイーストエンドに近い区域に来ていた。非常にいかがわしい場所というわけではないが、上品な場所とも言えなかった。通りすぎるときに、戸口でスカートが揺れているのが見えた。売春婦が商品を見せびらかしているのだ。物陰には、もう少し物騒な姿もちらほら見かけられた。アフロディーテの洞窟の魅力は、法の目が行き届かないちょっと危ない場所と本物の危険とのあいだの狭い境界線上にあるという点だった。毎晩、客の中の何人かは強盗に遭うなどの災難に見舞われているのだが、だからといって客足は落ちる気配がない。かえってそれが魅力だったりもするのだった。

前方に派手な明かりが見えてきて、洞窟に近づいたことがわかった。すぐに、偽のギリシャ風の正面が見えてくるだろう。白い大理石とふんだんに使われた金めっきが、アフロディーテの洞窟に、豪華で低俗な雰囲気を与えている。

「ゆすり屋をどうやって見つけるつもりですか?」馬車を降りながら、ハリーが小声で聞いた。

エドワードは肩をすくめた。「九時になったら、どうなるかわかるだろう」彼は九代続いた由緒正しい貴族の家柄を誇示するように高慢な態度で入り口へと大股で歩いていった。トーガを着た図体のでかいふたりの護衛が入り口を守っていた。近いほうの男の衣装は短すぎて、毛むくじゃらなふくらはぎが見えている。

護衛は疑り深く目を細めてエドワードを見た。「おや、おや。あなた様は伯爵の——」

「ふむ、覚えていてくれてうれしいぞ」エドワードは片手を護衛の肩にかけ、もう一方の手を出して親しげに握手した。

広げた手のひらの上には一ギニー金貨がのっていた。護衛はさりげなく金貨を握ると、トーガのひだのあいだに隠した。

男はずるそうににやりとした。「おお、けっこうでございますとも、旦那さん。だが、このあいだのことを考えますと、もう少し色をつけてくださっても……？」催促するように指と指をすり合わせる。

エドワードは顔をしかめた。なんたる厚かましさ！ 彼は背をかがめて、男の臭い息がかかるほど顔を近づけた。「色をつけるつもりはない」

ジョックがうなった。

護衛はさっと身を引き、相手をなだめるように両手を広げて前に突き出した。「けっこうです。けっこうですとも、旦那さん！ さあ、どうぞお入りください」

エドワードはそっけなくうなずいて、階段を上った。

横でイズリーが言った。「いつか、ぜったいにその誤解とやらの話を聞くからな」

ハリーはくすりと笑った。

エドワードはふたりを無視した。中に入ったからには、もっと大事なことがある。

「でも、いったいどこへいらしたのです？」アンナはエドワードのタウンハウスの玄関広間に立ち、ドレアリーを問いただしていた。まだほこりだらけの旅行着を着たままだ。

「本当に知らないのでございます」執事はどうやら本当に途方に暮れているらしかった。

アンナはいらいらしながら執事を見つめた。丸一日旅をつづけ、何度も何度もエドワードへのわびの言葉を考えた。そして仲直りのあとのことまで夢見てきたのだった。それなのに、あの人がいないなんて。拍子抜けもはなはだしい。

「だれか、スウォーティンガム卿がどこにいらっしゃるか知っている人はいないんですか?」アンナはめそめそ言いはじめた。

ファニーはその横で、右足から左足へと体重をかけ換えながら立っている。「奥様をさがしに行かれたのでは?」

アンナはさっとファニーのほうを見た。そのとき、廊下の奥で何かが動くのが目に入った。エドワードの近侍が抜き足差し足で、逃げていこうとしている。こっそりと。

「ミスター・デイヴィス」アンナはスカートをつまみ上げると、淑女らしさをかなぐり捨ててすたすたとあとを追った。「ミスター・デイヴィス、ちょっと待ってください」

何てこと!　あの老人は見かけよりもずっと速い。老人は聞こえないふりをしてさっと角を曲がると、裏階段を上っていった。

アンナは息を切らしながら彼を追った。「待って!」

近侍は階段の一番上で立ち止まった。ふたりは細い廊下に出た。召使の住む区画だった。デイヴィスは廊下のつきあたりのドアに向かったが、階段でなければアンナは速い。彼女はだっと走りだし、小柄な老人より先にドアに着いた。背中をドアにつけて両手を広げ、部屋に入らせまいとした。

「ミスター・デイヴィス」

「おや、何かご用ですかな、奥様」彼はしょぼしょぼした目を大きく開いた。

「ええ」アンナは深く息を吸いこみ、呼吸を整えた。「伯爵様はどちらに？」

「伯爵？」デイヴィスは、陰からエドワードがぱっと姿をあらわすとでもいわんばかりに、あたりをきょろきょろと見まわした。

「エドワード・デラーフ、スウォーティンガム卿。スウォーティンガム伯爵よ」アンナはぐっと身をのりだした。「あなたのご主人様」

「喧嘩腰に言わんでもよろしいでしょうに」デイヴィスは傷ついたようだった。

「ミスター・デイヴィス！」

「旦那様は用事があると考えたのかもしれませんねえ」近侍は慎重に言った。「どこか別の場所で」

アンナは床を踏み鳴らした。「どこにいるか教えて」

デイヴィスは上を見上げ、それから横を見たが、この薄暗い廊下に助けはいなかった。彼はため息をついた。「ひょっとすると、手紙を見つけたのかもしれませんな」アンナと目を合わせないようにしている。「いかがわしい場所へ行ったのかも。なんだかひどい名前の、アフロデッティとかなんとか」

アンナはすでに階段を駆け下りていた。らせん状の階段をまわるたびに横滑りしながら。まあ、どうしましょう。どうしましょう。

もしエドワードがあの脅迫状を見つけたとしたら……。

もし彼が脅迫者に会いに行ったのなら……。

脅迫者は誇りなど持ち合わせていそうになかったし、おそらく危険な人物だ。窮地に陥ったら何をしでかすかわからない。エドワード自ら相手と決闘することはないわよね？　アンナはめそめそ泣きだした。いいえ、きっと彼ならそうする。もしも、彼に万一のことがあったらわたしの責任だ。

アンナは廊下を走り抜け、まだおろおろしているドレアリーを押しのけて、ドアを勢いよく開けた。

「奥さま！」ファニーがアンナのあとを追った。

アンナは振り向きざまに言った。「ファニー、ここにいなさい。もし伯爵がお戻りになったら、わたしはすぐに帰ってくると伝えて」彼女はまた前を向いて、口の横に両手をあて、タウンハウスの前から出発しようとしている馬車に向かって叫んだ。「待って！」

御者は強く手綱を引いた。そのせいで前方の馬は後ろにのけぞった。御者が振り返った。

「今度は何です、奥さん？　ロンドンに着いたんですから、ちょっとはお休みになったらどうです？　ミセス・クリアウォーターは――」

「アフロディーテの洞窟まで乗せていって」

「でも、ミセス・クリアウォーターが――」

「すぐに！」

御者は弱々しくため息をついた。「どっちの方向です？」

アンナは簡潔に行き先を指示し、さっき降りたばかりの馬車にまた乗りこんだ。吊革を握って、祈った。ああ、神様、間に合いますように。もしエドワードが怪我をするようなことがあったら、生きてはいられない。

馬車はなかなか目的地に着かなかったが、とうとう彼女は馬車から降りて長い大理石の階段を駆け上がった。アフロディーテの洞窟の建物内には、ロンドンの夜の住人たちのおしゃべりや笑い声が響いていた。品性の枠をはずれるぎりぎりのところを歩いている若い遊び人、年配の道楽者、そして女たち。そういったもろもろの人々がアフロディーテの洞窟に集まっているのだった。時刻は九時一五分前。群衆は浮かれ騒ぎ、羽目をはずし、かなり酔っ払っていた。

アンナはマントをしっかりと体に巻きつけた。部屋は蒸し暑く、燃えるろうそくのにおい、風呂に入っていない人々の体臭、そして酒のにおいで充満していた。暑くてもアンナはマントを着たままでいた。その薄い障壁で群衆から自分の身を隔離できるとでもいうように。天井を見上げると、いやらしい天使たちの絵が目に入った。彼らは、酒神祭のさなか、アフロディーテがかぶっていた色つきのベールをめくって、肉感的なピンクの肉体を露出させていた。

アフロディーテは、訳知り顔でアンナにウインクを送っているように見えた。

アンナはあわてて目をそらし、男をさがしつづけた。彼女の計画は単純だった。脅迫者を見つけて、エドワードが彼と対決する前に洞窟から連れ出す。問題は相手がどんな男なのかわからないことだった。男であるかどうかすら定かではない。アンナは用心深くエドワードの姿にも目を光らせていた。脅迫者があらわれる前にエドワードのほうを先に見つけられたら、このまま帰りましょうと説得できるかもしれない。だが、エドワードが対決に背を向けるところは想像できなかった。たとえ負けることがわかっていても。

アンナは大広間に入った。長椅子には何組かのカップルが座っており、若い放蕩者たちは今夜のお楽しみを求めてさまよっていた。ここでは動いているほうが目だたないと一瞬のうちに判断し、アンナは部屋の中を歩くことにした。この部屋も隣の部屋と同様にテーマはギリシャ神話だった。ゼウスが若い乙女を誘惑するさまざまな情景が描かれており、とくにゼウスが自ら牡牛に姿を変え、フェニキアの王女エウロペを誘惑する場面は生き生きと再現されていた。

「マフを持ってこいと言っただろう」横から不機嫌な声が聞こえてきて、アンナの思考は中断させられた。

やっと見つけた。

「あなたにばかげた金額を払うつもりはありません」脅迫者はそれほど恐ろしげには見えなかった。思ったよりも若く、小さな顎に見覚えがあった。アンナは眉をひそめた。「講演会で見かけた伊達男ね」

男はいらだっていた。「金はどこだ」

「言ったでしょう。わたしは払うつもりはありません。伯爵はここに来ています。彼に見つかる前に、ここを出たほうが身のためよ」

「しかし、金は――」

アンナは怒って足を踏み鳴らした。「いいこと、おばかさん、わたしはお金は一銭も持っていません。行かないと本当に困ったことに――」

大きな毛むくじゃらなものがアンナの後ろから飛び出してきた。叫び声と、恐ろしげな低いうなり。脅迫者は床に仰向けに倒され、その上にジョックがのしかかっていた。ジョックは、男の目から一〇センチばかりのところで牙をむき出し、背中の毛を逆立てて威嚇のうなり声をあげている。

少し遅れて女性が悲鳴をあげた。

「動くな、ジョック」エドワードは前に進み出て、犬に命じた。「チルトン・リリピン。おまえだったのか。貴様は昨日、兄の講演会に来ていたな」

「くそったれ。スウォーティンガム。この野獣をどけろ！　何でおまえがこんなあばずれのことを――」

ジョックが吠えた。あやうく男の鼻は食いちぎられるところだった。

エドワードは犬の首の後ろに手をかけた。「わたしはたしかに、このレディのことを気にかけている」

リリピンの目はずる賢く細められた。「では、おまえは決闘を望んでいるというわけだな」

「当然だ」

「介添え人を呼んで——」

「いますぐにだ」エドワードの口調は物柔らかだったが、その声色は相手を威圧した。

「エドワード、やめて！」これこそがアンナがどうしても避けたかった事態だった。

エドワードはアンナを無視した。「わたしは介添え人を連れてきている」

イズリー子爵ともう少し背の低い油断ないグリーンの瞳の男が前に進み出た。彼らの顔は、男たちのゲームに集中している。

子爵はほほえんだ。「介添え人を選べ」

リリピンは倒れた姿勢のまま部屋中を見まわした。シャツをズボンから出している若者が、千鳥足の仲間を引っ張って、群衆の前に進み出た。「われわれが引き受けよう」

まあ、どうしましょう！「エドワード、やめて、お願い」アンナは低い声で懇願した。

エドワードはジョックをリリピンから引き離し、アンナのほうに押しつけた。「守れ」

ジョックは言われたとおりにアンナの前で構えた。

「でも——」

エドワードは厳しい顔で彼女を見て、黙らせた。上着を脱ぎ捨てる。リリピンはぱっと立ち上がり、上着とチョッキを脱いで剣を抜いた。エドワードも自分の剣を抜いた。ふたりの男は、さっと人々が退いてできた空間に立った。

あまりにも目まぐるしく事が進んでいった。アンナには止めることができない悪夢のようだった。部屋は静まり返り、血生臭い光景を期待する人々は顔を左、右とまわして、両者を交互に見つめている。

男たちは礼をして、顔の前に剣を捧げ持った。それからひざを少し曲げて、前に剣を構えた。若いリリピンは、エドワードよりも痩せていて背が低かったが、意識してエレガントに構え、左手を頭の後ろで優美に弧を描くように曲げている。リリピンのシャツの裾にはふんだんにベルギー製のレースがあしらわれ、動くたびにそれが優雅に流れた。一方エドワードのスタンスはがっしりとしており、剣を持っていないほうの手は、美しさのためではなくバランスを取るために体の後ろに構えられていた。黒いベストには細い黒モールの飾りが縁に沿ってついているだけで、白いシャツに装飾はなかった。

リリピンはせせら笑った。「構えて《アンガルド》!」そう言うと、若者は突きを入れてきた。剣は閃光のようにひらめく。

エドワードは攻撃をかわした。剣と剣がこすれあった。リリピンに攻めこまれ、エドワードは二歩下る。剣がぶつかりあってきらめく。アンナは唇を嚙んだ。エドワードは守りにまわっている? リリピンもそう思っているようだった。唇をねじ曲げてにやりといやらしく笑った。

「チリー・リリーは去年、ふたりも殺したそうだ」アンナの後ろの群衆から、そんな声があがった。アンナはすっと息を吸いこんだ。ロンドンの伊達男の中には剣の腕の劣る者に決闘を申しこんで殺すのを楽しんでいる者がいるという話を聞いたことがあった。エドワードはほとんどの時間を田舎ですごしている。自分の身を守ることすらできないのでは？

ふたりの男は緊密な円を描きながら戦いつづけている。顔には汗が光っている。リリピンが剣を前に突き出し、エドワードの剣とかちんとぶつかった。エドワードの右袖が裂けた。アンナはうめいたが、布地が赤く染まることはなかった。リリピンの剣がまたしても突いてきた。狡猾な刃先がエドワードの肩先をかすめる。エドワードがうっと声を発した。今度は深紅のしずくが床に落ちた。アンナは前に出ようとしたが、ジョックがやさしく彼女の腕を噛んで引きとめた。

「血だ」とイズリーが叫ぶと、ほとんど同時にリリピンの介添人からも声があがった。

闘っているふたりはどちらもやめようとしない。剣がうなり、攻撃がつづいた。エドワードの袖は徐々に赤く染まっていった。彼が腕を動かすたびに血しぶきが床に飛び散り、そのしずくはすぐさまふたりの足に踏まれ線状のしみとなった。最初に血が流れた時点で決闘は終わりになるのではなかったの？

それとも相手が死ぬまで戦うつもり？

アンナは悲鳴をこらえるために、口を拳でふさいだ。エドワードの気をそらしてはならない。アンナは目に涙をいっぱいためてじっと動かずに立っていた。

突然、エドワードが突き、間髪を入れずにふたたび突いた。その獰猛なまでに激しい攻撃。

エドワードの前足が激しく床を踏み鳴らした。リリピンは後退し、剣を上げて顔をかばった。エドワードの腕は研ぎ澄まされた動きで円を描いた。彼は剣を高く上げて、敵の武器の上に振り降ろした。リリピンは痛みに悲鳴をあげる。剣は手からたたき落とされ、からからと音を立てて床の上を滑っていった。エドワードはリリピンののどの柔らかい皮膚に剣先を押しあてた。

リリピンは激しく息をしながら、出血している右手を左手で抱えた。

「運よく勝ったな、スウォーティンガム」リリピンはあえぎながら言った。「しかしわたしを黙らすことはできないぞ。わたしがここを出たら——」

エドワードはひらりと剣を下ろし、相手の顔にげんこつを食らわせた。リリピンは後ろによろめいて、両腕を広げてばたつかせ、どしんとそのまま床に倒れて動かなくなった。

「黙らすことはできるのだよ」エドワードはそうつぶやいて、右手を振った。

アンナのすぐ後ろから、ずっとこらえていたようなため息が聞こえてきた。「結局はげんこつにものを言わせることになると思っていたぞ」イズリー子爵が彼女の後ろから進み出た。

エドワードは心外だという顔をした。「まず、ちゃんと決闘したじゃないか」

「たしかに。だが、いつものようにきみのフォームはめちゃくちゃだった」

アンナの後ろにいたグリーンの瞳の男性が、イズリーの反対側から前に出て、黙ってエドワードの剣を拾った。

「わたしは勝ったのだ」エドワードは語気も鋭く言った。

子爵はせせら笑った。「残念ながら」

「きみはわたしがあいつに負かされたほうがよかったのか？」エドワードがきく。

「いや。だが、完璧な世界では、古典的なフォームがいつでも勝つものなのだよ」

「完璧な世界でなくて助かったよ、まったく」

アンナはこれ以上こらえることができなくなった。「ばか！」と言ってエドワードの胸をたたいたが、そのとき怪我のことを思い出し、あわてて血に染まった袖を見た。

「ダーリン、どうしたんだ――？」エドワードは平然とした声で言った。

「あの最低な男と戦うだけじゃなくて」アンナは息を切らしながら言った。涙で曇って目がよく見えない。「怪我までさせられるなんて。床一面にあなたの血が流れているわ」アンナは袖を切り裂いた。美しい肩が深い傷を負っているのを見て、気が遠くなりそうになった。

「そして、おそらく死んでしまうんだわ」彼女はすすり泣きながら、ハンカチを彼の傷口にあてた。そんなことくらいではどうにもならないけれど。

「アンナ、かわいい人、黙って」エドワードは両腕を彼女の体にまわそうとしたが、アンナに払いのけられてしまった。

「どうしてこんなことを？　あの恐ろしい男と決闘するほど価値があるものって何？」

「きみだ」エドワードはやさしく言った。すすり泣いている彼女の息が止まった。「きみはわたしにとって、どんなものにも代えがたい価値がある。たとえ、売春宿で出血死することになっても」

アンナはのどを詰まらせ、話すことができない。

彼は彼女の頬をそっとなでた。「わたしにはきみが必要だ。前にも言ったが、きみはわたしの言葉を信じていないようだった」彼は息を吸いこみ、瞳をきらめかせた。「二度とわたしから離れないでくれ、アンナ。次のときは生きていられない。わたしはきみと結婚したいが、もし、きみがそれはできないと言うなら……」彼は唾を飲みこんだ。

彼女の目に新しい涙があふれてきた。

「ただ、わたしのそばにいてくれるだけでいい」と彼はささやいた。

「ああ、エドワード」彼が血のついた手で彼女の顔を包み、やさしくキスをすると彼女はため息をついた。

エドワードは軽く唇を彼女の唇にこすりつけた。「愛している」

遠くで、叫び声とひやかしの声があがるのが聞こえた。子爵はアンナの耳の近くでえへんと咳払いした。

エドワードは顔を上げたが、視線はアンナの顔に固定したままだった。「取りこみ中だというのがわからないのか、イズリー」

「たしかに。きみが忙しいことくらいここの客全員がわかっているさ、デラーフ」子爵はそっけなく言った。

エドワードは目を上げた。どうやら初めてみんなに見られていることに気づいたようだった。彼は顔をしかめた。「わかった。アンナを家に連れて帰る。そしてこれを――」自分の肩を指し示す。「手当しなくては」それから意識をなくし、よだれを垂らして倒れているリリピンをちらりと見た。「そいつの面倒を見てくれるか？」

「そうしなくてはならないようだな」子爵は不愉快そうに口を真一文字に結んだ。「どこか異国へ向かう船が今夜出るはずだ。手伝ってくれるか、ハリー？」

グリーンの瞳の男はにやりと笑った。「航海は、このろくでなしにとっていい薬になるでしょう」彼はリリピンの足を持った。イズリー子爵はやや乱暴に上半身を持ち、ふたりでチリー・リリーを持ち上げた。

「おめでとうございます」とハリーはアンナに会釈した。

「ああ、幸運をな、デラーフ」子爵は歩み去りながらものうげに言った。「差し迫った結婚式に呼んでもらえるかな？」

エドワードはうなった。

子爵は意識不明の男の上半身を抱えて、笑いながらのんびり去っていった。エドワードはすぐにアンナの腕をつかみ、人ごみを押しのけて外に向かいはじめた。アンナはそのとき初めて、人ごみの端からアフロディーテ本人がこちらを見ているのに気づいた。アンナは驚いてあんぐりと口を開けた。マダムは以前見たときよりも頭半分ほど背が低くなり、金色のマスクの穴からのぞく目は猫のようなグリーンだった。髪には金のパウダーがふりかけられていた。

「彼があなたを許すことはわかっていたわ」アフロディーテは、人ごみを通り抜けていくアンナに甘い声をかけた。それから声を張り上げて「愛を祝って、お客様全員にお酒を！　アフロディーテのおごりよ！」と言った。

玄関の階段を下りて馬車に向かうアンナとエドワードの背後で群衆が歓声をあげた。エドワードは馬車の天井をたたいてから、座席に崩れ落ちた。彼は片時も彼女を離さず、いまはひざの上に抱き上げて彼女の口を自分の口で覆った。開かれた唇のあいだから舌を滑りこませる。アンナが息をつけるようになるまで、数分かかった。

エドワードは少し顔を引き、まだ彼女の下唇についばむようなキスをつづけながら言った。「結婚してくれるか？」温かい息が彼女の顔にささやきかけているようだった。

アンナの目からは、さらに涙があふれ出て、視界がかすんできた。「愛しているわ、エドワード」彼女は途切れがちな声で言った。「家族をもてなくてもいいの？」

彼は両手で彼女の顔をはさんだ。「きみがわたしの家族なんだ。もし子どもができなくても、がっかりしたりしないが、きみを手に入れることができなければ、わたしは破滅する。愛している。きみが必要だ。どうかわたしを信じて妻になってくれ」

「はい」エドワードはすでに首をキスでたどりはじめていて、アンナは言葉を発するのが困難だった。それでも、彼女はもう一度言った。声に出すことが重要だったから。

「はい」

エピローグ

西の風はオーリアを連れて雲の中の城へ飛んでいった。城のまわりにはたくさんの鳥たちが旋回していた。オーリアが西の風の背中から降りると、巨大なカラスが彼女の横に舞い降りてきて、プリンス・ナイジャに変身した。「わたしを見つけたのだね、オーリア、わたしの愛する人!」と彼は言った。カラスの王子が話しはじめると、鳥たちが空から次々に降りてきて、一羽ずつ、人間の男や女の姿に変わった。カラスの王子の家来たちから喜びの声がわき起こった。それと同時に城のまわりから雲が消え去り、城が高い山の頂上に立っていることがあらわになった。オーリアは茫然となった。「でも、どうしてこんなことが?」王子はほほえみ、漆黒の目を輝かせた。「おまえの愛のおかげだ、オーリア。おまえの愛が呪いを解いたのだ……」

――『カラスの王子』より

三年後……

「そしてオーリアとカラスの王子はずっと幸せに暮らしましたとさ」アンナは赤いモロッコ革の本をそっと閉じた。「眠った？」

エドワードは絹のついたてを移動し、幼子に午後の日差しがあたらないようにした。「うーん。少し前から眠っていたようだ」

ふたりは、天使のような寝顔に見入った。彼らの息子は壁で囲まれたアビーの庭園の真ん中に積まれたルビー色のクッションの上で眠っていた。短い足を大の字に広げている。まるで何かしている途中で眠りに襲われてしまったかのようだった。薔薇の蕾のような唇に二本の指をはさんでいる。カラスの羽のような黒い巻き毛を、風がやさしくなびかせていた。ジョックは大好きな子どもの横に寝そべっており、耳を小さな手につかまれていても気にしていないようすだ。彼らのまわりには、花々が咲き誇っていた。色とりどりの花が花壇から小道にまでこぼれており、壁のほとんどはつる薔薇で覆われていた。空気は薔薇の香りと、蜂の羽音で満たされていた。

エドワードは手を伸ばして、妻の手から本を取り、食べ終わった昼食の横に置いた。ピクニック用のシートの真ん中に置かれた花瓶からピンクの薔薇を一本抜き取り、それを妻に近づけた。

「何をしているの？」アンナは小声で言ったが、じつは彼が何をしているのかよくわかっていた。

「わたしか？」エドワードは罪のない顔を装いつつ、襟元から露出している妻の胸を薔薇の花でなでた。しかしこういうことは、息子のほうがずっと上手だ。

「エドワード！」

花びらが谷間に落ちた。彼はまずいことをしたという顔で眉をひそめた。「これはいかん」彼は長い指を谷間に差し入れたが、花弁はもっと奥に入ってしまった。さがすのにはあまり興味がなさそうで、指先は乳首をなでつづけている。

アンナは軽く夫の手をたたいて、「やめて。くすぐったいわ」と言った。だが、二本の指で乳首をつままれるときゃっと声をあげた。

エドワードは厳しく顔をしかめた。「しいっ。サミュエルが目を覚ますじゃないか」ドレスの胸元が開かれた。「静かに。声を立ててはいけない」

「でも、マザー・レンが――」

「隣の郡で奉公先を見つけたファニーがどうしているか、見に行っているんだろう」彼の息が、あらわになった胸をくすぐる。「夕食まで帰ってこないさ」

エドワードは乳首を口に含んだ。

アンナははっと息を飲んだ。「もうひとりできたみたいなの」

エドワードは頭を上げた。黒い瞳がきらめく。「こんなに早くふたり目ができてもかまわないのか？」

「すごくうれしいの」と彼女は言って、幸せそうにため息をついた。

エドワードは一度目の妊娠を知らされたときよりも、今回はずっと冷静にその知らせを受け止めた。初めてのときは、身ごもったことを話すと、エドワードはひどく不機嫌になった。アンナは最初のうち、なんとか彼を元気づけようとしたが、やがてそれは無理なのだとあきらめた。彼は最初の結婚でできた子どもを失ったときのショックから本当の意味で立ちなおっておらず、無事に出産してみせるまでは心から安心することはできないのだとアンナは理解した。そして実際、エドワードは分娩中、真っ白な顔で彼女のベッドの横に座っていた。助産婦のミセス・スタッカーは、未来の父親の顔を見るなりブランデーを持ってこさせたが、エドワードはそれに手を触れさえしなかった。五時間後、ヘロッド子爵サミュエル・イーサン・デラーフが誕生した。母の目には、世界の歴史の中でもっとも美しい赤ん坊に見えた。エドワードはブランデーをボトル三分の一ほどあおってから、妻と生まれたばかりの息子が寝ている大きなベッドに上って、ふたりを両腕で抱きしめた。

さて、現在のエドワードは、アンナのスカートをめくって、あらわになった太腿のあいだに身を置いた。「今度は娘だ」

彼は首の下から上へとキスを這わせていった。両手に乳房を抱え、親指で乳首をさする。

アンナはあえいだ。「もうひとり男の子でもいいわ。でも、もし女の子なら、名前はもう決めてあるの」

「何と？」彼は彼女の耳を軽く嚙んでいる。アンナは、硬くなった彼のものが押しつけられるのを感じた。

きっと聞いていないと思う。でも、とにかく答えておこう。「エリザベス・ローズよ」

訳者あとがき

日本初上陸の期待の新鋭、エリザベス・ホイトのデビュー作『あなたという仮面の下は』をお届けします。いったいどんな物語なのか、ちょっとだけご紹介しますね。

未亡人アンナ・レンは、義母とともにロンドンから離れた田舎の村で、つつましやかな生活を送っていました。ある日彼女は、疾走してきた馬とあやうくぶつかりそうになり、馬の乗り手は路上に振り落とされてしまいます。傲慢で無礼な紳士でしたが、アンナは心惹かれるものを感じます。

男の主を失ったアンナの家の生活は苦しく、彼女が職を見つけなければ、家計をまかないきれないほどひっ迫していました。村中をあたっても職は見つからず途方に暮れていたところ、頑固で癇癪持ちの性格のために次々に秘書が逃げ出して困っていたスウォーティンガム伯爵のところで雇ってもらえることになりました。何年も前に村で流行った天然痘によって家族全員を失ったスウォーティンガム伯爵は、長いあいだこの土地から離れていましたが、最近領地に戻ってきていました。顔には天然痘の痕があり、公の場にめったに姿を見せないことから、陰気で恐ろしい人物と噂されています。あの無礼な馬上の紳士だったのです。秘書として働き始めてみると、アンナと伯爵は不思議に馬が合いました。アンナは伯爵に対してもまったく臆することなく、思ったことをはっきり言い、伯爵のほうも秘書とのいきいきとした会話を楽しみにするようになっていきます。

けれども、ふたりは互いにひかれあいながらも、身分の違いと、それぞれがかかえる苦悩から、一歩を踏み出すことができません。アンナは、伯爵が自分への気持ちを抑えて、ロンドンの娼館で男の欲望を満たすつもりであることに気づき、突拍子もないことを考え出します。そちらがそのつもりなら——。

この作品の一番の魅力は、なんといっても男女のありのままの心の動きが情感たっぷりに描かれているところでしょう。世間の評判を気にしない強さをもつ淑女、ひとりよがりなところはあるけれど誠実で嘘のない貴族。とはいえ、ちゃんと欠点もある血の通った主人公たちですから、読者であるわたしたちは共感せずにはいられません。

それにプラスして、抜群のユーモア。多彩かつ個性的な脇役たちが、せつない物語の合間に、おもわずぷっとふきだしたくなるような明るい笑いを運んでくれます。一見すると猛犬、でもじつはとってもかわいい犬のジョック、毎回奇抜な衣装で登場するおしゃれな家令ホップル、ぜんぜん役に立たない意地悪じいさんの近侍デイヴィス。思い出すだけで口元がゆるんでしまいます。

さて、二〇〇六年にロマンス界に彗星のごとくあらわれるや、熱狂的なファンの支持を得て、瞬く間に人気作家となったエリザベス・ホイトってどんな女性なのでしょうか？　生まれはニューオリンズですが、父親の仕事の関係でミネソタに育ち、イギリスやスコットランドでも暮らした経験がある彼女。大学卒業後、考古学者のご主人と結婚し、三五歳まで三人の子どもを育てる専業主婦だったのだそうです。一番下の子が幼稚園に入ったとき、さてこれからどうするかと考えた末、彼女はひとつの決断をしました。作家になるために五年間修業する！

それまで作家になろうなどと考えたことはなかったそうですが、執筆をはじめてみると眠っていた才能が開花しはじめました。ホイトが選んだヒストリカル・ロマンスは、新規参入が非常に難しい分野だそうですが、彼女の才能を信じるエージェントにめぐり会えたことで運が開け、長い苦難の道を経て、ようやく処女作『あなたという仮面の下は』は日の目を見ることができたのです。その後も次々とヒストリカルの話題作を発表し、さらにはジュリア・ハーパー名義でコンテンポラリー・ロマンスまで発表しています。

このデビュー作の大成功を受けて、ホイトはスウォーティンガム伯爵の友人たちを主人公とした二つの作品をつづけて発表しました。その三つを合わせてプリンス三部作と呼ばれています。次回作は、この作品にも登場した謎めいた家令ハリー・パイが主人公のロマンス〝The Leopard Prince〟です。どうぞお楽しみに。

ライムブックス

あなたという仮面《かめん》の下《した》は

著　者　エリザベス・ホイト
訳　者　古川奈々子《ふるかわななこ》

2009年3月20日　初版第一刷発行

発行人　成瀬雅人
発行所　株式会社原書房
〒160-0022東京都新宿区新宿1-25-13
電話・代表03-3354-0685　http://www.harashobo.co.jp
振替・00150-6-151594
ブックデザイン　川島進（スタジオ・ギブ）
印刷所　中央精版印刷株式会社

落丁・乱丁本はお取り替えいたします。
定価は、カバーに表示してあります。
 ISBN978-4-562-04357-6 Printed in Japan

ライムブックスの好評既刊　*rhymebooks*

良質なときめきの世界 ヒストリカル・ロマンス

エロイザ・ジェームズ

エセックス姉妹シリーズ

瞳をとじれば　木村みずほ訳
貧乏貴族の長女テス。上流貴族との結婚を望んでいたが、大資産家の放蕩者ルーシャスと出会い…　860円

見つめあうたび　立石ゆかり訳
4人姉妹の次女アナベルが社交界にデビュー。だがアードモア伯爵とスキャンダルに巻き込まれ…　950円

まばたきを交わすとき　きすみりこ訳
三女のイモジェンはなぜか後見人のレイフをほうっておけない。ある日彼の異母弟が現れ…　940円

コニー・ブロックウェイ

マクレアン三部作シリーズ

美しく燃える情熱を　高梨くらら訳
突然、後見人カー伯爵から城に招かれたリアノン。伯爵の長男アッシュの孤独の影に惹かれて…　950円

宿命の絆に導かれて　高梨くらら訳
フェイバーはカー伯爵への復讐のため、城に潜入する。そこで窮地に陥った彼女を救ったのは…　930円

至上の愛を　高梨くらら訳
シリーズ完結編! 悪名高い父の陰謀のために操られているフィアの前に、ある男性が現れた…　920円

ブライダルストーリーシリーズ

純白の似合う季節に　数佐尚美訳
劇場歌手のレッティは、偶然拾った切符で逃避行。着いた駅でなぜか町の貴族に大歓迎され…　900円

あなただけが気になる　数佐尚美訳
仕事で失敗続きのエヴリン。名誉挽回のため10年前の借りを返すようジャスティンに迫り…　930円

価格は税込